Valle de la calma

Novela

Biografía

Ángel David Revilla (alias "Dross" o "DrossRotzank") nació el 16 de julio de 1982 en Caracas, Venezuela. Desde niño, su gran pasión ha sido escribir y su primer libro publicado, *Luna de Plutón* (Temas de Hoy, 2015), es un extraordinario éxito de ventas, que ha deslumbrado y mantiene expectante al mundo hispano con una épica galáctica que transporta a los lectores a universos con personajes jamás imaginados. En su segundo libro, *El Festival de la Blasfemia* (Temas de Hoy, 2016), el autor se luce con una historia de terror y humor negro como solo él puede contar, y en *La Guerra de Ysaak* (Temas de Hoy, 2017), la secuela de *Luna de Plutón*, nos sumerge en una historia repleta de oscuridad, acción, suspenso con personajes tan complejos como entrañables. En esta, su cuarta novela publicada, David nos mantendrá sin aliento en un thriller con escenas verdaderamente perturbadoras, que se nos quedarán grabadas en la memoria y nos perseguirán hasta en los sueños.

Ángel David Revilla
Dross
Valle de la calma

,

Obra editada en colaboración con Grupo Planeta – Argentina

© 2018, Ángel David Revilla Lenoci

© 2018, Grupo Editorial Planeta S.A.I.C.– Buenos Aires, Argentina

Derechos reservados

© 2023, Editorial Planeta Mexicana, S.A. de C.V.
Bajo el sello editorial BOOKET M.R.
Avenida Presidente Masarik núm. 111,
Piso 2, Polanco V Sección, Miguel Hidalgo
C.P. 11560, Ciudad de México
www.planetadelibros.com.mx

Diseño de portada: Departamento de Arte de Grupo Editorial Planeta S.A.I.C.
Imagen de portada: Claudio Aboy

Primera edición impresa en Argentina: abril de 2018
ISBN: 978-950-730-206-0

Primera edición impresa en México en Booket: junio de 2023
ISBN: 978-607-39-0187-1

Impreso en los talleres de Impregráfica Digital, S.A. de C.V.
Av. Coyoacán 100-D, Valle Norte, Benito Juárez
Ciudad De Mexico, C.P. 03103
Impreso en México - *Printed in Mexico*

El universo está controlado por leyes invariables.
Reverendo John J. Nicola

Cuando miras al abismo, el abismo también te mira a ti.
Friedrich Nietzsche

PRÓLOGO

Cuando se lee el título de este libro, automáticamente, se viaja a un lugar placentero y paradisíaco. Pero es válido aclarar (sin intención de hacer ningún *spoiler*), que la calma en este caso es solamente un disfraz utilizado por el más traicionero de los terrores. Es sabido que en muchas ocasiones la tranquilidad es el mejor refugio para las criaturas más atroces, las mentes más siniestras o los secretos más perturbadores. Si a esto se le agrega que la historia trascurre en un recóndito hospital en el que se despliegan todo tipo de actividades macabras, entonces, la mezcla se torna letal. A decir verdad, en este relato la paz, la soledad y la lejanía son cómplices en una de las tramas más espeluznantes que jamás se haya escrito.

Valle de la calma nos retrotrae en el tiempo para introducirnos en las frías habitaciones del hospital San Niño, construido en la Argentina durante la segunda mitad del siglo XIX. Esta gigantesca institución, que costó una fortuna, supo ser en su momento el centro de salud más grande, no solamente de su país, sino también del sur del continente americano.

El propósito inicial del San Niño era atender y darles refugio a los soldados heridos en guerras, que por aquellos años en los que la guerra era una realidad cotidiana se multiplicaban por miles. En tiempos de conflictos bélicos, el hecho de poder contar con un lugar donde cuidar a los combatientes que precisaban ayuda médica era algo muy relevante.

Lo cierto es que a la hora de llevar adelante este proyecto tan ambicioso las autoridades terminaron padeciendo severas consecuencias, porque en el caso del San Niño los costos, tanto los fijos como los variables, eran astronómicos, así que el hospital apenas podía mantenerse con los ingresos que generaba (que no eran menores). Esto derivó en que cerca del año 1900, cuando la Argentina ya era una república consagrada, el San Niño corriera peligro de ser clausurado. Sin embargo, nadie quería cerrarlo, porque se trataba de una clínica majestuosa que representaba un ejemplo, no solo para la Argentina, sino para los demás países de la región.

Finalmente, cuando las soluciones comenzaban a brillar por su ausencia, a alguien se le ocurrió una gran idea que marcaría un antes y un después en la historia del San Niño. Gracias a su ubicación tan apartada de cualquier centro poblado, literalmente, "en el medio de la nada", el Hospital podía convertirse en un lugar de retiro para integrantes de la burguesía de toda índole y para sus numerosas "ovejas negras". Y así lo hicieron.

La idea funcionó tan bien que bastó con que un puñado de millonarios eligiera al San Niño para internar algunos nuevos pacientes, para salvarlo antes de que se lo declarara en bancarrota. Una vez que lograron salir a flote, las autoridades del San Niño decidieron ir más allá, pues consideraron que había que expandir la idea con un nuevo proyecto, uno mucho más interesante que el primero: crear un centro psiquiátrico para alojar, entre otros, a leyendas de la política argentina y de los países limítrofes; militares, refugiado nazis e integrantes de la alta sociedad que pretendían envejecer con dignidad sin exponer su senilidad.

A diferencia del primer edificio, el psiquiátrico demandó mucho menos tiempo en ser construido. La obra se realizó en apenas tres años y fue mucho menos costosa. En un principio esta nueva construcción era considerada por muchos una extensión vacía de la primera, pero vale aclarar que esta condición cambiaría con el tiempo, luego de que una celebridad del momento escondiera a su hijo con hidrocefalia en el nuevo edificio. Luego, siguió una prestigiosa y talentosa artista que optó por internar a su hijo, un adolescente drogadicto, para ocultarlo y así protegerlo del asedio de la prensa europea durante los años sesenta.

Ellos fueron los que "rompieron el hielo" con sus acciones y, sin proponérselo, lograron que el nuevo edificio del San Niño comenzara a recibir la más variada gama de pacientes millonarios que veían en riesgo su vida social. Hijos pedófilos, jóvenes demasiado libertinas para la época o chicos rebeldes que querían nadar contra la corriente eran los candidatos ideales para terminar en este oscuro centro dedicado a la salud mental. ¿Qué mejor oportunidad para esas familias de clases pudientes para recluir y alejar de su círculo a esos hijos que tanto los avergonzaban? El propósito calzaba como anillo al dedo con las necesidades de estos integrantes del abolengo sudamericano, pues lo único que ellos querían era evitar que estas "ovejas negras" mancharan el prestigio intachable que los distinguía. De este modo podrían seguir adelante con sus pomposas vidas sin tener que preocuparse por aquello que en su momento llegó a representar una gran molestia.

El negocio resultó ser tan fructífero que, de la noche a la mañana, muchas personas comenzaron a ser declaradas locas o insanas con argumentos absurdos. De esta manera fueron poblando al psiquiátrico de flamantes pacientes que se multiplicaban por diez a medida que pasaban los meses.

Esta especie de gemelo macabro del San Niño se convirtió en una pequeña comunidad cerrada que poseía todo tipo de lujos y comodidades. Además, por sobre todas las cosas, era un lugar seguro. Escapar de allí era algo casi imposible de concebir, tan difícil como para los prisioneros americanos fugarse de Alcatraz mientras la cárcel estuvo activa. Lo cierto es que el nuevo edificio acabó siendo más importante que el hospital inicial.

El doctor en jefe, quien tenía a su cargo las dos enormes instalaciones que funcionaban bajo el mismo nombre, era el alma mater de la institución. Su labor médica era mínima en relación con el desempeño político y administrativo demandado por el nosocomio. Y así, cual si fuese una marioneta siniestra, el San Niño dependía de las oscuras manipulaciones de este doctor para poder funcionar a la perfección.

En total veintisiete personas pasaron por este cargo y veintiséis de ellas lograron mantener a flote el ambicioso proyecto. El encargado número vigésimo séptimo, a partir de la segunda mitad del siglo XX, aumentó de forma exorbitante sus ganancias, hecho que despertó la sospecha en más de uno. Al parecer, este hombre comenzó a lucrar con los niños que iban a parar al hospital, llevando a cabo todo tipo de actividades deleznables. Finalmente, los rumores sobre las atrocidades en las que el San Niño se veía envuelto terminaron confirmándose el día en el que los hechos salieron a la luz y ambos edificios fueron clausurados para siempre.

En *Valle de la calma* se cuenta precisamente la historia de esos últimos años de vida del hospital. A través de la historia de un chico llamado Abraham, quien cierto día fue encerrado en el San Niño, descubriremos las atrocidades que tenían lugar en el interior de este macabro psiquiátrico. De esta manera, al destapar los oscuros velos que durante muchos años ocultaron los actos perversos y despiadados que tenían lugar en esta institución "ejemplar", comprenderemos que las criaturas más abominables y terroríficas de las que debemos cuidarnos son aquellas que habitan en los rincones más recónditos de la mente humana.

Queridos lectores, ajústense los cinturones y prepárense para realizar uno de los viajes más perturbadores de sus vidas. De la mano de Ángel David Revilla, sin lugar a dudas uno de los escritores de habla hispana más talentosos del siglo XXI, ingresarán a una instalación fría y tétrica en la que desentrañarán los misterios más inquietantes de un pasado nefasto.

Valle de la calma los dejará al borde de un abismo estremecedor que les quitará el aliento, les erizará la piel y les congelará el espinazo, porque les revelará que algunos secretos ocultos pueden llegar a ser más abominables que el más terrorífico de los fantasmas. Este gran autor venezolano radicado en la Argentina sorprende título a título y nos enseña que no hay límites que no puedan ser alcanzados por la imaginación y, a la vez, que no hay sueño más hermoso que el que se construye sobre la base del sacrificio y la inspiración.

En lo personal, tuve el placer y el honor de conocer a Ángel David Revilla en el año 2012 y, desde entonces, mantengo con él una linda amistad. Él es, hoy por hoy, la única persona a la que admiro profundamente, pues su humildad y dedicación son tan gigantes como su talento. Una de las cosas que más estimo y valoro de este prestigioso y talentoso artista es el cariño inconmensurable y el agradecimiento eterno hacia su público. Ese libro es claramente un ejemplo de ello.

Hoy, al escribir el prólogo de *Valle de la calma*, de cierta manera, estoy cumpliendo un gran sueño, porque siento que estoy siendo parte de uno de los éxitos literarios más trascendentes de la década. Sin lugar a dudas, un acontecimiento épico. Créanme que en sus manos tienen uno de los mejores libros que leerán en sus vidas. Disfruten al máximo su breve e inquietante estadía en *Valle de la calma*.

Guillermo Lockhart

INTRODUCCIÓN

El hospital San Niño fue construido el 16 de julio del año 1860. Aunque fue muy disputado, ninguno de los doce arquitectos que trabajaron en el proyecto (que tardó casi una década en completarse) se pudo adjudicar la autoría definitiva de la obra. El interés de estos hombres por ser reconocidos estaba justificado; el San Niño, con una capacidad para atender a dos mil pacientes, sería el hospital más grande jamás construido en todo el sur del continente.

Fue el último de los arquitectos quien sin embargo tuvo el honor de recibir el mérito y también el de colocar el nombre que llevaron las instalaciones hasta el último día de su existencia.

Su construcción costó una fortuna a la Confederación liderada por Justo José de Urquiza quien, tras el sangriento combate de Cepeda y con miras al desenlace de la guerra civil que eclipsaría la batalla de Pavón, consideró pertinente la edificación de un lugar estratégico al sur para atender y retirar a los soldados heridos, que se contaban por miles.

Para 1900, cuando ya la Argentina era una república, el San Niño corrió peligro de ser clausurado debido a los altos costos de su mantenimiento; ante el equipamiento y personal que exigiría cualquier otro hospital en grandes ciudades como Buenos Aires, el San Niño los duplicaba y a veces triplicaba. Era, en palabras de un ministro retirado del gobierno de Pellegrini, «un engendro».

Para los años que corrían, los titanes que no pertenecían a la clásica Europa estaban ávidos por mostrar al mundo su formidable poderío, preludio de un nuevo orden mundial que no tardaría muchos años en instaurarse, y para ello se valían de un presumido desfile monetario llevado a la palestra con tanto ahínco como si del tamaño de cierta cosa íntima se tratara: no querían cerrar el San Niño, pues se trataba de un baluarte que representaba, con su enormidad, el tamaño del octavo país más grande del mundo.

Pero no por ello iban a dejar de hacerlo de manera inteligente, una inteligencia que envidiarían muchos políticos de la Argentina moderna: no convertirían al San Niño en una ladilla gigante (qué peor pesadilla). Así que, al cabo de poco tiempo, se les ocurrió una mejor idea: gracias a su ubicación tan retirada —citando textualmente— «en el medio de la nada», el lugar sería un excelente centro de retiro (o pozo con candado) para familias de toda índole que pudieran costearlo.

Así, el San Niño encontró un nuevo y oscuro propósito.

Estar alejado del mundo y, más importante aun (sobre todo en años consecuentes, cuando Hearst y Pulitzer se debatían el dudoso honor de haber convertido al periodismo en un arma de destrucción masiva), de los escándalos.

La idea funcionó tan bien que unos pocos acaudalados no solo sacaron al San Niño de los números rojos sino que además decidieron que había que expandir la idea con un proyecto más interesante aun: crear un centro psiquiátrico adonde pudieran retirarse las ovejas negras, uno que otro refugiado nazi y en especial los grandes burgueses. Todos sin riesgo de exponerse.

El psiquiátrico, que fue construido en paralelo al hospital, tomó apenas tres años en completarse. La idea, en esta ocasión, era simple: un edificio idéntico al primero.

Se suponía que los costos del psiquiátrico serían mucho más bajos porque al principio no era más que una extensión vacía del primer edificio. Sin embargo, eso cambiaría con el tiempo, cuando la primera estrella de cine escondiera a su hijo con síndrome de Down, o la primera cantante italiana a su hijo adolescente drogadicto para protegerlo de los largos brazos de la prensa europea durante los años sesenta. Ellos fueron los pioneros en admitir toda clase de pacientes siempre y cuando, desde luego, fueran lo suficientemente ricos para costearlo.

De ese modo, poco a poco, el psiquiátrico se volvió más próspero que el hospital, y se transformó en una pequeña comunidad cerrada que lo tenía todo.

El doctor en jefe, quien tenía a su cargo las dos enormes instalaciones bautizadas bajo el mismo nombre, era para el centro lo que para un portaaviones su almirante. Su labor médica era nimia frente al desempeño político y administrativo que el San Niño exigía.

Este puesto recayó sobre los hombros de veintisiete personas; veintiséis de ellos mantuvieron a flote el largo proyecto. Sin embargo, fue el vigésimo séptimo encargado quien, a partir de la segunda mitad del siglo XX, aumentó de forma exorbitante sus ganancias personales y las del San Niño, hasta cierta temporada en la que, tras salir a la luz una serie de hechos abominables, las instalaciones se clausuraron para siempre.

PRIMERA PARTE

I

1

A braham se despertó por la noche sintiendo un intenso dolor. Sus testículos estaban perlados de una extraña humedad; las sábanas, empapadas.

Se sacudió dando manotazos y arrancó todo lo que tenía encima; se cayó por el costado de la cama y se arrastró hasta el baño. En la oscuridad, palpó la pared durante tanto tiempo que el horror se hizo cada vez más grande en la corteza acalambrada de su cerebro, su mente era una licuadora de cosas malas.

La luz de la bombita parpadeó. El dolor lo obligó a arquear su cuerpo.

Deslizó una mano dentro de su pijama y sintió algo caliente y suave en la piel ahí, de donde el dolor venía.

Se llevó los dedos ante la cara y vio que estaban mojados de sangre.

Gimió y, con la mente desorbitada, colocó las manos alrededor de la cintura, bajándose lentamente el pijama, para ver qué cosa había ahí, donde nadie tenía derecho…

2

Yo, Abraham, tomando nota de cuanta boludez acontezca en un intento vano por ser escritor:

Me desperté esta mañana con un dolor de cabeza tal, que pensé que el cráneo se me iba a partir en pedazos. En pedacitos.

Ha estado molestándome desde el primer día que llegué como enfermero suplente, pero hoy (cuarto día) se ha vuelto poco menos que insoportable.

Cualquiera diría que una de las ventajas de trabajar en un hospital es que se tienen al alcance todos los medicamentos habidos, entre ellos los que me servirían para aliviar mi cefalea, sin embargo, nada es tan fácil como parece: soy un enfermero suplente y creo que el puesto más bajo después del mío vendría a ser el del tipo que limpia la mierda.

Si a eso le sumamos que soy nuevo, y que es mi primer empleo desde que puedo recordar (literalmente), entonces todo se resume a que no quiero ser percibido como una molestia.

O más bien «no quise»... Cuando despegué la cabeza de mi almohada, imaginé mi cráneo con varias grietas, abriéndose con el sonido torpe que hace una muela al despegarse de la encía cuando un dentista la saca con un alicate...Y esa fue la gota que rebasó el vaso. Apelaré a la compasión del médico de guardia.

Mientras me coloco mi bata de enfermero frente al espejo del baño, reflexiono que el clima aquí, en el orto de la nada misma, es muy diferente al que me tenía acostumbrado Bahía Blanca. De hecho: todo es diferente. No puedo asomarme por la ventana sin sentirme atrapado en una inmensa cúpula de neblina que abarca el esponjoso campo arbolado.

La temperatura es gélida, la humedad bastante alta, pero la atmósfera y el estado de ánimo apacibles.

Como sea, es lógico que no se pueda esperar otra cosa de un hospital convencional, y sin embargo, el San Niño no lo es.

En fin, como siempre he querido ser escritor, voy a intentar poner a prueba mis habilidades haciendo el ejercicio de describir cómo es este lugar (quién sabe si en un futuro me inspira a escribir ese proyecto que no sé qué cuerno es, pero que tanto anhelo).

«Al lado del edificio principal, conectados por un puente en el último piso y una plaza bajo el primero, se halla la segunda edificación, que es igual de larga, con el mismo aspecto colonial, su tejado verde, su sinfín de ventanas adornando la fachada y sus chimeneas. Una construcción idéntica, sí, pero edificada con otro propósito: es un manicomio.

Claro que por acá prefieren llamarlo "casa de reposo" o "retiro", pero evidentemente no son más que efímeras sutilezas en pos de resguardar un pudor obtuso, porque a los locos (supongo) las palabras o los tecnicismos les recontra chupan un huevo.

La primera noche esperé escuchar un concierto de gritos, aullidos y reclamos... Todo lo que cabe esperar de un manicomio, pero confieso que solo estaba influenciado mentalmente por un mediocre catálogo de películas de horror y cultura pop: el lugar es muy tranquilo, bastante más que aquí en el hospital (que ya es decir). Visto desde el jardín de afuera, pareciera que las habitaciones tras las ventanas del manicomio estuvieran, incluso, vacías.

Revisando mi rostro frente al espejo, leo la vieja calcomanía envejecida y rota que dice "CUERPO SANO, VIDA FELIZ", vaya ironía pegar esa cosa en un lugar donde ni siquiera sirven desayuno para nosotros.

Pero una vez más me encuentro siendo un forro... porque al fin y al cabo este es el mejor empleo que un chico como yo, en mis condiciones, podría llegar a tener».

3

Abraham Salgado cerró su diario personal, marcando la última página escrita con una pluma de gaviota, regalo de una ex (que tenía muy en cuenta su sueño de convertirse en escritor), y se sentó al borde de la cama, dándose un tiempo para meditar, acariciando, con su dedo, los pliegues en el cuero de la tapa.

Visto con sus anteojos, su cabello negro un poco más largo de lo normal, que se derramaba en varias puntas a los lados de su cabeza, Abraham era alguien bien parecido.

Su padre, quien por desgracia había caído y más nunca había podido volver a levantarse ni económica ni moralmente, le había obsequiado una infancia muy cómoda, pero una madurez difícil, lo que, al final, resultó más duro.

Para cuando su progenitor estaba tan acabado en la vida que siquiera podía mostrarle una erección a su esposa, día en que convirtió su auto en un taxi, los hermanos mayores sabían que tenía que agarrar cada uno por su lado y salir del nido... no hizo falta que mamá lo aclarase, los cachorros tenían el tacto de un artista.

Así, pues, se acabaron las fiestas, las mujeres, la buena ropa, toda clase de comodidad y, lo que era peor, una carrera en una universidad privada cortada por la mitad.

Abraham ya había tenido varios empleos, y a pesar de que le dolía en el corazón, trabajó con el temple de alguien que, más que a sí mismo, les demuestra a los demás que no tiene nada de malo dedicarse a algo siempre que sea digno, por lo que barrió, lavó y levantó mierda de perro.

¿A quién le importaba lo que él estuviera haciendo? A nadie, y si salía el primer «huevón» a decir lo contrario, le iba a partir la cara.

Había pasado por lugares malos en ciudades grandes, bares, pubs, locales inimaginables en calles negras y charcos profundos en los que nunca pensó que iría a poner pie (la falta de dinero patrocina bien ese tipo de aventuras), así que su última escala es un pueblito que se llama Valle de la Calma, más precisamente el hospital San Niño, donde solicitaban personal para «empleo duradero y con posibilidades de ascenso en poco tiempo». Aquel parecía ser un lugar bastante mejor que los anteriores...

Se puso de pie y dio media vuelta, resuelto a tender la cama. Dejó las almohadas perezosamente sobre la silla, empezó a alisar las sábanas con las yemas de los dedos... Y entonces se detuvo. En seco.

Era algo extraño; unas gotas de sangre formaban círculos pequeños en el medio de la tela.

Su mente fue, poco a poco, recobrando lucidez. Los recuerdos llegaron a su cabeza como un veneno.

Algo había pasado anoche...

Caminó hasta el baño y levantó el bote de basura: adentro estaban amontonados los pedacitos de papel higiénico manchados de rojo. Había por lo menos seis o siete trozos.

«¿Mis huevos?».

Sonaba tan ridículo como gracioso.

«No hay nada malo con mis huevos».

Esa mañana se sentía bien, se sentía él... pero algo le decía que se revisara ahí, abajo, donde muchas amantes tuvieron derecho... cuidadosamente.

Exhaló aire, ofuscado, y se desabotonó la bata, dejando al descubierto la hebilla del cinturón. Levantó el extremo de la correa y retiró la perilla del ojal.

A continuación, se desabotonó los pantalones... el sonido del cierre le pareció más largo que nunca en la vida.

Su ropa interior no tenía ninguna mancha. Debía recordar el momento en que se la había colocado, en la mañana, pero para entonces, su mente estaba lejos de asociar nada con respecto al episodio de la noche anterior.

La punzada en su mente fue más incómoda todavía, era como sentir que alguien —aparte de él— estaba en la habitación. Es esa presencia calambrosa que a veces se hace tan intensa, que obliga a levantar los ojos o girar la cabeza... la sensación de que no estamos solos. Por lo que, convenciéndose a sí mismo de que aquello no era más que una imbecilidad (pues la enclenque magia de la negación es lo único con lo que podemos amenazar al destino y convencernos de que no nos puede hacer algo malo, inesperado o tirado por los pelos), se bajó el calzoncillo, para revisarse.

Pero alguien golpeó la puerta de su cuarto, y lo hizo tan fuerte, que Abraham dio un respingo y por poco no pegó la cabeza contra el espejo que tenía enfrente.

No iba a posponer algo tan importante como sus testículos solo porque alguien llamaba a la puerta, sería casi como el cliché tonto de una película de terror, por lo que, mientras iba en camino, palpó al menos sus partes nobles en busca de una herida, una roncha, cualquier cosa.

Aparte del tacto suave y delicado, no sintió nada desagradable, salvo sus dedos fríos.

Se abrochó el botón y abrió la puerta.

—Decime qué le dice un niño muerto a otro.

—Buenos días.

—Decime qué le dice un niño muerto a otro.

Abraham dio media vuelta para buscar la llave de la pieza, que reposaba sobre la mesita de luz. El hombre robusto, moreno y bajito, de facciones itálicas y ojos verdes y enormes, como los de un sapo, lo miraba con una sonrisa obscena. Su bata de enfermero le confería a su voluminoso estómago el aspecto de una pelota.

—Me asustaste.

—Bien, pero decime qué le dice un niño muerto a otro.

—¿Qué?

—¿Me das gusanitos?

Contrajo el rostro y se empezó a reír como lo hacía el perro Patán.

Abraham sonrió, más por cortesía que cualquier otra cosa.

—Qué pelotudo que sos.

—Pelotudo pero puntual: vos deberías hacer lo mismo, y me refiero a lo puntual, porque tu ronda empieza en cinco minutos.

Gianluca Siffredo era el primer (y ciertamente único) amigo que Abraham tenía en el hospital. Al principio, se sorprendió de lo simpático, abierto y bromista que era, de lo fácil que podía sacarle conversación. Sin embargo, en los días posteriores, descubrió que por desgracia consideraba ciertos comentarios antipáticos como bromas de buen gusto, y disfrutaba hacérselos especialmente en frente de otras personas. Esto había hecho que, justo antes de abrirse con sinceridad ante él, Abraham retrocediera unos pasos y se quedara a la mitad del camino entre los comentarios informales y una amistad a medias.

Gianluca Siffredo llevaba ejerciendo tres años en el San Niño, así se lo había comentado durante una cena en el comedor, una noche que hacía un frío de los mil carajos.

Al ser él su suplente, tenía que verlo como una especie de jefe. No se podía llamar de otra manera a una persona que siempre te daba algo que hacer.

—Hoy te toca barrer: del primero hasta el último, o del último hasta el primero… como vos quieras. Por cómo van las cosas hoy (aburrido, como siempre) creo que esa será toda tu jornada.

Dicho esto, hizo sonar el manojo de llaves que tenía en la mano y abrió la puerta de un pequeño compartimento oscuro en el que se hallaban un balde y una fregona hundidos en agua oscura. El olor a lavandina era suficiente para sentir, por asociación, sus manos resecas.

Abraham se acomodó los anteojos, el blanqueo mental que él mismo se imponía (ya con bastante práctica) lo prevenía de dejar pasar los pensamientos de tristeza que pudieran saltar entre sus cansados brazos y esos utensilios. A veces se preguntaba por qué el personal de la limpieza no se encargaba de ese trabajo, pero no iba a preguntárselo a Gianluca.

Cuando se inclinó para tomar el balde, el tipo, haciendo uso de su extraordinaria capacidad para humillar (porque ese talento, por desgracia, existe) le sonó el trasero con una nalgada a palma abierta.

—Más te vale que dejes ese piso bien limpio, muñeco.

Abraham se incorporó de inmediato observándolo con los labios apretados, mientras que el otro sacudía la espalda con una carcajada flemática que venía de dentro de su pecho.

Balde en mano, decidió salir de ahí antes de que un ciego relámpago de ira estallara.

Mientras salía por la puerta doble, oyó a sus espaldas:

—¿Cuál es la diferencia entre un microondas y el sexo anal?

Sin tener la cortesía de contestarle, pateó la puerta y se alejó.

—¡Que el microondas te deja la carne roja o negra, pero jamás marrón!

Decidió empezar por el último piso.

La forma como pasaba la fregona contra el suelo era reflejo de cómo se sentía por dentro. No había imaginado que golpeaba tantas veces a una persona desde que su hermano se la jugó una vez, cuando llegó a la casa con el auto de papá chocado, después de que Abraham se lo hubiera confiado a él.

Suspiró, viendo el inmenso pasillo que se abría ante él, provisto de puertas a la derecha y a la izquierda.

Volvió a remojar la fregona. Debía aprovechar que hoy podía salir más temprano, pues quería preguntar sobre la posible existencia de algún locutorio en el pueblo; tal vez una vieja computadora con pantalla de tubo lo consolara. Aquella era su única, potencial puerta al mundo. Echarle vistazos ocasionales a su teléfono y no ver el ícono de la señal de Wifi activo le había roto el corazón demasiadas veces.

No quería rumiar acerca de que su vida debía cargar con varios sacos rellenos de mierda sobre el lomo como para considerar una suerte trabajar de interno en un hospital que no tenía Internet. Meterse a la grilla de redes y ver que no existía ninguna señal en todo el San Niño era deprimente y obtuso en medidas iguales.

No podía quejarse, pues volver a casa de su padre no era una opción ni siquiera remotamente cercana. El viejo ya había hecho lo suficiente consiguiéndole un empleo en ese lugar, y ya había hecho lo suficiente, encima, pagando un boleto de ómnibus para enviarlo hasta allá. Podía trabajar en casa con él, sí, tal vez podría hacerse cargo de unos asuntos aquí y allá, pero él necesitaba dinero, y no tenía el estómago de recibir sueldos de parte de su padre, así como tampoco podía perder la oportunidad de probarle a él —y sobre todo, a sí mismo, porque estar tan lejos de casa era todavía una novedad, después de todo— que podía arreglárselas.

Cuando era más joven se preguntaba (como esos temas recurrentes que les vienen a los chicos a la cabeza de pronto, sin previo aviso) qué edad se necesitaba tener para saber cómo era la vida. Por supuesto, tal pregunta era demasiado ambigua y la humanidad demasiado diversa, por lo que no fue sino hasta llegar a la madurez que se regaló a sí mismo una respuesta: podía haber sujetos de cuarenta años que no tenían la más mínima idea de qué tan dura era la vida, así como había chicos de dieciséis que lo sabían bastante bien.

«¿Y yo lo sé, después de todo lo que me ha pasado?».

...

«No tengo la menor idea».

Pero en el fondo quería saberlo, y quería saberlo porque no deseaba ser susceptible a las malas noticias. Abraham consideraba que, a sus veinticuatro años, ya había tenido suficiente de ellas.

¿Que había gente que la había pasado bastante peor que él? Claro, eso era innegable, pero eso no justificaba que a él, el cosmos lo tratara como a un *punching ball*.

La larga cadena de ideas le hizo pensar finalmente en su última relación sexual. Tal vez sí era verdad aquello de que los hombres piensan en eso cada once segundos. Además, había estado tan solo últimamente, ahí, en el sur profundo del país, en el «orto del mundo», que los pensamientos eróticos habían aumentado bastante.

Y en esta ocasión recordaba a una chica europea que se hallaba en un largo viaje, haciendo escala en Bahía Blanca para luego ir a conocer la Patagonia. Alguien un poco más joven que él, de tez blanca, abdomen plano, cabello negro y piernas sensuales. El mejor sexo casual que había tenido en su vida, sin dudas, porque además de la disposición de ella por ir directo al grano, congeniaban perfectamente: cada comentario había sido atinado, y cada risa compartida. Le había hecho reflexionar, por un instante, lo cruel que puede ser la vida por colocarnos a las personas más interesantes tan lejos.

La había llevado a su cama, y ahí la desvistió. Sus senos eran pequeños y firmes, podía sentir el contacto de sus pezones duros en las palmas. Ella lo desnudó sin ningún miedo, lo condujo a la cama y poco después su miembro se deslizaba dentro de ella.

Y así, los recuerdos le impidieron darse cuenta de que una puerta tras él se abría lentamente, y que de lo oscuro emergía algo pequeño, que empezó a acercársele lentamente...

Se giró bruscamente cuando le pusieron una mano sobre la espalda. Comprobó que era un niño.

Lo que lo sorprendió no fue su cara blanda y lechosa, sus ojeras húmedas, ni su pelo grasiento, sino que tenía los dedos aplastados.

Una mueca de miedo surcó su rostro.

El niño veía con interés su bata, con el índice (el cual parecía la extremidad de un tentáculo) acariciaba uno de los botones, como si fuese un borracho sacudiéndose el pene con una pared.

Su cara tenía dejos de retraso mental. Abraham cayó en cuenta de que era solo un niño, sí, pero tenía todos los accesorios necesarios para atemorizar.

Al verlo directo a la cara, este, con la cabeza ladeada y los ojos tan negros como los de un animal, bajó la vista para verse los dedos... y luego volvió a subirla, directo a la cara de Abraham, con mirada interrogativa, con esas que dicen: «¿Qué estás viendo?».

«Dios mío... ».

Sus dedos estaban desprovistos de uñas, y los pliegues de las yemas, en vez de ser acolchados, parecían duros y uniformes, con un alambrado de várices que se juntaban sobre las puntas.

«Oh, pero Dios mío... ¿cómo es posible? ¡Qué asco!».

El chico, una vez más, volvía a observar sus malogradas extremidades, y luego de vuelta a los ojos de Abraham... el interés que mostraba este hacia su mano le había provocado angustia, por lo que comenzó a gemir.

Fue en el momento en que él también se estaba asustando por darse cuenta de que la había cagado cuando una monja salió repentinamente, como una mariposa enorme escapándose de un armario del mismo cuarto, y apretó al niño por los hombros, obligándolo a dar media vuelta.

La mujer no se molestó en observar a Abraham un solo segundo, salvo antes de desaparecer tras el marco de la puerta.

Él quedó ahí de pie, por quién sabe cuánto, pensando, antes de ponerse a pasar coleto otra vez.

Meditaba lo que había visto o —como quería él que así fuera— lo que había creído ver...

Aquella mujer, la monja, no tenía labios.

Sus malditos dientes amarillos sobresalían de su boca como si fueran una ventanilla en la carne.

II

1

Antes de que la aguja tocara las cuatro ya había terminado de limpiar los tres pisos del San Niño.

Acabar con el último piso (lugar donde había empezado) le había tomado tan solo la mitad del tiempo que los dos restantes, el porqué era sencillo: Abraham no se sentía a gusto ahí (ni se volvería a sentir nunca más) por no decir que, ya con la cabeza en frío, lamentaba haber asustado a ese niño.

Pero lo que le hacía bombear el corazón, auténticamente, era pensar que alguien le había triturado la mano hasta semejante punto y... ¿acaso no hubiera sido mejor amputar aquello? Dios.

Una vez, atorado en una de esas interminables filas para pagar la suscripción del nuevo semestre en la universidad, se había sentido irritado al escuchar los comentarios de mal gusto de un grupo de estudiantes hacia una jovencita con un tumor en la glándula salival. Se trata de una enfermedad rara a raíz de la cual se forma una papada de aspecto hinchado a un costado del cuello que resulta, cuando menos, rocambolesca.

Por lo menos los chistes que él alcanzó a escuchar se hicieron en voz baja, pero sin que faltaran las risitas, por demás estúpidas, de las mujercitas que los acompañaban. Ella pasó de largo sin escuchar nada o simulando que no lo hacía; a Abraham no le cupo la menor duda de que ese último había sido el caso.

En cambio él, en el momento y lugar imprevistos, no estuvo a la altura de su prédica moral; se había quedado viendo la mano del niño no como objeto de burla sino peor, con miedo.

Su apetito disminuyó bastante, así que se retiró directamente a su pieza, obviando el almuerzo, y se vistió para salir, decidido a despejar su mente.

El clima era gélido y desde la ventana divisó un banco de neblina, por lo que aprovechó para utilizar su abrigo largo, el cual de lejos y gracias a su delgadez, estatura y porte, lo hacía parecer uno de los personajes de la famosa película *Entrevista con el vampiro*. Basada en un libro, se enteró Abraham poco después.

Alguien se lo había hecho saber alguna vez, y eso lo había animado a usar aquella prenda todas las veces que podía, recientemente olvidando que la ilusión se haría polvo cuando su primera conquista le preguntase en qué trabajaba.

Bajó a la recepción del San Niño, lugar de vitrales, con aspecto cálido y fachada de madera. Se acercó lentamente a la mesa, contando el dinero que llevaba en la billetera, y no fue sino hasta que levantó la mirada para ver a la enfermera sentada tras el escritorio que abandonó cualquier idea de hacerle alguna pregunta sobre bares o pubs con buena onda en aquel pueblo de mierda.

Lo observaba una anciana de aspecto descuidado, frías ojeras, piel cetrina y ojos como dos témpanos de hielo. Sus cabellos blanquigrises enmarcaban un rostro bastante hosco, malencarado. Si alguna persona piensa que los seres humanos no tienen semejanza con los animales, en especial a esa rara genealogía del «gato exótico», estaría —pensó en un relampagueo antes de dar los últimos pasos— absolutamente equivocado.

—Buenas tardes. ¿Me puede decir a qué hora pasan los colectivos por el hospital?

La mujer le sostuvo la mirada varios segundos antes de contestar. Parecía un monstruo que lo veía debajo de una máscara.

—Siempre salen.

Hacer una segunda pregunta le agudizó los nervios, como si aquello pudiera ser un detonante para hacerla gritar.

—¿Sabría decirme a qué hora llegan?

—Espere afuera. Podrá tomar alguno.

Eso zanjó la conversación.

Al empujar la puerta de vidrio, Abraham recibió un golpe de brisa tan helada que lo obligó a cerrar los ojos.

La espera no se prolongó mucho, porque un trueno fue el inicio de una lluvia que solo necesitó de un intermedio breve para volverse torrencial. Tuvo que volver a toda prisa, con los hombros mojados.

Desconsolado, colocó ambas manos sobre el vidrio, observando cómo la inclemente ráfaga empañaba el cristal.

2

De regreso a su habitación (en donde el nuevo plan no era otro que encender la estufa, buscar algo que leer y quedarse en la cama todo el día) notó algo particularmente extraño que le produjo malestar: había una mancha negra en la pared frente a la cabecera de su cama.

Tenía una forma semicircular y grumosa. Al tocarla no pudo sentir ningún rastro o tacto de grasa. Intentó rascarla con un bolígrafo, sin éxito.

Se le fue el tiempo observándola... estaba absolutamente seguro de que aquello no estaba ahí en la mañana, de otro modo, se habría dado cuenta, la recordaría al menos.

¿O tal vez no?

No, imposible: se habría fijado en ella ni bien llegó cargando su maleta en una mano y su mochila en la espalda cuando le echó el primer vistazo panorámico al cuarto. Si algo sabía de sí mismo es que era detallista: aquello era nuevo, y había aparecido mientras él no estaba.

Le perturbaba la idea de que alguien sospechara que lo había hecho él. Por no decir que intentar explicarle a la mujer de la limpieza que tal cosa había aparecido mientras él estuvo afuera por no más de veinte minutos era no solo inverosímil sino además un maltrato a la inteligencia ajena. Sin embargo, si había una persona con la que podía hablar sobre ello era, muy a su pesar, Gianluca Siffredo.

Se quitó los anteojos y, sosteniéndolos cerca de la pared, aprovechó el aumento que proporcionaba el cristal para ver la mancha con más detalle.

Cuando se cansó, decidió acostarse y leer un número viejo de *Lazer*.

Habrían de pasar varios minutos antes de que sus párpados se hicieran pesados y la revista temblara en su mano.

3

Se levantó gimiendo.

No le tomó ni siquiera un segundo correr hacia la ventana y pegar la espalda contra el marco. Una luz racional muy pequeña le dijo, entre todo el hormigueo de terror que se había apoderado de su cabeza, que si seguía haciendo presión rompería el vidrio.

Veía fijamente el baño, enardecido, con los ojos desorbitados. La puerta estaba entreabierta.

Dejó escapar un gruñido, y buscó sus anteojos: estaban en la mesita de luz del otro lado de la cama, y para alcanzarlos tendría que acercarse peligrosamente a la puerta del baño, en donde había algo, o por lo menos había soñado que había algo.

Cuando era niño y se levantaba en la madrugada, Abraham solía tomar el control remoto y encender el televisor, para disponer de cierta iluminación. Cuando deseaba dormir colocaba el modo *sleep* en sesenta o ciento veinte minutos, mayor tiempo significaba mayor seguridad antes de alcanzar la salvedad del sueño.

El problema es que ahí no tenía televisor y, aunque estaba a punto de anochecer, el cuarto se veía casi oscuro. Desde la ventana ni siquiera la lámpara estaba cerca.

El manto fláccido del sueño seguía apoderándose de su cabeza, y por lo tanto su temor irracional no había disminuido, pero poco a poco cobraba conciencia, poco a poco la vigilia volvía. Su adultez recién adquirida le decía que solo estaba haciendo el papel de estúpido, que había tenido un sueño y que ahora estaba asustado por nada.

Cruzó la cama y encendió la lámpara, conteniendo la respiración, sin dejar de ver el resquicio negro de la puerta.

La luz se hizo, y los ojos le picaron. Sin embargo, su visión del baño era aun pobre. Podía escucharse el agua gotear adentro.

Caminó hasta la puerta conteniendo el aliento. Podía sentir el calor de la lámpara de la mesa de luz en su espalda como un aliento cálido.

Alargó una mano por el espacio entreabierto de la puerta, palpando la pared, en busca del interruptor de la luz. No tardó mucho tiempo en notar algo raro: hacía frío dentro.

«Maldita mierda».

El interruptor no se dejaba encontrar. Abrió un poco más la puerta y asomó la cabeza: ahí estaba, podía verlo como una sombra imposible de perder al tacto. Su irritación creció aun más.

La luz parpadeó varias veces antes de encenderse.

Luchó contra sí mismo y se abrió paso dentro. El último retazo de miedo enervó sus sienes al verse repentinamente al espejo, pues quien está asustado espera encontrar algo raro reflejado en él, y Abraham no era la excepción. Los espejos son objetos magníficos de sugestión. Por algo prescindían de ellos en los cuartos donde internan a los pacientes que luchaban contra la adicción a ciertas drogas.

Pero todo estaba en orden: su rostro no tenía nada raro, y ninguna figura pavorosa lo observaba a sus espaldas.

No tardó en descubrir que el agua que goteaba provenía de la ducha. Sintió un alivio tremendo al ver que todo se debía a que la llave no estaba bien cerrada. Nuevamente, en su mente de adulto, la lógica triunfaba sobre la irracionalidad, como debía ser.

Se aseguró de cerrar con fuerza la llave, tal vez incluso demasiada, y luego acudió al lavamanos para echarse agua en la cara.

El liquen del sueño se despegaba al contacto de la humedad.

Tenía mucha hambre. No era la hora de la cena todavía, pero sin dudas le gustaría revisar el menú de la cafetería.

Suspiró de alivio, otra vez.

Salió del baño y cerró la puerta tras él, asegurándose de que se mantuviera firme sobre el soporte.

Sin embargo, cuando levantó la mirada, el corazón le dio un salto en el pecho...

La mancha en la pared se había hecho dos veces más grande.

III

1

Mientras bajaba las escaleras Abraham repasó mentalmente las cosas que habían sucedido.

Lo primero que hizo fue golpear la pared para saber si estaba hueca, posiblemente un tubo detrás se hubiera roto y la mancha no fuera otra cosa que una acumulación de mierda supurando desde el otro lado. Al fin y al cabo, el muro no era de concreto, sino de ese tipo de cartón piedra que utilizan las casas norteamericanas en los vecindarios de clase media y que parecen hechas con la esperanza de que les pase lo que a la cabaña de Dorothy Gale.

Sin embargo, aquella explicación dejaba suelto un cabo, y uno particularmente grande: ¿y el hedor? La mancha no olía a nada.

Otra teoría es que sencillamente el cartón piedra estaba reaccionando a la humedad, posiblemente la tubería no estuviera rota, sino simplemente goteando.

Pero tampoco sintió humedad alguna al colocar la yema del dedo.

Como fuere, ahora tenía una historia bastante más extraña para Gianluca, a quien deseó ver en la cafetería, sin éxito. La única persona allí era una empleada que estaba detrás del mostrador leyendo una vieja *Selecciones*.

2

Al terminar de comer, a Abraham, presa del aburrimiento, se le ocurrió dar un paseo por el hospital. Pero las luces apagadas, los pasillos oscuros, las largas hileras de puertas dobles y la ausencia aparente de personas (no había siquiera enfermeras de turno) lo disuadieron de la idea.

Regresó a su habitación, lo que le resultó desolador.

Le incomodaba la idea de dormir debajo de esa cosa de aspecto erosionado que parecía hacerse cada vez mayor. Ya estaba por cumplir su cuarto día en el San Niño, el quinto comenzaría en lo que la aguja del reloj marcara la medianoche. Era la primera vez en su vida que había pasado tanto tiempo dentro de un lugar sin salir, y ahora se hallaba meditando al respecto. «Siempre hay una primera vez para todo». Ese pensamiento le daba cierto consuelo. Había funcionado bien desde el día que había aceptado, y asumido, que era pobre.

Regresó a su habitación, pero antes de cerrar la puerta se detuvo en silencio para observar el pasillo, fijándose en las demás puertas del ala. Su cabeza giró de derecha a izquierda por lo menos cuatro veces prestando atención al marco y picaporte de cada una, sus ojos mágicos se perdían en el ángulo de su mirada.

Había un silencio tan espeso, tan sofocante, que se preguntó si él era la única persona ocupando un cuarto en esa ala del San Niño.

Pensó en escribir sobre ello en su diario personal. Sí, su diario… que volvía a él como un dulce consuelo. Algo que hacer.

Se agradecían las ideas que llegaban por casualidad, suelen ser las mejor aprovechadas por los escritores, pero aquello era algo más: ¿no se suponía que ahí mismo debía estar viviendo Gianluca y las demás personas que había visto trabajando en días anteriores? No se oía música, pasos, una ducha, nada… la ausencia de lo cotidiano era, en realidad, elementos extra para engordar los párrafos de su cuadernillo.

Tal vez el San Niño estaba diseñado precisamente para eso: evitar colar los sonidos, tal vez, de hecho, las paredes tuvieran algún tipo de revestimiento aplicado especialmente para ello, era una posibilidad que cuajaba en sus humildes pensamientos, y de pocos ánimos se sentía ya para explicar esos inevitables *peros* cada vez que trataba de explicar últimamente las cosas, por lo que dejó pasar cómo era que entonces tampoco había luz debajo de las puertas.

Decidió entrar a su habitación; la mancha seguía del mismo tamaño (gracias a Dios). Había sentido miedo en ese intervalo de tres segundos que le había tomado empujar el interruptor de la luz. ¿Y si el telón se abría y la encontraba más grande aun? ¿Qué haría?

Tenía que recodar preguntarle a Gianluca si sería prudente tomar al toro por las astas y conseguir algo de pintura blanca, aun si su trabajo de brocha no fuera perfecto. Vista desde ahí parecía un tumor negro. Si el cáncer tuviera forma, sin dudas sería así.

Se desvistió y arropó bajo las sábanas.

En la oscuridad, pensó que su plan de turismo en el pueblo no solo se limitaría a encontrar un locutorio, sino también un local donde pudiera conseguir una radio barata y al menos escuchar música por la noche. Solía hacerlo de niño... quizá había cambiado la luz azulada del monitor por el cobijo de la voz de un locutor trasnochado. En ese momento, recordó que hubo un tiempo en el que él era aficionado a ciertos programas nocturnos de la FM.

Activó la lucecita de su reloj de pulsera... el tiempo pasaba tan lento como en el *Relato de un náufrago*; Velasco en su balsa y él en una cama, ambos sin nada que hacer más que ponerse a pensar. Le hizo gracia que, de seguir así, al cabo de una semana le daría por pintar alguna obra de arte.

La pintura no se le daba muy bien, sin embargo...

«Escribir».

Tomó el diario y el lápiz, y encendió la luz.

3

Hoy se cumple mi quinto día aquí, en el San Niño.

Creo que es la primera vez que no utilizo la luz del sol para escribir sobre este, mi libro de notas y único amigo presente... (Sugerencia: hacer este tipo de reflexiones me hace ver como un pelotudo). Sin embargo, considero que es válida: he dormido poco, parece que esta será una noche de insomnio, y no tengo nada más que hacer.

Estuve dando vueltas en mi cama por Dios sabe cuánto. Son los momentos como estos en los que agradezco no tener un reloj electrónico sobre la mesa... Ver cómo pasan los minutos solo lo haría insoportable.

Hoy (o ayer) me di cuenta de que cierta persona es un pobre imbécil al que le gusta humillar a los demás. Pero no voy a perder el tiempo escribiendo sobre eso. No lo merece.

Me han estado pasando cosas raras, pero solo las considero como una racha de mala suerte. En las películas de suspenso me quejaba de cómo el protagonista reaccionaba de la forma más ridícula frente a esta o aquella situación, pero me doy cuenta de que en la vida real es otro juego: uno se queda de pie, asustado, sin hacer nada, como un gil. La vida no tiene guiones, y no te pinta situaciones de modo conveniente. La vida no te presenta los temores de manera genérica. ¡Yo, el Conde Drácula! ¡Yo, Sadako!

Voy a enumerar estas cosas extrañas (quizá si lo pongo sobre el papel, si lo hago físico, algún agente de Cronos, de la Auditoría Suprema, se dé cuenta de que la está cagando conmigo, y decida bajar dos cambios):

—Al llegar al San Niño, sufrí de una migraña espantosa, que por fortuna se ha estado limitando a molestarme cada mañana, cuando abro los ojos...

—Al cuarto día, tuve una pesadilla... me desperté pensando que me salía sangre de los testículos. Sin embargo, ya me revisé y no tengo ninguna herida, ninguna marca ni ninguna picadura. En la basura aparecieron retazos de papel higiénico manchados de sangre, y sé que es mía. Posiblemente la marca haya desaparecido, pero ¿qué pudo haberla provocado? ¿Una hormiga realmente grande? ¿La Reina ha decidido darme el honor de una visita (y algo más)?

—Ha aparecido una mancha en mi pared, y parece hacerse más grande. No soy de arrojarme flores a mí mismo, pero si algo tengo es cerebro; repasé las posibilidades más lógicas que pudieran haberla originado, pero nada es seguro, mañana le preguntaré a cierta persona si es conveniente pintarla (nadie me gana tomando decisiones drásticas ^_^).

—Vi a un niño con los dedos deformes en el último piso del hospital. Me tomó por sorpresa mientras trapeaba. ¿Cómo describirlo, y ser fiel a la verdad? ¡Fue horrible! ¿Cómo diablos podía tener los dedos tan achatados? ¡Si lo hubiese visto en una película, pensaría que se trataba de un efecto barato! Pero no, yo estuve ahí, yo lo vi. Pobre niño. ¿Por qué no le amputan la mano? Suena duro, lo sé, pero es lo mejor que podrían hacer... quien opine lo contrario es un tonto. ¿Para qué dejarlo así?

—La monja que fue a buscarlo... no me fijé en ella cuando caminaba hacia nosotros, porque estaba pendiente del chico, me declaro culpable de mi insensibilidad ruin (nota: no sabía que en el San Niño trabajasen monjas), pero me pareció ver que no tenía labios, que su dentadura seca se hallaba a la vista, ¿lo imaginé?

Abraham dejó su diario, apagó la luz y se recostó.

Se forzó a sí mismo a dormir, cerrando los ojos, pero no lo logró.

La quietud y el silencio solo le sirvieron para rememorar momentos que creía ya olvidados. ¿De qué manera guarda el cerebro los recuerdos? De niño, solía verlo como un millar de metras microscópicas acumuladas en el interior del cráneo. No era precisamente ortodoxo, pero a decir verdad, ni siquiera los hombres de bata blanca tenían teorías coincidentes al respecto.

Lo cierto es que, desde hacía tiempo, Abraham había descubierto la cosa más importante que separaba al cerebro humano del electrónico: la máquina borra información, la cabeza, en cambio, la guarda celosamente, y la relega hasta que considere el momento oportuno de levantar el telón, a veces durante los momentos más extraños...

Meditaba sobre el poco control que uno tiene de su «centro de comando». ¿Querés dejar de escuchar un sonido desagradable que se repite? Es muy difícil. ¿Controlar los sueños durante la noche? Teoría audaz pero tonta, salvo para algunas personas que tienen el maravilloso don de saber conscientemente que están soñando mientras duermen. ¿Decidir olvidar los recuerdos tristes? Imposible. Si hubiera pastillas para eso se habrían vendido más que el Viagra y la vitamina C.

El cerebro trabaja hasta cierto punto al servicio de uno... de resto, es el único órgano que decide cuándo, dónde y cómo firmar sus propios cheques. Lo mejor que podía obsequiarse era un nublado relax, hasta el amanecer.

Para cuando finalmente fue la hora de abandonar la cama, Abraham entró al baño.

Mientras hacía sus necesidades, de pie (sus propios prejuicios le impedían sentarse en un inodoro para otra cosa que no fuera hacer el número dos), vio de reojo algo reflejado en el espejo que le produjo sorpresa.

Sus cejas se arquearon en el paroxismo de la incredulidad. Apuró lo que estaba haciendo, y sin siquiera abotonarse, e importándole poco mancharse, salió corriendo del baño, observando la pared: la mancha había desaparecido.

Y aquello de lo que creyó que se había librado al despertar, lo sorprendió segundos después: el desesperante dolor de cabeza lo invadió otra vez, como si alguien con una taza se lo hubiera derramado en la cabeza.

4

Esta vez no se contentó con actualizar el listado de cosas raras en su diario. La situación ya no solo lo dejaba perplejo, ahora además comenzaba a molestarlo.

En la adultez, el cerebro de uno deja de ser flexible para convertirse en un pequeño fascista que no acepta lo que con mucha decisión juzga como tonterías, y si no hay explicaciones lógicas, la reacción es el ofuscamiento inmediato.

Se cepilló los dientes, se lavó la cara, tomó su bata de enfermero, se colocó los anteojos, se abotonó sin siquiera mirarse al espejo y salió del cuarto. Mientras caminaba por el pasillo Abraham pensó que, años atrás, arreglarse frente a su propia imagen le solía tomar veinte minutos, ahora solo le bastaban cuarenta y cinco segundos para prepararse y salir. Estaba de mal humor.

Tan pronto el reloj tocó las diez comenzó a llover, y el manto grisáceo de nubes que databa del día en que había tratado de salir aun no llegaba a su fin. Supuso —y con razón— que visitar el pueblo volvería a ser imposible.

Así que había decidido optar por algo que no podía fallarle, no si había justicia: que los teléfonos de moneda del hospital funcionaran.

Pero debía escoger cuidadosamente a quién llamar... a Abraham nunca le faltaron amigos.

Desde temprana edad, siempre tuvo el don de encajar bien en cualquier grupo. Fue uno de esos pocos adolescentes que tenían la envidiable cualidad de no tener que fingir una manera de ser para otros, y tampoco era víctima de esa terrorífica maldición juvenil de no tener nada que decir en grupos, o de no hallarse entre las muchachas.

Mientras se hacía mayor, eso lo hizo más feliz, porque le dio todo lo que un chico podría haber deseado, desde amigos hasta amor, desde amor hasta sexo. Era un joven moreno, de rasgos finos, alto, delgado y concienzudo. No se podía pedir mucho más.

El problema es que nadie es inmune a las tribulaciones de la vida; por ello, el declive comenzó cuando el «progenitor de sus días» tuvo su crisis y, por ende, el matrimonio de sus padres comenzó a derrumbarse lentamente. Era como si el «Gran Cabrón» hubiera visto que las cosas estaban demasiado bien y decidiera poner una montaña de mierda del otro lado de la balanza.

Un día, llegando en la madrugada, cansado, se detuvo frente al cuarto de su hermano, porque escuchó un gemido. El chico, ocho años menor que él, estaba llorando sobre la cama.

En aquel entonces, no quiso hablar con él, ¿indiferencia? Tal vez. Pero en los días posteriores su actitud fue más distante. Sus calificaciones comenzaron a bajar y su futuro escolar se vio comprometido. Su madre, que de todos era la que más intentaba restar importancia a la situación, había conseguido crear ese ambiente en el cual cada integrante de la familia siente que lo que jamás debería pasar está pasando; como si nos estuviéramos hundiendo y ni siquiera la persona que creíamos más íntima nos tiende una mano para salvarnos del estanque.

Cuando Abraham aprendió a notar esto, decidió hacer uso de lo más noble que guardaba en las entrañas y obligar a su hermano a que hablara con él.

Y el niño le contó: había sorprendido a mamá en la cama, y no con papá.

Nunca antes Abraham había sentido que caía por un abismo. Ahora la cosa no era simplemente que su madre no hacía gran cosa para ayudarlo, y encima evitaba que acudiera a alguien que realmente pudiera ayudar a su hijo, su propio hijo, y quizá la última barrera para evitar que perdiera el año escolar. Ya no se trataba de indiferencia.

Las cosas encajaban: la mujer hacía lo que hacía para evitar que alguien más se enterara. Lo que podía empeorar empeoró. Era lógico, desde luego, pero también indigno, monstruoso. Era el caos.

Y fue a partir de ese punto que él explotó.

Pero las circunstancias lo arrollaron: resulta que su padre lo sabía.

No se divorciaron, porque todavía existía el amor (o eso es lo que creyó). Sin embargo, había quedado una de esas manchas oscuras que difícilmente se quitan, por no decir que, además, después de varios días, la señora se fue de la casa, para no volver.

Lo que era tomado por los cabellos, lo que era imposible, lo que solo pasaba en «esas» familias que aparecen en temas de conversación bastante inquietantes, lo que jamás concebimos que podría pasarnos a nosotros, había sucedido en la casa Salgado. ¿Y cómo se sentía Abraham? La respuesta era tan simple como inusitada: sencillamente no se sentía. No podía decirlo con claridad, y tampoco es que alguien se atreviera a preguntárselo.

Por lo menos, la casa en que vivían no era un lugar alquilado, así que los embates de la pobreza se hicieron sentir desde adentro; afuera, al menos, todo seguía pareciendo relativamente normal.

Abraham siempre fue muy seguro ante sus amigos, pero ahora estaba en el otro lado de la mesa: ¿cómo contarles todo lo que había pasado? Por lo general, los acontecimientos suscitados en la familia eran solo problema de los Salgado, pero algo tenía que decir cuando se viera obligado a cortar su carrera, abandonar la universidad y buscar un empleo… uno donde fuera.

¿Y su hermano? Su hermano fue el que peor la pasó. Abandonó la secundaria, y ya se estaba haciendo demasiado grande como para que pudiera tomar clases en un bachillerato normal y no sentirse como ese «retrasado» que tiene la estatura del profesor. Además, estaba engordando mucho.

Se había dado cuenta de que la mejor forma de lidiar con esa situación era, sencillamente, no pensar. Bloquearlo. Cerrar aquel episodio con candado. ¿Acaso era aceptable? ¿Era sano, siquiera? No lo sabía, porque había adoptado el método tan bien que él mismo no se había detenido a razonarlo. Parecía incluso irónico que él, que solía ofrecer consejos, se retrajera así.

Pero esa es la magia negra de la vida, el gran final, el despertar a la realidad.

Y en comparación, la estúpida mancha se quedaba como solo eso, una mancha, producto de una tubería llena de mierda sobre una pared de cartón piedra.

Se detuvo frente a la oficina de recursos humanos sin ver a Gianluca, cosa rara, porque si este no lo buscaba directamente a su cuarto entonces lo esperaba ahí, con la asignación del día.

Sin embargo, lo único que se veía al fondo era el trasero rimbombante de una enfermera que desaparecía a través de una puerta doble, empujando un carrito de limpieza. Tras él estaba la puerta de donde había sacado el balde y la fregona. Giró el picaporte; ambos utensilios estaban adentro, preparados.

Decidió sentarse sobre una de las sillas de la sala de espera.

El tiempo pasó, así que fue solo cuando decidió que ya había tenido suficiente que se puso de pie y buscó a alguien; Gianluca nunca se retrasaba, y él, por su parte, quería hacer méritos.

«Mírenme, aquí estoy… mi jefe no ha venido ¿estará enfermo? ¿Se lo habrán comido los cocodrilos? ¡No sé ni me importa! ¡Pero háganme trabajar, por lo que más quieran!».

La primera persona que encontró estaba tras un vitral, era un doctor que revisaba un historial médico.

Abraham tocó la puerta cuidadosamente.

El hombre salió de su mundo. Su único rasgo notable era un parche negro sobre el ojo derecho. Sus cejas pobladas se separaron y una sonrisa afloró entre sus labios delgados.

—Buenos días, doctor —saludó Abraham, lentamente—. Busco a Siffredo. Soy su ayudante y lo necesito para saber cuál es la labor que me toca hoy.

El hombre giró el ojo rápidamente, registrando el nombre que acababa de escuchar.

—Gianluca ya no está, pero yo puedo ayudarte.

Se tocó la etiqueta sobre la bata que tenía cosido el apellido Murillo. Extendió una mano, la cual Abraham estrechó diligentemente.

—Abraham Salgado.

El hombre volvió a sonreír.

—Ahora mismo no tengo nada, pero dame una hora y te daré qué hacer. ¿Te parece?

5

De espaldas, observó su reloj e hizo una estimación mental del tiempo del que disponía. Era temprano, pero posiblemente fuera una ocasión idónea para realizar la llamada telefónica que tanto estaba anticipando.

Los teléfonos públicos se hallaban en un largo pasillo conectado a las habitaciones del personal de limpieza, un lugar cuya única bombita parpadeaba de forma errática. Las paredes tenían un tapizado rojo de mal gusto.

Tomó el auricular y se lo colocó entre el oído y el hombro, mientras contaba las monedas que tenía en la mano. Realizaría una llamada a Buenos Aires, así que necesitaría todas las que había extraído aquella mañana, no sin dolor, de su billetera. Le producía una nostalgia gélida pensar que hacía pocos años, se había dado el lujo de hablar por teléfono cuarenta minutos con una amiga que estaba en Madrid.

Su elección había sido Susana, exnovia y ahora mejor amiga. ¿Quién lo diría? Habían roto un mito.

Era sábado, por lo que no estaría en la universidad, sino durmiendo... la llamada la despertaría, pero al diablo con eso: ella se alegraría de escucharlo.

Mientras el teléfono repicaba, levantó los ojos para observar con más atención el pasillo… era tan silencioso como el suyo.

Llegó el quinto repique, todavía no atendía nadie.

Respiró con más fuerza, nervioso. Si le salía la contestadora, entonces habría perdido las monedas. Él estaba lejos de todo.

El resquicio de debajo de las puertas estaba negro, no se colaba siquiera un poco de luz amarilla o natural. Sus ventanas debían tener las persianas abajo.

Eso lo hacía pensar…

Octavo repique.

Ya empezaba a ponerse ansioso. Hacía calor… el sistema de ventilación del pasillo debía estar arruinado, y el tapizado de felpa no ayudaba tampoco. Se puso a pensar si dentro de las habitaciones también sería así, si había gente adentro.

Atendieron el teléfono. Sintió su corazón invadido por una sensación similar a la que produce la menta dentro de la boca.

Era la señora Marceni, la madre de Susana. Se hizo a la idea de que del otro lado de la línea debía haber un clima limpio, en un vecindario verde y bonito, donde servían un buen desayuno…

—Buenos días… soy Abraham.

Hubo un silencio expandido de varios segundos antes que la mujer expresara sorpresa.

—¿Abraham? ¿De verdad? ¡Se te oye diferente! Oh, cariño, ¿dónde estás? Oí que te habías ido de casa.

Respondió las cinco primeras preguntas del cuestionario usual, hasta que consiguió colar con bastante sutileza que la llamada era de larga distancia. Se escucharon los golpes sonoros sobre la puerta de la habitación de Susana.

—¿Abraham?

—Soy yo.

Tal como lo había previsto, ella estaba recién levantada, su voz le trajo recuerdos placenteros, que pasaron por su mente como una película rápida.

—Dios mío…

El saludo fue tan efusivo como lo deseaba, y eso fue como una sopa caliente. Era la primera muestra de afecto en mucho tiempo… cada día en el San Niño parecía una semana.

Apretaba con bastante fuerza el puñado de monedas que sostenía en la mano… en ese puñado de níquel estaba la magia del amor.

—¿Por qué no me llamaste? —le reprochó—. Estabas perdido. ¿Dónde andabas?

—Más lejos de lo que te imaginas —contestó con gravedad—. Estoy trabajando en un hospital… de enfermero suplente.

Incluso ante ella, aquella confesión dolía. «Enfermero suplente» dolía.

—Me hallo en un lugar que se llama Valle de la Calma. El hospital es San Niño. ¿Lo escuchaste bien? —imploró, con la esperanza de que ella consiguiera el número por Internet y tomara como costumbre llamarlo a menudo.

—¿Y cuándo vas a regresar? ¿Todo está bien?

Su interés atenuaba el dolor en más de una forma; no había repetido con dejo de desgano y signos de interrogación su actual oficio, parecía como si hiciera caso omiso a ello. Tal vez esos detalles le pasaban por alto, quizá entendía muy bien las indirectas y era cuidadosa como una maestra de Tai Chi para no herir sus sentimientos. Abraham se había convertido en un detector formidable.

«Dios, cómo te amo».

Había cortado con ella por una razón tan extraña como ambigua, «debemos darnos tiempo para conocer más cosas, más gente», era una forma alterna de decir «quiero acostarme con más gente, y no herirte en el intento».

—Te estoy llamando desde el hospital —contestó—. ¿Cómo te va?

Susana se quedó en silencio. Ella había hecho una pregunta primero… lo conocía lo suficiente como para saber que algo andaba mal: estaba deprimido, o estaba empezando a deprimirse.

—¿Qué te pasa? Contame, ¿todo está bien?

—No… lo siento mucho, no quería llamarte así. No es justo.

Apretó los dientes.

—No digas eso, porque para momentos así es que me gusta más que me llames. Contame, ¿qué pasa? ¿Es el trabajo?

—Sí, es el trabajo. No me gusta…

—Pero tenés que hacerlo, y lo sabés.

—Lo sé, pero no es eso, es…

Hubo varios segundos de silencio. Se escuchaba una vieja interferencia en medio. Típico de una línea telefónica vieja.

—¿Qué?

—No es duro, no hacen que me parta el lomo.

—¿Tenés un número? Puedo llamarte yo.

Había estado con muchas mujeres, tal vez demasiadas, pero la sensibilidad de ella era única.

«Cómo te amo».

—Te llamo desde un teléfono público.

—Bien. ¿Qué me estabas diciendo?

—Mirá, no me cae bien la gente, mi jefe es… mi jefe directo es un idiota total. Si te cuento lo que pasó, te reirías, pero no vale la pena, y tampoco es eso.

—¿Seguro?

—Seguro, muchas gracias por escucharme.

—No pierdas el tiempo agradeciéndome más, decime qué es lo que te tiene mal.

—No he salido de aquí en cinco días, Susana, me siento enclaustrado. El hospital es grande, pero…

—… es un hospital —interrumpió, con obviedad.

—Exacto.

—¿Qué pasa? ¿El contrato de trabajo no te deja salir hasta el finde?

—No, ni siquiera hubo contrato, todo fue muy informal, muy rápido. Es solo que cuando intenté salir ayer, no pude, llovió con una fuerza que no te podés imaginar. No viste nada igual.

—Pero hoy tratarás de salir otra vez, supongo.

—Quizá en la noche.

—¿Dónde estás?

—En un pueblo que se llama Valle de la Calma —repitió—. De hecho, ni siquiera estoy en el pueblo, estoy en las afueras. No es algo que puedas encontrar fácilmente, ni siquiera si te ponés a buscarlo en Google.

—¿Es un lugar pequeño? ¿Podés salir a divertirte?

—He escuchado que es pequeño, sí.

«¿Podés salir a divertirte?», él recogía esos detalles. ¿Cómo podía haber dejado ir a alguien como ella? Sabía que todavía le daba celos imaginarlo con otras, pero él estaba primero que eso.

—Siempre pensé que eras una persona muy fuerte, lo has sido desde que comenzaron a suceder los problemas en casa. No vas a dejar que un mal empleo te arruine siquiera…

No escuchó lo último que dijo.

—Lo sé, pero… hay cosas que han pasado.

Tragó saliva. No iba a ser fácil hablar sobre sí mismo, eso le costaba, pero aquella era Susana, y era lo menos que merecía.

—¿Cosas que han pasado? Contame.

—Es complicado, pero…

En ese momento era difícil saber si ella estaba más asustada que él.

—Entonces sacalo, y que no te quede nada por dentro.

—Vos creés en mí, ¿verdad?

Hubo un silencio de varios segundos.

—Sí.

—Han estado pasando cosas raras en este hospital… no me gusta, en verdad que no me gusta…

—¿Qué cosas raras, Abraham?

—¿Por dónde empezar? Me he despertado en la noche, sintiendo cosas extrañas… ayer, por ejemplo, apareció una mancha en la pared que…

—CALLATE LA PUTA BOCA, MARICÓN. GIL. BASURA.

Abraham echó la cabeza para atrás, por un momento sintió una aversión más allá de lo comprensible, de lo humano, tan terrible, grotesco y repulsivo que su mente le dio un tirón, y arrojó el auricular.

El teléfono quedó guindando en zigzag a pocos centímetros del suelo, tirado por el cordón metálico.

Esa voz de hombre no era del papá de Susana, no podía ser, su mente daba vueltas, daba vueltas rápido. Abraham dejó salir un gemido.

Tomó el auricular, se le resbaló. Volvió a tomarlo con ambas manos, y se lo pegó a la cabeza con todas las fuerzas que pudo reunir.

—¿Susana? ¿Me oís?

La llamada se había cortado.

IV

1

Estaba demasiado turbado para hablar, meditar o incluso caminar derecho.

No sabía cuánto tiempo había transcurrido desde que había soltado el auricular y lo había dejado colgando cerca del suelo. Mucho menos se animó a llamar de vuelta; estaba demasiado aterrado para ello.

Arrojó el resto de las monedas en su holgado bolsillo y lo único que hizo, aparte de correr repentinamente, fue restregarse los ojos con el dorso de las manos.

No estaba pensando en nada, trataba de no hacerlo, y tal vez por ello, aun varias horas más tarde, no advirtió que el doctor Murillo lo llamó por tercera vez.

—¿Abraham? ¿Qué pasa?

Le colocó una mano en el hombro y se acercó para verlo a los ojos lo suficientemente cerca como para incomodarlo. Por un momento un miedo frío usurpó el terreno del otro: se le ocurrió que el tipo intentaba ver si había consumido drogas.

¿Cuántos años tendría Murillo? ¿Treinta y cinco, a lo sumo? Solo once años mayor que él.

Y a pesar de todo, el contacto de su mano lo hizo sentir mejor, le hacía tener los pies ahí, en la tierra, y no allá, en los pasillos de su imaginación. Que los males monstruosos podían verse contenidos por la presencia de alguien más. Posiblemente Murillo pudiera ser, en el futuro, lo que debió haber sido Siffredo.

«Dios, qué desesperado estoy».

—Lo siento.

Se restregó los ojos de nuevo.

—¿Seguro?

—Seguro, no se preocupe.

Murillo observó su carpeta, y anotó algo con un bolígrafo. Eso no le gustó a Abraham.

—Necesito un favor.

—¿Sí?

Le señaló una puerta doble al final del corredor que estaba abierta de par en par. Adentro estaba tan oscuro que nadie vería más allá de su nariz.

—Ese es el laboratorio de radiología, y no hay luz.

—¿El foco se fundió?

—No. Es un lugar grande, ¿sabés? Y entre el techo y las lámparas hay distribuidas no menos de doce bombitas.

—No pudieron fundirse todas...

—Exacto —lo congratuló el doctor, con una sonrisa producto de saber que conversaba con un chico listo.

Abraham pestañeó y se aclaró la garganta, frotando sus manos.

—Todo esto quiere decir que la placa de ahorro eléctrico se desconfiguró. Aquí entre nos, te confieso que yo me cansé de decirle a Borguild que instalarla era una estupidez, pero no quiso escucharme, y supongo que el tiempo me dio la razón.

Murillo se rascó una ceja.

—Su intención era buena —repuso— porque permite que todas las luces del hospital relacionadas con los espacios no esenciales se enciendan a las nueve en verano y a las seis en invierno, pero presumo que el sistema sirve mejor para una cárcel que para un hospital, y menos uno de este tamaño. Fue mal programado y no ha hecho otra cosa que darnos problemas; este es uno de ellos. Necesito que busques el panel de electricidad, lo abras y actives el interruptor de luz del laboratorio.

Giró una hoja de la carpeta.

—Te digo que no es tan difícil, aunque quizá sea un insulto a tu inteligencia, pero tenés que entenderme, porque no sé nada de electricidad, así que no es mi intención. ¿Sabés? Cualquiera cree que un título de medicina te da conocimientos para todo.

Bajó la mirada para leer:

—Debés subir la palanquita que tiene escrito H2 encima. ¿Sí?

—¿Dónde se halla el generador?

—Tendrás que tomar el ascensor de carga.

Murillo sacó el bolígrafo de su bolsillo para hacer otra anotación, y agregó:

—Está en la morgue.

2

Muchas veces, durante los años felices, su padre le había dicho algo que iba más o menos entre las líneas de «no dejes nunca que nadie te obligue a hacer nada».

Camino al diminuto ascensor, Abraham se daba cuenta de que su tarea sería una de las más grandes excepciones en la vida.

O quién sabe, tal vez era simplemente el umbral del desengaño…

Sí, precisamente; aquel había sido un consejo ingenuo. ¿Como podría responder? «Doc, aquí entre nos, justo ahora, me caga tener que bajar a la morgue, ¿ok? Pídaselo a una enfermera. Sí, sí, lo sé, pero es que no puedo, y eso es eso. No lo entendería. Y ya que estamos, ¿me daría el puesto que ocupa Siffredo si no se presenta a trabajar en un par de días más? ¿Me aumentarían el sueldo? ¿Pondrían Wifi en este lugar de mierda?».

El ascensor se hallaba en la cocina del San Niño, que era un lugar inmenso, con un cuarto de refrigeración de dos plazas y un centenar de cuchillos e instrumentos colgados boca abajo sobre la hilera de hornallas. Las cajas apiladas y llenas de cartones de huevos le recordaron las veces que, de niño, acompañaba a su madre al supermercado. Le encantaba que lo metieran dentro del carrito y lo hundieran en víveres. Una vez, al llegar a la caja registradora, ella había preguntado a la empleada con solemnidad «¿Cuánto vale este muñeco?», y él se había reído. ¿Por qué recordaba eso ahora?

Cruzó un montículo de verduras, percibiendo el olor de las especias, de la carne cruda, los ajos y los quesos. No ayudó en nada ver que, sobre la mesa más larga, cercano a un fregadero que goteaba, se hallaba una enorme bandeja de hierro con un cerdo dentro.

«¿Desde cuándo acá le dan cerdo a los pacientes? ¿Es para los doctores, acaso?».

La sangre del animal inundaba sus pezuñas. Su cabeza abultada y rosa todavía tenía los ojos abiertos, esa conocida expresión tan humana, tan atrozmente indiferente.

Se introdujo en el ascensor de personal. Le recordó a esos ascensores antiguos que había visto alguna vez en Buenos Aires. Cerró la rejilla y marcó el botón negro que estaba al fondo de la pared.

Tras varios crujidos y vueltas de perna, el aparato comenzó su descenso. La cocina desaparecía lentamente ante su mirada, posada aun sobre la cabeza del animal que, desde ahí, parecía devolverle la mirada, con los ojos en blanco. Eso fue lo último que vio antes de quedar a oscuras.

No se iba a poner a pensar ahora en lo que había pasado atrás con el teléfono.

«Dejémoslo en que fue una broma pesada», lo consoló una voz muy profunda.

«Dejémoslo en que un imbécil se contagió de la estupidez de Gianluca».

Semejante humillación ante Susana resultaba una bendición ante cualquier otra posibilidad.

Y ya, y eso fue todo, y no iba a pensar en más nada. No ahora, «especialmente ahora».

Pero su propia cabeza lo traicionó, como muchas otras veces, y lo hizo desde el principio: «¿Cómo es posible que este agujero sea tan profundo?».

Más que ser una planta baja, parecía un piso subterráneo, lo que quería decir que el San Niño en realidad tenía cuatro niveles, no tres.

Finalmente, empezó a ver una luz a la altura de sus zapatos, que se fue transformando, con una lentitud exasperante, en un pasillo muy estrecho de baldosas verdes, en cuyo final se hallaba una puerta doble, sucia.

El ascensor se detuvo con un golpe desagradable, y, para no perder el tiempo dejándose engañar ni dejar que su imaginación tomara demasiado terreno, abrió la rejilla y se puso en marcha. Ahora envidiaba a esas personas que no pueden pensar y mascar goma al mismo tiempo.

Veía a los lados, buscando algún indicio del panel eléctrico: sabía cómo eran porque, si su memoria no lo traicionaba, debía ser idéntico al de su propia casa, pero veinte veces más grande, lo suficiente para justificar una palanca llamada «H2».

Además, Enrique, el compadre de papá, les había enseñado un truco o dos para manipular la caja y que la cuenta de la luz no saliera tan cara... todas las buenas familias tienen siempre a un Enrique por ahí.

Pero por más que recreaba su mente pensando en cumplir su misión, no la hallaba en ninguna esquina: al lado de cada baldosa solo había otra, y, mientras más se acercaba a las puertas del fondo, más moho y mugre había entre los resquicios de cada una.

Apretó y soltó los puños, una y otra, y otra vez, como una medida de relajación. Se detuvo y se sacó los lentes, para limpiarlos con la bata, pues los veía empañados.

Se giró sobre los talones, con la esperanza (casi ridícula) de ver si no había dejado pasar algo de largo; una puerta convenientemente ubicada en una esquina, un lugar ideal, lo que fuera…

Pero no apareció ni una cosa ni la otra.

Así que ya era oficial: se tenía que meter dentro de la morgue, y con ello, la ira afloró. «¿Quién coño, quién carajo, qué hijo de puta pone un generador eléctrico en la sala de los muertos?» o qué hijo de puta pone la morgue donde se instaló el generador eléctrico, el orden de los factores no altera el producto, y su molestia era válida.

Cuando empujó las puertas (que eran bastante pesadas), escuchó el rechinar del gozne… el recibimiento estereotípico lo hizo sonreír. El humor, aunque oscuro, fue un elixir, y ayudaba a bloquear la inquietante oscuridad que tenía al frente.

Hacía frío, lo sintió casi de inmediato. La refrigeración obviamente era alta. Podía escucharla en algún lado…

Dejó las puertas abiertas de par en par para aprovechar la luz de afuera: la sala estaba a oscuras, y tenía que buscar primero el *switch* para encender las lámparas. Quizá fuera prohibitivo dejar escapar el frío, quizá fuera más prohibitivo aun dejar las puertas así, pero la verdad, para él, todos le podían chupar un huevo.

Ante sus ojos aparecieron dos filas de camillas muy largas, que estaban distribuidas a la derecha y a la izquierda, las sábanas blancas arropaban cuerpos, cuyos relieves se podían contemplar bastante bien, a diferencia de básicamente casi cualquier otra cosa en aquel lugar.

Dio cinco pasos al frente y luego media vuelta, buscando el interruptor de electricidad: no estaba en ningún lado.

Revisó incluso en las paredes contiguas, pero tampoco había nada.

La suerte le estaba dando la espalda, otra vez: el interruptor de luz debía hallarse al final de la sala. Otra incoherencia digna del San Niño.

Respiró profundo y se frotó la frente. El grave ruido de la refrigeración era lo único que lo acompañaba, y por un momento, lo agradeció.

Empezó a caminar firmemente, viendo hacia delante.

¿Qué se le había ocurrido?, ¿que en ese momento las puertas se podrían cerrar detrás de él? Por supuesto que sí. Después de todo, estas ni siquiera tenían ojos de pescado, por lo que se quedaría completamente a oscuras. Pero no pasaría, porque eso sería estúpido, ¿verdad, Abraham?

Pasaba de largo una camilla, y después otra, y después otra. Y mientras más caminaba, más se daba cuenta de lo largo que era el lugar y por ello supo que, dentro de poco, el alcance de la luz se agotaría, y se metería de lleno en lo negro.

Abraham no cometió la estupidez de detenerse y mirar hacia atrás, aquello hubiera sido un error fatal que alimentaría su imaginación, tampoco se puso a pasear la mirada para observar las camillas y averiguar si un brazo se había salido de la sábana y colgaba a un costado de la cama, o si un dedo gordo se asomaba con una etiqueta. De repente esas cosas perdieron su natural humor negro.

¿Y si escuchaba algún ruido por ahí, en un costado, en algún lugar que él no podía alcanzar a ver? ¿Algo aproximándose?

«Por Dios, ya basta, ya es suficiente».

Visto así no hacía justicia al tono iracundo de su conciencia. Abraham no sabía que realmente se estaba dedicando un regaño a sí mismo.

Alguna voz muy extraña, algún remanso bastante maligno, un enemigo natural (de esos que uno no controla y te pueden cantar una canción que ni siquiera te gusta todo el día sin que la puedas hacer callar), le recordaba, casi cortésmente, lo del teléfono…

Se alzaba una pregunta muda: ¿sucedería otra desagradable anécdota ahí y ahora? Maldecía.

Finalmente, la pared apareció: no porque pudiera verla, sino porque lo sentía: estiró el brazo y tocó la cerámica.

Siguió moviéndose, palpando como un mimo. Se puso justo delante de la última camilla del lado izquierdo de la sala.

Por fin escuchó un ruido hueco al poner los dedos sobre una compuerta. Echó mano a toda su calma para hacer su tarea con precisión suiza. Si la más mínima cosa sucedía ahí, estaba seguro de que iba a sufrir un ataque de histeria, iba a gritar y a correr.

Consiguió el *switch* de la luz… era un comienzo.

Lentamente, las inmensas lámparas de hierro se encendieron, una por una, en fila.

Tomó aire, y se dio media vuelta, encarando el lugar.

Verlo con las luces encendidas no era un gran consuelo, pero por lo menos podía ver cómo era el lugar.

Se giró para abrir la tapa del generador de luz.

«H2, la palanquita H2».

Solo la pudo encontrar siguiendo el orden alfabético: H2.

Desde ahí, podía tener control de la electricidad en todo el San Niño. Si husmeaba por la noche tendría el poder de cometer una masacre: dejar sin funcionamiento pasillos enteros, cuyas paredes escondían tomacorrientes que alimentaban los respiradores, los sistemas, las luces de los quirófanos, las heladeras, los contenedores: todo.

Estiró el *switch*: su labor estaba cumplida.

Cuando se dio media vuelta, complacido (y no pensaba apagar la luz antes de irse, que se fuera a la mierda el tal Borguild del que le habían hablado y su recibo de la luz) observó algo que, si bien no lo aterrorizó instantáneamente, lo haría después: una niña lo estaba viendo.

Yacía en la cama más cercana a él, con la cabeza destapada. Tenía la cara moteada con manchas de grasa, y su cabello sucio, rizado y lleno de caspa suelto cuan largo era sobre su frente. Posiblemente había muerto enferma, aunque desde ahí parecía que hubiera sufrido un caso grave de hipotermia, ¿qué sabía él? El caso es que el cuerpo se estaba poniendo hediondo, y lo estaba viendo con sus ojos negros. Si intentaba meter el dedo entre las pestañas, posiblemente encontraría el globo ocular seco, como el de un pez. Su labio superior, retirado hacia arriba, mostraba una hilera de dientes color beige.

Hasta el nacimiento del pecho podía verse la cicatriz en forma de Y de la autopsia. El forense, obviamente, no se había molestado en taparla. ¿Para qué? Esos tipos desarrollaban un estómago de sapo, y les causa indiferencia comer albóndigas al lado de un muerto.

Abraham bajó la cabeza y comenzó a caminar rápidamente. Desde ese momento, empezó a perder la batalla...

Porque en cualquier momento, la niña empezaría a gritar enfurecida, se iba a bajar de la camilla, desnuda, e iba a comenzar a perseguirlo, y muy seguramente lo iba a alcanzar.

Ya podía sentir su propio corazón como una pelota de tenis golpeando la pared del pecho, hacía eso que los niños llaman «corricaminar», con los puños apretados y el ceño semifruncido.

«Ya se está quitando la sábana y se está sentando sobre la cama, te está viendo».

Al fondo, se extendía el pasillo, en su opinión más largo que antes. Al fondo estaba el ascensor. Su interior se veía lejano y oscuro…

«Rápido, que ya está poniendo los piecitos sobre el piso, se está bajando de la cama…».

Abraham sabía que si se ponía a correr, iba a ser peor, pero eso era exactamente lo que quería hacer, lo que su instinto animal le urgía. Su cuerpo, sus músculos estaban cada vez más entregados al terror.

«Ya viene dando saltos, viene rápido… viene rápido, viene rápido, mierda, mira qué rápido se mueve. RRRRÁPIDO».

Lo peor era que, en efecto, sí podía escuchar que algo estaba caminando detrás de él: se le estaba acercando.

Nunca supo por qué pero estiró los brazos y golpeó las puertas, y comenzó a caminar por el pasillo más rápido, y luego más, y luego más, hasta que se halló corriendo, batiendo las piernas, subiendo las rodillas, deslizando sus delgados brazos en el aire.

Tras él, las puertas rechinaron.

Pero fue por el empujón que vos mismo le diste, ¿o no, Abraham? Alguien más las ACABA de abrir justo en este momento, ¿verdad?

«Ay, ya viene, mirala, mirala, mirala, mirala, mirala, mirala…».

Llegó hasta el fondo, tiró bruscamente la reja del ascensor y lo único que recibió fue un vacío de tierra, con un grueso cordón de titanio colgando frente a él. Asomó la cabeza y vio allá arriba el cuadro en relieve del aparato por la luz de la cocina.

Dejó escapar un gemido grave, y se dio media vuelta para hacer lo único que le quedaba: gritar, gritar desde el fondo de sus pulmones y pelear. Su nuez de Adán subía y bajaba tras su garganta.

Pero no había nadie. El espectro que lo seguía se difuminó en su imaginación.

Golpeó el botón del ascensor varias veces, no temió dañarlo.

—¡PUTA, MANDEN EL ASCENSOR! —bramó, asomándose por el hueco.

A la mierda si alguien allá arriba se ofendía. A la mierda si era el mismísimo Murillo, y a la mierda con el trabajo también, no lo necesitaba.

El ascensor no tardó en bajar, podía escucharlo cada vez más cerca… los cables de hierro se agitaban.

Una vez que se introdujo en el aparato, y marcó el botón rojo, Abraham recostó la espalda en la pared y se quitó los anteojos.

No pudo contenerse más, y empezó a llorar.

V

1

DÍA 5: ODIO ESTE LUGAR.

*H*oy me dejé llevar por mis miedos.

Una vez le oí decir a un amigo que, cuando las cosas malas vienen, suelen hacerlo juntas, de golpe... Creo que estoy pasando por una racha similar, o peor. Es como si los planetas se hubieran alineado.

¿Y Dios existe, acaso? ¿Qué hay con eso? ¿Por qué no responde? ¿Por qué no me ayuda? Muchas veces me cuestioné si existía o no, pero acabé por darme cuenta de que no es que no creía en él; es que lo odiaba. Y cuestionar su existencia es una manera de menospreciarlo, de insultarlo.

De chico eso tenía sentido, hoy, a mis veinticuatro años, parezco un gil. No existe y punto. Pero de algún modo no lo termino de asimilar.

Y es por eso que sigo creyendo que existe, porque de algún modo siempre lo nombro, lo invoco, es como un vicio, como una droga dañina, y es morboso pensar que a eso se reduce Dios.

¡TE ODIO! ¡SOS UN HIJO DE PUTA! ¡¡INÚTIL!!

Cada vez que amanecía vivo, después de irme de la casa y trabajar donde tuviera suerte, donde me dieran empleo, me sorprendía de eso mismo: estar vivo. No se trata de que mi vida haya sido tan terrible como para sorprenderme de abrir los ojos en la mañana, a pesar de todos los problemas, sino del simple y llano hecho de que la vida continúa.

«Mirá, Abraham, han pasado cosas malas, pero seguís VIVO. Seguís vivo, y el mundo no se ha acabado; no has perdido las piernas... seguís vivo, seguís sano». Por eso mismo, si pierdo este empleo, no importará, porque igualmente voy a seguir vivo...

... voy a buscar algo diferente.

Esto fue una anécdota más, una mala anécdota.

Esperaré que me paguen la quincena, y estaré fuera de aquí más rápido que de inmediato. No pienso ni siquiera avisarles. Me voy a ir así tenga que caminar con mis cosas hasta el pueblo.

Que se joda el San Niño.

Abraham cerró el cuaderno y lo dejó sobre la almohada. Levantó la cabeza: la mancha no había reaparecido (todavía, al menos).

La puerta del baño estaba cerrada, al igual que el ropero. Aquel era un viejo truco que había aprendido de niño: como por la noche veía figuras raras formadas por los pliegues de la ropa, cerraba las puertas antes de meterse a la cama, eso le brindaba a su mente mayor tranquilidad.

Había otra medida más interesante: estar en compañía la mayor cantidad de tiempo posible. Si se quedaba solo, a merced de la inefable «loca de la casa» (su imaginación), lo más seguro es que volviera a ver algo extraño.

Por lo menos, no descartaba que todo lo que había pasado fuera una producción casera de su máquina de ideas, de su sesera avanzada. «La niña que te estaba persiguiendo en la morgue no era de verdad, ¿no, Abraham? Eran boludeces tuyas, como siempre». ¿Pero por qué «como siempre»? No importa, pero le daba aplomo a su sermón.

Al fin y al cabo, había tenido pesadillas muy feas de joven, y un par de veces se levantó de la cama gritando, despavorido (terror nocturno)… ya tenía un historial que hablaba en su contra, y, como el San Niño no le gustaba por alguna mala razón que él no podía comprender (¿por qué de repente no le caemos bien a una persona, por qué de pronto una persona no nos cae bien?), entonces estaba invocando a sus propios demonios, sin darse cuenta de ello; no habían muerto, habían estado dormidos. El San Niño había hecho sonar el despertador, «buen día, muchachos, hora de trabajar, el descanso ha sido largo y bueno, así que confío que a sus veinticuatro años lo podrán hacer mejor que cuando él tenía doce… ».

Eran las ocho de la noche.

El manto oscuro todavía no arropaba el cielo, pero el azul se estaba dilatando cada vez más. Se percató de que ahí anochecía mucho más rápido que en su casa. Algo típico del sur, supuso.

Sentía cansancio, cansancio emocional.

«¿Intentaré salir hoy, o no?».

Con solo imaginar que iba a tener que quedarse dormido en esa habitación, que odiaba cada vez más, no lo pensó dos veces y se vistió: el objetivo sería comprar una radio a pilas. Lo que no le gustaba era tener que gastar dinero por una medida de alivio que solo le duraría unos diez días más, antes de tomárselas de ahí.

«Pero diez días son suficientes», era un lujo que debía darse como ser humano.

Se puso de pie y se dispuso a encontrar un tomacorrientes, si podía conseguir una radio eléctrica, aunque fuese más cara, sería probablemente mejor... pensaba mantenerla encendida toda la noche, porque lo más posible sería que, dada su condición y necesidad de estar distraído, acabara por agotar las pilas rápidamente.

Las entradas en forma de V vertical aparecieron detrás de la cama, en la «Pared de la Mancha», como él mismo la había bautizado. La analogía con Cervantes no era brillante ni mucho menos. Él se sentía humilde.

2

No le tomó mucho tiempo ponerse ropa y bajar a la recepción del hospital.

Salió a través de la puerta principal sin echar un segundo vistazo a la recepcionista y, tras un breve empujón, se hallaba pisando la plaza que desembocaba en las escalinatas.

La salida del San Niño se perdía de vista entre el camino blanco en medio de los pinos.

Suspiró y comenzó a hacer puños con los dedos.

Era el único ser viviente ante el viejo edificio colonial, que parecía tener personalidad de titán hostil cuando se lo miraba desde la entrada principal. A cada lado, el San Niño tenía dos torres circulares con techos de sombrero de bruja coronados por unas agujas de hierro erectas, que hacían sombra sobre el edificio principal.

Al parecer, nadie salvo él tenía intenciones de salir, quizá ese fuera el motivo por el que ningún chofer se animaba a cruzar el camino y dar la vuelta en la plaza de la entrada.

Observó el reloj.

Se contentaría con dar un paseo; tal vez, si cruzaba él mismo la arboleda y llegaba hasta el final de la calle, encontraría la autopista, y desde ahí una parada de colectivo, colectivo que, seguramente, nunca se animaba a respetar la parada que había frente a la plaza del hospital.

¿Por qué no podía recordar nada con preciso detalle? Porque como muchos millones de otros seres humanos, no prestaba atención a su entorno, pero su situación actual lo demandaba; había llegado hacía solo cinco días, y no sabía lo que existía más allá del largo camino de los pinos. Nuevamente, estaba pagando el precio de ser un soñador distraído, ¿qué mejor que un viaje de veinte horas en ómnibus para poner incluso más peso a eso? No podía culparse a sí mismo. Trataba de hacer memoria en la medida de lo posible.

«Recuerdo que había una larga calle, una autopista, que lleva al pueblo, pero en ella hay una desviación, y esa desviación lleva hasta acá...».

Levantó la cabeza para ver los pinos, que se mecían lentamente con una brisa gélida bajo el esponjoso cielo gris. Parecían inmensas brujas observándolo desde arriba.

Se dio media vuelta para observar el hospital: todavía se veía demasiado grande. Palpitante, casi vivo. No hacía falta rebuscar mucho en la imaginación para asignarle un equivalente a ojos y boca en su compleja arquitectura.

Y es que por eso sintió al San Niño como el dueño, como su dueño, y él un perro, con un collar alrededor del pescuezo, extendiéndose hasta donde le placiera dejarlo ir. La idea lo hizo sonreír cínicamente, pero procuró no rumiar en ella.

Las hojas se rompían debajo de sus botas, le gustaba el sonido. Llevarlas había sido un acierto, a pesar de todo; verlas en el interior de su valija fue un ejemplo perfecto de esas frivolidades que a mamá le disgustan. A ella le hubiera parecido que los zapatos elegantes habrían sido mucho mejor elección.

«...Y menos mal que no escuché su voz».

Otro manojo de hojas secas cayó alrededor suyo, la brisa se acrecentó un poco, formando una pequeña oleada de desechos y ramillas que golpeó suavemente sus piernas.

Si callaba la voz de sus pensamientos y prestaba atención, podía escuchar el sonido abisal de la brisa, el aliento del valle... ese ruido que es bastante similar al que sale de la concha de un caracol.

Los pinos se hacían cada vez más mórbidos ante su frágil imaginación porque, siendo tan inmensos, era casi una tarjeta roja a la lógica pensar que pudieran mantenerse en pie con troncos tan delgados. Debían ser una variedad diferente, del sur. A Abraham se le ocurrió que parecían zombis del mundo vegetal, repartidos alrededor de él, en dos filas militares.

Sus copas terminaban en una larga rama seca y encorvada que manoseaba al árbol que estaba al frente, haciendo un arco a la mitad del camino.

La brisa sopló otra vez, se sintió envuelto por una lluvia de ruidos secos; los árboles se golpeaban mutuamente con la nueva brisa.

Ahora sí: estaba por llegar al final del camino, Abraham despedía un nubarrón de vapor a cada exhalación. Se sentía, además, cansado, a pesar de que ni siquiera había apresurado el paso.

Pero ahí estaba, por fin: el acceso a la calle.

Siguió hasta que un nuevo resoplido de la brisa, más fuerte que todos los anteriores, usó el manto de hojas secas para lastimarlo.

Ahogó una maldición y se llevó la mano al ojo: tenía un raspón en el antepárpado, se revisó la palma pero no había sangre. Era un corte y dolía como los mil demonios.

La brisa atacó otra vez, las hojas pasaron con tanta fuerza alrededor de sus tobillos que las sintió como un colectivo de ratas corriendo en dirección contraria. Se dio media vuelta para usar su espalda como escudo, el viento se metió por sus oídos y lo obligó a cerrar los ojos, una ramita consiguió abrirse camino hasta su boca; sintió el sabor seco y amargo, intentó escupirla torpemente, llenándose de saliva las botas.

La siguiente embestida del viento, aullando a través del valle, trajo consigo una nueva sorpresa: lluvia. Su espalda se mojó rápidamente, el agua estaba helada y sintió la urgencia de resguardarse.

¿La parada del colectivo tendría techo? Si fuera como las que él conocía sí, y podría ponerse a resguardo, ¿o quizá no, con semejante vendaval?... Pero ni bien acababa una idea, algo afuera, en el mundo real, le respondía con un odio visceral; la lluvia empezó a arreciar, y su inevitable analogía fue que aquello era como si los ángeles hubieran quitado el colador del cielo y dejaran caer el agua libremente.

Emprendió su huida de vuelta al hospital.

Sus cabellos se empaparon, y en poco tiempo su campo de visión se hizo deficiente; el agua rebotaba directo dentro de sus anteojos. Ante esa situación lo único que sabía era que tenía que seguir corriendo al frente.

No parar. El San Niño se veía demasiado lejano todavía, la lluvia se había convertido en balas de agua que lo empujaban. Se cubrió la cara con los brazos.

No recordaba una lluvia tan fuerte desde esa exclusiva vez en que había visitado Orlando con papá y mamá, viaje maravilloso que había sido truncado por un pequeño inconveniente: el huracán Irma.

El agua había llenado sus zapatos y empapado sus calcetines. Lo último que necesitaba era enfermarse. Tuvo que correr con todas sus fuerzas, sintiendo el peso de su abrigo empapado.

Los golpetazos de las ramas de los árboles, batiéndose unas con otras, fracturándose y cayendo al suelo en un torbellino desordenado arañaban su piel, mientras los troncos se batían unos con otros, asqueando su olfato; el hedor de la madera podrida se estaba intensificando con el agua. El San Niño lo estaba esperando para darle refugio.

Empujó la puerta con el hombro, y por poco no cayó como una cruz en medio del pasillo, dejando un rastro de agua que lo hacía parecer un caracol.

3

Susana estaba reunida con todos sus amigos (muchos de ellos también los de Abraham) en el living de la casa. Se hallaba sentada en el suelo, con medias, y una gigantesca guía de páginas azules sobre sus piernas cruzadas.

Ella misma los había convocado, pues pretendía comunicarse con el San Niño, poner a Abraham al teléfono, colocar el manos libres y darle una sorpresa.

Habían accedido a ir porque ella se los había pedido, pero también porque se trataba de Abraham; todavía lo querían, a pesar de los años de ausencia. Las buenas anécdotas son una de las pocas cosas que quedan cuando uno ya no tiene tiempo para nada... o ya no tiene nada.

A Susana le había costado olvidarse de Abraham, olvidarse en el sentido de no seguir amándolo, de no estar más enamorada de él. Ella mejor que nadie sabía lo difícil que había sido. Cuando recibió el aviso de su madre no lo había podido creer. Fue como una de esas pocas sorpresas que quedan por siempre en el recuerdo. Había sido mucho más sorpresivo que leer en *Telegram* dos semanas después de que se había marchado de Bahía Blanca.

Pero la buena acción que tenía planeada llevaba su contra; ahora sentía que había vuelto a caer en el círculo vicioso, otra vez. Amar a Abraham. ¿Quién dice que el amor siempre es bueno?

Era una chica inteligente, Dios sabía muy bien que no era cabecita vacía; y en la escuela que les tocó ir los chicos eran de raza extrema. Pocas veces hubo intermedios: los hubo brillantes, o los hubo que no sirven para mucho más que acariciar el concepto de que a los pedos hay que dejarlos salir disimulando.

Por fortuna, ella pertenecía a la primera clase, discordar frecuentemente con su carrera universitaria se debía a su dulzura, no porque fuera demasiado estúpida para estudiar Derecho.

Y por eso mismo no podía evitar hacerse esa pregunta, mucho más conscientemente de lo que muchas se atreven a hacérsela a sí mismas: «¿Por qué estoy haciendo todo esto?».

Porque estaba enamorada. En el fondo lo reconocía, esa era la excusa no oficial. La oficial era que simplemente trataba de ser una buena amiga.

La gente, mientras tanto, hablaba animadamente sobre el pasado. La reunión estaba viva y ella podía estar concentrada en lo suyo, por lo menos hasta que Carmen se le sentó al frente para revisar cómo iba la búsqueda telefónica. Era una gordita pecosa que intentaba disimular el bulto que hacía el inhalador que llevaba en el bolsillo del pantalón.

Poco más podía decir salvo que Abraham se hallaba en un hospital en un lugar, en el orto de no sé dónde llamado «Valle de la Calma», el problema es que ni en las páginas azules salía el número de ningún hospital que se hallara ahí.

—Dejame ir a tu computadora, lo puedo encontrar ahí…

—Fue lo primero que intenté cuando la llamada se cortó esta mañana —contestó, desconcertada—. Esto es extraño.

—¿Acaso no quedó guardada en el identificador de llamadas? —sugirió un chico de aspecto descuidado, que hacía sonar el hielo en su vaso.

Todo el mundo se lo quedó viendo.

—¿Acaso no sale?

La idea era innegablemente buena, e innegablemente, además, debió sentir una vergüenza que no le correspondía porque decir que se le había ocurrido mucho antes sonaría pretencioso.

Pero la solución ya estaba puesta sobre la mesa y no había marcha atrás. El número no se dejaría encontrar sino desde el teléfono inalámbrico de la pieza de sus padres, y la única manera que se le había ocurrido para acceder a la pieza —cosa que detestaría hacer— fue con una horquilla (sus padres tenían un sentido de la privacidad temerario, de lo que no tenían idea es de que Susana ya sabía por qué), era irónico que ella ni siquiera fumara cigarrillos cuando a ellos les gustaba fumar cannabis ocasionalmente. No era un caso extraordinario, pero sin dudas su caso sí era un ejemplo de mundo al revés. Los matices cómicos del asunto la ayudaban a sobrellevarlo bastante.

Media hora y muchas historias más tarde, se hallaría marcando el número del hospital San Niño. Era una pena, intuyó, que Abraham dispusiera de tan poco dinero como para conseguir saldo y llamarla a su teléfono celular.

Mientras sostenía el auricular en la mano, el corazón le palpitó con renovada fuerza; se sentía nerviosa, y estaba consciente del motivo: iba a escuchar la voz, «su voz» otra vez.

Maldita sea, sí… sí seguía enamorada; la forma en que los repiques de la línea alteraban su adrenalina se lo hacían saber cada vez más.

No podía ocultar la sonrisa. ¿Sus pupilas estarían dilatadas nada más de recordar su rostro? ¿Su cuerpo?

Además, quería oír su reacción cuando escuchara su voz, saber cuál era el estatus actual de sí misma dentro del corazón de él. Se estaba apresurando otra vez, y todo empezaría de nuevo cuando volviera a hablar regularmente con él, entre días para que no se sintiera solo, y también…

Alguien levantó el teléfono del otro lado.

—¿Hola? ¿Buenas noches?

Volvió a sonreír, excitada. La gente se inclinó hacia ella, preparándose para gritar «sorpresa».

Pero nadie le contestaba.

—Hola, ¿diga?

Con los ojos, repasaba lentamente la cara de todos.

Sabía muy bien que alguien la escuchaba; era más instinto que estar segura de haber oído el sonido que hace un auricular cuando se levanta del aparato.

—¿Hola?

—Hola…

La respuesta le provocó enardecimiento. Giró los ojos varias veces antes de responder, intentando resolver ese nudo que, de pronto, se le había hecho en la garganta.

—Hola —repitió, sorprendida—, buenas noches.

Tenía una buena razón para ello; la voz del otro lado de la línea pertenecía a una niña.

—Perdón, ¿es ese el hospital?

—Sí, ¿quién habla?

—Perdón otra vez, pero estoy llamando desde lejos, busco a un empleado.

—¿A quién?

—Abraham Salgado, ¿hay un número directo donde pueda comunicarme con él? No quiero molestar.

—Yo vi a Abraham esta mañana...

Susana se quedó en silencio. Nuevamente, el enardecimiento volvió a cosquillearle las sienes, era una sensación casi eléctrica, y poco o nada tenía que ver esta vez con recordar a Abraham.

Era algo más.

—¿En serio? ¿Sabés dónde está ahora?

—Regresó no hace mucho.

—¿Podría hablar con él?

Hubo silencio.

—¿Hola?

—El doctor Borguild quiere hablar con vos.

Hubo una breve pausa. A Susana la sorprendió la voz lánguida de la pequeña. Sintió que el teléfono cambiaba de manos. Podía escuchar el sonido de fondo del hospital, los ecos del lugar.

Sus compañeros estaban sumidos en una feliz expectativa. Expectativa que, de pronto, se hizo polvo cuando la frente de Susana se convirtió en un rarísimo concierto de arrugas, su cuerpo empezó a sacudirse, y de las entrepiernas de su pantalón se formó un penoso círculo húmedo que se extendía rápidamente sobre sus muslos.

Carmen pegó un salto, asqueada y sorprendida a la vez, mientras contemplaba cómo su amiga se echaba al suelo hecha un ovillo, con los ojos en blanco.

VI

1

Abraham se abrazaba a sí mismo.

Miraba a través del cristal, sin dar crédito al chaparrón de agua.

Entre sus labios lastimados exhalaba vapor blanco, se hallaba mojado y miserable, los dedos de sus pies estaban demasiado fríos para sentirlos, los tobillos le dolían y sus uñas se hallaban tan moradas que, en cualquier otro momento, le hubiera preocupado.

Intentaba respirar profundo, ganar ese poco más de oxígeno durante la respiración. Ignoraba el peligro que corría al no buscar calefacción.

¿O quizá, más bien, no le importaba? Su rostro era inescrutable.

Una mano gruesa se posó sobre su hombro.

Se giró con brusquedad, como un gato acorralado, levantando los puños. El doctor Murillo retrocedió un paso, sorprendido. Su único ojo parecía un círculo agitado.

—Disculpe —se lamentó.

Descubrió que su voz temblaba.

Sí, últimamente, su falta de cuidado por pescar algo tres veces peor que una gripe era el hecho de que ya poco le importaba nada; descubrió que en cualquier otro momento hablar ante otro hombre con la voz temblándole lo habría avergonzado. Ahora, sin embargo, no.

La oscuridad bajaba del cielo y no habían encendido las luces aun, lo que quería decir que la tormenta era muy densa. Abraham no veía otra cosa que sombras lamentables en todos los objetos de aquel lugar.

—Estás helado… —dijo suavemente.

—Sí —contestó, siseando—. Me sorprendió la lluvia, lamento haberlo asustado.

—Lamento haberte asustado a vos, ¿qué te pasa?

—Es solo… me asustó… —meneó la cabeza, enfadado por su pérdida de palabras; decidió que Murillo tendría que arreglárselas para atar cabos—. Vine corriendo de afuera.

—No debiste salir con una acumulación de nubes grises; las tormentas australes son especialmente peligrosas. Deberías ir a darte una ducha caliente, ahora. Estar sentado ahí no te va a resolver ningún problema, si es que tenés uno.

Abraham asintió casi de forma patética.

—¿Cenaste?

—No.

El hombre se quitó el estetoscopio y usó su mano como soporte para enrollarlo.

—¿Te interesaría tener compañía? —preguntó, introduciendo con cuidado el instrumento en el holgado bolsillo de la bata—. No me gusta cenar solo.

Abraham volvió a asentir.

2

Ya más tranquilo, le agradaba la idea de cenar acompañado.

Una cosa mala traía otra buena; no había mejor momento para ganarse la confianza del Murillo (¿pero valía la pena, si estaba dispuesto a irse pasada la primera quincena?). Sí, porque lo más importante es que ahora podía tener lo que necesitaba; un amigo, o cuando menos —porque Abraham se sentía como un niño— alguien con quien hablar, alguien con quien hacer un chequeo de realidad. Si estaba dispuesto, el buen doctor ocuparía el puesto de la radio, por lo menos hasta que fuera la hora de dormir.

Apenas llegó a su habitación, se quitó la camisa y dejó una caravana de ropa hasta la puerta del baño.

Se metió en la ducha, y dejó salir el agua caliente.

«No me he fijado en la pared, ¿la mancha habrá aparecido de vuelta?».

Observó a través de la cortina mojada la puerta entreabierta, el vapor ascendía lentamente.

«¿Debo contárselo?».

Se apartó un mechón de pelo de la frente y se frotó los ojos con el dorso de las manos.

«Sabré si es apropiado solo cuando le saque conversación».

Ahí, desnudo, se sentía oscuro, enfermizo, acabado. Abraham siempre había estado muy contento con su cuerpo, con su desnudez. Pero algo había cambiado, y lo insoportable de la idea era que algo había cambiado ahí, en el San Niño. Quizá era como poner una llaga en remojo, o un viejo al que le dan un baño, pero consideró que el calor que le proporcionaba el agua caliente era sin dudas lo mejor que le había pasado en mucho tiempo, quizá de la misma forma que los alimentos saben mucho mejor cuando uno está hambriento.

Tan simple, barato y bueno. Ya no disponía de aquella costosa y por lo general inútil máquina de hacer masajes que su madre se había regalado después de ver una de esas telecompras de cuarenta y cinco minutos por la noche. Él se había reído bastante cuando ella le dijo que el truco no estaba en darse cuenta de que la publicidad era una burda trampa caza-bobos, sino en resistir la tentación de satisfacer una frivolidad de cuando en cuando. De desconectar el cerebro y creer… de cuando en cuando.

Ahí, en esa humilde ducha de baldosas sucias, él no disponía de los lujos de antes, ni de las frivolidades que muchas veces se traducen en lujos. Sin embargo, el agua caliente se la recordaba, porque no tenía memoria de lo que era sentirse tan bien, aun si todo aquello no fuera sino un ejemplo brutal de cómo el Abraham de hoy se tenía que conformar con la mitad de la mitad que lo que tenía ayer. Se dejó estar frente a la ducha por varios minutos, de pie, sin hacer nada, con los ojos cerrados. Las ideas comenzaron a flotar y, por primera vez, no como gérmenes…

«Qué mala pata… pero no importa, mañana vas a salir, la misma cosa mala no pasa tres veces ¿verdad?».

Cuando uno es de esas personas que no caen dos veces en la misma trampa, la vida, Dios, el destino, «alguien» se las arregla para cambiar el tablero arbitrariamente y equilibrar las cosas. En su caso, era ponerle obstáculos de los que él no tenía ningún control.

Y por supuesto, verlo de esa forma, tener esa idea, le producía una ira que amenazaba con convertirse en un pantano macabro con los años.

Al momento de secarse, tuvo miedo de desempañar el espejo; esperaba ver algo detrás de él. Se le había ocurrido así de repente. No un monstruo burdo, pero sí algo raro, un «vuelve-mierda-la-mente». Por el amor de Dioooos, estaba cansado ya de eso.

Es el momento crucial en que el director de la película mete una «puñalada» al público, mostrando que el asesino/monstruo/hombre lobo se ha metido en la habitación del (por lo general «la») protagonista, tomándolo por sorpresa. Aquellos miedos cobraban mucha más fuerza en la vida real, por supuesto... de hecho, semejante idea, aunque trillada, es extraordinaria si se la llega a considerar posible en la vida real. Quizá lo que haga falta sean directores más competentes o anécdotas realmente desafortunadas, para darse cuenta de ello.

Se vistió y se preparó para la cena como si estuviese por acudir a su segunda Primera Comunión, y salió del cuarto.

Nuevamente, se le olvidó fijarse en la pared...

3

Al llegar al restaurante, se encontró con que el doctor estaba sentado, de espaldas, leyendo una vieja revista de medicina. No sabía que en el mundo médico existían las mismas publicaciones de poca utilidad que uno consigue en el reverso del asiento de los aviones.

Desde ahí, podía verse la cuerda negra que sujetaba el parche sobre su ojo. Abraham sintió arrepentimiento por lo que había sucedido en la recepción; Murillo no merecía que le hubiera alzado la mano, siquiera como un accidente. No era la primera vez que sucedía algo así: de joven era mucho más estúpido; al verse asustado habría asestado el golpe, y no solo como accidente sino por la casual osadía de haberlo tomado desprevenido de esa manera. Había llegado a ser un muchacho rebelde, pero eso se había acabado y el karma se había encargado de castigarlo, si es que eso tenía que ver con la quiebra económica de la familia, y si bien el doctor era tan alto como él (que ya era decir), y tenía los hombros anchos, no poseía en lo más mínimo la apariencia de un sujeto que le hace mal a nadie.

Desafortunadamente *aquello fue un pensamiento que castigaría a Abraham más adelante...*

—Espero no haberlo hecho esperar.

El hombre giró la cabeza.

—¡No, por favor! ¡Llegás quince minutos temprano!

Abraham notó un dejo citadino en su voz, un dejo que debía haber desaparecido hace mucho, quizá cuando, de joven, el futuro galeno cambió de hogar. Ese acento le había sonado porteño.

Levantó el brazo, viendo el reloj, asintiendo, con una sonrisa en los labios.

—Sí, quince minutos —recalcó.

Abraham tomó asiento.

—Vaya que te sorprendió el aguacero…

—Sí.

—¿Querías conocer el pueblo?

—A decir verdad, busco un lugar en el que pudiera conseguir una radio modesta —repuso—. Quisiera tener una para la noche.

—Entiendo… claro. En los cuartos de enfermeros no hay ni siquiera televisores. ¿Sabés? Yo tengo una y no la uso; si querés, te la doy. Es un modelo muy bonito, *art déco*.

Una explosión de alegría y culpabilidad hicieron un hongo dentro de su cabeza. A Abraham siempre se le hacía demasiado difícil expresar la «justa» gratitud. Un comienzo era que su rostro debía ser veces más expresivo de lo que debía.

—Muchísimas gracias, no quiero molestar —contestó, esforzándose por no bajar la cabeza.

—No lo hacés. Podés tomarla si querés.

Luego de continuar agradeciendo hasta un punto en que él juzgó que podía estar poniéndose algo pesado, tomó el menú y se puso a revisar el listado de alimentos. Era casi gracioso ver que el doctor mostrara un interés enorme por la comida. Era más gracioso, aun «maravilloso», que ahora tuviera todas las herramientas para lo que muy en el fondo él consideraba «poder sobrevivir».

—¿Vos qué vas a pedir? Yo le estoy poniendo el ojo al sándwich de pollo.

Abraham tuvo que morderse el labio para no volver a sonreír. Era estúpido, pero por tan poco se puso feliz.

—¿Te gusta trabajar acá, en el San Niño?

—Sí —mintió—, es un lugar tranquilo.

Levantó la cabeza del menú, y observó a la mesera, quien, al notar la mirada del doctor, fue diligentemente hasta la mesa.

Murillo señaló la fotografía en la carta con una sonrisa. Abraham se decidió por la milanesa a la napolitana.

—¿Qué te pasó esta tarde, entonces?

—Oh, si se refiere a cuando llovía, yo…

—No, me refiero a cuando regresaste por el ascensor de la cocina. Te oí armar un escándalo allá abajo. Yo hubiese dicho que explotaste por nada; el ascensor no estaba ahí esperándote, si entendí bien, ¿no es así? Como hemos tenido una conversación cordial, y no me has cagado a puteadas, veo que sos una persona bastante normal. ¿Qué pasó?

Abraham bajó la cabeza, y entrelazó los dedos de las manos. Solía hacerlo cuando estaba nervioso. Pensaba que las buenas intenciones de Murillo se mezclaban hasta cierto punto con una de esas charlas que tiene el personal administrativo con los empleados.

—Confieso que me asusté. Es todo.

El hombre se lo quedó viendo un rato antes de contestar.

—Te asustaron los muertos…

—Sí.

—Claro —repuso—, debí haberlo supuesto; bastante obvio, la verdad.

Tomó la gaseosa y bebió a través de la pajilla, con rostro pensativo, girando su único ojo.

—¿Te afecta? El tema de los muertos, por lo general, ¿te afecta?

—No, por supuesto que no —se apresuró, echando mano a lo poco que restaba para no quedar como un estúpido—. No me acobardo con facilidad, pero allá abajo me dominó.

Murillo lo observaba con atención.

—Tampoco estoy intentando defender mi hombría, no se trata de ello, pero es la verdad; no soy sensible a esas cosas, nunca lo he sido.

—Pero —se aventuró— no esperabas que fuera tan diferente en persona, ¿verdad? Nada es tan cruel como el olfato.

—Correcto —admitió—, los ojos y la nariz hacen equipo y todo cambia.

El hombre frotó sus manos, como si el tema le produjera cierto placer.

—Te voy a contar una anécdota: cuando me gradué de la universidad de medicina de la UBA, tuve que trabajar en el laboratorio forense como asistente de autopsia. ¿Tenés idea de cuántas veces se me revolvió el estómago? Cuando abrís una panza con el bisturí y separás las lonjas de carne, empezás a ver esa acumulación amarilla de comida descompuesta, líquidos, coágulos, etcétera; esos grumos de carne roja y blanda flotando entre la miasma, que no se conforman con atormentar tus ojos sino además tu olfato: el olor a vómito directo desde adentro, y eventualmente, a podrido, y todo mezclándose… No es una conversación muy amena para antes de la cena, lo sé, pero lo interesante es que, al cabo de un año, podía comer mi almuerzo al lado de un cadáver a medio eviscerar, ¿entendés a lo que quiero llegar?

Quizá en otro tiempo Abraham hubiera hecho una pequeña sátira mental, pero no estaba de humor para eso, no estaba de humor ni siquiera para sus propias tonterías; en ese momento podía hablar hasta de culos y margaritas con una seriedad teológica.

—Uno termina acostumbrándose —completó.

—Exacto.

Murillo asintió suavemente, complacido.

—El hospital ha estado afectándome un poco…

—¿Visiones parecidas a las de la morgue?

—Sí, parecidas…

Volvió a beber por la pajilla y se lamió los labios:

—¿Creés en Dios, Abraham?

La pregunta lo tomó por sorpresa. Pero tenía una respuesta pregrabada para la situación, una que ya había tenido la oportunidad de recitar al menos un millón de veces, cocinada especialmente en la época en que era un jovencito de dieciséis años que buscaba incansablemente revolver temas que no tenían respuesta.

—No creo en ninguna religión, nací católico, pero dejé de creer en ello hace tiempo, sin embargo, sí creo en un Dios, mas no en la Virgen o el Espíritu Santo.

—Ya veo, cada vez es más gente joven la que dice algo parecido. El problema es que las personas que creen en Dios son las más susceptibles de darle crédito a lo paranormal, al más allá. Si ya creés en Dios, entonces es mucho más fácil creer en el espíritu y en su degeneración. Llámese fantasma.

—Es cierto.

—Bien. Abraham, no hay nadie que te pueda discutir si existe o no un Dios. Pero es diferente cuando hablamos de fantasmas. Tenés que recordar, por sobre todas las cosas, que todo eso, todo lo que representa, todo lo que es, se halla allá arriba, en tu cerebro, no aquí afuera, con nosotros, ¿entendés? Solo hay una persona en el mundo que sabe qué es lo que más te aterroriza, y ese sos vos. Tal vez ahora mismo no podrías decir qué, pero algún lugar en tu subconsciente lo sabe… Abraham: no dejes que tu mente te domine.

El chico asintió repetidamente. Parecía un pobre diablo.

—Tiene razón.

—No dejes que te domine en ningún momento de tu vida, en ningún lugar del mundo, pero por sobre todas las cosas, jamás dejes que lo haga aquí, en el San Niño, nunca.

—Muchas gracias.

Abraham hablaba en serio, no estaba usando su considerable inteligencia emocional para hacer sentir bienvenidos los consejos sinceros de un tipo, y eso era nuevo en él; no estaba siendo el felino astuto. Estaba siendo simple y plenamente sincero.

—Cuando vuelvas a vértelas ante una situación así, solo quedate quieto e intentá respirar profundo. Pensá en esas presencias que te atormentan, y transformalas en amigos tuyos. Amigos que no te quieren molestar.

—¿Es lo que usted hacía?

—¿Yo? Para serte franco no lo he hecho, pero si me da miedo, lo haré. Haré lo que pocos hacen: voy a seguir mi propio consejo.

—Amigos…

4

Ya habían pasado varias horas de la cena, y seguía recordando al doctor. En su interior, se había despertado una luz de agradecimiento enorme por aquel hombre.

Para los efectos, él era un tipo sin miedo (¿acaso ser doctor procuraba esa enorme ventaja?), lo importante era que había atinado en pleno: estar un rato con él le había servido para hacer un chequeo de realidad.

Se desvistió y se acostó en su cama. La charla había sedado tanto sus propios miedos, que no se tomó la molestia, al recordarlo súbitamente, de encender la luz y revisar la mancha. No le importaba si esta, por alguna razón que sería perfectamente explicable, volvía a emerger ahí, en la oscuridad. Si desapareció, en primer lugar, es porque probablemente se había secado. Era todo.

Se acostó, y se puso a reflexionar con la duradera y preciada resaca de paz aun en su aura. Fue la única noche en la que el contacto de sus genitales y las sábanas no le hicieron pensar instintivamente en lo que cada hombre tiene derecho entre las paredes de su imaginación.

Así que los párpados le pesaron, y se quedó dormido en poco tiempo.

Estaba soñando cosas raras cuando se despertó. Era una secuencia blanquinegra de imágenes sin sentido, pero que de algún modo conocía… su mente las olvidaba rápidamente al despertar. Siempre era así.

¿Qué hora era? No tenía cómo saberlo, pero el ambiente estaba pesado, pesado como un lugar donde no se abren las ventanas por mucho tiempo. Debía ser muy tarde.

Un millón de ideas sin forma pasaron por su corteza cerebral con la velocidad de un relámpago. Los elementos pequeños del sueño, del recién despierto, se difuminaron para darles entrada a los grandes, a lo que estaba sucediendo ahora mismo en el piso de abajo del hospital, la razón de que estuviera despierto: ruido, muchísimo RUIDO.

Era un alboroto horrible, que retiraba su pegajosa membrana de sueño y lo despabilaba cada vez con mayor rapidez. Su pesimismo entró en acción al instante; «lo que sea esta vez, no lo estoy soñando».

Se escuchaban golpes, pisotadas, trancazos contra una puerta. Una y otra vez, con fuerza. Alguien estaba arrojando cosas muy pesadas, y lo hacía con un ritmo concordante, que alimentaba la imaginación.

No, alguien no…

Muchas personas.

«¿Pero qué carajo está pasando?».

Estiró la mano rápidamente buscando la lámpara, tuvo que darle varias vueltas a la rosca para que la bombita encendiera, al mismo tiempo que batía las piernas para deshacerse de la sábana.

El ruido aumentó.

Golpes, estridencia, pasos, cosas volcándose por el suelo, no solo instrumentos, sino objetos pesados. Pensó en onomatopeyas: BUM, BUM, STOMP, STOMP, BAM.

Se puso de pie, nervioso. Sintió cosquilleo alrededor de sus sienes. Se colocó los anteojos.

Caminó hasta la puerta, quitó el seguro y la abrió, lentamente…

No había nadie en el pasillo («¿Pero cómo es posible?»), el ruido se escuchaba ahora con mayor fuerza: venía de otra parte, se colaba desde el piso de abajo.

—¡HOLA! —gritó irritado, hacia el ala larga del pasillo, en espera de la respuesta de algún otro empleado en pijama.

Todas las puertas se hallaban cerradas, inmunes al exterior, concentradas solo en su dimensión interna, en su perpetuo mutismo. Él era la única persona ahí, el único que había abierto la puerta, el único que parecía inmutarse. El único que, si «algo» viniera de abajo, subiendo por las escaleras, lo vería al final del pasillo.

Caminó, sintió el tacto de la alfombra bajo sus pies descalzos. El ruido era horrible: debían estar matándose allá abajo. No había voces ni gritos, pero el sonido lo producían personas, personas bien desesperadas, bien en una danza enloquecida.

Abraham abrió las puertas dobles que conducían a las escaleras que todas las mañanas bajaba para ir a la planta inferior, a la recepción, esperando en cada momento caer presa del terror ante un nuevo escenario. Colocó un pie sobre la fría escalera de granizo, y ahí se quedó, atento, frotándose un lado de la cabeza.

Se estremeció al pensar que la masa de ruidos se estaba moviendo: que era un gran organismo viviente, arrastrándose como un gusano… y que estaba acercándose en su dirección: «Lo ha olido… ha olido a alguien despierto, a alguien de pie, y mejor aun, a alguien que está fuera de su habitación ¡viene hacia aquí!».

Los músculos comenzaron a entumecérsele.

Arqueó el cuerpo, para ver por el resquicio de las escaleras: esperó observar aquello que producía el ruido, a la masa, a la cosa… derrumbando la puerta y zumbándose escaleras arriba en pos suyo.

Pero no, no había nada: «aquello» venía de otro lugar. Por cada paso se le facilitaba dar con el origen del ruido dentro de su mapa mental del hospital.

Pensó en bajar las escaleras… cruzó su mente como algo disparatado, pero posible. Abraham tenía los ojos bien abiertos. Le resultaba increíble pensar que hacía poco menos de tres minutos estaba dormido, y además, ¿qué había pasado? ¿Qué demonios había pasado con su paz mental, con su calma espiritual? ¿Ya? ¿Ya se había hecho mierda?

Bajó un escalón, asomó la cabeza por el resquicio, el labio inferior, húmedo, le temblaba involuntariamente: el ruido se hacía mayor, o mejor dicho, mayor no: peor.

Cosas giraban por el suelo… ¿eran mesas? No, porque sabía que tenían ruedas, las escuchaba; eran camillas, y reiteró con aplomo: el ruido era hecho por personas.

Empezó a bajar los escalones, con los oídos cada vez más llenos, respirando con fuerza, y el frío mordiendo sus costillas.

«Dios mío, ¿qué es esto?».

Aquello le pareció una eternidad, bajar cada escalón representaba tener que percibir primero que el terreno debajo de las escaleras seguiría siendo un lugar seguro.

Así, poco a poco, llegó hasta el último peldaño, y cruzó la puerta doble de la recepción.

Aun ahí, no había nadie.

Era como si nadie en toda la estructura pudiera escucharlo, ¡y aquello daba incluso como para despertar a los del manicomio, al lado del hospital!

«¿Dónde están los guardias, dónde están los doctores?».

—¡HOLA! —chilló.

El monstruoso maremoto de ruido no venía de la recepción tampoco, sino del profundo pasillo del costado, más allá de la puerta del laboratorio de pediatría.

¿De la cocina? ¿Todo estaba sucediendo en la cocina? No… era más abajo.

Abraham torció la boca, con horror.

¿De la morgue?

Algo estaba pasando allá abajo, algo horrible, que hacía que se le hinchara el corazón de pánico… El ruido se hizo todavía más fuerte, y más, y más, y más, como una ola acercándose a la costa, como si pudiera percibir una presencia intrusa y no deseada, ¡como si alguien estuviera subiendo por el ascensor! ¡Ese era el sonido que se colaba por sus oídos, entre el bullicio! En cualquier momento el ascensor subiría hasta la cocina, se abriría, y lo vería a él, al final del pasillo y, en lo que lo viera, comenzaría a perseguirlo hasta alcanzarlo, y no era broma, porque sí: mezclado entre todo el desastre, podía escuchar los cables del ascensor funcionando. Se había puesto en marcha ya…

Corrió, corrió desesperadamente, saltando cuatro escalones de por medio, se arrojó a sí mismo a través del pasillo y cruzó la puerta de su cuarto, la arrojó sin pensar en las consecuencias, en el ruido, su propio ruido que podría hacerlo rastreable, y ahí se encerró. Sentado sobre la cama, con los brazos rodeando sus rodillas.

VII

1

Cuando despertó, temprano por la mañana, se sentó de golpe sobre el revoltijo de sábanas.

No tenía idea de cómo se había dormido: la luz de la lámpara seguía encendida, era de día.

Desde luego, recordaba el incidente de la noche, fue lo primero que se le vino a la mente, como si fuese un jeroglífico tallado en sus sesos, que decidió no darle esos tres segundos de alivio, de no recordar nada, que prosiguen al despertar. Se extrañó de que no hubiese tenido pesadillas. Ahora todo estaba calmo, calmo como una buena mañana. Sentía un dolor de cabeza espantoso, la migraña había vuelto, pero al menos estaba justificada.

Quería encontrar a Murillo y preguntar sobre el escándalo. Era obvio que alguien tendría algo que decir (Abraham temía lo contrario, muy en el fondo, lo temía) pero aquello era una posibilidad remota y demencial: la gente tenía que haber escuchado el pandemonio de anoche.

Se sentó al borde de la cama y se frotó la frente con pesadez.

Al cabo de cinco minutos se había aseado y vestido; nunca le había costado tanto abrocharse los botones de la bata.

Salió al pasillo y lo encontró tal como siempre: no había una sola presencia, aparte de la propia.

«La misma mierda de siempre», pensó con una amargura sin precedentes en su vida.

Bajó por las escaleras y cruzó la puerta: la recepción estaba ocupada por la misma enfermera de cabellos grises, con su acostumbrada y amarga mirada de «pajarraca mal cogida» que él tan odiosamente juzgaba.

Pero por lo menos, era una presencia que lo consolaba. Era alguien más. Y ante lo innombrable, ante lo descabellado, los humanos hacen manada por naturaleza.

Más allá, en el pasillo del lado extremo, las enfermas se movían con sus carritos lentamente, como si fuera un baile personal, un ritmo propio, «meneando sus gordos culos de aquí para allá y de allá para acá». Todo parecía normal: «¿Ruidos por la noche? ¿Aquí? Qué va, qué va...». Abraham se enojaba cada vez más.

Cruzó la sala, paseando la vista por las oficinas, la sala de maternidad, por las incubadoras (todas vacías), buscaba a Murillo con la vista, y lo encontró finalmente sentado a espaldas suyas, ajeno al mundo, escribiendo algo en una carpeta médica.

«¿Será prudente molestarlo ahora?».

Abraham no se cuestionaba las cosas con la misma tozudez que normalmente hubiese sido propia de él si la noche anterior las malas noticias no hubieran vuelto a hacerle una visita. Malas noticias que provenían de la «maldita» morgue, y que lo había tenido despierto toda la «puta» noche.

¿En algún momento a Abraham se le cruzó por la cabeza que se estaba volviendo loco? ¿Que estaba perdiendo la razón? Nunca. Y tenía derecho a ello, porque era la verdad, y él lo sabía: no estaba loco, no estaba alucinando, no estaba imaginando nada.

Su mente era una ensalada de odio, pero no por ello dejaba de pensar con propiedad, era como un borracho inteligente: tenía la intención de hablar con Murillo al respecto, y tenía la intención de pedir explicaciones. Eso ya se había convertido en algo con igual derecho de propiedad a como si estuviera reclamando por un vuelto justo. Abraham buscaba una respuesta lógica a todo, algo que acabase con sus miedos, estaba hambriento de explicaciones.

Tocó la puerta con los nudillos, Murillo se giró sobre la silla y lo observó con su único ojo. Le hizo un gesto con la mano para que esperara.

Aquellos cinco minutos se le hicieron eternos: los supo reconocer como los más largos, como los más irritantes de toda su vida, y su mente inquieta le hizo ponderar si era posible que, en treinta años, siguiera recordando esa justa escena cuando le tocara esperar por cualquier otra cosa estando enojado. Ese sería su punto de apoyo para el futuro. Es un alivio saber, cuando se tienen problemas, que uno ha pasado por cosas peores, pero el sentimiento se revierte cuando uno reconoce que lo presente es lo peor que la ha pasado en la vida. «En la maldita, maldita, maldita vida», gritó en la caverna de su mente, con dolor.

—Buenos días, Abraham.

—Buenos días, doctor. Perdone la molestia, quiero hablar con usted.

El hombre lo inspeccionó con el ceño semifruncido.

—¿Sí?

—¿Anoche no hubo ruidos?

—¿Ruidos? ¿Qué ruidos?

Sintió una estocada en el corazón. Si una vez pensó que de ser esa la respuesta podía agarrar al doctor por el pescuezo y demandar explicaciones, a la hora de la verdad, su valor se disipó.

—Ruidos, sí…

Murillo se rascó la nuca y miró al suelo.

—No dormí anoche aquí, Abraham, creo que te lo dije ayer en la cena. Yo conduzco a casa.

Lo recordó casi de inmediato. Era cierto, él se lo había dicho. El pulso se le aceleraba. Había perdido el tiempo…

—Te noto asustado.

—Es en relación a lo que hablamos ayer, yo siento mucho tener que importunarlo con…

—Tal vez no sea el mejor momento —interrumpió, con pesadez—, pero yo también tengo una pregunta que hacerte.

Algo malo iba a venir, lo presentía…

—¿Sí?

—¿Vos dejaste la luz de la morgue encendida?

Respiró por la boca, viendo a Murillo al ojo. Sentía la lengua seca.

—Sí, cometí ese descuido. Me fui corriendo de ahí.

—Recibí quejas por ello…

—Lo siento mucho.

Oh, Dios, lo sabía, lo sabía tan pronto las palabras salieron de los labios del tipo. Lo sabía bien, lo sabía, lo sabía, lo sabía… sabía que algo horrible, indecible había ahí, en esa relación de ideas, en ese atar de cabos a medias que tenía en la mente, del que quería distraerse con desesperación, porque el terror iba a subir como un vómito incontrolable: «dejaste la luz de la morgue encendida», «recibí quejas por ello», «gritos en la morgue», «se levantan y gritan», «quejas por ello, quejas por ello». Dios, por favor no, no quiero pensar en eso, no… «recibí quejas por ello». «¿De quién las recibiste, maldito tuerto subnormal, de quién recibiste esas quejas, hijo de mil putas?».

Murillo asintió varias veces y apretó los labios.

—¿Te puedo ayudar en algo más?

—Muchas gracias.

Al darse media vuelta, y alejarse por el pasillo, se puso a pensar copiosamente en imágenes que le venían a la cabeza como un torbellino, mientras veía la lluvia caer, tras el vitral de la recepción.

Hasta entonces, había sido el peor negocio, había sido la peor apuesta de toda su vida, pero sí, tenía que seguir abrazando el sentido común, tenían que seguir habiendo respuestas lógicas.

De pronto, la alianza con Murillo, el nexo, se había hecho polvo.

«Dios mío, por favor».

«Dios mío, por favor… ».

2

Hubo una vez una película que se llamaba *Forrest Gump* (le tomó tiempo recordar el nombre), en la cual había una parte, en plena guerra de Vietnam, donde llovía por un tiempo indefinido (¿un mes, acaso? ¿La peli había dicho que en Vietnam llovía por todo un mes? ¿O tres meses?). Abraham lo recordaba mientras veía la ventana ahí, donde estaba sentado.

Todavía eran las diez de la mañana, pero el día se hallaba sumido en un eterno anochecer.

Estaba sentado en una silla pegada a la pared, de esas que se ven en las salas de espera de los consultorios, con las manos juntas, la bata cayendo de forma casi gótica por los costados del asiento, y el cristal de sus anteojos aprovechando los poquísimos destellos de luz que entraban por un resquicio cercano al techo, una pequeña ventana de utilidad ambigua.

¿Dónde se hallaba Gianluca, el gordo estúpido ese? ¿Estaría de vacaciones? Eso no importaba, porque no estaba pensando mucho en él últimamente.

Aquel sería un momento perfecto para buscar su diario personal y ponerse a escribir, pero para ello tendría que regresar a su cuarto y buscarlo, y no quería hacerlo, no quería moverse. Se hallaba en uno de esos momentos que uno suele creer que son para reflexionar, pero que en realidad solo se utilizan para no hacer nada y dejar caer la mente por una cueva de soledad.

Su mirada perdida se deslizaba por la mesita con revistas viejas frente a él, lucía confundida, y eso tal vez se debía a que, muy en el fondo, contemplaba sus problemas con el San Niño pero no reflexionaba realmente, no le buscaba una solución a la situación.

«Y ahí es cuando los leones del zoológico pierden "esa" mirada salvaje».

Suspiró.

Se acordó de un perro que había tenido de niño, Luke, nombrado así por el padre de Abraham tras el otrora héroe de la famosa película del espacio. El animal a veces recostaba la mandíbula en su cama, rumiando por una caricia. Era un manipulador profesional, como los perros más listos.

Días felices, aquellos eran días felices.

Un pensamiento que lo deprimió bastante, cuando su hermano le había contado el desliz que la madre había tenido con otro hombre, en el propio lecho que compartía con su marido, fue que si hay algo peor que nacer miserable, es estar bien, tener una infancia linda, próspera y de pronto, caer... porque recordás a menudo las cosas buenas, lo que perdiste, lo que te estás perdiendo. Uno que ya nace miserable no sabe cómo es tenerlo todo. Solo encuentra sus pequeños momentos de felicidad dentro de la miseria.

Ese era el momento en el que, silenciosamente, se dejaba abrazar por un sentimiento nuevo: odiaba a todo el mundo. De adolescente, esas cosas son pequeñas bestias infantiles, pero ya en su adultez los pensamientos son mucho más dañinos, y se convierten en monstruos de siete cabezas.

«Maldita seas, mamá, maldito seas, papá, maldito seas, Dios, maldito seas, maldito seas, maldito seas».

Cada vez que lo pensaba, era como si diese martillazos contra algo que no estaba ahí, y lejos de calmar su rabia, la alimentaba.

Quería irse. Cuanto antes.

3

Susana levantó los párpados.

Mientras las imágenes cobraban nitidez con espantosa lentitud en sus ojos lechosos, se dio cuenta de que no estaba en su propia alcoba.

El electrocardiograma que se asomaba a un lado de su cama, como la cabeza de un enano robótico, la hizo sentirse confundida. La línea quebradiza y palpitante que saltaba tras la pantalla negra era similar a una enorme sonrisa.

«Hospital… Abraham… Hospital… Hospital».

Se trató de frotar los ojos, pero el dolor le hizo pensar que tenía los brazos abiertos en carne viva; había un extraño hormigueo en sus huesos. Lo único que llevaba encima era el sujetador plástico del electrocardiograma, y una venda redonda colocada en el antebrazo… le habían sacado sangre.

Por lo general, en las películas, la familia de la víctima o el héroe en cuestión llega al momento exacto en que este se despierta: pero en la realidad no ocurre lo mismo. La habitación estaba a oscuras, las sombras dibujaban figuras raras contra la pared posterior a su cama, y el olor a alcohol le resultaba especialmente desagradable. Venía de un frasco destapado en una mesita al lado de su cama, el algodón con sangre seca reposaba a un costado: no eran visiones muy tranquilizadoras después de un letargo, su mente palpitaba… tenía una necesidad tremenda de ir al baño, la vejiga le ardía. Pensó que iba a orinar ácido.

Mientras sus sentidos se despertaban (su conciencia ya estaba en funcionamiento, pero —en términos del Dr. Seuss— los enanitos que ponen a trabajar el resto de las funciones del cerebro apenas estaban llegando a la fábrica…), sentía algo nuevo que no le agradaba: tenía la lengua seca y el interior de la garganta era algo así como un estropajo.

La frase «debo estar hecha un asco» surcó su mente como un gusano.

«Abraham».

Su rostro estaba cincelado en su imaginación.

¿Qué estaba pasando? Haciendo una asociación de ideas, consiguió llegar hasta el último momento que recordaba: su casa, en el living, con los amigos, sentada en el suelo, estaba sosteniendo el auricular, y del otro lado de la línea se hallaba alguien… ella estaba hablando con ese alguien, pero ¿quién? No lo recordaba, pero desde ahí, se sentía como la resaca de un terror nocturno.

Todo se había desvanecido después de eso, y había sido tan repentino que su mente ni siquiera tuvo conciencia de qué estaba pasando, fue como si alguien hubiese colocado el *switch* del lado «OFF» en su cabeza… ¿Y si le volvía a pasar? Tal como había ocurrido la primera vez, aquello podía volver a repetirse, en cualquier momento.

Movió su cabeza, como si con ello se pudiera deshacer de las malas ideas.

Observó el botón del timbre: con ello podía llamar a la enfermera.

Consiguió estirar un brazo, y tuvo que reprimir un grito: la sensación de dolor enervó sus tendones como si un animal los estuviera mordiendo. Imaginó a un gato con los dientes como las sierras de un cuchillo, desordenadas, amontonadas, bañadas en sangre, y nervios blandos colgando.

Presionó el interruptor varias veces.

No sabía todavía cómo iba a expresar sus ideas, ya que estaba muda, pero la enfermera tendría que asistirla para orinar, y luego su madre o su padre le tendrían que explicar qué es lo que estaba sucediendo, y por qué.

4

La recepcionista del San Niño estaba de pie frente a Abraham, leyendo una carpeta. Sus cabellos grises, sostenidos por una cinta, hacían ver su cara arrugada como si le hubiesen hecho la antítesis de una cirugía plástica.

—Buenos días.

—Buenos días, señora.

—Te daré yo las asignaciones del día de hoy, ¿está claro?

Abraham se hallaba realmente indispuesto por su situación, y también por la mala vida que había venido teniendo los últimos cinco años, por lo que no era propenso a tolerar la mala educación de nadie, aun cuando él fuera muy joven y la otra persona muy vieja. No contestó a la mujer, sino que en cambio, se la quedó viendo, desde su silla.

—¿Qué has hecho hoy?

—Nada.

—¿Nada?

—El doctor Murillo no me ha dado asignaciones.

—El doctor Murillo no es quien te da las asignaciones, quien te da las asignaciones ahora soy yo.

Sintió una cuchillada en el estómago, y con ello la necesidad de decir algo, pero no lo hizo, no tenía palabras para hacerlo. Seguía leyendo la carpeta.

—Dejaste las luces de la morgue encendida… —repuso.

Nuevamente, optó por no contestarle, no había nada que decir al respecto.

—¿Por qué?

—Porque se me olvidó apagarlas.

—¿Ah, sí? ¿No te enseñaron a apagar las luces en casa?

Una vez, un amigo le había dicho algo que le resultó muy gracioso, y estaba a punto de utilizarlo como arma, como puñal. Normalmente no lo hubiera hecho, pero ahí nada se regía por la normalidad.

—Ahora vas a bajar a apagarlas.

—Espere un momento.

Abraham se puso de pie.

Bajó la carpeta con hastío, y se colocó las manos en la cintura, observándolo con los ojos bien abiertos.

—¿Acaso nadie apagó las luces ya?

—Ese no es tu problema, vas a bajar a la morgue y te vas a disculpar, ¿ha quedado claro, señor…?

—No —la interrumpió.

«¿Disculpar?».

Abraham buscó en un lugar muy profundo en su mente, quizá demasiado, para dejar pasar eso. Era un mecanismo de defensa natural.

La mujer puso rostro rígido y frunció el ceño, abriendo la boca… una hilera de dientes color café se asomó detrás de sus labios.

—¿Para qué me quiere hacer bajar otra vez? No tiene sentido.

Al momento que la mujer se disponía a contestar ensanchando las cejas, cosa que lo irritó aun más, Abraham dio un paso al frente y se le plantó.

—Yo NO VOY a bajar a la morgue.

La enfermera lo observó fijamente, moviendo sus pupilas de forma circular, contemplando el rostro del muchacho.

—No voy a bajar a la morgue otra vez —repitió, con más calma—. Chille, grite… haga uso de todas sus herramientas de vieja malhumorada: pero no voy a bajar a la morgue, no pierda el tiempo conmigo, señora.

Pero todavía faltaba poner la cereza sobre el pastel:

—Métase su empleo por el orto, si es que está pensando amenazarme con eso. Si pudiera, me habría ido hace rato.

Lo que quedaba ahora era la resaca del temor, un sentimiento de niño que aun seguía arrastrando desde la escuela, algo así como colocarse los brazos alrededor de la cara (porque en todo caso, eso era lo que provocaba hacer, ya que uno quedaba con la sensación de que iba a recibir un golpe en cualquier momento) y sobrellevar de ese modo la reacción que pudiera tener aquella mujer. Se quedó de pie, desde luego, porque solo eran sentimientos, y nada más… en la vida real, la vieja muy probablemente estaría ya asustada, retrocedería, y lo miraría de forma afectada.

Pero no pasó ni una cosa ni la otra. Ni le pegó…

… ni tampoco se asustó.

En cambio, ocurrió algo que Abraham consideró, sin dudas, una de las cosas más anormales que le habían pasado hasta el momento en el San Niño: empezó a sonreír.

El liquen de saliva de sus labios hacía brillar sus dientes marrones, todos diminutos. Y para cuando la sonrisa se hizo tan grande que era obscena, las encías oscuras aparecieron debajo de sus labios.

Aquella expresión tenía voz propia, claro, porque ellas siempre quieren decir algo, y lo consiguió perfectamente sin pronunciar una sola palabra: «estás acabado».

Abraham era visiblemente más alto, pero eso no importaba, realmente. Ahí y en ese momento, no. Ella tenía más años que él, sabía un par de cosas más también, y había malinterpretado sus palabras: creyó erróneamente que lo último que ella había dicho se refería a perder su empleo.

—Limpiá el piso.

Torció los labios, y dejó salir un escupitajo largo, baboso y amarillento, que se estiró hasta el piso, y se derramó lentamente, formando un pequeño charquito.

—Limpiá el piso —repitió, antes de marcharse.

Por lo general, uno se siente bien (a veces culpable) cada vez que gana el *round*… la rabia de Abraham se vio disipada por sus propios insultos. Sin embargo, no se sentía ni bien ni culpable: estaba impresionado.

Se quedó solo en la sala, escuchando la lluvia, observando fijamente el escupitajo espumoso en el suelo.

5

Había tomado el balde y la fregona tras aquella puertecita. Los dos instrumentos estaban ya preparados para él: el balde se hallaba lleno de agua mezclada con esencia para limpiar el piso.

Se habría puesto a divagar con la mente, de no ser porque su cabeza no podía soltar todavía el cruce de palabras con la enfermera tras el mostrador del hospital (quien, ahora que lo pensaba, había dejado solo el mostrador). Durante los próximos minutos no se molestaría en pensar en otra cosa. Él no limpiaría el piso de la recepción, y ese sería el inicio de su rebeldía; el escupitajo se quedaría ahí, en el suelo, como un testimonio.

Subió lentamente por las escaleras, cargando el balde y la fregona en cada mano, y se puso a pensar si la vieja cretina no sería de casualidad hermana de aquella monja sin labios que le había parecido ver el otro día. No había ningún fundamento lógico para ello, pero ambas eran casi igual de horrorosas para él. Sea como fuere, había perdido sin remedio un juego cuyo único desenlace era un final malo: no estaba camino a la morgue, pero sí a donde, aquella vez, había visto al niño con los dedos aplastados: el tercer piso.

¿Se le volvería a aparecer? Por cómo iba su suerte últimamente, lo más seguro es que sí. Tal vez incluso esta vez le metiera los dedos directamente por la garganta y lo viera con unos enormes ojos rojos. No había un límite para su mala suerte.

De chico, Abraham creía fervientemente en el destino, y prueba de ello es que invirtió buena parte de su infancia pensando en un tal Murphy y su rutilante juego de leyes en las que uno salía, sin dudas, mal parado.

«Mamá».

La figura de su madre apareció en su cine mental, como si fuese una fotografía vieja de colores pastel.

La asociación era sencilla: ella fue la primera persona que le habló de la Ley de Murphy, en algún día perdido del pasado, mientras intentaba mantener el buen humor en medio de un tráfico infernal.

Le había pedido que le contara más al respecto, y ella le citó una serie de ejemplos divertidos, que para él fueron algo así como la prueba inequívoca de que, después de todo, el mundo sí estaba gobernado por leyes superiores.

Una cálida sensación de pena y amor lo invadió repentinamente.

Le costaba pensar en su mamá porque lo único que sobrevenía a ello era rencor, y cuando se veía ante aquellas raras situaciones en las que mezclaba los recuerdos y el amor, él se ponía melancólico.

Ante él se levantaba el enorme número «3» pintado en negro en la pared…

Cruzó la puerta doble, abriéndola con el hombro, y encaró el pasillo. Puertas a la derecha y a la izquierda, y siempre en silencio, como era de esperarse.

¿Desde cuál había salido el niño de los dedos chatos? No lo recordaba (y tal vez fuera mejor así), ¿había visto el número, tan siquiera? Estuvo un buen rato intentando recordarlo.

Irguiéndose para ver el final del pasillo, se imaginó a la niña de la morgue del otro lado, con la cicatriz en forma de Y atravesando su cuerpo desnudo, caminando hacia él.

La imaginación era un arma muy poderosa.

Y de pronto, un pensamiento de distracción que debió ser un alivio, pero no: recordó el manicomio, al lado del San Niño.

«¿Así es como lo ven ellos, los locos? ¿Fantasías que no pueden controlar? ¿Que no pueden dejar de ver? ¿Qué harían ante una situación así como la mía?».

Él mismo no tardó en responder su propia pregunta, con voz de pensamiento amarga:

«Retorcerse y gritar en un cuarto lleno de colchas, eso es lo que hacen».

Su cabeza volvió al tema de su madre.

¿Había que tenerle lástima? ¿Compasión? Aquellas palabras se fundían en una pregunta mucho más grande: ¿debería seguir amándola? Tres días después de que él supiera lo de su *affaire*, con un tipo más feo que la mierda y de aspecto destartalado (y que hacía la infidelidad de por sí peor), no se la volvió a ver más. La señora había hecho sus maletas y se había ido de la casa. ¿Vergüenza? Posiblemente. Tenía razones para ello.

El hermano había aguantado varias semanas con aquel navajazo en el pecho, y la mujer, en uno de esos momentos en los que la gente dice «¿pero qué carajo tenía en la cabeza?», cruzaba los dedos para que el secreto no saliera de ahí, de la cabeza del niño.

No, tal vez no debía amarla más.

Había momentos muy sutiles e íntimos en los que él se ponía a pensar que cada vez que su madre venía a su mente, era porque, a su vez, ella estaba pensando en él.

Ahora no podía permitirse esa resaca. Comenzó a limpiar.

Susana estaba saliendo del hospital, ayudada por sus padres.

Cada uno la sostenía con una mano por debajo de la axila, sentía dolor al contacto de sus dedos.

El sol le picó en los ojos, y lo resintió en la piel. Era como si tuviera una alergia a la luz. Susana era blanca, pero eso no quería decir que no pudiera soportar bien el sol, de hecho, estaba acostumbrada a broncearse de cuando en cuando.

Ahora, sin embargo, algo había cambiado…

El calor del coche la agobió tanto que le dieron ganas de dormir, a pesar de que no había estado haciendo otra cosa durante el último día.

Había despertado con ganas de alguna explicación, y todo lo que había recibido la dejó con más dudas: sencillamente había tenido un ataque, eso es lo que había dicho el doctor, (aderezado con un par de palabras técnicas que no le habían gustado nada, no por su siniestra etimología sino por su peste a muletilla), todo apuntaba a que ni siquiera el tipo sabía qué era lo que había pasado.

Susana era una chica tan buena que papá y mamá podían jurar a pies juntillas sobre su buen haber, y eso incluía a todas las preguntas maliciosas que el médico hacía con un largo cuestionario en la mano y un bolígrafo rojo en la otra: no, no se drogaba, no estaba utilizando pastillas, no iba a fiestas raras, no se pinchaba, no esto y no lo otro… tampoco había tenido relaciones sexuales en mucho tiempo. El doctor era escéptico, ya había visto casos así; de padres tontos del culo que se creen que la niña es incapaz de tirarse un pedo, pero el hecho era que Susana honraba sus palabras: ella no era drogona, no era estúpida y, como patada a su orgullo, tampoco tenía una vida sexual activa.

El examen estomacal no reveló nada, tampoco estaba embarazada, no tenía síntomas de enfermedades venéreas. Otros resultados estaban por llegar, sí, pero algo le decía que no conducirían a nada.

Y ahí estaba ahora, camino a casa, con la frente apoyada en el vidrio del auto.

Algo tenía claro: quería hablar con Abraham, quería decirle algo… ¿posiblemente él supiera cómo hacerla sentir mejor? No, no era por eso.

Tenía que hablar con él, simplemente tenía que hacerlo… no sabía exactamente por qué, pero no era un capricho, era una misión.

Cuando se giraba para ver el pasillo, comparaba la mitad que había limpiado con la que le faltaba por limpiar: impecable y sucio.

Eso le gustaba...

Nunca en su vida consideró nacer para ser trapeador, pero daba igual, porque disfrutaba ver lo que estaba haciendo, y que lo estaba haciendo bien. La parte más cínica de su conciencia se divirtió con la idea de que, cuando alguien con sus ambiciones se emocionaba por ver que hacía bien un trabajo como ese, era porque la vida no le estaba dando muchos frutos. Pero no le hacía daño. El cinismo podía ser divertido, e incluso, un alivio. Cada vez se conformaba con menos, por lo menos hasta que pudiera irse de ahí.

Pensaba sobre ello hasta hacía solo cinco minutos, de lo más distraído, hasta que se dio cuenta de que una de las puertas más inmediatas estaba abierta.

Lo primero que sintió fue un pequeño retumbo en el corazón, algo similar a cuando alguien recibe muy malas noticias. Después, se puso a pensar si alguien la acababa de abrir desde adentro, o si ya estaba así desde antes que él llegase...

Le atormentaba no recordarlo. Las vacaciones de introspección se habían acabado: su mente tenía que aterrizar y empezar el doloroso proceso del miedo, y de que algo nuevo estaba por ocurrir...

Siguió trapeando, pero sin poder quitarle el ojo al resquicio oscuro entreabierto, procurando no estar de espaldas. Su imaginación le decía que en cualquier momento algo iba a salir de ahí y se le iba a aproximar, y no quería que ese «algo» tuviera la comodidad de encontrarlo distraído.

Respiró con fuerza, batiendo la fregona contra el suelo, con la mirada levantada, a la expectativa. Algún lugar de la zona racional de su cerebro pensó en que era el colmo tener que estar atento hasta a la más mínima variación en el ambiente, y aun cuando se hallaba en una edad salva para los embates cardíacos, sentir tanto miedo no le hacía bien... no le podría hacer bien ni siquiera a alguien que fuera varias veces más fuerte que él.

Limpiando y limpiando se aproximó más a la puerta, y empezó a distinguir cosas tras el resquicio.

«Por Dios, que no vea un rostro pálido observándome desde el espacio que hay entre el marco y la puerta... un rostro con ojos grises».

Pero no había tal cosa, sino un pasillo muy corto, que llevaba hasta una cama, donde había alguien arropado. Estaba muy oscuro.

«¿Quién está adentro?».

Pregunta estúpida, desde luego. Se inclinó para asomar la cabeza por el resquicio, ver más de cerca.

«Qué imbécil sos, boludo, pelotudo, anormal. Estás buscando líos, estás buscando líos, estás buscando líos al destino».

Destino era una palabra muy cursi, así lo habría juzgado él ni bien la hubiese leído en su propio diario, pero mientras los latidos de su corazón aumentaban aceleradamente, las palabras no importaban.

Se escuchaba una respiración larga, profunda y lenta, como de un enorme animal.

Los pies no se movían, las sábanas creaban numerosas arrugas alrededor de esas piernas.

—Disculpe…

Abraham se irguió y se dio media vuelta ante la presencia que tenía detrás de él; no se había asustado (cosa que él mismo reconoció como extraordinaria), pero sí estaba visiblemente sorprendido.

Una niña estaba hablándole.

Tenía el cabello dorado pero sucio, le caía libremente por los hombros, y sus ojos, grandísimos, eran verdes. Vestía un pijama.

Lo que quería era que él se apartase de la puerta, para poder cruzar el pequeño pasillo del cuarto.

Abraham no hubiese hallado las palabras para hacerle pensar que no estaba husmeando… pero aquello no importaba ahora. Solo sostenía el palo de la fregona con una fuerza descomunal, y tenía los dientes apretados entre sí. Intentaba entender lo que estaba viendo.

Cuando él se apartó, la niña se puso en marcha: la muleta de la mano izquierda se movía hacia adelante, se apoyaba bien en el suelo, y luego arrastraba la muleta derecha, se detenía por pocos segundos y repetía la operación… así era como caminaba; porque tenía los pies amputados y parecía demasiado pobre para tener una silla de ruedas. O quizá, simplemente, las muletas eran un acto de crueldad. Alguien en el hospital desaprobaba que un niño pudiera moverse rápidamente.

Su pijama se arrastraba por el suelo, parecía la cola blanca de un vestido de novia, que se mueve lentamente, metiéndose en la habitación. El sonido de las muletas era monótono y se afirmaba con fuerza en el suelo.

Se detuvo pocos segundos frente a la cama y después se aproximó hasta una silla. Se puso de espaldas a ella y haciendo fuerza con los brazos, se sentó sobre ella.

Se acomodó y colocó las muletas a un lado, descansando al fin, respirando profundamente, alisándose el pijama con sus manos pequeñas, viendo a Abraham.

—Pasá, por favor —le pidió, en voz alta.

Él no dijo nada, pero la niña lo estaba observando.

—Él quiere hablar con vos —repuso, señalando con su pequeña mano en dirección a la cama—, sabe lo que estabas haciendo.

Sin decir nada, dejó la fregona apoyada en la pared y dio un paso al frente.

En aquel momento, Abraham no estaba pensando en nada, su cerebro era como un tubo sellado. Estaba haciendo lo que estaba haciendo sin saber por qué: sencillamente pasó, como hipnotizado.

Poco a poco su campo de visión dominaba la cama. La luz encendida sobre la mesita era apenas una cortesía. Lo que estaba acostado y arropado ahí resultó ser un enorme oso de peluche.

No tenía ojos de botón, pero sí pintados con un marcador negro, dos círculos deformes resaltaban sobre la tela marrón oscura, uno era ligeramente más grande que el otro.

En un brazo tenía una jeringa hundida, anudada a un delgado tubo que serpenteaba alrededor del perchero donde colgaba la bolsa con suero.

Abraham observó a la niña, quien a su vez lo veía a él, mientras acariciaba sus muletas.

—¿Qué es esto?

—¿Qué cosa?

Señaló al peluche con el dedo.

—¿Por qué lo pusiste ahí?

—Para que me haga compañía.

Había demasiadas preguntas acumulándose en su cabeza, como un burbujeo, y vista desde ahí, la niña parecía tres veces más adulta que él.

—¿Cómo te llamás?

—Victoria.

—Victoria, ¿quién estaba en esta cama?

—¿Estás enfadado?

—Siento haberte dado esa impresión, no estoy enfadado, pero…

—Aquí estaba mi mamá.

Abraham no pudo evitar observar instintivamente a la puerta del baño, que estaba entreabierta: ¿ahí adentro había alguien? Le parecía que sí.

—¿Dónde está tu mamá? —dijo, sin desviar la mirada.

—Se la llevaron… la están operando.

«Hay alguien dentro del baño, cuidado».

Abraham observó las muletas, el pijama sucio de la niña, y luego rápidamente su cara.

—¿Sabés el nombre del doctor que la está operando?

Negó con la cabeza.

—Espero que la traigan pronto —repuso—. Me siento cansada de esperar.

«El baño, Abraham, el baño, el baño, el baño…».

—Victoria —repitió, tragando saliva—, la van a traer.

—Yo no estoy tan segura de eso —contestó, con cierta aspereza.

Su pijama colgaba como una cola fantasmal.

—Lo siento, lo siento…

Se retiró y se fue, cerrando la puerta tras de sí.

Abraham tomó el balde y la fregona, y se apresuró a salir del tercer piso. A cada paso, no podía evitar mirar hacia atrás.

8

Entró corriendo a su cuarto y cerró la puerta de golpe.

Abrió el placar, los cajones, las cajas: cualquier lugar donde tuviera ropa.

Arrojó su maleta sobre la cama y empezó a echarlo todo adentro.

Se desabotonó la bata y la arrojó al suelo… se iría con la camisa blanca, los zapatos de goma y los pantalones que llevaba puestos.

Transpirando, agitado, revisó su billetera, y empezó a contar el dinero que le quedaba: había lo suficiente como para conseguir un pasaje de autobús, ¿a dónde? Eso no importaba, lo vería en el terminal… llegaría hasta el lugar más cercano a la Bahía Azul, su hogar, y desde ahí haría dedo.

Se marcharía sin dar explicaciones, no se detendría ni aunque alguien le hablara, no se pondría a contarle a nadie lo que había pasado... su imaginación era terrible cuando se oponía a él, sí, pero la realidad del San Niño la sobrepasaba, y no pasaría otra noche ahí, por nada del mundo. Tal vez, si fuese un poco más testarudo (y más testarudo que Abraham era difícil) estaría dispuesto a pasarse un par de días más a ver «qué pasaba», a probar suerte... pero no, ya habían sucedido suficientes cosas. Farsantes o no, a la familia Lutz le tomó casi un mes abandonar la 111 del Ocean Avenue... pero él ya había tenido suficiente del San Niño. Nunca más volvería a poner un pie ahí.

«¿Y las respiraciones que escuchaste? ¿De dónde venían las respiraciones cuando estabas en el pasillo?».

Veinticuatro horas atrás, o incluso la noche que escuchó el barullo en la morgue, a Abraham le hubiera dolido marcharse sin cobrar su quincena, pero nada de eso tenía importancia ahora, el dinero no era lo suficiente como para poner su... ¿su qué? ¿Su vida? ¿Su cordura en juego? ¿La resistencia de los músculos de su corazón?

Se puso en marcha por el pasillo, con la maleta en una mano y la mochila en la espalda: no se había tomado la molestia de cerrar la puerta de su cuarto, podía escuchar el cepillo de dientes y el cortaúñas haciendo ruido, cayendo entre los utensilios de baño.

Le dio una patada a la puerta doble.

«Váyanse a la mierda».

Antes de llegar a la recepción, antes de ver lo que había afuera, a través del vidrio, Abraham ya estaba empezando a sentirse mal.

¿Cómo llamarlo? Hay veces en que uno presiente un evento segundos antes de que pase, suele suceder durante la vida... a la mayoría de las personas les pasa cuando están viendo un partido de fútbol por la televisión y lo dicen antes de que el atacante esté en la mitad de la cancha «van a meter gol, van a meter gol», pero lo importante es que siempre sobreviene con un ardor que empieza en la cabeza, una especie de cosquilleo similar al enardecimiento. Eso era lo que estaba sintiendo, pero de manera prolongada, sostenida, y ya tan fuerte, que era como si al Señor que controla la maquinaria del Universo se le hubiera olvidado bajar el volumen para que «ese tonto» no se viera sometido a fenómenos que no podía entender.

Ya estaba en la recepción, de pie, viendo hacia afuera; la enfermera vieja del mostrador lo observaba, interesada.

De tener una mano libre, le hubiese mostrado el dedo medio con un placer innegable. Decidió seguir caminando hasta la puerta de entrada, dispuesto a darle una patada.

Sin embargo, se detuvo poco a poco, en una especie de parodia cómica mórbida, hasta estar a punto de pegar la frente al vidrio helado de la recepción.

Pasmado, con el corazón latiendo demasiado rápido, abrió la boca como una O.

Estaba nevando.

—¿Te estás robando algo del hospital? ¡Oh, Dios mío! ¡Te estás robando algo del hospital! —exclamó la mujer colocándose las manos en el pecho, salió de detrás del mostrador, y corrió pasillo abajo.

Abraham presionó la manija de la maleta con tanta fuerza que el hierro crujió bajo su mano, empujó la puerta y salió.

El frío de invierno caló en su piel con tanta rapidez que, de inmediato, supo que sería imposible seguir.

Estaba aterrorizado, su cerebro era un manojo de nervios convulso, pero su parte irracional se aplacó como una fiera sedada.

La nieve rodeaba sus tobillos, pesadamente.

«Si sales, te mueres».

Nunca antes la calle de salida, rodeada de árboles, le había parecido tan lejana.

Los copos estaban alfombrando rápidamente el camino, ¡y la nieve había empezado de un minuto para otro! ¿Acaso había comenzado cuando estaba allá arriba, en su cuarto, empacando las cosas? ¿Acaso no era un día despejado? Era distraído pero esta vez lo recordaba, sí, lo recordaba bien.

—Ay, Dios mío —gimió en voz baja e insulsa—. Ay, Dios mío.

Su lengua se pegó dolorosamente al paladar, sentía el cuello frío. No pudo tragar saliva. Estaba seco. Los ojos se le pusieron llorosos.

Ni aun con su sobretodo, que le llegaba hasta las rodillas, podría hacer frente a la temperatura, no era la vestimenta adecuada para ello: no tenía bufanda, no tenía una camisa lo suficientemente gruesa debajo y tampoco llevaba calcetines de lana… En poco tiempo, la humedad entraría en las botas y mojaría sus pies: menos 9 grados y los pies mojados son muy mala combinación.

Valle de la Calma era un lugar muy frío, lo sabía desde que había llegado, lo sabía, de hecho, desde antes de llegar, porque estaba consciente de que iba en dirección al sur. Pero la nieve fue inesperada, y lo que es peor, la brisa aumentaba poco a poco, como una amenaza.

Su mente se debatía en un tornado de tribulaciones.

La puerta tras de él se abrió, justo al momento que sintió una manaza pesada caerle sobre el hombro.

—Epa, papá… si de verdad te querés suicidar, tenemos un bisturí adentro y te juro que sufrirías menos. Con el frío de aquí no se jode.

Se fue dando la vuelta poco a poco, el gorilón tenía, al menos, una sonrisa jovial.

—Entrá.

VIII

1

Dos horas después, contrariado y con demasiado en qué pensar como para aplicar la suficiente cantidad de lógica para racionalizar cada problema que tenía, Abraham no sabía qué era más mortificante: que nevara «justo» aquel día, «justo» a aquella hora, «justo» en aquel momento (por más época de ello que fuera, era la primera vez que nevaba desde que él había estado ahí, y era imposible no sentirlo como un ataque personal) o que nadie todavía se hubiera acercado para hablar sobre su repentina decisión de marcharse.

El doctor Murillo no se apareció, así como ningún vejete que jugara las de director en el cuerpo de doctores según como Abraham lo imaginaba, ni qué decir de charlar un rato sobre su pelea con la enfermera, y no solo eso: un par de vistazos lo convencieron de que todo lucía como si nada hubiera pasado, como si el ambiente no se hubiera alterado esa mañana. El enfermero se limitó a dejarlo sentado en la recepción y, tan rápido como vino, se marchó.

Afuera el manto de nieve ya arropaba por completo el suelo, y eso era lo único que no permanecía inmutable: al final de la larga arboleda que rodeaba a los predios del San Niño se veía una luz muy linda, muy tenue, que era tapada constantemente por la cortina de brisa y nieve.

Abraham la observaba sentado, con las manos apoyadas a los lados de la cabeza. Caminar hasta allá sería un error casi mortal, ¿a cuánto había bajado la temperatura? No tenía ganas de averiguarlo, pero sus conocimientos en meteorología eran suficientes para calcular que había sido mucho.

«Si salgo caminando, si llego hasta el final con mis cosas, si me robo una manta y me la pongo sobre el abrigo, ¿qué pasará? ¿Encontraré la calle? ¿Encontraré la parada del colectivo? ¿Qué pasará?».

Su mente trabajaba con rapidez. Muchas veces, durante su adolescencia, se sorprendió a sí mismo al descubrir que los momentos cuando más brillaba eran aquellos en los que se hallaba bajo presión. Eso lo había salvado de reprobar un par de exámenes. Él y Dios sabían mejor que nadie que tenía que usar esas viejas experiencias para envalentonarse, pero detestaba hacerlo en un punto de su vida que no tenía precedentes: nunca le había pasado algo tan malo ni algo tan extraño como hasta ahora.

«¿Habrá una parada de colectivo? ¿Por qué no recuerdo?».

De pronto se dio cuenta de un detalle que cayó sobre la olla de su cabeza con un ruido lo suficientemente grande para tapar su maraña de pensamientos, y cuyo horror y sorpresa le resintieron —por primera vez en su vida— en el músculo del corazón:

«¡No recuerdo hace cuántos días llegué!».

Abraham se levantó de golpe.

El pensamiento se vertía sobre él con una sensación igual a la de alguien que sabe que acaba de cometer un error fatal.

«¿Por qué? ¿Hace cuánto llegué?».

—Hace cuánto llegué —musitó, lastimosamente— Hacecuántollegué... hacecuánto...

«Hace como siete días, hace como siete días más o menos».

Él detestaba a las personas que decían que ordenando el día entero en una agenda uno logra recordar las cosas, desde dónde dejó «algo» hasta un compromiso importante... lo odiaba en primer lugar porque jamás funcionaba, y en segundo porque era un método estúpido. Los humanos son humanos, no grabadoras. El método parecía bonito, bonito para una máquina de hacer cálculos, pero en la práctica era imposible para la mayoría. Sin embargo trataba de hacerlo...

«Pensá, hijo de puta, pensá».

¿Qué podía recordar? ¿Las cosas que lo asustaron? La mancha en la pared volvía a su mente una y otra vez, no porque tuviera alguna simbología especial, sino porque sus ideas eran un manojo encaprichado que saltaba sin orden.

«¿Qué más? ¿Qué pasó ANTES de eso?».

El día que se despertó pensando que le sangraban los testículos.

Todos sus pensamientos se ordenaron lentamente: por fin, la inteligencia comenzaba a intervenir como una luz entre la rabia ciega y el miedo.

«Mi diario, mi diario personal... ahí están las fechas».

Atravesó la puerta del corredor escaleras arriba. Estaría dentro de la gaveta, y por un momento sintió una culpa fugaz que lo avergonzó, porque si hubiera tenido éxito en escapar del San Niño, lo hubiera dejado olvidado ahí en su cuarto, para siempre.

La llave de la puerta saltó de su bolsillo al momento que introdujo una mano temblorosa dentro. «¿Acaso no la dejé abierta? ¿Por qué ahora está cerrada?». Se agachó y en poco tiempo la estaba introduciendo en el cerrojo, en cuclillas, girando el picaporte bruscamente. Se precipitó adentro, se sentó sobre su cama y abrió el cajón de la mesita de luz.

No estaba ahí.

Se llevó las manos a la cabeza, clavándose las uñas en el cabello. Tiró del cajón y lo dejó caer al suelo, y luego el de abajo, y el de abajo.

No aparecía.

—¡Yo siempre lo dejo aquí! ¡Hijo de puta! —gritó, viendo hacia el cielo, a través de la ventana—. ¡Yo siempre lo dejo aquí, no me lo escondas!

Se echó al suelo y buscó debajo de la cama: era oscuro y polvoriento, no había nada más que un pedazo de papel al fondo.

Se puso de pie y buscó frente a la cama, en el mueble donde guardaba la ropa: abrió el estante derecho y el izquierdo: vacíos.

Bajó a la recepción, recuperó su maleta y su mochila (por lo menos no se las habían robado, esa idea lo aterrorizó). Al retorno, las echó sobre la cama y las abrió, vaciando todo el contenido sobre el cobertor.

Nada.

Apoyó la espalda contra la pared, llevándose las manos a la cara.

Su mente era como un tendón eléctrico, y su mandíbula estaba cerrada con tanta fuerza que hubiese podido triturar una nuez. Las encías le iban a doler mucho esa noche, pero el lado que se lo recordaba amablemente era demasiado pequeño como para que Abraham le diera importancia alguna entre el maremoto de rabia, confusión y más rabia.

De haber tenido cinco años menos, habría empezado a golpear la pared y a dar patadas a las cosas… pero ahora era un hombre, no un adolescente, y… ¿acaso eso importaba? ¿Por qué una parte de él lo imaginaba?

«¿Quién se llevó mi diario?».

La manzana podrida; la enfermera y recepcionista en el piso de abajo fue lo primero que cruzó su cabeza, como un clavo. Esa, esa con la que había discutido hacía solo un rato.

Ya lo podía ver: él estaba en el tercer piso, limpiando, y ella había tomado la llave maestra, viendo de aquí para allá con su expresión orgullosa de harpía, asomándose por la puerta, entrando a su cuarto, hurgando sus cosas, revisando, viendo, jactándose de estar donde no tenía derecho. Se había llevado su posesión.

¿Qué haría ahora? No podía bajar como una tromba y estrangularla, además —y aquí es donde la parte más pequeña de la tormenta parecía hacer efecto antes de que cometiera un error que sabía que lamentaría— tampoco podía probar que ella lo había hecho, ¿y lo había hecho, siquiera? ¿Por qué? Ya era demasiado tarde para demostrarlo. Si en un pedazo de mierda descomunal como el San Niño no tenían Wifi, menos aun cámaras. Él mismo removió cualquier evidencia, cosa de por sí inútil porque Abraham jamás hubiese estado en condiciones de asegurar si alguien había movido esto o aquello tampoco, menos con el desastre que acababa de hacer.

Se sentó sobre la cama, meditando, o al menos, penosamente, imitando la labor más parecida a meditar, mientras se acunaba a sí mismo.

«No recuerdo qué día llegué».

Todo era un lapsus mental, un estúpido lapsus mental, y Murillo lo ayudaría a resolverlo. Se aferraba a él.

«Pero llevo aquí seis o siete días, no más... no más».

Seis o siete días, seis o siete días, seis o siete días, y si fuera cierto entonces puede decirse que toda tu vida se fue a la mierda en seis o siete días, Abraham, por Dios.

Se puso de pie otra vez, sintió un hormigueo en su cabeza, producto de la sangre o de un enardecimiento repentino, parecía un mal orgasmo en sus sienes. Estaba empezando a sentirse mal.

Salió de su cuarto sin molestarse en cerrar la puerta, con la ira presionando su cráneo. Instintivamente tuvo que abrazarse a sí mismo, porque quizá Abraham estaba demasiado enojado como para percatarse de que hacía un frío infernal. La niñita sin piernas cruzó su mente, intentó alejarla como si fuera una mosca.

«¿Hace cuánto llegué?». «Enfermera hija de puta».

Al abrir la doble puerta, giró la cabeza para echarle una mirada a su enemiga jurada, quien estaba detrás del puesto de la recepción, tranquila, leyendo una vieja *HOLA*, ajena al mundo.

Caminó a través del pasillo y no tardó en centrar toda su fuerza sobre la primera presa que cruzó su vista; una gordita que se ayudaba con el trasero para abrir la puerta, empujando el carrito que llevaba.

—¿Dónde se encuentra Murillo? —preguntó, con la respiración agitada—. Disculpá, pero es una emergencia. Es el doctor con un parche en el ojo.

La joven se lo quedó viendo, con las mejillas rojas.

—Hoy no está… lo lamento.

Seguramente no se hubiese tomado la molestia de decir «lo lamento» de no ser porque la cara de Abraham era una olla convulsa a punto de explotar. Quizá quien lo lamentaba realmente era ella, no él.

—No está —remedó él, lentamente—, ¿y cuándo llega?

—No lo sé —balbuceó—, lo siento en verdad… pero los doctores no tienen horarios permanentes, acá no pasan muchas cosas ¿sabés?

Abraham dio dos pasos adelante para observar el pasillo del ala este, el más largo de todos los que había en la Planta Baja, el lugar donde Murillo tenía su oficina, y donde probablemente los demás doctores tendrían las suyas. Al final, había una enorme puerta doble con detalles y adornos sobre la superficie de madera.

—Noto que te parece extraño, pero es que así es como funcionan las cosas por acá —repuso, a espaldas suyas—. El pueblo se halla cerca, así que imaginate; con una llamada ellos pueden… Epa, ¿cuál es tu nombre? Yo soy Lily.

Abraham la dejó en el lugar y se puso a correr; abrió la puerta doble y entró por la puerta del final del pasillo sin resquemor alguno.

Ante él apareció una oficina forrada por completo con un tapete rojo. Era un festival de mal gusto. El inmenso escritorio de madera y el mueble que estaban en el otro extremo reposaban inmóviles.

Lily, desde donde lo veía, estaba demasiado impresionada para hablar, con un dejo de idiotez supina y excitación sexual surcándole el rostro.

Abraham tenía la esperanza de conseguir su memo, la carpeta donde estuviera archivado su currículum, sus datos personales, su día de llegada.

Pero había demasiados archivos apilados en el mueble, y como dicho mueble era una pared enorme de más de doce metros de largo por dos de alto, entonces el San Niño tenía más empleados de los que él había imaginado; o no más de los que había imaginado sino más de los que él había visto trabajar. Su irrupción en la oficina había sido exagerada… ¿perder el trabajo? El trabajo se lo podían meter tres millas dentro del culo, el problema era otro, el problema era que el enfermero-gorilón podía estar en camino. Su mente daba vueltas, muchas vueltas, y de un tema pasaba a otro. No lo estaba ayudando, y tampoco lo ayudaría lo que estaba por suceder...

—¡Es un maldito! ¡Un ratero de mierda y un hijo de puta! —chilló la vieja enfermera, desde afuera del pasillo.

Lily la miraba con expresión horrorizada.

—¡Un inmundo, una rata!

Intentó tranquilizarla, pero todo lo que ganó fue un empujón violento en el pecho, el brazo delgado y nervudo de la anciana cayó en su busto como una garra de buitre.

—¡Salí de ahí! ¡No te enseñaron educación porque tu mamá es una puta! ¡Salí de ahí! ¡Salí, salí!

¿No estaba leyendo tranquilamente hacía un rato?

Abraham tenía demasiadas hormigas en la cabeza como para darle paso a otra emoción que no fuera el caos. No iba a dar batalla, no podía. Sencillamente, quería que lo dejaran en paz. Era impresionante darse cuenta de que ese era el próximo sentimiento en la fila en lugar de arrojar un puñetazo en la quijada de aquel ser nefasto.

Salió de la oficina.

La mujer empezó a perseguirlo, pero como un perro que persigue autos se alejó lo suficiente como para poder escapar a tiempo en caso de que él se diera vuelta e intentara perseguirla... tal vez otra persona ya lo había hecho antes.

—¡Dejá lo que te llevaste! ¡No vas a trabajar nunca más, turro! ¡Hijo de puta!

Abraham corrió por las escaleras.

2

Sin Gianluca ni Murillo estaba solo.

Se hallaba acostado en su cama, viendo el techo.

Se hacía de noche y todavía nevaba, había tenido que ponerse dos camisetas debajo de la camisa, pero era inútil porque aun sentía frío. A las temperaturas de menos de cero no se les hace frente con tan poco. Los norteños siempre cometen la equivocación de subestimar las temperaturas heladas, algunos incluso llegan a la estupidez de pensar que el calor es peor. Abraham conocía el frío, el frío de verdad, ese que mata.

Diez grados centígrados daban miedo de la misma forma que perder el control en una autopista, solo que era más lento, pero el resultado final era igual de seguro.

Y lo que era más: tenía que pasar otra noche en el hospital. Eso era el peor calvario. Daba saltos en su cerebro.

«¿Y la radio que me prometió el doctor? ¿En qué quedó?».

Sintió rabia. Ya no era extraño.

Otra noche más en aquel lugar, y sin nada más que su propia respiración para acompañarlo. Todavía tenía que abrir el placar para ver si, al menos, había cobertores extra (que por fortuna, los hubo).

Quería que las horas pasaran rápidamente, que ya fuera mañana. ¿Qué haría? ¿Lograría un avance un poco más fructífero para salir de ahí? No lo sabía… si analizaba todas las cosas que pasaron hoy, habría caído en la cuenta de que él mismo, Abraham Salgado, era muy fácil de derrotar. ¿Qué de bueno tendría mañana, entonces? «No lo sé», se decía, pero guardaba esperanzas. Se aferraba a ellas sin saberlo. Si bien no quería ni pensar en eso, lo cierto es que estaba asustado, asustado como nunca antes en su puta vida.

En la oscuridad de su cuarto, recostado, imaginó que un vapor blanco estaría saliendo de su boca con cada exhalación.

Durante su infancia se preguntaba: «¿Qué pasaría si hago esta estupidez o aquella ridiculez, por más bochornosas que pudieran parecer?». Ahora se hallaba en el mismo dilema: si fuera un hombre de más corazón, seguramente se levantaría, saldría del cuarto, bajaría las escaleras y encararía a la mujer de la recepción. Al hacerlo, le quitaría poder a ella. Al hacerlo, de hecho, podría encontrar una solución… una solución que era factible, aun si lo poseyera el diablo y ocurriera lo impensable: darle una patada en el vientre y dejarla en su lugar. ¿Acudiría gente por ella? ¿Lo sacarían del hospital, así sea para meterlo en una celda? Seguro que sí; era una solución, pero le faltaban huevos para hacerlo o, quizá, solo faltaba estar más desesperado…

Una fuerza lo retenía en la cama. ¿Algún espíritu maligno? ¿Una presencia negativa? Nada de eso: se trataba de sí mismo.

«Yo solo quiero irme de aquí».

Apartó todos los cobertores que llevaba encima y se sentó en la cama, observando a través de la ventana; el vidrio estaba tan empañado que no podía ver nada, pero estaba claro que todavía nevaba porque el montículo blanco alrededor del alféizar crecía. Si seguía así, la nieve ya habría cubierto buena parte de la pared de afuera de la primera planta al amanecer. Eso restaba a su ya complicado plan de escape.

Se dio media vuelta y se puso boca abajo, hundiendo la cara en la almohada.

Respiró hondo, sintiendo cómo los bordes apretados del pantalón le mordían la carne alrededor de la cintura. Abraham era bastante delgado, pero en los últimos meses, gracias a un gradual cambio en su metabolismo, había conseguido subir un poco de peso, la ropa le quedaba más ajustada. Lo peor era que, de algún modo, sentía los testículos bastante apretados dentro de la ropa interior. Sin embargo, en ese momento, lejos de incomodarlo, le estaba recordando que tenía partes íntimas, y se estaba excitando, lentamente...

El lado racional se entrometió casi de inmediato. «Dios, callate», se dijo a sí mismo, en sus pensamientos. Mandaba a callar a su propio sexo.

Hacía mucho que no tenía contacto sexual con alguien, ¿cuánto? Parecía recordarlo con muchísima más nitidez que el momento exacto de su llegada al San Niño. Su mente se ablandó, despegándose poco a poco de sus problemas, y empezó a pensar en imágenes más agradables, hasta que el sorteo de fantasías lo llevó a una persona: Susana.

Y una vez que pescó no la pudo dejar más, aun cuando la erección se hizo fláccida, y a través del tiempo el deseo sexual se desvanecía lentamente.

«Susana».

La había sacado de sus fantasías sexuales desde hacía ya mucho, incluso semanas antes de que terminara su relación con ella, recordaba muy bien que era una de las razones por las que Abraham no quería ligarse en un noviazgo muy serio después: su testosterona seguía alta, más que nunca, de hecho, y gracias a ello, gracias al demonio casi irracional que lo gobernaba cuando se excitaba, es que cometió el error de serle infiel, algo que ella, hasta el día de hoy, no sabía. Lo hizo solo una vez.

«Susana...».

Ella se despertó y descubrió que tenía un extraño dolor de estómago. Era desagradable, como si la comida se estuviera removiendo.

Había estado soñando con algo extraño antes de despertarse; parecía como un gusano, o el esqueleto de un gusano (por más inverosímil que aquello fuera cuando lo trataba de poner en pensamientos racionales).

Se frotó los ojos en la oscuridad, era de noche, y el aire olía a comida… había movimiento abajo, en la cocina de la casa. Giró la cabeza para observar el reloj de Garfield sobre su mesa: eran las nueve de la noche.

Se removió en su cama, entre las sábanas y el cobertor. Sentía calor. El cansancio y el malestar la disuadieron de darse un duchazo, así que aligeró carga removiendo todo lo que la tapaba con los pies.

Escuchó el timbre de la casa, a su padre abriendo la puerta… sabía que era él, tenía su manera particular, fuerte de hacerlo todo, de producir sus sonidos. Escuchó luego su voz, supo que una amiga (¿o amigo?) había venido a visitarla, para saber cómo estaba, cómo seguía, para enterarse de qué había pasado.

El padre lo despachó rápidamente, de esa forma brusca, un poco tosca, que no se veía menoscabada ni siquiera por las buenas intenciones del prójimo. Eso le había hecho recordar lo mucho que lo odiaba a veces, lo mucho que en ocasiones podía llegar a parecerse a una maldita morsa dominante, una a la que nunca le llegó a agradar Abraham, pero tampoco ningún otro novio que ella hubiera tenido… pero si algo se podía decir en su defensa es que Susana no había tenido casi ninguno, tampoco.

Se hallaba rendida, su lengua estaba seca, no soportaba tener mal aliento… ¿Cómo era posible? Estaba tan sana, tan rozagante un día, y ahora se hallaba así, en ese estado, tan cansada, enferma… seca.

¿Por qué? Tenía razones para sentirse deprimida: esa manera de sentirse marchita no tenía precedentes, nunca se había sentido tan mal. Observó el teléfono de la mesa, pensando en Abraham. ¿Qué estaría haciendo él ahora?

Por lo general, su padre no gustaba de ninguna llamada recibida o efectuada después de las nueve de la noche, pero eso no valía ahora: ella estaba enferma, y se lo merecía, se merecía ese premio, se merecía un mínimo de condescendencia. Tomó el teléfono.

Si en algo era buena (y más que buena, fenomenal), era en recordar cosas con un detallismo impecable. Según su madre, aquello era un don heredado de la abuela... no tuvo problemas para recordar el número del San Niño, solo le tomó diez segundos de asociación, porque ese era su truco.

Cuando marcó el número, lentamente, palpando los botones en la oscuridad, se preguntó si su voz sonaría demasiado enferma... Abraham no sería el único que tendría malas noticias esta vez. Además, lo que en otro tiempo hubiera importado ahora ya no tenía razón de ser; lo estaba llamando por algo, algo más fundamental que un capricho de niña. Recordó eso, también.

El número era largo, tenía que marcar primero el código de área.

«¿Cuál era? La edad de Abraham, 24...».

«0242».

Estuvo a punto de hacer una asociación sobre su infatuación casi patética con Abraham, y...

Sus dedos se deslizaron por los botones, cada vez que hundía la yema sobre el plástico sentía un dolor llano entre las uñas, que se quedaba ahí por un rato. Eso le sirvió como recordatorio; la frase «estoy destruida» dio vueltas en su mente como un anuncio electrónico.

El timbre de espera empezó a repicar.

Observaba el techo mientras esperaba, con la mente en blanco...

Repicó otra vez.

Cuando empezó a temer que nadie contestara, alguien atendió el teléfono, pero daba lo mismo, porque fuere quien fuere no habló. Solo se escuchaba la diminuta interferencia eléctrica suavizada al fondo, esa contaminación sonora típica de las líneas telefónicas.

Sabía, sin embargo, que alguien había levantado el tubo, lo había escuchado, era inconfundible.

—¿Hola?

Se sintió extraña, hablando en la oscuridad de su cuarto. Un lugar muy hondo en su mente le había dicho que tenía que ser muy valiente para hacer lo que estaba haciendo, y no fue sino hasta que realizó ese pensamiento que su corazón empezó a latir con fuerza, y se dio cuenta de que había cometido un error grave.

La interferencia continuaba, Susana la percibía con especial claridad... su interlocutor no contestaba, *pero la estaba escuchando*, ella lo sabía.

—¿Hospital San Niño?

Se calló, tratando de captar la más mínima respuesta, sin éxito.

Aclaró su garganta.

—¿Hospital San Niño? ¿Buenas? Por favor, ¿me comunica con… con Abraham Salgado?

Giró los ojos para acá y para allá. Maldijo en sus adentros pensando que tal vez había cometido un error al mencionar su nombre.

—¿Hola? ¿Hay alguien?

No respondían. En cualquier otro caso habría sospechado que aquello era una broma odiosa, pero no lo sentía así: esta vez no era una niña del otro lado del auricular, como la otra vez, era…

—¿Hola?

Abrió la boca, Susana sintió que del otro lado del auricular alguien abrió la boca, era inmensa… empezaba a tomar aire, profundo, ¿para qué? Para empezar a… oh, Dios.

Un hórrido y atronador chillido de cerdo la hizo temblar como si fuera una descarga eléctrica. Su primer instinto de deducción fue ese; era un cerdo, un cerdo muriendo patas arriba. Era un grito espeluznante, sobrehumano por lo prolongado, y espantosamente parecido al de un niño.

«Oh Dios mío, oh Dios mío».

¡Se había transformado en un llanto insoportable! ¡Y cada vez era más duro, se estaba acercando! ¡Se estaba acercando a través de la línea!

Un millón de imágenes cruzaron sus ojos. Su cabeza era como un termo de agua hirviendo que revienta.

«AbrahamSalgadopapá enfermeniñosniñosfermedad enfermedadenfermedad».

Susana gritó incluso mucho después de que escuchara a su padre corriendo por las escaleras, y de alguna manera siguió haciéndolo con el auricular sobre su regazo, mucho después de que, incluso, perdiera la conciencia.

4

Era la una de la madrugada y Abraham todavía no tenía sueño.

Cuando era un niño y Luke (el perro de la familia) vivía, lo llevaba a dormir al cuarto durante las noches en que tenía miedo.

Abraham jamás fue un niñito cobarde, y eso era algo de lo que secretamente se enorgullecía su padre: hacía falta más que las películas de *Pesadilla en lo profundo de la noche* para hacer mella en sus nervios.

Sin embargo, hubo una vez una película (la primera y única) que lo asustó verdaderamente, y era *La bruja de Blair*. A Abraham le asustaba la idea de tener que vivir esa situación, la situación de encontrarse perdido, perdido y sin ayuda. Eso era lo que más lo había afectado del filme.

Además, sabía algo que pocas personas saben: todos los seres humanos tienen algo que es capaz de empujarlos hasta el abismo del horror, aun cuando uno no tenga la más mínima idea de qué forma viene, cuántas patas posee o cómo luce. Siempre hay algo. Siempre. La valentía es solo una condición pasajera... siempre hay algo que es capaz de aterrorizarte. Es un axioma.

En su caso personal, era no poder salir del San Niño. Ya era la 1:05.

Apagó la lámpara de la mesa de luz y cerró los ojos, intentando, una vez más, retomar el consejo de su padre, porque las buenas intenciones recibidas en los días de desidia eran lo único que le quedaba: hizo pasar ante su mente un desfile de pensamientos buenos, de recuerdos gratos, de mujeres que le gustaban...

5

Se había quedado dormido. Sentía frío, mucho... con todo y los cobertores extra, y era natural, porque a esa temperatura debería estar acompañado de una estufa de gas al menos, pero podía controlarse, podía soportarlo, al menos su cuerpo secretamente le comunicaba eso.

El sueño no era profundo, más bien se hallaba dormitando, con la mente obnubilada y los ojos entornados, respirando acompasadamente.

Cambió de posición, doblando la almohada bajo su cabeza, viendo hacia la ventana: seguía empañada y lo más probable es que todavía nevara. Su mente se apagó un poquito más.

Se frotó la cara y volvió a cambiar de posición; quería recuperar el sueño, el amanecer posiblemente estaba a pocas horas, el nuevo día: justo lo que estaba deseando. Se hallaba dormitando, sí, pero su subconsciente no había tomado terreno aun, su mente racional todavía pensaba, aunque en voz muy baja. Intentó dejarla a un lado, hacer que perdiera el equilibrio en la oscuridad... tenía que descansar.

Bostezó con gusto y respiró profundamente.

Aun en las horas siguientes, Abraham no supo nunca por qué en aquel momento abrió los ojos, pues no hubo razón alguna para ello, sencillamente, sintió la necesidad de hacerlo, como por consejo del alma.

Quizá, de hecho, sencillamente fue porque sintió que alguien lo estaba mirando.

La puerta del baño estaba entreabierta; adentro, todo estaba negro.

Al menos al principio…

Había algo.

Y ese algo cobró poco a poco la forma de una persona muy delgada, que lo estaba mirando con atención a través de la puerta.

Abraham empezó a abrir la boca y los párpados, se incorporó en la cama de golpe: sí, alguien estaba ahí adentro, mirándolo con la frente pegada entre la puerta entreabierta y la pared. La mente empezó a encendérsele, las sienes se le erizaron. Pronto, todo se encandiló en una pesadilla, pero una pesadilla real, no un terror nocturno. Sí, estaba despierto, *estaba bien despierto*.

Gritó con todas sus fuerzas: aquello no se iba, no se iba para nada, seguía ahí, estaba ahí, ya estaba seguro de ello. Su imaginación no le estaba jugando una mala pasada, es como cuando sabemos distinguir lo que ven los ojos realmente y aquello que fue solo la imaginación, y «eso» era real, a pesar de su aspecto: había alguien dentro del baño. Gritó más.

Se arrojó fuera de la cama y abrió la puerta del cuarto de golpe. Salió disparado contra la pared del pasillo, a la seguridad de la luz de las bombitas.

Aun en estado de pánico, y a pesar de que no podía seguir viéndola directamente, la figura no se iba de su cabeza, estaba fresca: parecía como… le daba vergüenza, le daba vergüenza siquiera pensarlo, y eso lo empujó a la desesperación.

Gritó otra vez, sentado, con la espalda contra la pared, fuera de sus cabales, con el único pensamiento racional fijo en espera de que «aquello» saliera del cuarto a su encuentro.

Y así, sin nadie que acudiera a él, se quedó ahí, en el suelo, hasta que amaneció.

Nadie abrió una sola puerta en el pasillo, ni nadie acudió en su ayuda a pesar de los gritos posteriores.

Había visto a un hombre sin piel.

IX

1

Alguna vez en la vida nos cuestionamos cosas sobre nosotros. ¿Cómo reaccionaríamos ante esta o aquella situación?

Muy pocos son los que tienen el coraje suficiente para hacer una previsión real de sus respuestas ante escenarios difíciles, aunque a decir verdad eso viene con la madurez; la mayoría se hace burbujas de ilusiones, para luego abrumarse por lo cobardes, torpes o incompetentes que resultaron ser ante la contrariedad más sencilla.

Algo así podía haber sido el caso de Abraham Salgado.

Él había pensado muchas «cosas» en su infancia, «cosas» que a decir verdad son comunes en toda persona, axiomas, quizá: «¿por qué el cielo es azul?», «¿la gente del polo sur no caerá al vacío ya que están boca-abajo?», «falta poco para que termine mi programa... la situación es muy complicada, ¿cómo van a resolverlo en cinco minutos? ¿Qué hará Naruto?», y luego la infaltable: «¿qué haría yo si se me apareciera un fantasma, o un monstruo?». Muchas cosas surcaron su mente en aquel entonces, pero ni una de ellas contemplaba echarse al suelo y gritar y llorar.

Y la verdad es que aunque parecía patético, estaba bien, estaba muy, pero muy bien. Nadie debía culparlo. Ninguna de esas poquísimas, desconocidas personas en la historia que hubiese pasado por situaciones iguales a la suya lo hubiera hecho tampoco. Esas cosas no se supone que pasen.

En su reciente adultez, la mente de Abraham se tornó mucho más compleja, más que la de los jóvenes de su edad, puesto que él era verdaderamente inteligente, o más que eso, él era sensible, sensible ante su entorno, ante el mundo real, y por ende, exitoso con la gente, así que los monstruos y los fantasmas quedaron relegados a su niñez. Él fue un chico que a los trece años ya sabía decir que los monstruos no eran fantasmas, eran personas, personas muy reales, sin saber, como el resto de los adultos, como los hombres de veinte años y más, como cualquier otro que sí, estaba equivocado...

Sí, sí había otro tipo de monstruos, después de todo.

¡Aleluya! Los crédulos, los supersticiosos acertaron una, finalmente. ¿No es acaso el mundo un lugar interesante?

«¿Qué voy a hacer si me vuelve a pasar? ¿Qué voy a hacer si hoy no puedo salir de este lugar?».

Y no recordaba haber tenido una preocupación tan grande desde que los problemas financieros de su familia comenzaron a aparecer, uno tras otro, amenazando su estilo de vida. ¿Por qué recordaba eso ahora, de todos modos? Oh, sí, tal vez porque al estar sumido en una situación tan negra, «no puedo escapar de aquí...», su mente empezó a repasar lo que se sentía una desgracia. Estaba recordándolo, de hecho, pero para su preocupación adicional el presente caso era mucho, pero mucho peor. Mucho peor porque Abraham sabía, de hecho, que no estaba loco. No estaba imaginando cosas.

Al ver la figura humanoide sentada en el inodoro (y el hecho de que estuviera sentada ahí la hacía más mórbida, parecía una pintura de Leonardo da Vinci cambiando un pedestal por un retrete), parte de su reacción se debió quizá a que no estaba del todo despierto y eso, mezclado con lo obvio, contribuyeron a convertir su cerebro en un cortocircuito.

Ante esas malditas situaciones que al parecer solo le han sucedido a un pequeño grupo de anónimos en algún cuando y algún donde, la antítesis total de una élite, se podía hacer un experimento en el que con toda seguridad se hubiera concluido que los niños reaccionan con horror ante lo innombrable, pero los adultos con locura. Ahí estaba la diferencia.

No soportó estar en un lugar oscuro, como su habitación, y tampoco se animó a entrar para encender la lámpara (que estaba en la mesita más cercana al baño), por lo que pasó el resto de la noche en el pasillo, bajo el amparo de las luces blancas.

Tardó en recomponer su mente y llevarla a la normalidad, o a la relativa normalidad (porque seguía temblando). Estaba sentado en la pared frente al pasillo de su cuarto, con los brazos alrededor de sus rodillas, cubriendo la mitad de su cara, viendo atentamente a la puerta abierta... esperando la manifestación de algo, ahí adentro, y recordando al mismo tiempo una ocasión en que le tocó ayudar a un compañero de clases que había entrado en estado de shock por haberle roto la espalda accidentalmente a un chico durante un partido de fútbol.

Ahora ÉL mismo estaba en estado de shock, lo estaba experimentando, y no había nadie que lo ayudara.

Hacía frío, por ello sabía que seguía nevando, pero eso no importaba, no ahora. Sin embargo, había algún lugar de su mente que llevaba nota de esas cosas.

Al amanecer, Abraham, milagrosamente, se había quedado dormido. Cuando levantó la cabeza para ver alrededor, las luces fluorescentes estaban apagadas y había claridad. La variante más importante, de todos modos, no había cambiado: el lugar seguía desierto.

Se puso de pie rápidamente, su mente retomó el hilo de los acontecimientos en pocos segundos... la puerta de su habitación permanecía abierta.

«No vino nadie por mí, nadie salió de su habitación y me vio en el suelo, nadie...».

Se disponía a entrar a su cuarto, pero justo en el marco de la puerta se detuvo en seco:

El «señor del baño» volvió a recaer sobre su mente como un pesado ladrillo. Su corazón dio un respingo.

Podía ver la mitad de su cama desde ahí, desordenada... las sábanas despatarradas sobre la colcha, y la ventana en el fondo, empañada.

Caminó lentamente, hacia delante.

«Oh, Dios... cuánto te odio».

Cualquier indicio de un evento extraño, cualquier movimiento atípico, lo haría saltar otra vez.

«Estás solo en esta sección del hospital, Abraham, recuérdalo antes de dar otro paso».

Pero seguía haciéndolo, de todas formas.

«Soy un pelotudo, soy un pelotudo buscapleitos».

En ese momento, se hallaba apostando, apostando contra su suerte. Muy pocas veces en su vida le había resultado bien, pero seguía haciéndolo. Estaba diluido en su sangre.

«¿Habrá algo más? ¿Me saltará encima apenas llegue a la cama? Te las estás buscando». Los monstruos son las criaturas más pacientes que hay. No supo por qué lo pensó, pero lo pensó.

Ya tenía una visión completa de su cama... y apenas un poco de la puerta abierta del baño: podía ver las baldosas de la pared.

Abraham se subió a la cama de un salto, y comenzó a deslizar los pies de lado, viendo cada vez más adentro de la puerta del baño...

La puerta seguía exactamente como la había visto ayer... entreabierta. El inodoro estaba vacío. No había nadie.

Sintió alivio, alivio como nunca antes en su vida, y no hubo tal cosa como «Dios, fue tan solo mi imaginación»: lo que sea que estuvo ahí, se fue. Eso lo tenía muy claro.

Empezó a recordar a su madre, a su padre, a Susana... no era un buen momento para que aparecieran en su mente.

Cerró la puerta del baño de golpe, y se sentó en la cama, viendo al frente, esperando, atento, que algo, una fuerza desde adentro la abriera, o siquiera hiciera girar el picaporte...

Su cabeza ya no tendría descanso, y cada probabilidad era una puñalada en su alma.

La maleta y la mochila estaban al pie de la cama, esperando por él. Nunca antes un objeto inanimado le había hablado tan claro, nunca antes había podido ver siquiera algo parecido a un rostro en la tela, pero ahora estaba tan claro: «¿Qué estás esperando, atorrante? ¡Nos las tomamos de aquí!».

La situación en el San Niño era ya oficialmente extraña. Era un hecho, la teoría «coincidental» había quedado enterrada. Nadie venía a buscarlo, ni nadie vendría a reclamarle su ausencia, su desdén por las labores que, se suponía, debía estar desempeñando hacía más de dos horas.

«¿Y si algo me pasa y grito? ¿Nadie va a venir?».

En la soledad, la pregunta se contestó por sí sola.

En ese momento, se le ocurría tomar una mandarria y empezar a destrozar las paredes, los vidrios, las puertas, algo que ocasionara que el clima sedado en el hospital (mientras fuera de día) se viera roto, perturbado... pero todo eso quedaba todavía en un rincón demasiado alejado de su mente.

Una cosa llevó a la otra...

Se tapó los ojos, revolcándose en la cama.

«No, no me puede estar pasando esto, no, no... ».

—¡NO! —gritó— ¡NO! ¡NO!

Agarró la lámpara de su mesa de luz y la arrojó contra la pared del frente.

—¡NO! —chilló, golpeando la colcha.

«Muy bien, cretino, ahora te has quedado sin lámpara».

Los sentimientos fluían en sus venas con gran rapidez, la etapa final del círculo cruel de sus pensamientos se hacía latente: tenía que salir del San Niño, y tenía que hacerlo hoy.

Corrió fuera de la habitación, con toda la rapidez que pudo. Pateó la puerta doble, bajó las escaleras.

Cayó en la recepción; la enfermera vieja y amarga lo estaba observando ya, como si supiera de antemano lo que pretendía hacer. Estaba sentada detrás del mostrador, con una mano apoyada en su mentón. Las arrugas que aparecían entre su puño y mejilla eran grotescas, y lo sabía, sin dudas que lo sabía, y sin dudas también que disfrutaba causar ese efecto de asco en la gente.

Abraham se acercó a la puerta, viendo, con el corazón palpitante, cómo la nieve cubría al menos metro y medio de la puerta, que daba la impresión, haciendo una analogía mucho más alegre, de estar sumergida en una piscina de leche.

Su mente se electrizaba cada vez más.

Se dio media vuelta, encarando a la tipa.

Esta lo observaba con ojos grandes y melancólicos, las ojeras y los orzuelos le surcaban el rostro como si hubiera ingerido veneno.

—Me pone triste la nieve —susurró—. Siempre lo hace.

Abraham la observaba atento, como un gato que espera que le den una patada.

—Me hace recordar a cuando yo era una niña —prosiguió—. Mi mamá ordeñaba vacas… la recuerdo haciéndolo, sí. Pero son imágenes rotas, ¿entendés? ¿Entendés lo que te quiero decir? Durante el golpe tuvimos problemas, ¿sabés lo que fue, el de 1930? Hubo crisis, crisis jodida. Casi todas las vacas se nos murieron, y la que quedaba estaba tan flaca que daba pena, si golpeabas su culo, lo más probable era que te lastimaras los nudillos.

Sus labios opacos se estiraban hacia abajo, como si fuera el remedo de una caricatura.

—Yo una vez traté de ordeñar una vaca muerta… era una niña. ¿Te podés imaginar eso, negro? A ver si quedaba algo de leche en las ubres… Quería dejar más leche en la heladera para darle una sorpresa a papá cuando viniera. Mi mamá me vio y gritó «Margoth, Margoth, ¿qué hacés? ¿Qué hacés?, niña lerda, niña lerda de mierda, vos y tu hermano son unos niños lerdos». Y después nos cayó a patadas en el culo.

Observó a Abraham de arriba abajo, su mirada se sentía como un trapo frío y húmedo.

—¿Querés salir del hospital?

No se iba a tomar su buen tono de voz con buen talante. Él no era así, no era del tipo de persona que se contentaba con una caricia. Durante su vida (y acentuado por la pobreza), Abraham tenía el defecto (señalado bastantes veces por Susana) de guardar rencores. Y muchas veces, gracias a su popularidad, le enseñó que ser muy bueno estaba bien, pero demasiado bueno era un problema.

Estar con sus amigos también le enseñó un par de trucos malos, unos que siguió aplicando más adelante. Abraham tenía una conciencia, desde luego, una que a veces era demasiado grande, pero cuando se enojaba, dejaba de ser esa persona especial y se convertía en el niño, en el ser infantil.

Ahora sucedía lo mismo, o más bien quería suceder, pero había algo extraordinario de por medio: sentía deseos de dar su brazo a torcer. ¿A qué se debía? Sencillo: miedo. Ella era más poderosa que él. Aun con sus desvaríos, aun con su locura, aun con su aspecto, ella era más poderosa que él.

La necesitaba. No estaba Murillo, no estaba Gianluca: estaba ella.

—Sí, quiero salir del hospital.

La mujer se lo quedó viendo. Cada vez que pestañeaba, sus párpados parecían una mariposa muriendo.

—Yo también —concluyó, tras un largo suspiro.

De no ser porque resentía tras el pecho cada vez que veía esfumarse un poco más la posibilidad de salir del hospital, aquello hubiese sido incluso gracioso. Un chiste de mal gusto.

—¿Dónde está Murillo?

—¿Para qué necesitás saber dónde está?

—Quiero hablar con él, es urgente… por favor.

Nuevamente, se lo quedó viendo, su rostro perdido y estúpido comenzaba a arrugarse otra vez, como el día que lo acusó de ladrón. La mujer volvía lentamente a su espantosa normalidad, como una araña tejiendo.

—¿Querés saber dónde está?

—Sí, por favor, señora Margoth, quiero saber dónde está.

La mujer ladeó la cabeza, torciendo los labios.

—Yo no soy una señora.

—Señorita…

—No seas pelotudo. ¿Por qué buscás a Murillo?

—Tengo planeado que me dé un aventón a la parada más cercana.

—¿Y para qué querés un aventón?

Abraham perdía la paciencia, era como si la voz de ella fuera una tijera cortando un hilo sensible.

—Porque quiero dejar de trabajar en el San Niño.

—¿Es esa la excusa que me vas a dar?

—¿Excusa? ¿Qué excusa?

—Que estás flirteando con él, que lo que estás buscando es chuparle la pija.

La sonrisa fue tan amplia que Abraham pudo sentir, por un momento, el sabor de sus dientes oscuros.

—Invenciones de una pobre vieja enferma —contraatacó, tratando de ocultar que le temblaban las manos—. Por favor, si sabe dónde está, dígamelo.

Margoth usaba una mano para acariciarse un brazo, suavemente.

—Él ya no está en el San Niño.

—¿Por qué?

—¿Y qué sé yo?

—¿Dónde se encuentra Gianluca? El que era jefe de enfermeros…

—Sé quién es Gianluca, flor de puto.

—¿Dónde está?

—Un monstruo le metió un puño por el culo y le empezó a dar vueltas como un molinete.

—Margoth, entienda que sus juegos son patéticos, usted no hace sino dar una impresión bastante lamentable de su persona, yo…

—No, es en serio, chico, es… es en serio. Él estaba caminando una noche por un pasillo, y se le apareció un bicho muy, muy jodido… desde ese entonces, no lo hemos visto más. Fue horrible. Puta madre…

Abraham cerró la boca, viéndola a los ojos, y ella hizo a su vez lo mismo, con una seriedad espectral.

Sintió de pronto que las piernas le temblaban. Se iba a mear encima. «Dios mío, ¿por qué me hacés esto?».

Para cuando abrió la boca, con la intención de decir algo nuevo, Margoth rompió en carcajadas, como una hiena.

—¿Ves que sos un conchudo?

Decidió no perder más tiempo, por lo que, equipaje en mano (no quería dejarlo cerca de ella) caminó por el pasillo, dispuesto a echar abajo todas las puertas de todas las oficinas… después de aquella introducción con Margoth no importaría demasiado —a su modo de ver— si se ponía a romper unas cuantas cosas…

Eran raros los momentos en los que no recordara que odiaba a su madre, en los que recordarla no dolía tanto. Esos eran los momentos en los que se revelaba un pozo oscuro en su psique donde seguía existiendo amor, y una de las secciones de aquel pozo era su admiración por ella, por cómo resolvía problemas y conseguía, por lo general, todo lo que quería, cuando lo quería. La forma como lo llevaba de la mano a la tienda para reclamar un mal vuelto, la forma como se quedaba viendo al infractor desde su auto, con el vidrio abajo, la forma como le regateaba al señor de la tienda, haciéndolo bajar el precio hasta la mitad del costo inicial, la forma como era capaz de poner en su lugar a un aprovechado en una larga fila. Ahora, de grande, entendía que para esa lista de cosas simples se necesitaban ovarios. En su caso, huevos. Huevos que la mayoría no tenía, huevos que él, más que nunca, debía tener.

La recordaba, e iba a hacer lo mismo, Abraham iba a hacer exactamente lo mismo: poner las cosas en su lugar y resolver su problema. Iba a encontrar a un doctor, y lo iba a obligar a sacarlo del San Niño.

Dejó sus maletas en la primera desviación del pasillo. Abrió la primera puerta de la oficina: no había nadie, las luces estaban apagadas. Sin molestarse en cerrarla abrió la siguiente: nada.

Se disponía a seguir cuando se dio un encontronazo con alguien que ya conocía: era la gordita, la gordita de aquella vez, con su bata de enfermera.

La chica lo vio, ruborizada, abriendo la boca.

—Me he atravesado y yo…

Si no la hubiera detenido podría haberse puesto a hacer un monólogo de veinte minutos. A leguas se veía que ella era de ese tipo de persona que parece una máquina, una máquina que puede hablar sin darse cuenta por cuarenta minutos, aislada en su mundo. Parte de su bata estaba manchada con mostaza, y lo peor es que era más fácil olerlo que verlo.

Decidió hacer una movida brillante sujetándola firmemente por los hombros y acercando su cara a la de ella.

—¿Dónde está el doctor Murillo? O cualquier otro, por favor…

Surtió efecto. Sus labios se estiraron hasta el punto en que podía vérsele su blanda y pequeña campanilla temblando en el fondo, sus pupilas se dilataron como las de un gato… iba a tartamudear, pero Abraham tenía que soportar su estupidez, mientras pudiera ayudarlo.

—Yo… yo… Murillo… el doctor… Oh, lo siento, Abraham, no sabés cuánto lo siento, no sabés cuánto…

—¿Qué? ¿Qué pasa? —preguntó, sin poder moderar su tono de voz.

La chica negó con la cabeza lentamente, observándolo como si fuese un niño lastimado.

—No está hoy. No le toca.

—Entonces otro, ¡necesito un doctor!

—¿Estás lastimado? —preguntó, con vehemencia, intentando tomarlo de las manos con sus fríos dedos gruesos—. Decímelo, por favor. Oh, oh, Dios mío, Dios y Jesucristo…

—No, no, no… solo quiero un doctor, ¡quiero salir de aquí!

Al ver su cara de sorpresa y dolor, supo que cometió un error fatal.

—¿T-te querés? ¿Te que- vos…?

Parecía como si le hubieran dado un martillazo en el pie, sus sienes comenzaban a brillar por el sudor.

La volvió a tomar con firmeza por los hombros.

—Mirá… yo necesito irme ¿bien? Por favor, necesito que me comuniques con un doctor, ahora. Necesito alguien que tenga un auto, ¿vos tenés?

—¿No te acordás de mi nombre?

La cara de Abraham se desfiguró en un amasijo de furia y dolor.

—Lily, soy Lily.

—Lily, por favor. ¿Tenés auto?

Meneó la cabeza.

La empujó a un lado y siguió adelante.

Abrió todas las puertas que estaban cerradas, de un lado y del otro, pero no había nadie. Era como si en todo el lugar solo hubiera tres personas, número que por supuesto lo incluía a él mismo. El vacío, la ausencia, el mutismo le pegaban a Abraham en la cara como una bofetada oficina tras oficina.

Se dio media vuelta y empezó a correr pasillo arriba. Saltó sobre una puerta doble y se metió por otro corredor, surcado por ventanas alargadas con persianas amarillas, que dejaban entrar una luz opacada.

La inmensa puerta doble del fondo, con sus ojos de pescado y líneas amarillas y sucias era la puerta trasera del San Niño, la única salida adicional a la recepción.

Finalmente la empujó con el hombro, y solo se detuvo cuando la baranda de metal lo detuvo por el vientre. Gimió. Los pesados copos de nieve manchaban su cabello negro.

Su cara de sorpresa se fue tornando, lentamente, en una arrugada melancolía: el estacionamiento trasero estaba completamente vacío. No había ni un auto. En su lugar, se hallaba un largo manto de nieve.

Y más allá, solo había árboles.

2

No tardó en comprobar que tampoco había nadie atendiendo la cafetería. Aquello era quizá peor por sentir hambre que por no tener nadie a quien acudir.

Sentado, cerca de su equipaje, Abraham pensaba en cosas de niños. ¿Por qué no hacerlo? La otra opción no solo no le había brindado solución alguna sino que, además, le había traído problemas.

«Tal vez, si hubiese bajado como cualquier otro día, si no hubiese pensado en irme del San Niño, si hubiese ocultado mis intenciones de escapar, Murillo habría estado en su oficina, leyendo un memo, los camareros y cocineros estarían haciendo su trabajo en la cocina, y la nieve sería reemplazada por un esplendoroso cielo azul, como el de cualquier otro día».

Pero su propia lógica de niño carecía de eso mismo, lógica: ¿cómo poder ocultarle algo al hospital?

Era divertido citar a cierto personaje que decía «el miedo lleva a la rabia, la rabia lleva al odio, el odio lleva al sufrimiento», el hombrecito verde tenía razón, sin dudas... su padre, eminente fanático de la saga, podía asegurárselo a pies juntillas; lástima que no hiciera hincapié en lo imposible que era no sentir miedo cuando, en el mundo real, las cosas se le salen de control a una persona que está en su sano juicio, y más si es a un adulto, uno que debe valerse por sí mismo. ¿Después de todo, quién mejor que su propio papá para asegurarlo?

«Maldito sea este hospital».

Su mente era un remolino demasiado rápido para prestar adecuada atención a cualquier cosa por mucho tiempo, sin embargo, un detalle que lo venía cautivando desde hace mucho regresó, y esta vez para quedarse: el San Niño parecía estar confeccionado casi enteramente de pasillos.

De hecho, no podía ir a ninguna parte sin que hubiera un corredor. ¿Era normal? El San Niño no era el primer hospital en el que Abraham había estado, desde luego, pero tampoco podía recordar con precisión. Los hospitales cuentan con muchos corredores, sí, pero el San Niño parecía un laberinto...

Su corazón empezó a palpitar desbocadamente cuando, luego de esos tres puntos, que en su mente solo eran un espacio vacío, vino una conclusión que le cayó como un golpe al alma: «Se está empezando a parecer a un laberinto, cada vez más...».

Y luego surgió una idea que se sintió como un tumor:

«¿Y si vuelvo al tercer piso? Ahí hay gente...».

La monja sin labios, el niño con los dedos aplastados... la niña, oh, Dios... aquella niña sin piernas. Su estómago le dio una punzada, y el miedo llegó incluso a su trasero.

«¿Y de qué te van a servir? Va a ser peor que Margoth, va a ser mucho peor».

Fue entonces cuando el manicomio apareció en su mente.

«El manicomio, que está al lado del hospital... ¿habrá alguien ahí? ¿Conseguiría ayuda, si voy?».

Aquel lugar ni siquiera tenía un estacionamiento trasero, porque el del hospital era lo suficientemente grande para albergar a todos los coches, y a simple vista se veía todavía más siniestro que el hospital en sí, y eso ya era decir algo. Hace una semana esa idea hubiera sido tan estúpida que se habría avergonzado de pensarla, se habría sentido como un tonto, como un boludo, como un nabo... pero ahora, ese tipo de detalles eran especialmente importantes. De ellos dependía mucho.

Él mismo sonrió en sus adentros, presa de un humor demencial, porque, sin quererlo, sin darse cuenta, se sintió estar cayendo en una de esas trampas que en las películas parecen obvias.

«Manicomio... por Dios, es el último lugar en el mundo en el que quisiera estar, un maldito manicomio...».

Abraham se frotó los ojos con los pulgares y fue entonces cuando otra oleada de amargura y depresión erosionó su espíritu: cada vez que intentaba darle un descanso al cerebro, cada vez que se resignaba a dejar fluir las cosas, era como si no pudiera evitar tener que pasar otra noche ahí, y eso no le gustaba... no le gustaba para nada.

«¿Dónde carajo voy a dormir? ¡Por Dios, esta es mi vida en juego!».

¿En su cuarto? No, estaba claro que no.

¿En el pasillo? ¿En la recepción? ¿En el tercer piso? Todos parecían «zonas rojas». Parecía una parodia real del personaje Alan Parrish en *Jumanji*.

«Pero algo te va a pasar, Abraham… todos los días te pasa algo horrible aquí… y este no será la excepción, ya lo verás».

—Quiero dormir.

Había musitado aquellas dos palabras más como un pensamiento difuso que como dos verbos. Y sin embargo, a pesar de que en verdad tenía sueño, sabía que no podía darse el lujo, no podría dormir ni aun si quisiera, no mientras siguiera metido en el San Niño.

Había descansado solo un par de horas la noche anterior.

«Maldita sea, ¿cómo es posible que esté metido en esto? ¿POR QUÉ?».

Aquello era como enterarse de tener una enfermedad venérea mortal… uno se halla devastado, pero a la vez, con el transcurso de los días, tal vez de los meses, se acuerda de eso varias veces al día, y el solo recuerdo es capaz de arruinar cualquier momento no de felicidad, sino peor aun: de tranquilidad, de cordura. Así se sentía Abraham.

Había llegado a una decisión: si para cuando la aguja tocara las cuatro de la tarde no encontraba a Murillo, o a cualquier otra persona con coche, se iría por sus propios medios. Tendría que aguantar el frío, al precio que fuera, inclusive de su propia vida.

La suerte estaba echada.

Regresó a su habitación.

3

Dejó su maleta y la mochila al pie de la cama. La puerta del baño estaba cerrada, y así seguiría hasta que sucediera algún otro evento indeseable. Abraham tomó hilo de sutura (ya se había tomado la libertad de robar algo de uno de los carritos de enfermería) y lo enredó alrededor del picaporte de la puerta, amarrando el otro extremo a la pequeña mesa que estaba próxima a su cama, la cual —según comprobó— estaba fija en el suelo con algún tipo de pegamento, de modo que quien quisiera abrirla tendría que tener una fuerza tremenda.

Se echó en la cama para meditar. Los párpados le pesaban. Sabía muy bien que no podía darse el lujo de quedarse dormido.

El reloj marcaba las doce del mediodía.

«Estoy metido en una situación de mierda».

Pero evitaba pensar en la raíz cuadrada de todo. ¿Que el hospital parecía abandonado? ¿Que no había nadie? ¿Que nada estaba en orden? No importa: no iba a pensar en ello, no podía, porque no había ningún punto de partida lógico, así que a «a la mierda».

Algo le picó en la cabeza... una idea.

«Mirá debajo de la cama».

¿Qué había pasado la última vez que había echado un vistazo ahí? Había polvo, mucho polvo, y algo más.

¿Qué estaba buscando en aquella ocasión? Su diario, sí, estaba buscando su diario perdido.

«Mirá debajo de la cama».

«¿Qué había debajo de ella? Un papel... un... ».

Abraham se levantó de la cama y se puso de pie. Respiró profundo.

Se arrodilló en el suelo y recostó su cabeza en la alfombra...

El pedazo de papel oscuro, doblado en dos, seguía ahí. Antes parecía solo basura, ahora tenía una connotación totalmente distinta porque le estaba prestando atención.

Tendría que meter todo el brazo por la hendidura... quizá hasta el hombro, pero podría alcanzarlo.

Sintió cómo el polvo pastoso se acumulaba en su mano... tanteó un poco, pero finalmente, sintió el tacto sedoso y sucio.

Se sentó de espaldas a la cama: la hoja estaba inmunda, como si hubiera llevado años ahí, y olía a papel viejo, rancio.

Lo desdobló.

SI YO FUERA VOS, LLAMARÍA A SUSANA DE INMEDIATO...

4

Cuando Susana se dio cuenta de que estaba otra vez en el hospital, a oscuras, pensó que su corazón se daría por vencido.

Estaba de vuelta en aquel lugar, y se sentía todavía peor que antes, su cerebro era una masa de nubes agrias, y en el fondo estaba su conciencia, despierta y atontada, pero atando cabos.

Había algo malo acercándose por el túnel de sus recuerdos… estaba empezando a rememorar exactamente lo que había pasado diez segundos antes de caer desmayada…

5

El matrimonio Marceni, compuesto por los esposos Inés e Ignacio, le había hecho pensar innumerables veces a su hija, Susana, que era muy romántica la idea de que el nombre de sus padres comenzara con la misma letra.

Se preguntó si algún día se casaría con alguien cuyo nombre comenzara por S, pero lo cierto es que era endemoniadamente difícil encontrar a un hombre cuyo nombre comenzara por la letra S. En cambio, había encontrado a Abraham.

Ignacio Marceni no hacía justicia a su nombre, uno cabe esperar en Ignacio a un tipo sensible, porque Ignacio es nombre de tipo sensible… pero él no lo era. Sin embargo, ahora tenía que quedarse bien callado, tragarse su mal carácter y apretar los nervios, porque el doctor estaba sentenciando, y el único apoyo que tenía para mantener los pies en la tierra era el brazo de su mujer.

El galeno examinaba unas láminas que estaban colocadas sobre la pantalla. Ya sabía qué era lo que estaba sucediendo, y eso fue gracias a un sinnúmero de radiografías. Finalmente lo había encontrado: el mal de Susana estaba en la cabeza.

—Tiene un tumor —explicó.

—¿Pero por qué tiene un tumor? ¿A qué se debe?

El hombre observó de vuelta las radiografías y se encogió de hombros.

—Si me pusiera a especular ahora, no estaría haciendo otra cosa que decir puras boludeces —explicó, más como un hombre honesto que como alguien insensible. Se quedó varios segundos en silencio, examinando gravemente a la pareja—. Sé que no es un hombre paciente, señor Marceni, pero no voy a especular. No con su hija. Ni para dar falsas esperanzas ni para hacerme el poronga. Yo le digo que no lo sé.

Pero lo vamos a estudiar a fondo, y le garantizo que sea lo que sea, lo voy a encontrar.

Los médicos viejos siempre tienen esa cualidad intrínseca que solo parecen tener las azafatas. Al matrimonio no le quedó de otra que fijarse en el parietal del cráneo de su hija, expuesto en blanco brillante, impecablemente afeitado, como si con ello lograran exprimir alguna explicación lógica, o, por lo menos, una esperanza.

—¿Puede al menos decirnos por qué? ¿Cómo es posible que le haya salido un tumor a una niña?

El doctor miró a la mujer por encima de sus lentes.

—No tiene que ver con la edad. Los tumores salen sin aviso: puede pasarle a cualquiera. Todo lo que puede hacer es pedirle al médico de cabecera de Susana que les provea con su historial médico, sobre todo el de los últimos seis años. Si lo llevo a investigación, es posible que alguien halle un síntoma pasajero desde el cual podamos empezar a deducir la historia del tumor, porque los tumores a veces vienen predichos por síntomas inofensivos, ¿sabe? Eso es lo más peligroso.

Inés Marceni no esperó más para desprenderse de su aturdido marido y ponerse manos a la obra.

6

Abraham se había guardado el papel en el bolsillo, no permitiría que nadie se lo robara, y menos aun perderlo, aquella era la prueba que él necesitaba para saber qué estaba pasando. Aquella era, también, una prueba perfecta para aferrarse con mayor fuerza a lo que ya sabía: no estaba loco, y lo que pasaba a su alrededor era real.

¿Eventos paranormales?

«¿O más bien alguien está jodiendo conmigo, haciéndome la broma más pesada del mundo?».

Dios, qué alivio si fuera eso último, ¿verdad? Pero era imposible.

Para llevar a cabo el plan, se desharía de su maleta y metería todo lo indispensable en su mochila. Llevaría puestas las botas y dejaría los zapatos ahí, en su habitación. ¿Le dolía perderlos? Sí, al igual que la mayoría de su ropa, sin embargo, en vista de las circunstancias, todo bien material podía, con todo el respeto de su limitada situación económica, «irse a la mierda». Se marcharía con lo que llevaba puesto, y nada más, porque es la única forma en que podría hacer frente a la nieve y encontrar, en el trayecto, la parada de colectivo. ¿Cómo le pagaría al chofer? No tenía la más mínima idea, tampoco. Y eso no importaba. Ese lado que había heredado de su madre tendría que entrar en acción, y de hecho ya lo hacía; lo hacía no dejando que la idea lo preocupara, porque lo vital, lo fundamental, era salir del San Niño.

Se encargó de colocar las mangas de su pantalón entre la boca de las botas, para que no entrase nieve. Arrancó las cobijas de la cama y se las colocó como una capa, alrededor del cuello, cubriendo también el cuerpo.

Y así mismo, en esas fachas, pesando casi seis kilos más entre cobertores, bajó a la recepción del hospital, sintiéndose pesado, pero al menos con calor.

«Esta vez no me vas a joder».

Ese lado de su cerebro que se encargaba de procrear esos brillantes matices de humor negro que con frecuencia destellaban en él (sobre todo desde los tiempos de necesidad) se divirtió un poco pensando que sería una brillante despedida del hospital si en el camino pudiera echarle un susto de muerte a Margoth.

Caminó pesadamente a la recepción, escuchando sus propios pasos de caballero.

Para su fortuna (a pesar de su pensamiento posterior) Margoth no estaba ahí, por lo menos no lo perseguiría por llevarse las sábanas, aunque le resultaría bastante gracioso verla congelarse como una idiota.

Como la puerta se abría hacia afuera (o ahora se abría hacia afuera, porque estaba seguro de que en circunstancias normales se abría hacia adentro, sería la última treta que le jugara el San Niño), la capa de nieve que cubría toda la entrada sería su primer obstáculo, podía deducirlo con tan solo ver el vidrio: tomó la manija y apoyó el hombro contra el marco, dando patadones sin remordimiento, intentando abrirla, para apartar el granizo que obstaculizaba su paso.

Cuando finalmente hubo abierto un hueco lo suficientemente grande como para poder deslizarse, se arrastró en medio.

Dio otra patada, improvisando un poco más de espacio para su mochila. La puerta había quedado estática, hundida en la nieve, como una hojilla metida en una manzana.

Respiró profundo, ganando energías. No pasó mucho antes de que comenzara a caminar, un vaporón blanco salió de su boca y su corazón empezó a bailar. Un soplo de aire helado le pegó en los ojos, y el efecto fue el mismo que el del humo de carbón.

Las piernas se le hundían hasta las pantorrillas, por lo que tendría que caminar como si fuese un soldado, subiendo una pierna hasta que la rodilla llegara al estómago, y volviendo a bajarla, más allá… eso hacía que a su lista de dificultades se agregara otra peor: iba a tardar bastante tiempo.

Pero solo le hacía falta volver a imaginar la figura del baño. Solo eso…

«Vamos, Abraham, no seas cagón, seguí adelante, seguí adelante, seguí, pendejo, seguí, seguí».

El viento sopló con tanta fuerza que los bordes de la sábana que llevaba puesta le hubiesen dado un latigazo a quien estuviese detrás.

Disfrutaba el sonido que hacía la bota al hundirse en la nieve. Era como si estuviese pisando un botón gigante, pero por sobre todo, lo disfrutaba porque cada vez que escuchaba ese ruido grumoso, significaba que estaba un paso más lejos, una y otra, y otra, y otra vez. Y era bueno distraerse… sí, era bueno distraerse. Miraba hacia abajo, contaría cien pasos, y luego miraría hacia adelante, y ver la salida más grande y más cerca sería su recompensa.

«Vamos, hacelo por tu padre».

Continuó, moviendo los brazos con equilibrio. El aire zumbó con más fuerza.

«Hacelo por tu madre».

Podía escuchar cómo los árboles que enmarcaban el camino se movían, hacían ruido, batían sus hojas, se doblaban… oía el sonido de la madera seca, crujiente, y la garganta del viento, que poco a poco se transformaba en un rugido que llenaba sus oídos, le golpeaba los ojos, congelaba sus pestañas, secaba sus labios.

«Dios mío».

Tuvo que quedarse de pie, sin moverse, colocando la cabeza y el medio cuerpo inclinados hacia delante para hacer balanza. No podía creer que el viento pudiera ser tan fuerte.

Las ganas de llorar volvieron a él, Abraham no era un llorón, pero su orgullo se cocinaba en aceite junto con su paciencia.

«Maldito sea Dios».

Gruñó y dio ocho pasos hacia adelante, poniendo su cabeza como parachoques del vendaval.

—Lo voy a lograr —se dijo a sí mismo.

Respiró profundo.

Había estado orgulloso de sí cuando un amigo le apostó, tras una larga discusión, que no podía estar en una máquina escaladora del gimnasio por más de dos horas.

—Te vas a morir si lo intentás —le había dicho.

Abraham nunca lo hubiera logrado por sí mismo, no sin que hubiese una discusión. Por eso, al final, lo hizo: estuvo dos horas sudando a chorros.

El chico tuvo que tragarse sus palabras, y desde aquel día, la amistad no había vuelto a ser la misma. Pero había ganado, sí, había salido victorioso.

Recordaba aquella anécdota.

«Ocho pasos más, vamos, ¡ocho pasos más!».

Uno, dos, tres, cuatro, cinco, seis, siete...

Se detuvo, respirando hondamente.

Apretó los dientes y el corazón se le alborotó en el pecho al momento que el viento se hacía aun peor, y lo demostraba rugiendo contra él. Aquello era una protesta.

«¿Cómo es posible que todo esto esté sucediendo? ¿Por qué demonios pasa? Dios, no existís».

Cerró la boca y sintió un dolor punzante, solo comparable al de la picada de un escorpión. Una lágrima bajó por su mejilla: los labios empezaban a resquebrajársele por el frío, una gota de sangre le hizo cosquillas en el mentón.

«Ocho más...».

Y el viento rugió, y comenzó a llover.

El agua empapaba la sábana que lo cubría con una rapidez espeluznante, y la hacía pesada. Estaba helada. Sus pantalones se estaban mojando, la humedad comenzaba a formar manchas oscuras en su ropa, llegando hasta la piel, junto con el agua escurriéndose entre los dedos de sus pies, encharcando sus calcetines, introduciéndosele por el cuello de la chaqueta, derramándose por sus hombros y lamiendo su espalda. El vendaval volvió a soplar, y esta vez tenía la suficiente fuerza como para arrancarle el cabello. Su mente quedó en blanco.

Abrió los párpados, con una expresión estúpida; no podía ver el camino entre los árboles todavía, el final estaba lejos.

Se dio media vuelta, perplejo, para ver el hospital.

El horror lo embargó hasta lo más profundo, ahí en su corazón. ¡El San Niño estaba a escasos metros de él! ¡Todavía tenía que levantar la cabeza para poder verlo completo! ¡Era como si no se hubiera alejado ni un solo paso! ¡Podía aun tocar la puerta!

Cayó de rodillas, agotado, apoyando ambas manos entre la nieve. Estas se hundieron completamente, hasta que su mentón acarició el granizo.

Ladeó la cabeza, con un ojo entreabierto.

Ante él, el edificio se exponía como una montaña enorme, que lo observaba de vuelta.

No había confusión. El mensaje ahora estaba claro…

«No voy a dejar que te vayas».

X

1

Estaba agotado porque aun cuando el viaje de regreso fue mucho más corto que el tiempo que pasó intentando alejarse, el daño estaba hecho: se hallaba completamente mojado, y helado. Lo horrorizó la idea de que pudiera enfermar.

Estaba seguro de haber dejado la puerta entreabierta, atorada en el montículo de nieve que estorbó su salida. Sin embargo, al retorno la encontró cerrada, sin siquiera el más mínimo indicio de que alguien la hubiera abierto apenas minutos antes.

Sin embargo, Abraham no fue castigado; pudo abrirla de vuelta.

Ahora se hallaba sentado, en la recepción, temblando. Y era debatible si se debía más al frío que al miedo que sentía. Subir las escalinatas para volver a su cuarto fue el ejercicio más intenso que había hecho en años.

En el último escalón, antes de apartar la puerta doble y proseguir rumbo al pasillo, consiguió reunir fuerza de voluntad para dar media vuelta y meditar, abrazándose a sí mismo. Su cabello estaba mojado.

No, no se equivocaba; cuando regresaba la puerta del hospital se abrió del lado contrario, y durante ese mismo regreso tampoco tuvo que luchar para apartar kilos de nieve de en medio, como sí fue cuando luchó por salir, apenas minutos antes. Cuando volvió, las cosas cambiaron: abría hacia adentro. Invitándolo.

Estaba claro: no lo iba a dejar salir. Abraham tenía que aceptar una idea de la que, en el fondo, estaba escapando, una idea que no quería hacerse y que lo aterrorizaba hasta lo insospechado: una fuerza superior a él estaba obrando en el San Niño, y cada vez se estaba manifestando con mayor energía.

En los días anteriores, su mente solo había aceptado que era algo «malo», pero no combinado con la palabra «extraño»: pensó que Valle de la Calma era un pueblo de locos, como en aquella película de Sean Penn que había visto con Susana recostada en su regazo, *Vuelta en U*. Pero no había pasado de eso, de notar que era un lugar particular y de hacer un par de bromas despectivas en la seguridad de su cabeza.

Llegó a pensar, también, que necesitaba antidepresivos. Pero ni él mismo estaba seguro de por qué, o por qué los recordó, ni para qué los necesitaba exactamente. ¿Calmarse? La idea de intentar suicidarse con ellos surgía como una opción cada vez más razonable. Había tomado algunos durante pocas semanas cuando la familia en pleno, después de la crisis, tomó su primera decisión funcional en medio de una racha de acontecimientos disfuncionales: ir al psicólogo; psicólogo que, al contemplar el monstruo de siete cabezas que tenía en frente, comenzando por un padre dueño de un cuadro depresivo monstruoso, un hombre que en aquel entonces tenía una edad cercana a la de Abraham, remitiría a los Salgado al psiquiatra.

«Me estoy volviendo loco, aquí y ahora», se dijo a sí mismo.

Pero era más una esperanza que una afirmación pesimista. Una escapatoria. Lo que estaba ocurriendo a su alrededor era real, y su mente no era flexible como la de un niño, que puede aceptar que este es un mundo de fantasmas y ovnis lo mismo que un montón de terroristas musulmanes estrellando aviones contra las Torres Gemelas.

Sentía que tenía ganas de llorar, otra vez.

«No me va a dejar salir, ¿y por qué?».

Y de pronto, se puso a pensar en Dios, otra vez.

En las últimas semanas lo había insultado y retado incontables veces, ni qué hablar de los últimos tres años. Había llegado a negar su existencia no como un descubrimiento lógico sino como un desafío lanzado al cielo, y por más que hacía cuentas y trataba de predicar su propia idea, irremisiblemente volvía a Él, implorando por algo: a veces misericordia, a veces solución a los problemas. Se descubría a sí mismo como uno de esos descerebrados que niegan su existencia pero que no dejan de reprocharle ni un segundo su mala suerte.

«Pero nadie que se maquille de vampiro se las ha visto nunca con una situación tan jodida como la tuya, ¿verdad? ¿No es así, Abraham? Y sin embargo no te hiciste emo, te felicito, sos un capo. Podés aguantar más golpes que todos».

Necesitaba agua caliente, darse un baño cuanto antes… ¿y si el señor del baño volvía a aparecer? ¿Y si lo hacía mientras él estaba en la ducha? Lo estaban cercando, sí… lo estaban cercando cada vez más.

El baño se había transformado en un *set* de película de terror; estaba lleno de vapor, y no se podía ver con claridad ni siquiera a un metro de distancia.

Para como andaba su imaginación, a Abraham se le ocurrió que un par de manos frías y podridas, saliendo de la nada, se anudarían alrededor de su cuello en el momento que menos lo esperase. Para su sorpresa —y alivio—, se descubrió a sí mismo bastante tranquilo de estar en el lugar que tanto terror le había producido la noche anterior.

Pero era una calma tensa...

Se tuvo que secar fuera del baño, adentro la humedad del vapor era demasiado densa. Hacía frío, pero había permanecido por lo menos treinta minutos debajo del agua más caliente de su vida. Podría soportarlo.

Por lo menos había agua caliente. Pero Abraham se parecía cada vez más a un perro golpeado que a una persona, y tal cosa no solo se veía por dentro sino también por fuera: no podía ver lo bueno como algo bueno, sino como una trampa. Si había agua caliente es porque, seguramente, el San Niño estaba fundado sobre el mismísimo infierno.

Cuando se estaba secando la cabeza, quedó perplejo al observar la pared que se alzaba tras la cabecera de su cama... una vieja amiga había reaparecido: la mancha negra.

El tamaño era similar al de su dedo pulgar.

Se la quedó mirando, largamente, casi olvidando que le urgía ponerse ropa seca.

«Tal vez la vea crecer yo mismo».

Se le ocurrió que si dormía esa noche en la cama, la mancha se despegaría de la pared y le caería encima.

Por fortuna, su mente nunca había profetizado adecuadamente ninguno de los sucesos raros en el hospital... estos solían ser diferentes.

Y es que precisamente esa era una de las cosas que más miedo le daban: que no podía esperarse nada que él pudiera o tuviera la capacidad de imaginarse ¿y por qué?

«Porque lo que está pasando no está dentro de tu cabeza, chico... los espantos de aquí son legítimos».

—Maldita sea —susurró.

Recordando con exactitud las cosas que en su infancia le habían dado miedo, desempolvó una vieja reflexión gris, que había sido genial para un niño de su edad: si el temor pudiera medirse con una barra, podríamos restar por lo menos 50% del miedo total tan solo con tener a alguien que nos acompañara.

Y así era. Había señoras y ancianas que se sentían seguras durmiendo en el mismo cuarto que un perro pug, uno de esos que no conseguirían detener ni siquiera a un niño de diez años.

Entonces, ¿por qué la señora se sentía segura? Vericuetos de la mente humana.

Además, los perros podían ser útiles porque se supone que son radares de lo paranormal; ellos pueden captar si hay un fantasma cerca. ¿Realidad o solo más mierda de las películas? Abraham no lo sabía, pero hubiera dado todo por tener aunque sea una pequeña compañía.

«Esta noche va a pasar algo… estoy seguro».

Y, ciertamente, así era.

La cuestión era armar su plan de defensa: ¿se iba a quedar a dormir ahí, en la habitación? ¿O encontraría un lugar más seguro?

Giró la cabeza para ver la mancha negra en la pared. No había crecido, de momento. Pero esperaba verlo.

Revisó su reloj de pulsera, ya eran las cuatro de la tarde.

En su sano juicio, lo mejor que podía hacer, ya que no pudo escapar, sería encontrar a alguien en el hospital y hacerle entrar en razón, así tuviera que liarlo (o liarla, pensó en Margoth, con cierta satisfacción) a cachetadas. No le costaría mucho esfuerzo hacerlo (al menos no si se trataba de Lily). A decir verdad, ahora no le costaría para nada salirse de sus patrones comunes de conducta… él también podía ser bastante guasonesco cuando entraba en confianza, y eso era exactamente lo que necesitaba hacer. ¿Van a llamar a la policía? Dios, ojalá.

—Tal vez deba quemarte, maldito hijo de puta —siseó, viendo a su alrededor.

De pronto, casi como una revelación, como si le hubiesen disparado una idea en forma de bala, se le vino a la mente:

«Susana».

Ella había sido la gota que derramó el vaso, el motivo por el que había hecho su último intento de escape (¿o tal vez había sido solo la nota que encontró bajo la cama?). «Si yo fuera vos, llamaría a Susana de inmediato».

Ahora, a los planes de conseguir una compañía se agregaba algo más:

conseguir monedas, para realizar otra llamada a larga distancia… o tal vez incluso golpear a alguien para que se las diera, ¿por qué no? Tal vez su amiga Margoth usara alcancía.

«Susana… ».

¿Qué había pasado? ¿Por qué la nota había dicho que la llamara? No se estaba cuestionando quién «diablos» la había escrito, quién «coño» la había puesto debajo de su cama, y cómo «carajo» el que lo hizo había sabido sobre la existencia de ella, no: ahora pensaba si algo le había pasado.

Empezó a hacerse ideas malas, una todavía peor que la otra, en secuencia progresiva.

La primera fue que estaba en peligro… podía sentirlo como nunca había tenido premonición alguna.

La segunda fue la pieza que armó el rompecabezas: Susana está mal, y el San Niño tiene algo que ver con eso.

La tercera fue que era el colmo que, además de él, también ella estuviera metida en esto. ¿Qué más faltaba? ¿Hasta dónde podía llegar el maldito hospital? ¿Volvería loco a algún chino y le haría apretar algún botón rojo en un búnker secreto en Pekín?

Era lógico, ¿no? Era completamente lógico: la llamada se había cortado aquel día, la línea empezó a crepitar. Eso lo había asustado mucho. Y la voz, Dios, la voz. Aquella voz que había aparecido de la nada.

Era difícil ligar algo que tan solo duró un par de segundos con el resto de las ideas, pero sin dudas era una pista… por los mil demonios, era la única pista.

¿Qué le iba a decir cuando se comunicara con ella? Iba a hacerlo, eso seguro, porque estaba dispuesto a caerle a patadas a la caja registradora del restaurante si fuera necesario. La idea de conseguir monedas se hacía cada vez más emocionante.

«Hola, princesa… ¿cómo estás? Recibí la nota… ¿todo bien? ¿Sí? ¿Qué cómo estoy yo? Atrapado. ¡Mandá a la Infantería, carajo!».

O podía ser (y ese «o» sonó largo y tendido en su caverna) que solo quisieran asustarlo. Que todo estuviera bien en Bahía Blanca, a cientos de millas de ahí.

«¿Cómo hicieron para saber de ella?».

No es que no hubiera explicación: cualquiera pudo haberlo escuchado hablando por teléfono aquel día, ¿no? No era difícil de suponer. «Los entes» pudieron haberlo escuchado.

Pero por sobre todas las cosas, Abraham sabía que, mientras más tiempo pasara, más rápido se haría de noche… y más cerca estaría su «sorpresa especial del día», ya le había tocado el turno al señor del inodoro, ¿quién vendría esta vez? No podía esperar a ver de qué se trataría, tal vez lo estaría esperando tras la puerta de su cuarto, tal vez incluso se lo enviarían directamente a su cama mientras estuviera durmiendo, tal vez, quizá, ya era hora de hacer contacto directo con él.

No había tiempo que perder… tenía que comenzar a hacer un conteo del número de personas reales que había en el hospital.

3

Abrió la puerta doble, hallándose de pie en un terreno que conocía bien: a su derecha estaba la recepción, el vidrio mostraba que la nieve había subido por lo menos diez centímetros más, como una odiosa advertencia. A su izquierda, estaban los largos corredores con los laboratorios y las oficinas, el lugar donde dos veces había intentado encontrar a Murillo sin éxito.

En el ala sur se hallaba el pasillo con los teléfonos públicos, el mismo donde dormía el personal de limpieza (o el supuesto personal); en el noreste había otro pasillo que conducía al estacionamiento trasero del San Niño, y luego el ala noroeste, cerrada, lugar desconocido para él, donde, según había oído, se hallaban los quirófanos.

Y no podía olvidar un clásico: al final del corredor principal se hallaba la cocina del hospital, y más allá, el ascensor personal que llevaba a la morgue.

Margoth había desaparecido, hablar con ella, incluso pegarle patadas por el trasero para obligarla a decirle cualquier cosa que supiera sobre qué otras personas habitaban el San Niño no le parecía una mala idea. ¿Y la otra? ¿La enfermera gordita? Lily… ella no estaría demasiado feliz por la forma como la había tratado la última vez, pero no era nada que él no pudiera arreglar; solo necesitaba tiempo para explayarse, hablar cariñosamente y tenerla haciendo todo lo que él necesitaba, por lo menos durante el tiempo que mordiera la carnada. Abraham se convertía en un lobo.

Pregunta: ¿y por qué ya estaba descartando a Lily como alguien cuya cordura estaba al mismo nivel de Margoth?

«Porque ella también se ve como una loca, no me gusta la forma como me ha mirado… sus ojos son… ».

De loca. Punto final.

Estaba el enfermero que le había conminado a entrar al hospital, cuando trató de escapar por primera vez. «El *round* 1». Aquel que le había dicho que cortarse con un bisturí sería mejor que morir de hipotermia allá afuera.

Tenía que conformarse con poco y no hacerse ilusiones: estaba buscando a un amigo, pero sería un amigo sin auto.

Y además de buscar a ese amigo tan necesitado ¿qué otra cosa hacía falta? Aquello era un remedo perverso de la lista de compras del supermercado.

Abraham recostó la espalda contra la pared y cerró los ojos. Su nuez de Adán rebotaba.

«Ya es hora de que saques lo mejor de vos», pensó, con una voz que no era la suya, sino la de su madre. «Un amigo, alimento, necesito comida para esta noche».

Observó en dirección a la vitrina de la cafetería… como un lobo.

4

Pensó que la explosión, precedida por un nubarrón de vidrio pulverizado que llovió sobre el suelo, atraería a alguien, pero no fue así. Abraham había tomado un banquito de hierro (el mismo sobre el cual Margoth ponía su trasero para parecerse más a una gárgola que otra cosa) y lo había arrojado con una fuerza que él no sabía que tenía. En un gesto de violencia sin sentido «y porque, al fin y al cabo, mientras más ruido haga, mejor». El sonido fue dulce.

Con el crujido del cristal bajo sus zapatos, cruzó el área de las mesas y saltó la recepción. Muchas veces (y no por el hecho de haber decaído de estatus social) había pensado qué sentirían los atracadores cuando entran a robar un banco o una tienda. Cómo serían la sensación, el nivel de adrenalina. Ahora lo estaba experimentando.

Cruzó la puerta doble de la cocina. Estaba a oscuras, pero la luz que se colaba desde las ventanas podía brindarle cierta claridad. El lugar estaba inmundo, las paredes manchadas de grasa, los cubiertos sucios, y el cordón ruidoso que sostenía la lámpara bailoteaba suavemente.

Observó atentamente el lugar, de pie, ante el marco de la puerta.

En el suelo había rayas de grasa, como si hubiesen arrastrado cosas alrededor de la cocina.

Dio un paso adelante, lentamente... lo asqueó ver las ollas colgadas de cabeza. Estaban mal lavadas. Comida vieja colgaba entre ellas como si fuese moco.

Por un momento se le ocurrió que la luz podía estar cortada desde hacía horas, y que la comida depositada dentro de la heladera estaba pudriéndose.

Saltó adentro y patinó sobre la grasa, a punto de perder el equilibrio.

Cayó pesadamente sobre las manijas de la heladera, más alta que él y por lo menos dos veces más ancha. Abrió ambas compuertas.

La luz morada que lo cubrió pareció como un portal a otro mundo: el congelador y la heladera funcionaban.

Empezó a tomar las cosas más familiares: una bolsa con panes de hamburguesa, salchichas, una bola de queso cheddar, un paquete de panceta, jamón cocido, pavo... de haber tenido una hornilla a gas en su cuarto y un par de ollas limpias habría podido dar cuenta del bistec y el pollo a la plancha que se hallaban dentro de las bolsas. Su mejor virtud era la cocina, la segunda mejor era tocar la guitarra. Gracias a Dios que estaban en ese orden; Lily no necesitaba de algo tan complejo para ser seducida.

Al poco tiempo sus brazos y bolsillos se hallaban llenos. Algo le decía que no tendría la oportunidad de hacerlo otra vez. El sexto sentido, la voz del presentimiento, más activa que nunca, y a la que incluso sentía palpitar, exclamaba que esa era la última comida en buen estado que iba a encontrar hasta que saliera del San Niño.

¿Por qué pensaba en ello? Tal vez porque en ese momento era casi un animal, un animal sobreviviendo.

Otra vez, el sentido común le explicaba que toda la comida que llevaba sobrepasaba con creces su apetito, y que por lo tanto lo sobrante estaría mejor dentro de la heladera... pero no hizo caso. ¿Y si ya no estaba ahí para cuando volviera? ¿Y si alguien más lo tomaba? Dudas razonables en el San Niño.

Intentando no soltar nada, caminó fuera del restaurante y sacudió la suela de sus botas en la alfombra de la recepción. Subió las escaleras como un lobo con su presa, deseoso de comer, de calmar el apetito, de abrir lo que fuera y comenzar a despachar. Se sentía alegre, eufórico por la travesura. Era el sentimiento más feliz al que podría optar hasta que un milagro sucediera.

Sin embargo, cuando cruzó el pasillo y llegó al pie de la habitación, vio algo junto a su puerta.

Era pequeño, y no pudo distinguir qué era hasta que se acercó lo suficiente.

Una radio a pilas, y una nota.

Abraham:
Lamento no haber recordado dártela antes… pero más vale tarde que nunca.
Pasala bien,
Dr. Murillo

5

Recobrar la compostura le tomó tiempo. Cada cosa nueva que sucedía en el San Niño, «cada mierda», le producía un vacío; la sensación similar a lo que sentiría cualquier persona si viera un platillo volador inmenso cruzando la ciudad. Uno suele sentirse así pocas veces en la vida, pero en el caso de Abraham esas «pocas veces» se habían convertido en una rutina diaria, y no estaba siendo bueno para su salud mental. Se daba cuenta de que su cabeza comenzaba a resentirlo, como si arrancara clavos con los dientes de un martillo.

Se colocó una sábana encima, cubriendo su espalda, como un superhéroe con un sastre malo. A menudo frotaba sus manos y sus pies para que el frío no calara en sus huesos. Había metido todas las provisiones en el cuarto y había pensado que, de ser el alféizar un poco más ancho, podría haber refrigerado varios alimentos ahí, a la intemperie.

Apoyó la radio en un mueble. Abraham dominaba con su vista tanto la parte de adelante del aparato como la de atrás (puesto que había un enorme espejo pegado a la pared).

La tarjeta del doctor se hallaba apoyada al borde del aparato, por lo que también alcanzaba a leer la letra redonda de Murillo.

Después de entretenerse lo suficiente con sus divagaciones, se animó a prepararse un sándwich con panes de hamburguesa. Fue quizá el almuerzo más solitario que tuvo en su vida.

Más tarde no hacía otra cosa que mirar las migas del pan sobre sus sábanas. Se le ocurrió que debería entrar al baño, o por lo menos dejar la puerta abierta. Tal vez con él ahí, estando alerta, el espectro no se atrevería a aparecer. Siempre pensaba que, de existir la magia, esta obraba bajo los telones, y jamás a la vista del público; nadie nunca debía saber el modo como las cosas se «materializaban», ni aun cuando se tratara de magia real. Cada vez que sucedía algo, era cuando él no estaba viendo. La misma regla posiblemente se aplicaría a cualquier cosa mala que esperaba por suceder.

Dejó los alimentos apilados sobre una silla y se levantó de la cama.

Se acercó a la puerta y tomó el picaporte. Estaba tibio. Suspiró.

«Recordá, Abraham, que cada vez que pensás en algo malo, podés estar materializándolo, este lugar trabaja así… quizá no aparezca nada de lo que estás pensando, pero estás invocando a las cosas malas, estás ayudándolas a que sucedan».

Quién sabe, tal vez abriría la puerta y el tipo se le arrojaría encima tan rápido como un oso. Eso para empezar… esa sería la parte más electrizante. Pero lo peor (la escena que siempre estaba vedada a su imaginación) era el después. ¿Qué haría con él una vez que lo tuviera en el suelo, indefenso?

Para cuando empezó a girar el picaporte, su corazón ya estaba bailando. Las bisagras rechinaron, como un chiste de mal gusto.

No había nada.

«Pero puede aparecer AHORA, AHORA, AHORA».

No, no había nada.

«Fijate detrás de la cortina de la ducha, él está ahí, te está esperando ahí, Abraham… te está esperando agachado, cagado de la risa por la cara que vas a poner cuando lo veas salir».

Pero tampoco había nada cuando apartó la cortina con el reverso de la mano.

—Maldita sea —gruñó, frotándose los ojos—. Por favor, no aparezcas nunca más, ¿bien? No quiero volver a verte jamás.

Se quedó en silencio. Nadie le contestó.

Se dio media vuelta y observó su cama desordenada. Eso le hizo pensar en qué haría cuando amaneciera. ¿Cuál sería el plan esta vez? ¿Intentar escapar de nuevo? Tal vez trataría de salir nuevamente del hospital… tal vez el azar decidiría que esta vez no nevaría y todo lo anterior resultara ser solo una —increíble— racha de mala suerte. Tal vez al mismo destino le daría vergüenza obrar de forma tan descarada. Ya llegaría el momento…

Y entonces, observó la radio.

Estaba ahí, con sus dos transistores y la malla con forma de D puesta con la joroba para arriba, observándolo de vuelta con sus dos transistores uno al lado del otro.

«¿Me vas a encender o qué, bobo?».

No pudo evitar sonreír.

La tomó con ambas manos y se echó en la cama, colocándola sobre su pecho, viéndola de cerca.

Podía enchufarse a la pared, tenía el cordón eléctrico enrollado en la espalda. Eso facilitaría mucho las cosas. No quería tener que depender de un par de pilas que se gastaran cuando se hiciera demasiado dependiente del aparatito.

Ahora que su estómago estaba relativamente lleno, no quería confundir el hambre con las ganas de comer. Nunca en su vida le había dado por comer en exceso, ni siquiera en los peores momentos de ansiedad, pero ahora cualquier cosa valía.

«Por lo menos, me doy cuenta de ello».

Giró el transistor, el pequeño «clic» precedió un nubarrón de interferencia. Por un momento, temió que el dial no captara ninguna emisora pero estaba equivocado; el aparatito era capaz de captar una buena variedad de emisoras de la provincia, algunas más claras que otras. Acabó por pescar «Vuela vuela».

Le hizo gracia recordar que, en su adolescencia, se había bajado uno que otro disco de pop japonés. Le enorgullecía saber que, al menos en un lugar de Bahía Blanca, él era el gran descubridor del género. Aquella semana no menos de doce personas le preguntaron el nombre de cualquier cantidad de temas. Quizá también, en aquel entonces, fue la persona más joven a la que se le ocurrió la magnífica idea de que no necesitamos entender la letra de una canción para soñar. Quizá de hecho fuera mejor así.

Por fin, Abraham se estaba distrayendo, estaba pensando en otras cosas… su mente se había puesto a volar (sí, ¡por fin!), descansando del inclemente martirio que significaba hallarse encerrado en un lugar tormentoso.

Un lugar que ahí y ahora mismo, podía cambiar su vida, podía inclusive terminarla.

La música lo hacía fantasear muchas veces. Siempre era una fuente de inspiración cuando quería escribir.

El problema fue que, durante el tiempo que estuvo con el aparato sobre su regazo, aumentando cada vez más el volumen, Abraham bajó la guardia, y por eso nunca se le ocurrió que quizá al «Hospital» le estaba molestando la música...

... y estaba a punto de hacérselo saber.

6

Sus primeras horas de distracción lo llevaron, consecuentemente, a un dormitar plácido (el primero en muchos días). Aquello era un alivio tan reparador que había perdido completa noción del hospital y sus problemas. Más tarde diría que esos momentos de dicha habían pasado demasiado rápido.

Abrió los ojos cuando cobró cierta conciencia de su alrededor y se dio cuenta de que la radio ya no estaba transmitiendo música. Sintió un aguijonazo de angustia en el corazón. «Se dañó, se acabó», sin embargo, al quitarse el amodorramiento del sueño se dio cuenta de que la radio todavía seguía recibiendo cierta señal. Como si el dial estuviese atrapado en un punto muerto entre una emisora y otra.

El suave susurro de la estática. Por momentos, se hacía más fuerte.

Colocó la mano sobre el dial y sintonizó otra emisora. Tras la malla comenzó a escucharse alguna canción horrible de Dios sabe quién, pero eso no importaba: lo bueno era que la radio no se había estropeado, solo había cambiado el dial. ¿Cómo? No lo sabía, no lo quería saber, puede que él mismo lo haya hecho por accidente y nada más.

Funcionaba, funcionaba, funcionaba... eso era todo lo que él quería. Su radiecito funcionaba. Volvió a cerrar los ojos. Todo estaba bien.

Funcionaba.

O tal vez no...

La señal volvió a perderse: el mismo sonido estático de antes, la misma línea imaginaria palpitando en la oscuridad. La música se apagó lentamente, hasta que la voz del cantante no fue sino un susurro.

La paz, «su paz», se esfumó; el nivel de adrenalina se elevó otra vez y, con ella, sus párpados.

Volvió a girar el dial. Las emisoras pasaron con velocidad.

Música-propaganda-propaganda-música-propaganda-música-música.

Detuvo la rueda repentinamente, en esa acción hubo cierto dejo de hastío. La ira comenzaba a acumularse en la vasta piscina que Abraham tenía guardada para ella. Pensaba en el suicidio como una amenaza contra alguien más que él mismo.

Esta vez, sonaba un blues. «¿Yoko Kanno?». Sí, Yoko Kanno. Una de sus grandes favoritas. «Por favor, Yoko Kanno, no te vayas».

Pero Yoko Kanno se fue. La señal se perdía lentamente, como un televisor cuya imagen se va haciendo más pequeña hasta que queda extraviada en lo negro.

«Maldita sea».

Ese «maldita sea» pronto se convertiría en una marea eléctrica de odio. Abraham estaba demasiado ocupado para darse cuenta de que la mancha negra de la pared, encima de él, estaba haciéndose cada vez más grande. Y ver la forma en que eso sucedía habría sido, quizá, el espectáculo menos agradable que jamás hubiera visto en su vida.

—Abraham…

Abraham abrió los ojos, sorprendido.

—¿Qué?

—Abraham…

Giró los ojos de aquí para allá. Sabía perfectamente de dónde venía el sonido, pero quería cerciorarse primero de que aquello no era cosa de su cuarto (o de Don Señor del Baño), finalmente, para bien o para mal, le hizo caso a sus sentidos y observó el origen de la voz: la radio.

Pero no lo llamaba a él, había un susurro de fondo, un susurro de dos voces.

No, no lo estaban llamando: solo lo habían mencionado —Abraham—. Un hombre y una mujer.

Cada vez podía escucharlas mejor, eran voces familiares.

—Abraham

Su nombre, por cuarta vez.

«¿Quiénes están hablando?».

Pero la pregunta era absurda. Sabía quiénes eran: papá y mamá.

Sí, eran ellos, y pronto se le hizo familiar otro detalle más, uno que fue haciendo escalas en su memoria hasta el presente, como una cucaracha caminando por un túnel: reconocía bastante lo que iba apareciendo tras la estática, una conversación que pronto se tornó en una riña.

Aquel era el momento «0», la sensación de impotencia, de nulidad, de vacío, por cada vez que el hospital hacía de las suyas, cada vez que se manifestaba. La mente de Abraham funcionaba, no estaba (del todo) aterrorizado, pero algo muy dentro de sí lo invitaba a quedarse sentado, a seguir sudando el culo en el plácido calor de las sábanas, sin hacer nada más que ver u oír, no hacer otro rol más que el de espectador pasivo, esperando que pasara lo que tenía que pasar.

¿Qué iba a hacer, de todos modos? Todavía no se sentía con ganas de arrojar la radio contra la pared, aunque la idea se le cruzó por la mente, no como un relámpago de furia blanca, sino como una idea fría y premeditada, tal vez, incluso, como una premonición.

Lo que escuchaba estaba poniéndose cada vez peor. La riña se hacía más acalorada. Ya no «conversaban», ahora gritaban. Y su papá se estaba enojando más. Pocas veces lo había oído furioso, y al cabo de pocos segundos sería testigo de algo totalmente nuevo: a su padre en estado de ira demencial. Gritando, no, chillando.

Ya no era «estúpida» o «ridícula», sino «puta», «maldita» y «zorra».

Los ojos de Abraham giraban rápidamente, muy rápidamente, como cuando su hermano le había dicho el secreto de su madre, las cosas que hacía cuando nadie estaba en casa, lo que la había visto haciendo con aquel tipo repulsivo de brazos largos y peludos.

Sí, sus ojos giraban rápidamente, sabía por qué era la discusión, lo sabía. Y por los ecos que emitía el lugar, sabía que ni su papá ni su mamá estaban en la casa. Estaban en otro lado, sus voces se oían amortiguadas, era un espacio cerrado.

Ya no era «puta», «maldita» o «perra», sino gritos largos, enfurecidos, desgarrados.

Sus dedos estaban tiesos alrededor de la radio. El plástico crujía bajo sus yemas. La vida del aparato estaba asegurada por el momento: Abraham necesitaba averiguar hasta dónde llegaba esa situación. Los gritos de su padre eran desfigurados por una corteza de odio bastante mayor a lo que Abraham, a su edad, habría sido capaz de entender.

«Dios mío».

Rara vez la voz de su madre sobresalía entre los rugidos, ella también gritaba, de hecho, lo hacía a todo pulmón. No parecía ella, nunca la había escuchado así, porque no era el sonido de la ira, no; era el de la impotencia, el de la desesperación. Y era el que más atraía a Abraham.

No, atraía no, esa no era la palabra exacta. Era el que más lo «preocupaba».

Pronto, la voz de ella quedaba nuevamente ahogada por la marea de furia del hombre. Aquello era como recibir una noticia de la manera más cruel. Abraham siempre había odiado a su padre por haberse convertido en un don nadie, por haber sido siempre un «inútil pasivo que no sabe hacer nada». Ahora se sentía como el niño estúpido de las películas, aquel que se la pasa fanfarroneando toda la escena hasta que lo ponen en su lugar. Aquel que sale corriendo a su cuarto con los pantalones mojados. Esa parte de la historia él no la había escuchado, la marea de odio, de furia, una que era lo suficientemente ciega como para aterrorizarlo aun a sus veintitantos.

¿Se había sentido alguna vez así? Nunca. Ni siquiera en los peores momentos, ni siquiera cuando se sabía atrapado en el hospital. Y eso daba mucho en qué pensar. Al lado de esa serie de gritos ensordecedores, su concepción de la ira, de la verdadera locura, había cobrado nuevas dimensiones.

Y aquel era su padre.

Sus ojos seguían girando, ayudados por la mente a construir un escenario, uno en donde veía a papá y a mamá, movidos al son de las voces.

Fue en ese momento cuando escuchó cosas volcándose, una silla y… algo realmente pesado, tal vez una mesa llena de cosas. Se escuchaban retumbos contra la pared, un objeto de vidrio haciéndose añicos, histeria.

Abraham, alguna vez, había pegado un puñetazo a cierto compañero de clases. Tal acción había sido su culpa, sí, pero era algo que no llevaba un día acumulándose sino semanas, hasta que en un buen momento, estalló. Se preguntó, rápidamente, lo que sería capaz de hacer con el estado de rabia de su padre, y si se lo preguntaba no era por simple curiosidad morbosa; si se lo preguntaba era porque su madre era la persona más próxima a ese hombre.

Fue entonces cuando sucedió: su madre había conseguido abrirse paso con sus propios gritos, y esta vez Abraham los identificó bastante bien: pedía ayuda.

Otro retumbo más, y luego algo pesado cayendo al piso, un revolcón, un grito, su padre ya no estaba gritando, pero sí gruñía, porque estaba haciendo un esfuerzo, y la mujer lloraba y gritaba como un cordero.

La estaba matando.

Él mismo habría derribado la puerta, de estar ahí, en su casa, pero «el lugar desde donde hablaban no podía ser su casa» y «eso ya ha pasado, eso ya ha pasado… no está pasando ahora, porque pasó, en el pasado ¿lo entendés? ¿Hace cuánto que no ves a mamá?».

Se levantó de golpe, dejando que la radio girara sobre la colcha.

Se dio una vuelta, con las manos sobre la cabeza, y se puso a ver el aparato, con los ojos grandes, llenos de locura.

Un retumbo, otro, y otro, y cada uno acompañado de un grito y un gemido. Hasta que se volcó otra cosa y el bramido de dolor fue abominable. De haberlo escuchado en otra circunstancia no habría reconocido que era su madre.

Los retumbos venían acompañados ahora de un sonido posterior, primero duro, como los de antes, pero después disperso, como el que haría un bate al pegarle a una bolsa de arena.

Abraham comenzó a gritar.

La música empezó a restablecerse, tan lentamente como se había ido: una canción de Blue Oyster Cult, «Don't Fear the Reaper».

XI

1

No arrojar la radio había sido una proeza. Destruir el aparato se había convertido en un impulso, no algo premeditado. Lo único que quería era que callara, que no dijera más, que no volviera a hacer una ¿revelación?

¿Había sido real? ¿Aquel aparato le había mostrado parte del pasado o era solo otra treta del hospital? Era difícil decidir. Las voces eran idénticas y las cosas encajaban, pero también era cierto que el hospital tenía una mala leche legendaria, y podría haberlo inventado. Aquello era no tanto una alternativa razonable como una esperanza.

Pero aparte de eso, lo peor, lo verdaderamente peor, era invariable, siempre lo mismo: «Maldito sea, Dios, esto no me puede estar pasando a mí. No, no, no».

Y volviendo a su madre, muy en el fondo... ¿sabía que había sido cierto? ¿Sí o no? ¿Cómo? Es complicado, pero había algo ahí en esas voces, en esos gritos, en esas actitudes que pertenecía a «la familia», era de sello Salgado.

La ruleta que giraba a toda velocidad dentro de su mente era ya demasiado compleja, demasiado cruel. ¿Cuál sería su límite? En una parte de la rueda estaba saberse atrapado en un hospital que de algún modo, finalmente, lo iba a matar. «¿Por qué me tiene aquí? ¿Por qué me ha dejado atrapado, como un ratón?». Lo triste era que ya no se preguntaba lo mismo que hacía solo horas, a saber: «¿Cómo es posible?», «¿cómo pueden estas cosas ser reales?». Ahora era «¿Qué será de mí?», «¿qué tiene pensado hacer conmigo?».

Estaba, además, el tema de la comida, que se le acabaría para pasado mañana, o en cuatro días, si racionaba bastante.

Luego, el asunto de la noche... porque de noche es que pasaban la mayoría de las cosas malas en el San Niño, y ay, Dios, estaba oscureciendo ya... Todos los que viven en climas fríos saben que los días son cortísimos en invierno. Y si tenía un poco de suerte, la más novedosa y —única— adhesión a la colección de horrores sería únicamente saber que «mi papá mató a mi mamá». A lo mejor no habría otro espectro, o quizá, quién sabe, un monstruo, decidido a aparecer durante las próximas horas…

Tener suerte era eso: que quedara todo en haber escuchado cómo le partieron la cabeza a su madre.

Pero había pensamientos dentro de los pensamientos, porque valga la crueldad, el terror no era lo único que embargaba a Abraham… ¡es mi mamá! ¡ES MI MAMÁ! «¿Tal vez en el fondo lo llegué a sospechar? ¿Que él la había matado?», no, nunca…

Él se había jactado siempre de ser un individuo capaz de pensar en cosas bizarras. Pero la realidad lo había superado, otra vez.

Y tenía sentido. Eso era lo más desesperante; que la teoría tenía sentido. Resulta que todo este tiempo ella no había sido esa «vieja puta» que decidió marcharse y olvidarse de la familia. Resulta que todo este tiempo, «si es que desde el cielo pueden escucharte», su madre tuvo que lidiar con que pensara de ella en esos términos. Eso lo preocupaba.

Y entonces pasó, pasó como un dirigible lento dentro de la cabeza de Abraham: la idea de suicidarse. Eran como luces, luces hipnóticas en una pantalla gigante. La idea jamás sería atractiva, pero sí era una alternativa razonable.

«Solo, estoy solo», pensó lentamente.

Por lo menos en aquel libro que había leído a los catorce años, ¿cómo se llamaba? De aquel autor famoso, Stephen King, sí, en *El resplandor*, Danny no estaba solo… tenía a su madre con él… al menos él no estaba solo.

¿Cuáles eran las esperanzas? Estaba Margoth, «la loca»… A estas alturas Abraham no estaba demasiado seguro de que no se tratase de otra alucinación del hospital, o de un espectro.

¿La enfermera? ¿La gordita que estaba atraída hacia él y no dudaba en demostrarlo sin ningún orgullo concebible? Había olvidado su nombre por segunda vez. Y pensó, también, que sería capaz de acostarse con ella si eso garantizara que pudiera salir del hospital. De hecho, «capaz» no era la palabra, «perfectamente capaz» lo sería, rogaría si fuera preciso. Esa era otra cosa que hace días hubiera sido formulada con un pensamiento sarcástico… ahora era una posibilidad patética, desesperada, suplicante.

De pronto, se le ocurrió que la bombita de la lámpara de la mesita de luz se quemaría, y la de la pieza y la del baño también… que quedaría a oscuras.

Por primera vez en una hora se movió, estirándose para girar la perilla de la lámpara. La luz amarillenta bañó su rostro. Eso al menos. Tal vez podría evitar que pasaran cantidad de cosas malas si tan solo pensara a tiempo en ellas, antes de que el hospital lo captara y obrara en consecuencia. Le había funcionado otras veces (o al menos creía que lo había hecho).

«Pero la luz, la luz al menos… oh, Dios mío, la luz… no me puede quitar eso».

Un viejo miedo de la infancia seguía vigente en toda su gloria: la luz podía servir como un halo protector a su alrededor. Más allá, ahí cerca, en la oscuridad plena, podía estar pasando cualquier cosa, podía estar viéndolo cualquier ente, presencia, lo que fuera: pero no se atrevería a poner un pie al área donde había luz, donde existiera algún tipo de iluminación. Convertiría esa idea en su credo.

Abraham intentaba consolarse con que sus novedosos estados de pensamiento no fueran indicios de locura. Ahora, a diferencia de antes, ya no le molestaba perder el tiempo divagando. Poco a poco se convencía que no había otra cosa útil que hacer, no había forma de escapar del San Niño.

«¿Pero acaso será mejor que te dejes sorprender? Maldita sea, maldita sea, maldita sea, maldita sea, maldita sea, yo nunca le he hecho un mal a nadie, ¿por qué me pasa esto a mí? ¡MALDITA SEA!».

—¡MALDITA SEA! —aulló.

«Que se me reviente la rueda del auto cien mil veces antes de la reunión más importante de mi vida, que me quede sin nada, sin ahorros en el banco y sin dinero en el bolsillo, que me fracture las piernas, que, que… que perdamos la casa, que quede harapiento y vagabundo, caminando por la calle y que mis amigos me vean y mis enemigos también, pero esto no… esto que está pasando no, por favor, esto no, ESTO NO».

Sus ojos comenzaron a humedecerse y su labios a temblar.

«Esto no… no».

La oscuridad ya dominaba al cielo. Podía verlo a través de la ventana.

Se llevó las manos alrededor de la cabeza y se sentó en un borde de la cama, viendo al suelo.

Ezequiel Martínez estaba sentado al borde de la calle, fumándose un cigarrillo. El viento meneaba la esponjosa lana de su voluminoso abrigo. Se entretenía viendo el barranco y jugando a menear un montoncito de nieve barrosa entre la suela de una bota y la otra. Aquello era sin dudas más relajante que estar escuchando las constantes puteadas de Fioritto (todo un experto en el arte), quien estaba dentro del patrullero, sosteniendo el velocímetro electrónico con la mano derecha, hablando para sí mismo sobre lo ridícula que era tener que hacer esa «pelotudez de mierda» en un día en el que a nadie «la recontra concha de la lora» se le ocurriría violar el límite de velocidad estando el asfalto como estaba, lleno de nieve. Nadie era tan estúpido... ni siquiera un «auto lleno de pendejos de Buenos Aires».

Al final, sin embargo, Fioritto era el primero en reconocer que en la Argentina sobraban los locos hijos de puta, quizá más que en cualquier otra parte del hemisferio sur, incluyendo por supuesto el país de donde su jefe, Martínez, provenía (incurría de nuevo en el mismo error, porque Martínez era argentino, eran sus padres los que habían venido de Chile).

Pero aquello estaba bien, era tolerable para un tipo de mente típica, sencilla y revanchista como la de Fioritto. Martínez era un tipo legal, limpio, inteligente y con cultura. No se parecía al típico «inmigrante hijo de puta» que, en lengua de los chauvinistas soeces, «cruzaba la frontera» para «acabar jodiendo el país». Cosa deleznable porque, ignorancia aparte, quizá Fioritto olvidaba que él también era hijo de inmigrantes. Era Martínez quien había aprendido a lidiar con él y, después de doce años, sus estupideces le parecían graciosas.

Volvió a cagarse en todo... tenía que ser el tipo más tonto sobre la faz de la tierra sosteniendo el taco electrónico que desde hacía treinta minutos marcaba 0:00 en números rojos y cuadrados y por la vista que ofrecía la larga carretera, todo pintaba que estaría días desolada. Tenía el bigote manchado de partículas de alfajor blanco, pero eso no importaba, porque su bigote también era blanco, no se notaba demasiado. Además, estaba con Martínez, Martínez lo entendía, era un buen tipo... Martínez era de hecho mejor que muchos amigos y agentes. Martínez era «el único chileno bueno».

Pero le exasperaba estar enojado cuando él estaba tan tranquilo.

Se bajó del patrullero, apartando la pesada puerta de una patada. El hielo las atoraba siempre.

Ezequiel se giró sobre sus botas y le sonrió por un momento, con aquellos grandes anteojos oscuros de mosca, pero después volvió a darse media vuelta, viendo por el barranco.

A Fioritto se le ocurrió que, mientras bajaba su pesada y redonda humanidad del patrullero, un auto, seguramente lleno de adolescentes de mierda (no había nada que le rompiera más las bolas que los «adolescentes de mierda», más todavía que los borrachos que se precipitaban a 120 por las áreas escolares) pasaría a toda velocidad por la curva. Y, para hacer peor la infamia; serían «adolescentes de mierda de Buenos Aires».

Estaba el caso de aquella chica, «latina como Martínez», era venezolana, ¿no? Sí, era de «ese país extraño», que había quedado quemada por culpa de la negligencia del que manejaba... qué dolor le había dado verla por televisión...

—¿Qué ves?

Martínez tardó en contestar el tiempo suficiente en el que un segundo de más hubiera rayado en la mala educación. Tenía esa cualidad.

—Allá abajo.

E hizo un gesto juntando los labios.

Fioritto se acercó, acomodándose la correa de cuero alrededor de la cintura, el cañón del revólver golpeó suavemente su muslo.

—¿Qué?

Pero no hizo falta que Martínez lo señalara, y este a su vez supo que el silencio de su compañero era prueba de que también veía la misma cosa: el Hospital San Niño, allá abajo, en medio de un valle de árboles.

Fioritto exhaló una pequeña nube blanca. Sus lentes plateados reflejaban la parte más oculta de la torre, la del manicomio.

—¿Sabés? A mi suegra nunca le gustó ese lugar, siempre dijo que prefería manejar una hora hasta San Carlos de Bariloche cuando Roberta estaba enferma.

—A mí me gusta menos cada segundo que lo veo, bigotes. Y tu suegra no es paranoica, solo tuvo intuición de madre.

Contra todo pronóstico se había quedado dormido en la cama, con las luces encendidas.

De haber estado en su casa, le hubiera preocupado enormemente el costo que alcanzaría el consumo de luz (sabía sopesar bastante bien el valor del dinero y la sensación de malgastarlo en cualquier otro lugar era similar a la de un gancho tocando un nervio), pero le daba igual estando dentro del San Niño, y también le hubiera dado igual si la cuenta hubiera tenido que pagarla él. La luz no debía apagarse nunca.

Cuando abrió los ojos, descubrió que se sentía mal. Le iba a dar gripe. Su garganta dolía. No se molestó en preocuparse ni sentirse furioso... aquella resignación tan natural era tal vez el principio del fin.

En ese momento, con los ojos entreabiertos, viendo el techo, molesto por la luz amarilla de la lámpara, decidió que mejor era que ya nada le importase, pero algo muy dentro de sí le decía que estaba equivocado, y que era mejor no retar a esa omnipotencia macabra que lo rodeaba.

«Aunque tal vez, solo tal vez, lo único que esté haciendo es querer prolongar mi propio suplicio».

Sí, sin dudas, en el fondo, los seres humanos son como los animales. O son animales, más bien. Todos en mayor o menor medida están programados para reaccionar igual. Es instinto. *«It's evolution, baby»* las pelotas. Cuando alguien sabe esos secretos de sí mismo, del prójimo y del género humano, no se puede culpar a quien escoge el pesimismo como fe. De hecho, el ateísmo parecía bastante lógico, a veces. Aunque visto y considerando lo presente, estaba claro que quizá había un «más allá». Pero no era un «más allá» como lo había imaginado. Era el horror. Era lo inenarrable.

Se pasó una mano por la frente, estaba sudando frío. Sentía las axilas húmedas, y sus mejillas y nariz calientes. La garganta estaba seca, deseaba un vaso de agua fría, aun cuando lo último que quería era levantarse de la cama o moverse. Estando así, ni siquiera el frío parecía ser demasiada molestia.

No, ni siquiera por un vaso de agua se levantaría de la cama, no valía la pena.

Su nuez de Adán se movió suavemente, por su cuello comenzaban a aparecer los primeros puntos negros que preceden la barba, aunque a Abraham todavía no le saliera, no del todo.

Volvió a cerrar los ojos, esperanzado con conciliar el sueño. Era todavía de noche, debían ser las tres o (con suerte) las cuatro de la mañana. Quería seguir durmiendo hasta las siete, hasta que el sol saliera, sería un nuevo día y… «¿y?», y quizá todavía había esperanzas, esperanzas de hacer algo el nuevo día.

«Tal vez todo lo que necesito es perder el miedo, mandarlo todo al demonio».

Tal vez sí, tal vez no. Había que meditarlo muy bien… porque no quería volver a salir como un perro con la cola entre las piernas, ¿no?

Dispuesto a recuperar el sueño, entró en juego un problema que lo obligaría irremisiblemente a levantarse de la cama. Era algo a lo que ningún hombre puede hacer frente durante mucho tiempo: las ganas de mear.

Se levantó lentamente, la espalda le dolía mucho. Apoyó los pies sobre la alfombra.

Aun a través de sus calcetines, sintió que estaba fría. Todo era frío, desesperantemente frío. Se levantó, mareado, y fue al baño.

4

Su nombre de pila le había valido infinidad de bromas en la escuela de medicina (en todas las escuelas, a decir verdad) pero hoy día, el doctor Ungenio Pérez podía jactarse de ser más respetado por su especialidad que por llamarse como un popular personaje de cómic llamado «Ungenio González» al que, para colmo de males, se parecía un poco, porque tenía el mismo color de cabello y ciertas semejanzas en el rostro.

Siempre pensó que no podía esperar el momento en que el arquitecto del tiempo le diera, durante su madurez, una cara diferente a la del tipo de la historieta. Ahora, después de viejo, podía asegurar dos cosas: «arquitecto del tiempo» era un nombre demasiado noble para la vejez, y sin dudas que parecerse a Ungenio no era tan malo comparado con la artritis.

Pérez se mordía el dedo pulgar y observaba las radiografías con las iniciales S. M. (Susana Marceni) con la frente arrugada.

Había conseguido callarle la boca al señor Ignacio Marceni (todos los doctores veteranos tienen esa habilidad intrínseca aun cuando se las ven con un paciente que es abogado), pero desgraciadamente ahora el callado sería él, callado como durante las últimas tres horas en las que estaba contemplando el *set* de láminas que le habían traído de radiología.

En otros tiempos, no le hubiese importado acudir a un par de buenos colegas para una segunda opinión, no le hubiera importado, de hecho, hacer un par de llamadas a la facultad de medicina de la UBA, porque una de las cosas que lo hizo confiable, confiable ante los veteranos de sus años mozos y confiable para ascender durante aquellos días, era que no le importaba su orgullo personal. Y todos, incluso los orgullosos, sabían muy bien que esa era la marca de un buen doctor.

Pero esta vez, había desistido de las llamadas, los consejos y los colegas, y no por orgullo, sino por miedo.

Porque ¿qué iba a decir? ¿Cómo iba a explicar lo que estaba viendo? Ya había intentado emparejar los resultados del laboratorio con el historial médico de la muchacha no una, sino docenas de veces. La madre de ella había traído toda una enciclopedia, clasificada mes por mes, de su historia. Más no se podía pedir.

De cuando en cuando le entraba un enorme alivio al saber que, en realidad, él no tenía absolutamente nada que explicar, su juicio mental no iba a entrar en cuestión, porque no era su palabra contra la de nadie: ahí estaban las radiografías, un *set* completo de ellas... eran ellas contra el juicio de los doctores.

Se quitó los anteojos, y se frotó la comisura de los ojos varias veces con los párpados cerrados, antes de continuar examinando el cráneo de la paciente. La concavidad se veía como un espectro azulado en la lámina, y dentro aparecía el tumor... uno como ningún otro que hubiese visto en su vida, uno que no solo variaba de tamaño, sino que además parecía como una mancha, una mancha negra idéntica a otra que se hallaba en una pared a cientos de millas al sur del país, dentro de la habitación de Abraham Salgado, en el hospital San Niño.

5

Abraham encendió la luz del baño.

No había nadie adentro, pero él siquiera recordaba de qué debía tener miedo. Era una mezcla de malestar físico y depresión. Entró y se puso frente al inodoro.

Escuchar el chorro cayendo dentro del inodoro es una cosa hipnotizante para la mayoría de los hombres que ponderan los asuntos más importantes de su vida haciendo aquellos menesteres. Uno puede estar firme o puede tambalear lentamente, como un árbol llevado por la brisa… uno puede, inclusive, estar pensando en cualquier cosa, pero nunca deja de prestarle atención al sonido que hace el chorro al caer sobre el agua, como si fuese la mejor melodía del mundo.

Eso, desde luego, hasta que escuchó un sonido siseante detrás de él…

Se dio la media vuelta, manchándose la pierna.

—Maldita sea —gruñó.

No había nada. Pero estaba claro: lo había escuchado, en el cuarto, en la puerta…

Abraham puso a prueba la fuerza de sus esfínteres, y se salió del baño, corriendo.

Observó la puerta blanca, al final, y se detuvo de inmediato, con la certeza de que había algo parado detrás de ella. El corazón comenzó a acelerársele.

En la rendija entre el suelo y la puerta se hallaba un papel blanco, doblado en dos. Aquello había sido lo que produjo el sonido.

«Dios mío, otra vez».

Sintió un enardecimiento súbito subiendo por su cabeza.

Tomó la nota rápidamente, pensando por un momento que «aquello» tras la puerta la empujaría de vuelta en el momento que intentase agarrarla.

Caminó hasta estar cerca de la lámpara y desdobló el papel:

Si querés saber más, tenés que ir al manicomio. Nunca dejes que te agarre la noche ahí.

PD: Si alguien llega a tocar, NO LE ABRAS LA PUERTA.

XII

1

De más está decir que Abraham no pudo conciliar el sueño en lo que quedó de la noche.

Eso era lo de menos, sin embargo, porque no se sentía cansado. Ahora eran las siete y lejos de sentir la frescura matutina, tenía esa sensación añeja revoloteando en su cabeza; ese aura pesada que lo rodea a uno cuando no ha dormido en todo un día. Lo bueno era que si se mantenía despierto hasta la noche caería rendido, y podría estar ausente durante los momentos en que los fenómenos del San Niño eran más proclives a manifestarse.

Sostenía la nota nueva junto con la vieja, la que le advertía que debía llamar a Susana. Ambas estaban escritas por personas diferentes.

¿Quién la había enviado? ¿Y por qué le había advertido que no abriera la puerta? «Vos sabés bien por qué, vos sabés bien por qué», se repetía a sí mismo. «Sabés que había alguien detrás de ella, y te daba miedo acercarte». Lo lógico era pensar, entonces, que quien había escrito la nota no era la misma presencia que se hallaba detrás de la puerta al momento de recogerla.

«Y si hubiese girado el picaporte, ¿con qué me habría encontrado?».

Era mejor no dejar volar la imaginación, aun si él no supiera que ni eso habría sido suficiente para hacerse una idea adecuada de lo que veía.

Le pedían que fuera al manicomio.

Para ir hasta allá tenía que salir del hospital y rodear el edificio. Si bien la nevada y la brisa comenzaban siempre que intentaba escaparse, tal vez ahora, al intentar llegar al área contraria, esta lo dejara en paz.

«O tal vez se presente algún otro inconveniente. Tratá de pensar en todos los males posibles para que al hospital se le acaben las ideas... ».

Las cosas serían tan, pero tan fáciles si todo estuviese sujeto a esa sencilla regla... o tal vez no, tal vez todo lo contrario.

«Tengo la imaginación de un artista, no la de un escritor loco, lo siento».

Lo más triste es que ese «lo siento» se lo estaba diciendo a sí mismo.

Pero era desde el «vamos» cuando las cosas comenzaban a complicarse. «¿Puedo confiar en quien escribió la nota? ¿Qué espera de mí? ¿Qué quiere que vaya a ver?».

Justo cuando el freno comenzaba a cerrarse sobre el riel, Abraham examinó su situación desde un punto de vista más alto: «vos no controlás al hospital, no pienses como si lo hicieras... no es cuestión de poder confiar o no, no es cuestión de que puedas elegir cuándo estar a salvo y cuándo no; vos no tenés el poder de elegir eso, no aquí. Es cuestión de que no hacer nada significa no tener otra opción más que quedarte en la cama, hasta que se te acabe la comida, hasta que el hospital decida matarte».

Todo eso lo pensaba no solo con palabras, sino también con una marea de jugos mentales que se mezclaban con imágenes y verbos.

¿Y si la nota era nada menos que del hospital? ¿Y si quería jugar con él, y llevar la tortura a nuevos niveles?

«No, eso no lo sé, eso no lo puedo saber, y no puedo tampoco intentar entender al San Niño».

Abraham se preguntaba una última cosa:

«¿Habrá alguien vivo dentro del manicomio?».

2

Mientras estaba sentado en el suelo, haciéndose un sándwich de jamón, queso y mayonesa, Abraham meditaba sobre algo que le resultaba positivo.

«No quedé aterrado por la experiencia de anoche. Anotá otra cosa por si acaso algún día hacés una tesis al respecto, chabón: el ser humano puede acostumbrarse a casi cualquier cosa, solo dale un poco de tiempo y puede acostumbrarse a casi, casi cualquier cosa», pensó, masticando. No se había sentido tan optimista en días.

Después de la comida, iniciaría la incursión al manicomio. ¿Había alguna vía para llegar hasta allá sin tener que salir del hospital? No lo sabía, pero tampoco le interesaba saberlo. A él le bastaba tener la certeza de que podía llegar y tenía el presentimiento de que para bien —o para mal— nada iba a impedírselo.

Además, era de día, y la nota le decía claramente: no salgas de noche.

¿Y la gripe? ¿El acceso de gripe que hasta hace poco estaba sintiendo?

Había desaparecido casi, a Dios gracias. En cualquier situación hubiese sido un problema, Abraham podía ser algo quejoso, detestaba sentirse mal. Podía tener una rodilla adolorida, un brazo acalambrado, o incluso tortícolis, pero la fiebre, no; eso sí no lo soportaba. Sin embargo, descubría que en su situación y cualquier pensamiento optimista era casi igual a sentirse saludable.

Una voz muy profunda y sabia, que desgraciadamente nunca estaba al mando en su cabeza, ni en la de gran parte de los hombres, le dijo: «Lo daría todo por sentirme siempre así en todas las situaciones malas».

Después de desayunar, se le pasó que todo aquello se sentía como una verdadera excursión (y lo era, de hecho); al levantarse del suelo, casi esperó sentir el peso de alguna mochila.

Contempló por última vez sus provisiones de comida, heladas, justo tras el vidrio de la ventana.

Se dio vuelta para observar sobre su cama: la mancha estaba más grande que ayer, por lo menos el doble, y tenía además la particularidad de que parecía estar saliéndose de la pared. La contemplación de aquello fue el único elemento amargo de esa mañana. De resto, todo parecía estar marchando sobre ruedas. Antes, Abraham la hubiera tocado, pero ahora, sospechosamente, no quería acercarse para averiguar más al respecto, y de todas formas era dudoso que sacara algo provechoso de ello.

3

Cuando la puerta de su habitación se abrió, las bisagras rechinaron más de lo normal. «Pero tal vez sea por el silencio», pensó, «al fin y al cabo, ahora el hospital se ha revelado».

Aquella frase había venido tras una ecuación de pensamientos bastante sencilla: el San Niño ya no necesitaba obrar con sutileza para asustar a Abraham, la discreción se había acabado: se había vuelto un pandemonio al que ya no le importaba manifestarse arbitrariamente.

Recordó el incidente de la radio, el día de ayer.

Al observar el largo pasillo que se extendía de izquierda a derecha, a Abraham le pareció que lucía mucho más antiguo que antes, «no, antiguo no es la palabra... sucio, abandonado». Sí, eso es lo que parecía; al ser blancas las puertas y blancas las paredes, las manchas, las impurezas en el color, los tonos opacos y la mugre acumulada entre las esquinas se hacían mucho más vistosas. Y todo sumido en el más espectral silencio.

El cambio que había entre el día de su llegada y el ahora era obvio. Tenía que ser otra manifestación maligna del San Niño.

Decidió bajar a la primera planta por la escalera del personal... cada paso que daba producía resonancia en las paredes y los ecos se triplicaban.

Tras la recepción no había nadie. Al parecer, su amiga Margoth se había tomado el día libre.

Caminó lentamente por la sala, observando que todo a su alrededor se hallaba polvoriento, abandonado e inmundo. Lo mismo se observaba sobre la mesa de la recepción. Los pedazos de vidrio seguían desperdigados por el piso, la suela de sus zapatos crujía al aplastar los fragmentos que habían quedado de su incursión al restaurante.

Levantó el banquito tras la recepción, ese sobre el que Margoth solía colocar su maldito trasero de *poltergeist*, aparentemente desmaterializado, de vuelta a la caja de herramientas del San Niño.

—Dudo que les importe que haga esto —musitó, con satisfacción.

Lo arrojó contra la vidriera de la puerta, haciéndola explotar. El ventanal se vino abajo entre cristales rotos y una lámina de plástico. Aquello sin dudas ahorraría mucho más tiempo que intentar abrir la puerta luchando con un metro y medio de nieve.

Al salir, sintió algo que de inmediato despertó sus sentidos y que, sin dudas, le hacía falta: aire fresco, olores, la sensación de exterior.

Respiró profundo y observó a su alrededor, deseando que la satisfacción se prolongara lo más posible. Comprendió que hace falta estar mal para apreciar algunas pequeñas cosas de la vida.

Bajó las escaleras, ensuciándose las piernas de nieve y luchando por mantenerse en pie. Le hubieran ayudado un par de raquetas que se usan para caminar sobre la nieve. Tenía que arreglarse igual.

Al erguirse y sacudirse el cuerpo, observó un paisaje que lo dejó anhelante: la salida del hospital, tras el largo camino de la arboleda.

Su cerebro despertó de inmediato, enviándole sensaciones que eran como picadas de avispa, alborotando su corazón y erizando sus vellos. Quiso sonarse los dedos, masticar algo, la ansiedad le estaba subiendo por las venas, podía sentir el latir de sus propias sienes.

No estaba pensando algo concreto, pero sabía bastante bien lo que quería, lo que deseaba: intentar escapar.

Esa mañana se había presentado como un millón de pesos para él. La esperanza resurgía, sí, pero aquel camino, aquella salida, era el premio gordo, la meta final. Un instinto animal, casi irracional, lo incitaba a intentarlo otra vez, el anhelo llevado de la mano con el miedo y la tristeza, porque sabía, en el fondo, que no lo iba a dejar irse, no tan fácilmente.

Como para corroborar las últimas dos ideas, una ráfaga helada, violenta, le removió los cabellos y lo obligó a cerrar los ojos.

«Enfilá para el manicomio».

Suspiró como si estuviera cansado, y giró la cabeza: la silueta de la segunda torre emergía tras la primera. El manicomio era más oscuro que el hospital, aun cuando ambas fueran fachadas gemelas.

Desde arriba, el muchacho luchaba por navegar entre la nieve, apoyándose de manos y piernas.

4

Desde adentro, se hubiese podido ver cómo un remolino de mugre se convertía lentamente en el dorso del brazo de Abraham. Su cara, enmarcada por ambas manos, se asomó por el hueco.

Todo estaba oscuro, pero podía notar que aquello parecía como uno de esos locales que están en construcción. No había más que trozos de mampostería y madera tirados por el suelo y cosas colgando del techo.

El picaporte alargado y ganchudo se movió lentamente hacia abajo, y con él, la puerta entera le dio paso a Abraham. Las bisagras estaban oxidadas.

Un débil halo de luz entró al lugar.

Se dio cuenta, de inmediato (y para su desánimo), de que el interior era muy diferente al del hospital. Las escaleras no se hallaban en el mismo lugar y no había pasillos sino una sala inmensa con puertas, erguidas sobre un suelo con baldosas inmensas que, en otro tiempo, debieron ser blancas y negras, como un tablero de ajedrez. El mapa mental del San Niño de nada le iba a servir ahí.

Observó sombras extrañas en las paredes, que poco a poco se materializaron en figuras que, para su horror, comenzó a entender muy bien.

Sintió que sus mejillas y sus sienes ardían.

Había manchas de sangre, por todos lados. Parecían brochazos de un pintor loco, en líneas que se intercalaban y formaban palabras y figuras extrañas, triángulos, líneas rectas y paralelas, una de ellas nacía en una pared y acababa en el suelo, en un charco pútrido y negro, y otras sin embargo seguían, inclusive hasta el techo, terminando en una lámpara de vidrio enorme, que colgaba peligrosamente por un cordón deshilachado. No se preguntó cómo alguien podía haber hecho eso. Era lunático.

Desde ahí sentía, incluso, que podía olerla... ese aroma profundo y estancado, oscuro y repulsivo, introduciéndose a chorros por sus fosas nasales, bajando como el brazo de un carnicero por su garganta. Podía sentirlo incluso en la piel, el tacto frío, casi grasiento de la sangre.

Abraham respiró profundo, sintiendo que las axilas se le mojaban de sudor. Instintivamente apoyó una mano en el marco de la puerta, para sostenerse y apretarse el estómago, peleando con las náuseas.

La semioscuridad del lugar se mantenía, desde luego, pero las pupilas de él se adaptaban y conseguían ver mejor lo que había en las esquinas... conseguía ver las huellas, las huellas de manos, en sangre, que iban de acá para allá (una de ellas era enorme).

—¿Pero qué mierda ha pasado aquí? —masculló.

Sus ojos se movieron de acá para allá, buscando alguna otra cosa, tal vez una excusa para darse media vuelta y regresar al hospital. Pero no la encontró.

Se dio media vuelta y aprovechó la última bocanada de aire fresco de afuera, intentaba dar el golpe de gracia al remolino de vómito que burbujeaba en su estómago. Cerró los ojos varias veces para aclarar su visión (cada paso tenía que darlo con mucho cuidado, no quería caerse en un charco de sangre, su mente insistía en ello). Volvió a girarse, para enfrentar el lugar.

Aquello había cobrado más importancia por ser un territorio nuevo al que explorar que un lugar para encontrar cualquier tipo de pista, en especial la que la nota le indicaba a Abraham.

O tal vez la pista lo tenía que encontrar a él...

Le daba seguridad sentir la apretada correa de su reloj de pulsera. Tenía luz fluorescente para ver la hora en la oscuridad, pero aquello era un lujo, y tras estar más de tres años en su muñeca, no estaba seguro de cuánto podía restarle a la batería... no quería que decidiera terminarse justo ahí. Debían ser las nueve y media de la mañana, tal vez las diez, era exagerado pensar que la noche lo encontraría allí. En un invierno austral, las cinco y media de la tarde eran el límite. Pero faltaba demasiado para ello.

La sangre estaba regada a tal extremo que en ciertos puntos era imposible no pisarla.

«Lo que sea que pasó aquí, no sé si fue hace pocas horas o hace años».

Dio varios pasos al frente, pero luego se detuvo, otra vez.

«O tal vez sea solo un escenario», pensó, en imágenes, con esas situaciones químicas que solo la mente es capaz de orquestar.

«Quizá es solo otro montaje del San Niño, preparado para mí».

Sin embargo, sabía que la sangre era real, por el olor. Abraham lo conocía. No fue sino hasta ese momento que se le ocurrió que la idea de los vampiros, lejos de ser sensual, era más bien asquerosa.

Colocó la suela de la bota sobre un charquito de sangre, y, lentamente, deslizó el pie hacia adelante, dejando una línea roja. Colocó una mano sobre el picaporte de la puerta más cercana. La puerta estaba tan oxidada que se lastimó la yema de las manos, pero al menos le brindaba seguridad, porque sus botas se deslizaban con demasiada liquidez.

Hubiese querido tener la nota ahí, nada más para consultarla de vuelta y ver si podía dirimir alguna pista de ella, algo que le indicara qué hacer, pero se deshizo de la idea de inmediato: recordaba muy bien lo que decía: «ve al manicomio», eso era todo.

Con la idea de que tal vez debía encontrar algo «o tal vez algo me debe encontrar a mí», tuvo la certeza de que debía internarse todo lo que pudiera, y la mejor forma de hacerlo era por la única salida de la sala: unas escaleras estrechas a un lado, que conducían al primer piso.

Al ver cómo estas se perdían en la negrura, hasta algún lugar, allá arriba, donde debía haber una puerta en la que tendría que palpar en la oscuridad para buscar el picaporte, Abraham intentó dejar su mente en blanco.

«Si en el primer piso no hay luz, entonces me iré, me largaré». Aun cuando eso significase «echar a la mierda todas las esperanzas que tengo».

¿Esperanzas de qué? ¿Acaso estar ahí le iba a garantizar salir del San Niño? No. Pero tenía que hacerlo. Era «eso» o morir lentamente.

La aplicación de la linterna de su *smartphone* le hubiera sido útil. Pero la batería se había acabado hace mucho. Al no haber internet y estar sin saldo, se olvidó por completo del aparato. Y de todos modos… ¿habría tenido el valor, aun si pudiera usarla, de explorar aquel lugar a oscuras?

Empezó a ascender los escalones, sintiendo que el frío se hacía más intenso. Cuando hace frío uno se da cuenta primero por las manos, Abraham tenía la certeza de que las tenía heladas.

Una vez en el último peldaño, de cara a la plataforma en cuyo fondo se divisaba el marco oscuro de una puerta, vio hacia atrás, como para asegurarse de que el mapa no había cambiado por arte de alguna putada cortesía del hermano gemelo (y potencialmente peor) del San Niño.

Suspiró profundo y estiró el brazo, en busca del picaporte.

Muy cerca de él había una pared. Se dio cuenta de que había salido por lo que debía ser el pasillo más estrecho que había visto en su vida, con puertas a ambos lados, y unas rejas enormes al final, impidiendo el paso a una zona que, desde ahí, no podía ver bien, pero que al parecer tenía paredes de piedra. Las luces de las lámparas parpadeaban y, de diez, solo dos estaban encendidas débilmente en el techo.

«Luces amarillas».

Había un ruido extraño, cíclico, allá a lo lejos, de algo que veía titilar al son de la luz descompuesta. Era algo que estaba clavado en la pared, de algún modo extraño, y que se movía... Abraham sabía bastante bien que lo hacía, podía verlo.

Su mente se puso en blanco y emprendió marcha adelante.

La figura cobró forma poco a poco, se seguía moviendo, y estaba de cabeza contra el suelo. Era una silla de ruedas, casi destartalada. El objeto que se movía era una ruedita delantera, que giraba lentamente.

La presencia de aquello lo asustó menos de lo que creyó. Sin dudas, hubiera sido peor no saber qué era. Pero todo pasaba rápidamente, lo suficiente como para felicitarse a sí mismo por su valor. Comenzaba a comprender que el «no importarle nada» era tal vez su mejor arma.

Digerido esto, se le ocurrió una idea: si no tenía una pista de a dónde ir, entonces daría por sentados los mensajes simbólicos que él, con su imaginación, captase. En este caso, se trataba de entrar por la puerta inmediatamente más cercana a donde estaba la silla de ruedas.

Y así lo hizo.

La primera palabra que se le ocurrió al ver el cuarto que se abría ante él fue «vomitivo». Y la razón era más por un recuerdo de la niñez que por lo que observaba. Para él, todo lo que era gris sucio, gris grumoso, era vomitivo. Había relacionado una cosa por la otra, accidentalmente, un día en que estaba con su madre, atrapado en un tráfico infernal, observando una tarjeta de las Basuritas (Garbage Pail Kids).

Aquel lugar, además, estaba lleno de mugre. Mugre negra, de aspecto viscoso. La lámpara, que colgaba de un cordón blanco, se bamboleaba suavemente a los lados.

Sobre el estante de adelante se hallaban dos botellones de vidrio. Había algo dentro de cada uno de ellos, cosas que flotaban suavemente, como si observaran plácidamente al exterior. El líquido plomizo, cual orín, le permitía a Abraham observar las vagas siluetas de sus ocupantes, pero entendía bastante bien lo que iba a ver, era como un monstruo subiendo por la cañería del asco. Claro que lo sabía: esos botellones eran versiones antiguas de los que usan laboratorios más modernos y cuidadosos para colocar fetos de animales o, incluso, humanos.

Resulta que al acercarse más, se dio cuenta de que lo que contenían no eran ni lo uno ni lo otro: lo que había dentro eran niños.

La adrenalina subió por su cuello y la sintió fría, fría y espantosa. Un vaho de consternación cubrió su cerebro.

Los cabellos de los infantes flotaban, ondulados y plácidos, hacia arriba, y sus rodillas estaban arrejuntadas, atrapadas a los lados de sus mentones, en posición fetal. La columna vertebral de uno de ellos estaba tan marcada que parecía fósil en una piedra.

Entre las costillas, la espalda y con toda seguridad el estómago (aunque esto último no podía verlo) tenían cicatrices enormes, largas, serpenteantes.

—Dios mío...

Escuchó con toda claridad el «plinc» seco y profundo de una cabecita al chocar contra el vidrio.

—Dios mío...

Otro de los niños tenía un ojo entreabierto, pero adentro no había nada, el globo ocular se había disuelto con el líquido hacía mucho tiempo, así como todos sus órganos. No eran más que cascarones.

—Por favor, no...

Abraham había visto y se había reído de películas horrendas, mientras disfrutaba cómo Susana acurrucaba el rostro contra su pecho, gritando de asco ante las escenas más horribles. Para él, lo peor de una película como el *Holocausto caníbal* fue que mataran a un morrocoy. Pero salvo eso, nada le había afectado, no realmente... y así había pasado muchos años creyendo que esas cosas no le hacían mella y que, si había alguien con un estómago lo suficientemente fuerte, al menos para ese tipo de cosas, era él y sus amigos. Bah, no solo sus amigos: todos los chicos, todos parecían aguantar sin ningún problema esas cosas.

Oh, pero era algo muy, muy diferente verlo en persona. Era algo muy diferente oler el formol. Quizá no porque lo horrorizara la carne mutilada, sino la situación, la realidad:

—Dios… —repitió, con la voz quebrada—. Son niños muertos, niños muertos.

Se dio media vuelta, colocándose el antebrazo sobre la frente.

Lo que perturbaba a Abraham no eran las ganas de vomitar o la visión en sí… iba mucho más allá. Lo que lo perturbaba era el porqué de todo aquello, «¿por qué alguien hizo esto?».

Estaba a punto de descubrirlo.

Lo que estaba escrito en las primeras hojas de una libreta forrada de cuero marrón que se hallaba sobre una de las tapas blancas de los botellones, invitando a tomarlo, bastaba:

15 de diciembre

Ya nos han traído los corderos. Son seis. Podemos operar.
Pero no creo que alcancen hasta febrero, no con la fila de pacientes que traemos.
Nota: *Pedirle a Borguild más, porque sus cálculos salieron mal.*

Nota 2: *Borguild me dice que todo va a estar bien. Desconozco qué otro negocio tiene con los corderos allá en el hospital, pero yo estoy seguro de que hasta febrero no alcanzamos con lo que trajo. Y espero que le llegue este mensaje a través tuyo, Torres. Yo tuve una discusión hace poco con él y no me animo a hablarle.*

Nota 3: *TORRES, OJO.*
Tené cuidado con los corderos, no pueden ver lo que sucede en el pasillo. Y cuando do me refiero a «no pueden ver» no es que no puedan, sino que no deben.
Uno observó por accidente los botellones sin que nos diéramos cuenta, lo sé porque el día que lo llevamos a la sala de operaciones se puso histérico, como es comprensible.
A los que lleven ya tres o cuatro operaciones hay que separarlos de los demás.
El niño paraguayo del que te hablo se resistió a última hora tomando un bisturí. Tené en cuenta que a mí me pagan bien, pero ninguna cifra en el mundo me va a poder devolver mi ojo. Murillo.

PD: No se te ocurra tirar los cuerpos, por más que te tiente. No te angusties por deshacerte de nada porque Balmaseda es quien se encarga de ello. No caigas en el mismo error que yo, Borguild casi me descabezó por eso. Limítate a dejarlos sumergidos en formol y pasá a otra cosa sin nervios.

Te puede sorprender, pero aun siguen siendo útiles: Balmaseda trasquila la piel para hacer carteras, sacos, guantes o cualquier otra cosa que se te pueda ocurrir. No creerías la cantidad de gente enferma en este país que compra esas cosas. Dios los cría y ellos se juntan; Borguild, como siempre, es el que se encarga. Tiene sus momentos, pero para hacer dinero es un genio.

Abraham cerró lentamente la libreta y se la metió en el bolsillo.

Su buen amigo, el doctor Murillo.

De haberlo tenido en frente, muy posiblemente, sin falsas pretensiones ni amenazas vanas, le hubiera roto la cara, le hubiera sacado el otro ojo. Ese ser humano, su cara, sus cejas pobladas no se correspondían a su fría letra, ni mucho menos lo que estas decían.

La realidad del San Niño se descubría ante sus propios ojos.

5

Cuando salió de la habitación, Abraham todavía sentía como si tuviese menta fría efervescente en la cabeza. Era un sentimiento que estaba muy cerca de la emoción y que le daba demasiadas cosas en qué pensar. De por sí, el viaje ya había valido la pena.

Enterarse de tantas cosas, que podían meter en un quilombo descomunal al personal que trabajaba ahí, y tener una prueba de ello en su bolsillo, lo hacía sentirse poderoso, poderoso ante el hospital. Y por primera vez desde el día en que había puesto un pie en las instalaciones del San Niño, aquello era novedoso.

Observó que la ruedita de la silla de ruedas había dejado de girar. Eso lo inquietó.

«Ya descubrí el secreto que se ocultaba en esta habitación, y por eso dejaste de girar, ¿ha sido eso? ¿De verdad mi instinto está en sintonía con este lugar? ¿De verdad estamos interactuando?».

La nota que había encontrado debajo de su puerta comenzaba a tener lógica, ya había encontrado algo, ¿qué hacer ahora? Irse fue lo primero que se le ocurrió.

Observó pasillo abajo, a la puerta por la que había llegado, convenientemente dejada abierta por sí mismo.

«¿Qué hacer ahora? Debería seguir revisando, no puedo perder la chance de encontrar más».

Y las cosas útiles podían estar a la vuelta de la esquina, si se lo proponía. Eso era algo que había aprendido de su «difunta» —difunta gracias a tu padre— madre.

—Callate, Abraham —se dijo a sí mismo—. Solo callate.

Las rejas del fondo se veían con mucha más claridad ahora: estaban oxidadas. Detrás de ella, la pared de piedra se veía tan oscura que era imposible saber qué había a los lados (¿otro pasillo?). El olor que desprendía el lugar era mohoso, repulsivo, un olor verde y nauseabundo. El cambio de ambiente era irreal, como si el escenario, de ser un simple pasillo de hospital, pasara a ser unas catacumbas, protegidas por unos barrotes gruesos, por una cerradura donde debía caber una llave del tamaño de una mano.

Sin pensarlo demasiado, giró el picaporte de otra puerta y la abrió de golpe.

De derecha a izquierda, se hallaban dos estantes que llegaban hasta el techo, resguardados por vitrinas sucias, llenos de medicinas y frascos. También había algodones y jeringas, algunas de ellas ya introducidas dentro de los frascos de suero, listas para extraer líquido.

Salvo eso, nada más.

Respiró profundo y cerró la puerta.

En la siguiente, volvió a encontrar exactamente lo mismo, solo que, agregado a los botiquines, había una camilla, vacía, con las sábanas desordenadas. Y lo mismo con la otra, y la otra después de aquella.

El problema vino cuando Abraham ingresó en la habitación más próxima a la reja del final del pasillo…

6

Abrió la puerta. Dio dos pasos al frente.

La luz violeta, cuya fuente era un parpadeo moribundo detrás de un estante que tenía una bombita tras el cristal inmundo, apenas conseguía otorgarle una vista decente del lugar, en especial el suelo, que era un lago de sábanas extendidas irregularmente una sobre la otra, arrugadas y sucias. Se levantaban en espirales cerca de las patas de hierro de una camilla.

Abraham introdujo la mano en su bolsillo y extrajo los anteojos. Había tantos detalles ocultos entre las cubiertas que tenía que tener un soporte a la realidad para que su imaginación y los latidos del corazón no desbocaran. Estaba haciéndolo muy bien desde que había visto a los niños, y quería seguir así.

Pero una sensación tiró su línea de pensamientos, una sensación que comenzaba por sus botas: sentía que algo estaba tirando debajo.

Bajó lentamente la cabeza, los pliegues de la sábana que estaba pisando se movían, se estiraban lentamente.

Escuchó el suave crujido sedoso de la tela, mezclado con el asco que ese sonido le producía. Era como si algo debajo de todo ello estuviera despertándose, poco a poco, y estuviera emergiendo hacia arriba.

«Algo que vos despertaste, Abraham, y aquí viene... aquí viene... aquí viene... AQUÍ VIENE».

Decidió dar un paso atrás, el corazón se aceleró y sintió un vacío en el estómago, y pronto se vio presa del pánico cuando tuvo que sostener el equilibrio sobre el picaporte de la puerta; su cintura se dobló y sus piernas hicieron otro tanto, las sábanas ahora tiraban con una fuerza increíble, hacia el centro de la habitación.

—¡Maldita sea! ¡Puta mierda! —gimió.

Pegó la espalda a la primera superficie que encontró y su cabeza rebotó contra la puerta. Sintió el mundo dando vueltas dos veces, arropado bajo el horror de saber que con su propio peso la había cerrado de golpe. Lo embargó la amarga desesperación de que todo se estaba saliendo de control cuando hacía un minuto era lo contrario.

Las sábanas ya no tiraban, pero sí se movían, y lo sabía perfectamente por las arrugas que iban y venían al paso de una joroba sobresaliente, que se alzaba cada vez más.

Un gemido ácido y plañidero azotó sus oídos.

Se descubrió una mata de cabellos dispareja en un cráneo sarnoso y pálido, y poco a poco, emergió el rostro de una niña con retraso mental. Su ojo izquierdo estaba seco, muerto, como una crisálida podrida, la pupila negra sobresalía por el liquen seco, extraviado en su órbita. El otro ojo veía fijamente a Abraham, la parte que debía ser blanca estaba llena de un rojo tan oscuro que su iris apenas era distinguible.

Arrojó un cacareo casi inhumano por su boca desfigurada, desmedidamente grande, como un grito de guerra, o tal vez un saludo, y acto seguido, comenzó a arrastrarse en su dirección.

—No, por favor…

Su única contestación fue otro cacareo subnormal, más suave.

Descubrió su cuerpo; salió como un gusano entre las sábanas. Abraham observó con desmedido horror que las piernas de la niña eran más delgadas que sus antebrazos, incapaz de sostenerla, sus rodillas apenas eran nueces entre la piel, y los dedos de cada pie apenas pequeñas bolitas de carne inservibles.

—¡Alejate de mí! —gritó con tanta fuerza que su propia voz quedó desfigurada.

Pero ella no estaba dispuesta a escucharlo y le faltaban pocos metros para poner la primera mano sobre las piernas de Abraham. La observó desaparecer bajo las sábanas, otra vez, y volver a convertirse en ese inmenso muñón alargado, aproximándose despacio.

Abraham abrió la puerta de golpe, se escabulló por el hueco y la cerró con tanta fuerza que se lastimó la mano.

«ELLA SABE ABRIR LA PUERTA».

«SALÍ DE ACÁ, ELLA PUEDE ABRIR LA PUERTA, SE VA A TREPAR POR LA PUERTA Y LA VA A ABRIR, LA VA A ABRIR, LA VA A ABRIR, LA VA A… ».

Otra vez el mismo gemido repulsivo, como el de un animal, que venía de dentro del cuarto, como una advertencia seguida del propio relámpago doloroso de sus pensamientos.

En su pánico abrió la puerta que estaba justo atrás y se arrojó adentro, la cerró detrás de él, y esperó con todo su corazón, que la niña no tuviese la capacidad mental suficiente para creer que, si él ya no estaba en el pasillo, era porque seguramente había desaparecido mágicamente.

Abraham cayó al suelo y se golpeó su espalda contra un armatoste de camillas apiladas una sobre otra, junto con otro tanto de sillas de ruedas. Abrazó sus rodillas, intentando no gemir, no hacer ruido.

Sintió las pesadas gotas de sudor bajando por su frente.

XIII

1

Estaba soñando, y en sus sueños sabía que se había quedado dormido. De algún modo era perfectamente consciente de eso.

Estaba acurrucado sobre una camilla.

Intentó despertarse, pero era difícil… le tomaría unos minutos. ¿Cómo pasó? Seguramente había sido por las pocas horas de descanso durante la noche anterior, mezclada con sus extenuantes emociones… lo cierto era que la adrenalina y el miedo bajaron, y con ello, pudo escuchar por fin la voz de su propio cuerpo: «Estoy cansado, Abraham».

Incluso desde su sueño, podía sentir el desgaste general… en su caso un dolor agudo como una aguja, que corre entre los brazos y las piernas.

De inmediato, le vino a la mente la niña que había encontrado ahí, en la habitación (eso no fue un sueño, lamentó), también pensó en la otra, en la que usaba muletas y no tenía piernas, la que estaba cuidando a un oso de peluche al que le faltaba un ojo, ojo que parecía observarlo fijamente… todo aquello tenía una lógica, pero cuando despertara esta se desvanecería, como en todo sueño.

Se le ocurrió que la niña que lo intentó atrapar podía estar dentro del cuarto, con él, muy cerca. Extrañamente, la idea no le dio mucho miedo, porque sabía que era solo una traición mental.

Pero cuando la ruleta rusa giraba en su mente, una que en cada número tenía una anécdota negra sucedida en el San Niño («el señor del baño, la niña de las muletas, el niño de los dedos achatados, el pandemonio de la morgue, la niña que se arrastra, el hombre tras la puerta, la mancha en la pared, la voz telefónica… »), lo que dolía más, sin dudas, era saber que «mi papá mató a mi mamá».

Abrió los ojos, por fin. No necesitó parpadear varias veces, ni frotarse... se había despertado lúcido.

Se puso de pie, arrimando una camilla que hizo un ruido desagradable.

La puerta permanecía cerrada y no se escuchaban ruidos en el pasillo.

Le dio un acceso de emoción tenebrosa comprender que no había despertado en su cuarto sino dentro del manicomio.

Se acercó a la puerta, hasta pegar el pecho a ella, conteniendo la respiración, alerta. Así se mantuvo por breves instantes, impaciente, sin captar nada.

Abrió la puerta suavemente y asomó la cabeza. La puerta de enfrente, aquella de la que había salido disparado, estaba cerrada, y dentro, no se escuchaba el más leve sonido.

Suspiró.

Pero Abraham no tardó en observar algo que lo dejó perplejo... porque si bien no se escuchaba nada, eso no quería decir que nada había cambiado.

Las puertas de rejas que daban acceso al área pedregosa de las mazmorras, que antes estaban cerradas con llave, ahora estaban abiertas, de par en par.

Ahí se hallaba él, observando la entrada a una negrura inexorable desde la que se escuchaban goteos suaves.

Se dio media vuelta para observar la puerta que conducía hacia las escaleras que bajaban al primer piso. Era eso, o seguir explorando el manicomio. ¿Qué más tenía que hacer?

«¿Qué más tengo que hacer?».

Aquello sonaba como una disyuntiva estúpida, de esas que se hacen en una película de horror en donde el personaje busca, por todos los medios, que lo maten. Pero en su situación era una decisión lógica. Sin dudas los guionistas de esas malas películas no lo habían tenido en mente, eso seguro, pero desde la posición de Abraham no había otra cosa que hacer, no con su tiempo, sino con su vida. Iba a regresar al hospital («¿para qué?»). Todavía no había conseguido ningún escape del San Niño, todavía no había encontrado nada que lo ayudara a resolver el atolladero en el que se hallaba metido, y aquello, precisamente, había sido el motivo principal de una exploración que, en circunstancias normales, jamás habría realizado.

La comida se le estaba acabando, y también, en cierta medida, su cordura.

«¿Qué más tengo que hacer?».

—Nada más, no tengo nada más que hacer —se contestó, en voz alta.

Y así, empezó a caminar.

3

Susana se hallaba en un estado de coma profundo, pero su cerebro no estaba del todo desconectado, porque podía soñar. Eso es algo común en otros pacientes en coma, es el único enlace con el mundo. Los sueños duran, por lo general, diecinueve o treinta segundos, como mucho —aun cuando parezca que es mucho más.

Mientras un montón de enfermeras pasaban alrededor de ella, y un perplejo doctor se quedaba de pie viéndola fijamente, el mundo (y el doctor) desconocían que, aparte de un tipo inédito de tumor, el cerebro de Susana era partícipe de un evento extraordinario: estaba teniendo sueños que duraban horas.

Por lo tanto, su cerebro estaba perpetuamente activo, mucho más que si estuviera despierta y sana, y eso la estaba agotando (y matando) lentamente.

Los relieves de sus ojos bajo los párpados indicaban que los movía con celeridad, Susana estaba completamente desconectada de todos sus sistemas nerviosos, por eso no podía mover las manos, o gritar en sueños... aun cuando eso fuese exactamente lo que ella estaba haciendo.

Ella gritaba, dentro de sus sueños.

4

Abraham no se sorprendió al descubrir que el área que él mismo había llamado «mazmorras» realmente era eso.

Se movía lentamente, aprovechando toda la claridad que recibía a través de sus pupilas dilatadas, observando las celdas a uno y otro lado. Era, sin dudas, el área donde colocaban a los pacientes peligrosos.

Y hasta ahora todas estaban vacías (gracias a Dios), pero las condiciones en que se hallaba cada una eran deplorables, por no decir que pudo distinguir sangre entre la suciedad repulsiva de algunas colchonetas.

Lo más angustioso era la hediondez… no era olor de excremento o desechos humanos, sino de carne podrida, de vómito, algo nauseabundo que solo hubiese podido arreglarse inundando el lugar con agua hirviendo y mucha lavandina. Y de todas formas, Abraham tampoco podía identificar qué había en el suelo o en la pared de fondo de las celdas. Sabía que estaban allí porque los barrotes emitían cierto brillo con la luz que venía del pasillo.

«Algo tienen que tener todas estas celdas, para apestar así, Dios mío, qué asco», pensó culposamente, en un susurro bajo y contenido; «tengo ganas de vomitar, el estómago revuelto, vómito, yo… ».

Una reja se abrió…

Abraham gimió aterrorizado.

La reja se deslizó lentamente hacia afuera, con un prolongado rechinar oxidado, hasta chocar suavemente contra los barrotes.

El acceso de náusea se desintegró, ahora podía escuchar su propio corazón.

Era ahora o nunca: quedarse ahí o darse media vuelta y correr, gritando.

Abrió más los ojos. El pánico se agolpó como un maremoto eléctrico.

Retrocedió dos pasos, eso era lo mejor que podía hacer estando todavía al mando de su cabeza, esperando con los puños apretados a que algo saliera para perseguirlo. Pero tal cosa no sucedió en los tres minutos que se quedó de pie, aguardando.

«No fue la brisa, no pudo ser la brisa, no, la brisa no entra aquí, no… ».

Y no necesitaba una explicación racional tampoco.

«La maldita reja se ha abierto, y eso es todo. ¿Por qué, por qué, por qué, por qué, por qué?».

Su cerebro —de hombre adulto— no lo dejaba en paz, no podía hacerlo, porque esa es la naturaleza de alguien que sabe qué esperar de las «leyes» del mundo en el que vive, cualquier alteración de ellas puede resultar en pánico, o locura.

«¿Por qué, por qué, por qué, por qué, por qué se abrió?».

—¡No lo sé, maldita sea! ¡Ya deja de joder!

Y la mente dejó de joderlo.

Otro minuto más y todavía no parecía haber nada. Tampoco parecía haber nada dentro, por lo menos hasta donde alcanzaba a ver.

«Está esperando que te acerques, eso es lo que pasa, está esperando que te acerques».

Fue así como Abraham siguió la única idea posible, generada en la bilis que daba vueltas en sus entrañas y no en su cabeza: acercarse.

Ver cómo sus ojos podían dominar el panorama dentro de la celda fue, contra todo pronóstico, tranquilizador: no encontró algo saliendo dentro de ella, y tampoco un par de ojos brillantes observándolo desde el fondo. No había nada.

«Nada que puedas ver... ».

—Te dije que te callaras.

Se asomó en el umbral de la reja. A escasos centímetros de su bota descansaba un charco negro y pútrido. No tenía el valor ni la curiosidad para ponerse de rodillas y ver qué elementos había flotando en él.

Sin embargo, en la pared contigua, había un escritorio (si es que a tales pedazos de madera claveteada podía llamárseles así), disparejo, mohoso, sin nada arriba. Sin embargo, una de sus patas estaba pisando un naipe puesto boca abajo.

Abraham se puso en cuclillas. Temía mancharse el pantalón, así que lo hizo con extremo cuidado y, tanteando suavemente la madera, cuidándose de algún clavo sobresaliente, levantó el escritorio para tomar el naipe.

Por fortuna, estaba seco, y no era algo de extrañar, porque quien sea que haya estado dentro de la celda, se había encargado de mantenerlo así. No tardó en enterarse por qué: en el reverso había todo un párrafo escrito en miniatura, con una letra elegante, negra y corrida.

Estaba tan oscuro, y la letra era tan pequeña, que no había modo en que pudiera leer lo que estaba escrito, pero sin dudas, no lo iba a dejar ahí: lo introdujo en su bolsillo y salió de la celda.

El pasillo «mazmorra» no llegaba a mucho más: adelante se hallaban unas escaleras de caracol, las cuales llevaban a un tercer piso.

Abraham se dio vuelta por última vez, para observar, como ya había hecho dos veces antes, la puerta por donde había entrado, la cual se veía allá a lo lejos, mezclada entre el conjunto de las otras, como un pequeño punto blanco.

Comenzó a subir los escalones, lentamente, escuchando el eco de sus propios pasos.

Allá en el hospital, alguien entró a la habitación de Abraham...

Abraham emergió del suelo, subiendo por las escaleras de caracol.

Todo estaba a oscuras, salvo dos cuadros de luz amarilla, ventanillas de una de esas puertas que se abren en dos.

Cuando la empujó, una luz brillante bañó su rostro.

Era un pasillo más estrecho que el de abajo, con las paredes pintadas de blanco y puertas selladas, con un pequeño rectángulo al tope de estas, hechas para que un vigilante pudiera inspeccionar lo que la persona encerrada estaba haciendo.

De fondo, se escuchaba el pesado ruido de un aire acondicionado.

El corredor era bastante más corto, además. Apenas había cuatro puertas de lado y lado. A un costado, se hallaba un carrito de enfermería, con frascos sin etiqueta y jeringas cuyas agujas estaban envueltas en algodones usados.

«Huele a alcohol», pensó para luego meditarlo mejor: «Apesta a alcohol».

Aprovechó para deslizar el naipe de su bolsillo y observarlo, bajo la potente luz:

> *Es de suponer que los que entran aquí, no salen nunca más.*
> *¿Para qué nos quieren?*
> *Nos alimentan todos los días con ensaladas, verduras.*
> *El otro día Pérez enloqueció debido a ello.*
> *No puedo imaginarme para qué nos quieren,*
> *y Borguild no me da buena*
> *espina. Al verlo a los ojos, lo supe*
> *de inmediato.*
> *No deben descubrir que estoy escribiendo;*
> *gracias a Dios que los ayudantes*
> *son estúpidos.*

8/28/1961
Un criminal, pero no un animal.

Golpe depresivo. Abraham no tardó en sentir ganas de llorar.

No sabía descifrarlo muy bien, y tampoco le importaba, pero era tal vez la caligrafía de aquel hombre, su letra corrida, su buena ortografía, alguien que sabía expresarse bien, manifestando su preocupación e incertidumbre hacia el futuro, hacia uno que Abraham tenía la certeza de que había terminado mal, lo que lo conmovió tanto. Sabía bien qué había sido de aquel hombre… era simplemente una versión adulta de los niños. Se quedó observando el naipe y lo leyó tres veces más, antes de que la voz de su propia conciencia comenzara a funcionar, otra vez.

Introdujo el naipe de vuelta en su bolsillo y respiró profundo. Se sintió como saliendo del cuarto negro y silencioso de sus pensamientos, con los sentidos volviendo a él: de pie ante un pasillo extraño, con sus oídos atormentados ya por el ruido insistente del sistema de aire.

Ahora cabía preguntarse si alguna de las puertas de ese lugar se abriría, tal como en el piso de abajo. Por la apariencia del interior de cada uno de los cubículos que había allí, enfrentarse contra un potencial prisionero de abajo parecía bastante preferible.

Viendo a través del rectángulo de vidrio a la cabeza de cada puerta, lo único que contemplaba era un interior de ladrillos, estrecho, sólido… una invocación a la claustrofobia.

«Aquí tienen que meter a las escorias, a los que se han portado mal de verdad. A los más peligrosos».

Se quedó reflexionando por breves instantes y lo pensó mejor: «Aquí todos se portan mal, todos, menos yo, yo estoy aquí de más». Frotó su bolsillo, suavemente, sintiendo el insignificante relieve del naipe, «aunque tal vez, y solo tal vez, vos te merecés una amnistía».

Caminó lentamente hacia delante, imaginando qué podía haber tras la puerta que, a diferencia de la anterior, no tenía vidrios de ningún tipo. Estaba empezando a acostumbrarse a los pasillos, todo el San Niño, hospital y manicomio, parecía estar construido en base a ellos, eso era algo que había anotado hacía días.

Posó una mano sobre el picaporte plateado de la puerta, y la empujó de golpe. Quería ver primero qué había del otro lado antes de cruzar.

Lo importante, sin embargo, no fue qué apareció del otro lado, sino que Abraham se estaba sintiendo observado, y no era para menos, porque alguien lo estaba haciendo, desde uno de los cubículos.

Giró la cabeza lentamente, hacia su izquierda, sus ojos se encontraron con los de alguien atrapado tras la puerta.

No hubo ninguna reacción, sobresalto o pánico, sino un silencio prolongado y expectante. Unos ojos lo estaban viendo desde el espacio rectangular protegido por un grueso vidrio. Y aquello no habría sido tan malo de no ser por la espantosa, hórrida, inenarrable y húmeda malignidad de esa mirada.

Abraham paseó los ojos rápidamente alrededor de la puerta, como comprobando que fuese lo suficientemente segura para que el sujeto no pudiera salir.

Por el relieve de la cabeza, y de los ojos, Abraham sabía que se trataba de un tipo bastante obeso. Tenía los ante párpados inyectados de grasa.

«Hombre gordo atrapado», pensó sintiendo los cosquilleos de la irrealidad, o quizá el enardecimiento.

«No, no voy a hablarte. Lo siento mucho, amigo, lo siento».

En un solo sentimiento, Abraham sabía que se habría desesperado de angustia intentando abrirle la puerta a una persona que estuviese adentro, rogando por escapar, pero no a alguien así. Sentía cosquilleos en el estómago, otra vez la sensación vacía de la irrealidad. Si el aura existiese, si tan solo fuera real, entonces Abraham la había acabado de captar. Era un sujeto malo. O un espectro malo.

Y este no dejaba de mirarlo.

—Adiós.

Antes de cruzar la puerta, giró la cabeza, para volver a verlo.

—Adiós…

Se coló por la puerta, desobedeciendo su propia regla de mirar qué había al frente antes de pasar. Para cuando se dio cuenta, se hallaba de pie ante una sala enorme, y extrañamente vacía, con sillas aquí y allá, y una mesa llena de telarañas.

Al frente se hallaba una ventana panorámica alargada, con vidrios tan sucios que no se podía ver qué había en el exterior, pero al menos dejaban que se colara una diáfana, clara pantalla de resplandor blanco.

A su paso, las botas de Abraham no dejaron huellas sobre el crujiente piso de madera porque sus suelas estaban repletas ya de inmundicia.

Eso por no decir que cada vez que respiraba sentía que les quitaba a sus pulmones un año, al menos… y el cristal de sus anteojos ya acusaba el polvo, también. Tuvo que utilizar una mano como mascarilla.

«Cómo pudo acumularse tanto polvo, Dios santo, qué asco, esto tiene que llevar años cerrado».

Habría sentido incluso lástima por la niña del primer piso, la «rastrera».

—Me da asco… —musitó, para sí mismo.

Se acercó al ventanal y colocó el antebrazo sobre el vidrio, intentando apartar un poco la suciedad.

Justo cuando esperó ver montículos de nieve, árboles, al hospital en relieve, y la salida del San Niño, todo ello en un panorama muy preciso, Abraham encontró algo mucho más particular: nada. Tras el vidrio no parecía haber nada.

Se llevó una mano al pecho, masajeando el área cercana al corazón.

«Lamento que tengas que estar trabajando tan duro últimamente, pero no hay nada que podamos hacer para evitarlo», se dijo.

«Si rompo el vidrio, ¿qué pasará? Nada, es seguro que solo está sucio por dentro. Sucio por dentro… no, eso suena estúpido, tiene que estar sucio por fuera, por eso es que no podés ver nada… esto no es un portal hacia otra dimensión si es eso lo que querés pensar, dejate de joder ya».

—No, vos dejate de joder ya.

Se dio media vuelta, viendo hacia atrás, a la puerta.

«Tranqui, el gordo maniático sigue encerrado… pero es bueno que hayas echado un vistazo. Deberías buscarte un buen tubo de hierro, puede hacerte sentir más seguro».

Tuvo que cerrar los ojos para que los párpados ayudaran a humedecerlos. El polvo lo estaba irritando. Para cuando saliera, la nieve no sería suficiente para refrescarse, ni mucho menos.

Del lado derecho de la sala se hallaba otra puerta, muy parecida a la anterior. Al asomarse por las ventanillas, Abraham se dio cuenta de que en el interior había otras escaleras de caracol, muy estrechas.

Movió los ojos e hizo repaso mental de todo lo que había recorrido, desde la entrada del manicomio hasta ese punto.

«No quiero perderme», pensó, «y eso puede ser exactamente lo que me va a pasar si me distraigo un segundo».

Por un momento se le ocurrió que, al momento que intentase salir del manicomio, la configuración interna de este cambiaría por completo, confundiéndolo y atrapándolo, como un nepente.

—Bueno, ya pensé en esa posibilidad, ahora tendrás que idear una forma más original para hacer que me pierda —musitó, mirando hacia arriba.

No pasaron tres segundos sin que se arrepintiera profundamente de ello.

Suspiró y cruzó la puerta que tenía frente a él. Tanteó en la oscuridad el pasamanos de las escaleras y empezó a subirlas.

«Cuarto piso», pensó.

7

Lo que se encontró después del último escalón fue una pequeña portezuela de hierro, como las que utilizan en los cines para salidas de emergencia. Por un momento, Abraham temió que estuviera cerrada con llave (porque ser inaccesibles es el mensaje intrínseco de ese tipo de puertas) pero por el contrario, estaba abierta. Hundió la palanca sin ninguna dificultad.

No le extrañó encontrar un pasillo.

Sin embargo, este tenía una particularidad extraordinaria: todo era madera, con macetas y plantas artificiales de colores extravagantes a los lados, y cuadros que mostraban figuras que parecían magnates en pleno exceso, con sus trajes, sus cadenas de oro, e inclusive sus monóculos. Sobre el techo colgaban dos complejas y acicaladas lámparas de cristal.

Al final, había una enorme puerta de madera.

Abraham posó el oído sobre ella, esperando escuchar algo del otro lado.

Pero todo estaba en silencio.

El rechinar de la madera y las bisagras se le hicieron infinitos, y sobre todo, le hizo temer que algo le saltara desde adentro.

«Ya, por favor, no ha pasado nada antes, y no va a pasar ahora».

En efecto: no sucedió nada. Sin embargo, no esperaba encontrar una biblioteca… pero ahí estaba: los altos muebles, llenos de libros, hacían un semilaberinto en la sala.

Muy diferente del piso de abajo, ahí había enormes sillones forrados de mullido cuero, un escritorio cómodo con una lamparita verde clásica y un portabolígrafos elegante. Varios sofás, distribuidos generosamente. Abraham pensó que ese debía ser el lugar donde los doctores se reunían a leer o pasar el rato.

Los estantes estaban llenos de libros de medicina y psicología de todos los tipos, había enciclopedias.

Respiró suavemente, viendo a su alrededor, como un animal que de pronto ha salido a un lugar completamente extraño, y llenó sus fosas nasales con el olor del cuero.

Cercana a la pared, casi inmediata a la puerta, se hallaba la escribanía, y sobre la madera laqueada y pulida del escritorio el inmenso libro de registro, abierto por la mitad.

Abraham se sentó sobre el sillón más grande y —aunque le costó una enormidad— intentó ponerse cómodo.

—Che, todo lo que te falta es tabaco y unas pantuflas —le dijo alguien.

Pegó un salto y se dio media vuelta.

El hombre que estaba acurrucado allá, al fondo de un estante, en la oscuridad, con una bata blanca, y los cabellos grasientos, desordenados, se echó a reír.

—Hola, Abraham...

Le temblaron los labios, antes de poder articular:

—¿Gianluca?

—... Siffredo. Es un gusto saber que todavía te acordás de mí, pe-lo-tu-do.

Dicho esto, sonrió como una alimaña.

—Creí que te habían matado.

—Sí, bueno...

—Murillo me dijo...

—¿Murillo? —interrumpió—. ¿El doctor Alberto Murillo? No, ese no te dijo nada... es un idiota. Acercate, vamos a charlar.

Por el contrario, Abraham retrocedió un paso.

—¿Dónde estuviste?

—Acá, en el manicomio... lamento haberme ido sin avisar, pero supuse que te las arreglarías solo.

—Gianluca, ¿qué está pasando acá?

El hombre itálico giró sus enormes ojos verdes de un lado para otro, como un loco.

—¿Acá? ¿A qué te referís?

Aquello diezmó un porcentaje inmenso de su paciencia.

—¡Al hospital, carajo! ¡A todo!

—Acá no está pasando nada, Abrahamcito.

—Mirá, maldito enano hijo de puta, por si lo querés saber tengo suficientes pruebas para que a la mitad de las personas que trabajan acá las echen en cana hasta que sus huesos se pudran. Decime qué está pasando en esta mierda, Gianluca, decímelo ya.

El hombre se echó a reír, poniéndose de pie lentamente, con visible dolor...

—Estás de mal humor...

No había palabra suficiente que Abraham pudiese emplear como respuesta, pero no hizo falta, porque Gianluca Siffredo ya estaba maquinando decir algo, mientras respiraba, con aparente dificultad.

—Te equivocás, acá nadie va a ir en cana.

Tuvo ganas inmensas de rebatir eso, pero el hombrecito, que a diferencia del bronceado con el que lo había conocido, lucía ahora una piel lechosa, blanda y fría, tenía algo más importante que añadir:

—Nunca nadie ha ido, nunca nadie irá. Vos no vas a salir de acá, Salgado.

—¿Te está pasando lo mismo que a mí?

La contestación fue una sarta de risitas flemáticas, como pedazos diminutos de vidrio derramándose en el suelo.

—No, no me está pasando lo mismo que a vos, muñeco. De todos, sos el más imbécil... vos solo estás atrapado acá.

—No me llames imbécil por no estar involucrado, repulsiva bolsa de mierda.

—Oh, ¿vos también lo sabés?

—Lo sé.

—Oh...

Siffredo asintió varias veces con irónica condescendencia, el ceño estirado y las comisuras de la boca hacia abajo. Abraham deseaba saber qué cara pondría antes de arrojársele encima para partirle el rostro. No le faltaba demasiado para hacerlo...

—Tenés solo la mitad de la galleta, Salgado —dijo por fin.

—¿La mitad?

—Y sí...

—¿Y cuál es la otra mitad?

—La que tengo yo.

Abraham se quedó en silencio, a lo que Gianluca sonrió, poco a poco, formando arrugas espantosas en su cara.

—Sos un morboso… te gustaría saber de qué se trata, ¿verdad?

No se dignó a contestar.

—La otra mitad de la galleta es lo que estuvo pasando del otro lado del San Niño, en el hospital, y es casi tan grande como lo de los órganos…

—¿Qué es?

—… solo lo sabía yo, y pocos más. Murillo no tenía ni idea. Pero eso no importa, después de lo que hizo, tendría que tener cojones para escandalizarse con lo que pasaba en el tercer piso del hospital. ¿Alguna vez llegaste a entrar a una de esas habitaciones, Abraham?

—No.

Pero de pronto, recordó a «Victoria», la niña de las muletas, el oso de peluche… el…

—Sí, sí entré.

—¿Te pareció una habitación de hospital?

—¿Una qué?

Gianluca se echó a reír.

—Qué pelotudo que sos, chabón… tal vez por eso acabaste así, de suplente de enfermero. No me da lástima que estés atrapado acá, ¡gil!

—¿Qué estuvo sucediendo en el hospital?

—Andá y averigualo vos mismo. Andá al tercer piso y entrá a cualquiera de las habitaciones… te vas a dar cuenta.

—¿Y qué va a pasar con vos?

Gianluca se quedó en silencio, viendo fijamente a Abraham.

—¿Qué va a pasar conmigo?

—Ya me oíste, gordo de mierda.

—Yo no voy a hacer nada, yo…

—Después de todo lo que hiciste, te tiene que pasar algo.

Abraham empezó a pasear la mirada por toda la sala.

—¿De qué hablás, Salgado?

Pero su interlocutor se había dado media vuelta, sin decir nada, limitándose a buscar. Rodeó el sillón que tenía detrás de sí, viendo hacia todos los extremos.

Finalmente, como caído del cielo, Abraham encontró algo que le serviría.

Dentro de una hielera vacía sobre el mueble de agasajos, había un largo y delgado picahielos sobresaliendo a un extremo; lo extrajo y lo observó de cerca, con ojos vidriosos.

La montura de sus anteojos brillaba con el suave destello del utensilio.

—¿Te soy honesto? Jamás pensé que haría algo así. Pero tener curiosidad tuve, basura. Pedazo de mierda. Hijo de puta asqueroso. Malnacido.

El rostro del hombrecito se transformó de inmediato, sus cejas se dispararon hacia arriba.

—Pará…

—Acabás de confesar que lo hiciste, PE-LO-TU-DO.

—Yo solo hice lo que el doctor Borguild me dijo que hiciera.

—Razonás mal, gordo infeliz.

Se echó al suelo y recogió sus piernas, apoyando las manos en el suelo, abriendo bien los ojos.

—¡Yo solo sabía! —gimió.

—Sí, y no hiciste nada.

—¿Estás loco? —reclamó, riéndose, con un rostro más pálido que antes—. ¿Qué iba a hacer?

—¿Llamar a la policía, tal vez?

—¡La policía estaba con ellos, anormal! ¡Borguild… !

—… conocía a un oficial, sí —lo interrumpió Abraham—: Pulasky. Lo sé. Lo leí. ¿Pero sabés qué? Me chupa un huevo.

—Alejate de mí.

Abraham caminó dentro del angosto corredor formado entre los muebles llenos de libros.

—No te vas a atrever, Salgado, dejame en paz.

—Hasta hace poco estuve jugando con la idea de suicidarme. ¿Qué más hiciste?

—Nada más —chilló, abrazándose a sí mismo como un niño—. Yo no hice nada más.

—Y el Papa no caga, ¿verdad? Decime, y prometo que no te voy a hacer daño.

Abraham solo pensaba que era emocionante el haber jurado que sería capaz de hacer «algo a alguien», allá abajo, cuando había descubierto a los niños enfrascados, y que en verdad lo iba a llevar a cabo.

Sin embargo, no se trataba solo de los niños envasados, había mucho más que eso.

Levantó el brazo, con el picahielo apuntando directamente a los hombros de Siffredo, cuyas manos temblaban.

—Si me decís no te voy a hacer nada.

—Estás mintiendo, Salgado —chilló, llorando—. Te volviste loco, lo puedo ver en tu cara. Te volviste completamente loco.

Era demasiado obvio que no se iba a ir sin hacerle nada. Más que en los niños envasados, estaba pensando en la humillación que le había hecho sentir aquel día... aquel día cuando todo empezó. Pero eso no importaba, porque Abraham conseguía camuflar muy bien todo entre un maremoto de recuerdos.

El hombrecito metió la cabeza entre los brazos, con los ojos cerrados, arrugando la cara.

—Yo solo le hice daño a un niño —explotó por fin.

Pero gemidos y llanto, lo que salió de esa frase fue un pálido «o lo ce año a un iño».

—¿Qué le hiciste?

—Borguild me pidió que lo hiciera.

—Yo no te pregunté por Borguild, nadie está hablando de Borguild. Siffredo, estamos hablando de vos. ¿Qué hiciste?

—Estaba... —dijo, moviendo su mano circularmente, como si estuviese pintando en el aire con un crayón de cera—. Rayó una pared. Hizo una mancha enorme.

—Ya dejá de llorar, pelotudo de mierda. ¿Y qué pasó?

—Borguild me pidió que le aplastara los dedos con una mandarria. Los deditos... dijo que eso le iba a enseñar.

Se limpió las lágrimas con la palma de sus gruesas manos, tenía los ojos hinchados, y los hombros iban y venían al compás de su pecho.

—Se murió del dolor —puntualizó—. No soy un médico, no sé nada, pero se murió al cabo de tres días. Yo pienso que fue el dolor.

—Yo conozco a ese niño.

Los inmensos ojos de sapo lo observaron, con gesto sorprendido.

—Ha vuelto a dibujar la mancha sobre mi pared...

La cara de Gianluca Siffredo se contrajo de horror.

Abraham se hallaba más que dispuesto, pero solo faltaba una cosa accesoria... decir algo. No se le estaba ocurriendo nada.

—Te toca.

Se dejó caer de rodillas, abalanzando el picahielo contra el cuello del hombre. Una y otra vez, sin parar, hasta quedar empapado en sudor. Al cabo de varios minutos, lo que reposaba en el suelo, en posición fetal, no era ya la figura de un ser humano sino un muñón rojo y empapado. Abraham, sin embargo, continuó castigándolo, levantando nuevos chorros de sangre, despellejando la ropa y la piel, hasta que cayó agotado.

XIV

1

Antonella Messina se hallaba en la estación de Retiro con una mano haciendo sombra sobre su frente, buscando un ómnibus que no acababa de aparecer y que tenía ya treinta minutos de retraso.

A ella no le molestaba en lo más mínimo, era demasiado dulce como para que los axiomas típicos de la *city* la molestaran. No se dejaba agobiar por muchas cosas, no se dejaba entretener obsesivamente por la pantalla de arribos.

Y de hecho, más que agobiar, no permitía que muchas cosas tomaran un lugar lo suficientemente importante como para ponerla en un cuadro de estrés cotidiano, mundano. La única excepción ineludible era su profesión, no solo porque se trataba de su brújula en la vida sino también porque eso sí se lo tomaba en serio.

A ella se habían referido una vez como «anacrónica» porque tenía ese tipo de rostro que se asocia a épocas muy pasadas, y el hecho de que a menudo la llamasen «Karen» (por su impresionante parecido físico con el otrora personaje de *Will & Grace*, cuando estuvo de moda) no hacía sino echar más leña de aquellos comentarios que se habían convertido en muletillas, porque la mayoría sentía que había poco de qué hablar con ella.

Antonella debía pertenecer a ese extraordinario porcentaje de mujeres que no soñó nunca con ser figura pública de algún tipo. Ni actriz, ni cantante, ni *entertainer*, ni *influencer*, ni *youtuber*, nada. Nunca acarició tal idea en una sola de sus fantasías; no era lo suyo, y si algo le sobró desde que era joven, era tener los pies puestos donde los debía tener.

Su cara era circular y su cuerpo tenía ineludibles redondeces. Más de uno, sin pena, se había referido a ella como «gorda linda». En sus ojos y cabellos negros, siempre recogidos hacia atrás, había sonrisas. No solo era capaz de hacerlo con los labios.

Su barbilla circular se acentuaba cuando movía la boca. Sus manos delicadas sujetaban el equipaje de mano, que era un bolso antiguo y de aspecto esponjoso. Como una especie de monedero enorme.

Cualquiera hubiera pensado que verla en medio de una guerra hubiese sido la cosa más cruel del mundo, quizá incluso descabellada. Noción incorrecta: atender a una larga cantidad de heridos habría sido lo que mejor se le hubiese dado hasta desfallecer. Antonella era fuerte, aunque no lo aparentaba. También pertenecía a esa reducida cantidad —no de mujeres, sino de seres humanos en general— que podía ver la carne y lo que había dentro de ella sin inmutarse.

Ahí llegaba finalmente el ómnibus, ese que la llevaría al sur. Hubiese querido pagarse un boleto de avión, pero al meditarlo bien, concluyó que no tenía prisa, y que si bien no preocuparse por los disgustos de la Argentina no era óbice para saltar en una piscina llena de problemas, Aerolíneas Argentinas le habría causado un par que no había por qué no evitar. Tenía unas muy largas vacaciones por delante (si a dos semanas podía llamárseles largas vacaciones). El jefe de médicos, «su» jefe, había sido algo egoísta: ella le había dicho que necesitaba solo una semana, no tenía nada más interesante que hacer (ni ahora ni nunca), pero él insistió en darle dos, porque le pareció que con eso estaría más contenta. Era uno de esos tipos que no podía entender a las personas como ella.

Se había convertido a los treinta y tres años en la jefa de enfermeras más joven del hospital, y además una de las más jóvenes en toda la historia de la ciudad. Bajo su mando había alrededor de cuarenta colegas, muchas de ellas le sacaban bastante edad. Pero a la mayoría no le importó nunca, porque después de todo no hacía falta echar las cartas para verlo con claridad: Antonella había nacido para ello. Antonella sabía de todo y resolvía cualquier problema. Antonella era el jodido milagro ambulante del hospital Buena Ventura, quizá el primero de su clase en setenta y nueve años.

Y ahí se hallaba, como hipnotizada, viendo al logo del águila dorada pintada en la superficie del ómnibus.

Uno que la llevaría de Buenos Aires a la provincia de La Pampa, y de ahí a la provincia de Río Negro. Entonces tomaría un autobús hacia su destino final: Valle de la Calma.

El lazo que la unía a ese lugar era extraño; ahí había nacido ella, pero a la hora de la verdad, para la mayoría, eso significa poco.

La habían dado a luz en la casa Messina (su madre no quiso ser trasladada al hospital más cercano, se resistió con ímpetu formidable, las atenciones y necesidades del bebé serían atendidos en casa, pues así lo había previsto y planificado).

Su mamá tenía un carácter extraño, pero fue una excelente mujer, y una grandiosa madre, mientras duró. Ahora, a su edad, Antonella la recordaba con un nexo poderoso y especial. Habían muchas preguntas sin respuestas, pero eso no importaba ahora: a la edad de Cristo empezaba a tener dudas que no deberían haber aparecido sino hasta quince años después… cuando uno empieza a tomarse en serio, por primera vez, que la vida tiene un ocaso y que nada dura por siempre.

En su caso, iba a desquitar esas dudas existenciales visitando la casa donde había nacido, el lugar donde todo había empezado.

Ahí, donde había vivido por dos meses hasta que estuvo lo suficientemente estable como para ser sacada de Valle de la Calma rumbo a casa de la tía en Buenos Aires, casi de contrabando. La señora Muriel Messina no tenía intenciones de que su hija creciera en el pueblo, y todo lo que Antonella sabía era que, si no se había marchado para darla a luz en Buenos Aires en primer lugar, había sido por fuerzas mayores a ella.

¿Cómo? Eso no importaba ahora, esas iban a ser por siempre preguntas eternas, su madre había tenido sus razones y sus problemas; eso era todo lo que necesitaba saber. Había sido una buena mujer.

Los recuerdos y los nexos eran una razón accesoria que alfombraba la causa de más peso para el viaje: Antonella necesitaba dar testimonio ante el departamento de hacienda local de que la casa pertenecía a su madre, y que, por lo tanto, ella ahora era la propietaria. No quería perderla, porque tal vez, algún día, tendría necesidad de ella. Podía ser para su retiro, al jubilarse, o bien podía inclusive venderla.

Y sí, también estaba eso: sacar todas las cosas de importancia de ahí, todos los «nexos» de su madre.

El problema era que la difunta señora Messina no había dejado en el testamento que esa casa le pertenecía ahora a Antonella (ni a nadie), ni tampoco hizo ningún esfuerzo por venderla… a decir verdad, Muriel se había desentendido de ese lugar en todo lo que le restó de vida.

Se había informado muy bien por el hermano de un doctor, que era abogado, de que cuando este tipo de situaciones suceden, todo entra en un hoyo negro legal. Sin embargo, el Estado en sí no parecía interesarse mucho por Valle de la Calma. Así que su antiguo lugar de nacimiento estaba destinado a convertirse en un punto muerto, una dimensión desconocida, como muchas que hay en la Argentina.

Quedarse con la casa sería un accesorio, un premio mayor. Pero era improbable. Por eso, se iba a llevar todo lo que había pertenecido a su madre, al menos las pequeñas cosas. Eso nadie podía quitárselo.

Y las dos semanas de vacaciones que tenía por delante (su último día de trabajo había sido el domingo, ella no perdía el tiempo) los dedicaría a poner ciertas cosas en orden. Cosas viejas.

Como alguien que muchas veces sintió en la carne ese lazo, ese vínculo especial con la madre (muchas veces en sueños, muchas veces, de forma acentuada, al despertarse por la noche), Antonella tenía, desde luego, curiosidad por saber cosas con respecto al tema con el cual la tía Adriana siempre se ponía pesada: ¿por qué su conducta tan extraña con respecto al pueblo natal? Muriel se había pasado toda la vida evitando ese tema con tal celo que se lo había llevado a la tumba. Con eso pensó, tal vez, que mataría el secreto, por eso Antonella se sentía mal al pensar en ello, porque estaba haciendo algo que posiblemente su madre no querría que hiciera. Peor, estaba jugando sucio...

Pero tal vez eran solo «cosas de ella», cosas de mujer mayor. ¿Se había ido por un hombre? ¿Por un altercado? ¿Por un problema grave? Eso no tenía importancia: «Ya han pasado treinta y tres años, no hay mal que dure tanto tiempo», creyó.

El sonido del motor la sacó de su mundo: el ómnibus arribaba.

Quería estar en el andén para aquel momento. Era la primera vez que viajaba en ómnibus, y quería sentir en ella toda la experiencia del viaje, inclusive verlo llegar.

La brisa fue lo suficientemente fuerte como para tirar su bolso de mano.

De toda la gente que estaba esperando en el andén, ella fue la primera en abordar, mientras el resto hacía fila, para dejar todos sus pesados equipajes con el acomodador.

Antes de entregar el boleto, se dio media vuelta para observar el relieve de Buenos Aires, por última vez.

Tal vez aquellas sí serían unas largas vacaciones.

Abraham se despertó, lentamente.

Estaba consciente de que se había desmayado, el problema era que no sabía exactamente por cuánto tiempo.

Levantó la cabeza y luego el torso, viéndose empapado de sangre. Sus reacciones se empezaban a manifestar lentamente. Al lado de él, reposaba el cadáver de lo que alguna vez había sido su jefe.

Se sabía a sí mismo un asesino. ¿Qué sensación dejaba aquello? Era difícil explicarlo, porque el sentimiento más primario, más próximo que se tiene es la histeria, por lo menos en un chico normal, como él, una mezcla amarga entre «¿qué he hecho?» y «me va a atrapar la policía».

Pero esa última posibilidad no estaba presente (ojalá lo estuviera).

Y además: había sido premeditado. Dejémonos de joder. Lo había asesinado a sangre fría. Hubo una conversación coherente antes de ello. Y una intención tácita.

Así que ¿qué quedaba? No lo sabía. Aquello era como cuando perdió la virginidad, se sentía ingrávido, como si hubiese cruzado a otra dimensión.

«Maté a alguien». Y vaya forma de hacerlo.

«Ahora sos como papá, Abraham… exactamente como papá».

—Callate.

Se vio las manos. La sangre no había salpicado entre sus dedos tanto como en sus brazos. Sus anteojos, que por supuesto, se le habían caído, habían ido a parar a la espalda de Gianluca.

Los recogió, con delicadeza. Uno de los cristales goteó sangre. Comenzó a limpiarlo con su remera, ayudándose con el dedo pulgar.

Vio de un lado a otro. Todo seguía igual en la biblioteca.

Luego observó el cuerpo. La espalda casi jorobada, al rojo vivo, de lo que alguna vez había sido un ser humano.

Se apoyó en una mano para ponerse de pie. Pensó en si debía llevarse el picahielos. Le podría servir como un arma: ¿o quizá, por instinto, pensaba en no dejar ahí la prueba del delito? Un solo pensamiento bastaba para tomárselo con desenfado; eso no importaba, no importaba para nada, «vuelvo y repito, nadie vendrá a buscarme en este lugar».

Respiró como si estuviese esnifando algo y se limpió el costado de la frente con el reverso de la mano. Sentía que necesitaba un baño.

Se palpó el bolsillo: no, no se había mojado de sangre la libreta de Murillo, con sus inenarrables confesiones. Esa era la prueba que lo ayudaría a justificar ante sí mismo lo que había hecho, aun cuando en sí, haberlo hecho se sentía como... tener la necesidad de oler un marcador y en respuesta inyectarse heroína.

Ni esa nota ni la culpabilidad de Siffredo serían justificativos. Pero al menos, alegar las barbaridades cometidas le brindaba alivio en la cabeza.

Observó la hielera plateada de donde había sacado el instrumento afilado. Estaba volcada en el suelo, acompañando a varias otras cosas derramadas.

Pero eso no tenía importancia ni significaba nada; lo que le llamaba la atención estaba ahí, cerca del cubo; era una libreta, una como la de Murillo, pero ahora de cuero negro.

De entre todo el regadero de cosas, eso fue lo que captó su mirada.

Y sí, había que pensar en ello, porque era inevitable... claro que lo era; el manicomio se manifestaba otra vez. Era como antes, exactamente igual; aquello no era accidental, aquello había sido puesto ahí para que él lo encontrara, y... y...

Fue hasta allá y la recogió del suelo.

En el momento que levantó su dedo pulgar para abrir la tapa y empezar a ojear las páginas, entendió qué era ese tapujo, ese algo que luchaba por llegar a la palestra de su cabeza, y... y...

Levantó la muñeca y observó la hora, sintiendo ya un ardor horroroso en su cabeza... porque Abraham sabía bastante bien lo que estaba pasando, o más bien, lo que estaba por pasar...

Eran las seis menos veinte de la tarde.

—¡DIOS MÍO, NO!

En cualquier segundo comenzaría a oscurecer: ¿no se lo había advertido la nota, la nota debajo de la cama?

«¿No dejes que la noche te agarre en el manicomio?».

¿Eso era lo que decía, justo antes de la posdata? No estaría en la seguridad de su cuarto para...

«Para evitar ser ¿comido, destrozado, descuartizado? Por el ente que estaba detrás de tu puerta ayer, cuando tomaste la nota... Abraham, él está acercándose ahora, de hecho, está aquí contigo, en la biblioteca, contando los segundos».

—¡NO, NO!

Salió disparado contra la puerta, abriéndola de golpe. La oscuridad del pasillo lo aterrorizó, hasta el punto de no sentir los zapatos en el suelo, pegando alaridos.

«¡DIOS MÍO, CÓMO PUDE SER TAN ESTÚPIDO, CÓMO PUDE HACER ESTO, CÓMO PUDE, CÓMO PUDE…!».

Bajó por las escaleras de caracol, golpeando la cadera repetidamente contra el barandal, estrellando su delgada carne contra el hueso de la cintura. Pero eso no importaba, ningún dolor importaba ahora, su corazón era una tormenta enferma…

Escuchó el estruendo de la puerta de arriba: ¡alguien la había abierto! ¡No era una alucinación! ¡Alguien la había abierto de verdad! ¡De verdad, verdad!

«Ya empezó a perseguirte, Abraham, la cagaste, la cagaste».

—¡NO! ¡NO! —chilló, seguido de un grito de histeria.

La sala polvorienta estaba casi totalmente oscura, salvo por la luz parpadeante que venía del pasillo, la del gordo loco encerrado. Abraham no podía pensar en él, no podía pensar en nada más que el instinto animal, sobrenatural, de salvarse.

Corrió a través del pasillo y se arrojó contra la puerta.

«Tan tan tan tan tan tan tan tan tan», el ente venía bajando las escaleras de caracol de la sala de atrás. Estaba corriendo también. Lo escuchó perfectamente bien.

No eran alucinaciones, era real, lo escuchó, lo escuchó, lo escuchó…

«¿Abraham, por qué no hacés lo único que podrías hacer ahora? Detenete, no podés escapar. Detenete y hacele frente, luchá. No sigas escapando. Deberías darte la vuelta y verlo… va a ser horrible, sí, pero no podés escapar, no podés…».

Alzó otro grito despavorido, bajando a su vez las escaleras que llevaban al segundo piso: el de las mazmorras.

Se le ocurrió esconderse en una de las habitaciones del pasillo contiguo, tal vez en la misma que usó para huir de la niña («huir, huir, huir, huir») pero sería inútil; «aquello» no era tonto, no era la niña… y podía percibirlo.

Corrió por el pasillo, las rodillas casi le llegaban al pecho, y los brazos se zarandeaban para arriba y para abajo.

Jadeaba, gemía, su pecho emitía vibraciones agudas, y sus anteojos estaban empañados, Abraham se los sacó de la cara y los arrojó al suelo, dejándolos atrás.

Abrió la última puerta y salió a la boca de lobo que eran los escalones que lo conducían al primer piso. No se tomó la molestia de bajarlos: saltó directamente.

«Aquello» venía corriendo ya por el pasillo, en cuestión de nada cruzaría el umbral de la puerta que él casi había derribado. De hecho, había creído escuchar cómo pisaba sus anteojos…

Abraham salió disparado por la sala de abajo. Por un segundo aterrador pensó que se lastimaría el tobillo con la caída, pero no sucedió.

Pero, horror, le pasó aquello que tanto temió: se tropezó con un charco de sangre y resbaló por el suelo, directamente hasta la puerta de salida, la cual hizo un ruido seco, cruel, con el sonido de su cabeza.

Los tablones de madera podrida salieron disparados hacia afuera.

—¡DIOS MÍO! —bramó, gritando— ¡DIOS MÍOOO!

«ESTÁ MUY CERCA, ABRAHAM, MUY CERCA, TAL VEZ YA PUEDE VER TU ESPALDA».

Se le ocurrió, muy profundo dentro de su propia mente, lo paradójica que era la forma en que las cosas habían terminado en el manicomio. Se preguntó, por un instante, cómo era posible que lo que nunca tenía que pasar pasara. Que la primera advertencia de la nota sería lo que al final lo condenara.

Saltó por la nieve como un conejo, echó un vistazo al cielo: en efecto, ya había oscurecido.

«Cómo pude dejar que pasara esto, cómo pude dejar que pasara esto, cómo pude dejar que pasara esto, cómo pude… ».

Fue dando saltos, usando hasta lo último de su energía, con los brazos extendidos por el aire. Cualquiera que hubiese visto la escena se hubiera reído, tal vez, pero en realidad hubiera gritado, hubiera gritado despavorido, hubiera sido presa del pánico más aberrante y enloquecedor, al verlo… al ver aquello que lo estaba persiguiendo, acercándosele gradualmente, moviéndose más hábilmente sobre la nieve que él.

Saltó dentro de la vitrina rota del hospital, su frente se encontró con varios pedazos de vidrio que sobresalían de la parte de arriba. Los rompió de cuajo, pero no sin pagar un precio. Empezó a sentir su propia sangre sobre las cejas.

«Irresponsable, idiota, idiota, imbécil, irresponsable, irresponsable, asesino, idiota, irresponsable».

Vomitó otro alarido, Abraham pateó la puerta doble y empezó a subir las escaleras, de cinco en cinco.

Su cerebro estaba hecho un caos. Un horror. Pensó en la roca madre, la roca de la locura, del suicidio, el punto del suicidio. Pensó en su padre, pensó en Susana, en su hermano, en escenas de su adolescencia, y luego en su niñez y su madre, y luego todo se borró cuando un corrientazo de horror lo trajo de vuelta...

Salió por el pasillo, divisó su puerta entreabierta. Las lámparas estaban encendidas... el espectro ya estaba en el pasillo, sus pisadas tenían un peso formidable.

Abraham empujó su puerta y la tiró al frente, cerrándola de golpe.

Cayó de rodillas, llorando.

Arrojó la libreta de cuero negro contra la puerta, la cual rebotó y cayó abierta sobre la alfombra.

La sombra del espectro podía verse bajo el resquicio de la puerta.

—¡Hijo de puta, mamón! —bramó, sollozando.

3

Hora y media después, Abraham estaba en estado de shock. No quería ensuciar su propia cama, así que estaba tirado en el suelo, respirando con fuerza, desnudo.

Tenía la mente en blanco; el horror puro se arremolinaba en torno a su cabeza como un huracán. No había nada coherente: «Casi me matan, casi me matan, casi me matan, casi me matan, casi me matan». Y en un lugar mucho más pequeño: «Asesiné a una persona», y no solo eso, sino que para hacerlo se ayudó de un picahielos, y ¿qué más? Oh, sí: todavía no había esperanzas de escapar del San Niño... no, nada que ver...

Sin embargo, su dominio sobre la información era otra cosa, y eso le podría dar mucho qué pensar. Abraham lo sabía, lo sabía bien; el problema era que aun después de eso, la resaca del asesinato, y de su situación, permanecía embotándolo por completo, agotándolo mentalmente.

Se sabía, a sí mismo, a un paso de la locura.

Locura que, por cierto, no sería ningún alivio, porque aun los locos pueden sentir terror.

Oficialmente, el San Niño había tratado de matarlo, por primera vez, hoy, en la noche.

Levantó la cabeza, viendo entre los dedos de sus pies al resquicio de la puerta. No había sombra alguna, el espectro se había marchado.

Volvió a apoyar la cabeza en el suelo.

Intentó enviar algo de oxígeno extra a sus pulmones, respirando profundo… de ese modo su corazón se calmaría. Estaba seguro de que esa noche no iba a dormir y el día de mañana no guardaba esperanza alguna. Todo el mal volvía a su cauce natural.

Se levantó del suelo, sentía dolor en la espalda, y sus músculos estaban agotados. Su cuerpo tenía ganas de dormir, pero su mente no se lo permitiría, de ninguna manera. Abraham no tenía forma de saber qué era conveniente para él. Sus pensamientos estaban demasiado alejados de cualquier cosa racional. La comida tampoco suponía un problema: no tenía hambre.

Caminó lentamente hasta el baño y encendió la luz.

Su cuerpo estaba húmedo, la sangre de Siffredo había traspasado la ropa y, además, hasta hace poco había estado empapado de sudor.

Se dio media vuelta, observando la pared sobre su cama: la mancha ya no estaba ahí.

—Supongo que ya no tenés nada que decirme… —musitó, con un hilo de voz—. Eso está bien. Siento si te hice sentir mal, cuando me asustaste. Lo siento mucho. Lo siento mucho…

Empezó a llorar, otra vez. Sus ojos estaban cansados… muy cansados.

Hablando del tercer piso, Gianluca le había dicho que ahí estaba «la otra mitad de la galleta, la otra mitad de la galleta, la otra mitad de la galleta, PE-LO-TU-DO», lo habría anotado, de haber podido. No quería olvidarlo, aquella revelación era similar a la nota que había recibido ayer. Su nueva incursión podría remontarse a solo dos pisos arriba del que estaba. Eso era mejor que volver al manicomio.

Empezó a llorar, otra vez.

«Todavía no pierdo las esperanzas».

4

La enfermera llegó corriendo a la oficina del doctor Pérez sin molestarse en golpear.

En su voz había reproche, reproche sin vergüenza ni miedo. Pérez tenía el celular sobre el escritorio, y estaba apagado. Un doctor nunca debe tener el celular apagado, pero el bueno de Pérez tenía todavía demasiadas cosas en qué pensar, las radiografías de su paciente estaban regadas sobre la mesa.

—¡Es Susana Marceni! ¡Se está muriendo!

Hacía por lo menos diez años que Pérez había dejado de pensar que podía volver a correr con tanta fuerza como lo estaba haciendo ahora...

5

Nunca en su vida se había bañado con agua tan caliente.

No lo hizo intencionalmente, es solo que su mente estaba tan desconectada de su cuerpo que Abraham no sentía (o bien no le importaba, que es casi similar) que se quemaba.

De todas formas, la sangre impregnada se había limpiado ya, y ahora no era más que una sopa de tomate entre sus pies.

Cerró la ducha. Tendría que esperar varios minutos de pie antes de tomar la toalla, si quería secarse bien. El vapor que se había acumulado en el baño era tal que casi hubiese podido enjabonarse y bañarse solo con él. Pero él mismo sabía, en algún lugar profundo de su encogido y ahora precioso terreno racional, que su cabeza estaría deambulando en la nada tres horas más, antes de tomarse por lo menos unos cuarenta y cinco minutos en hacer algo tan simple como comer o intentar dormir.

Era la Tormenta Perfecta. Pero todavía seguía cuerdo, sí... por fortuna, todavía no habían echado abajo la torre de su cordura. En el fondo, él también lo sabía.

Posó la mirada sobre la libreta de cuero, colocada detrás del grifo del lavamanos. Él mismo la había recogido del suelo, porque, entre esos pocos momentos de lucidez repentina, entre esos pocos «despertares» de su resaca, había intentado «defenderse» buscando una distracción, y dejarla al alcance de la vista era la mejor manera de recordarle que tenía lectura por delante. Había sido una buena idea, porque se había olvidado de ella al minuto que entró a la ducha, y seguramente volvería a olvidarla el segundo después que dejara de verla.

Ahí estaba, desnudo, de pie, chorreando agua desde hacía rato, viendo fijamente el pequeño librito de hojas desgastadas. Sin distraer su mirada de él, estiró un brazo para tomar la toalla y pasarla por sus cabellos y su cara. Sus ojos estaban más rojos que nunca.

«Toalla, calma, libreta».

Temblaba, otra vez. No tenía control sobre las palabras que pasaban por su cabeza.

Respiró profundamente, por la nariz (el agua caliente había hecho trizas lo que quedaba del conato de resfrío). Tomó la libreta. Se sentó al borde de su cama, observando cómo el vapor todavía se deslizaba desde fuera de la puerta del baño, espectralmente.

«Odio a Dios».

No sabía ni por qué pensaba lo que pensaba. Muchas veces podían tenerse pensamientos no selectivos, a él le pasaba cuando divagaba, sin embargo, nunca se había sentido tan fuera de control como ahora, tan desconectado. Era como tener una brújula que gira caprichosamente.

«Brújula».

Abrió la libreta.

El memo estaba escrito por un tal supervisor Olifante, que, por cierto, tenía una letra espantosa.

El supervisor Olifante estaba a cargo de las mazmorras, así como el doctor Murillo del pasillo que venía inmediatamente antes «del de la niña retardada»… pensó, miserablemente.

En ella anotaba todas las anécdotas, travesuras y tiquismiquis de los prisioneros. Por la forma tan mecánica en como el señor Olifante escribía sus reportes, Abraham supo, sin muchos problemas, que no lo hacía por cuenta propia, sino que lo obligaban a llevar un informe detallado.

«Borguild».

Leyó varias cosas, algunas inclusive insignificantes, sin dudas. El supervisor Olifante no era una persona muy brillante. Anotaba cualquier estupidez, sin embargo, era un tipo que por lo menos aprendía rápido: su redacción mejoraba al cabo de cada decena de páginas, e incluso, le estaba agarrando el gustito a escribir, porque ya podía configurar varios párrafos sin ningún problema, y lo hacía cada vez mejor.

Los informes llegaban hasta la mitad de la libreta. Había listado varios nombres, pero nada que interesase. Justo cuando estaba llegando al final, leyó: EL PRISIONERO DE LAS BARAJAS.

6

El sargento Ezequiel Martínez leía un libro de Tom Clancy desde la comodidad de su cama, arropado hasta la cintura. Huelga decir que, aparte de los parientes en Chile, su única familia cercana era su esposa, de Esquel. No tenía hijos porque Charlotte no podía tenerlos, pero él decía que con ella bastaba para toda una vida, y le recordaba siempre que en su corazón (que no era pequeño) no podría caber más amor para otra u otras personas. Ni siquiera si fueran personitas. Con un marido así, Charlotte estaba feliz. Estaba de hecho tan feliz, que nunca dejó que su propia familia se interpusiera. Había vencido su sumisión y timidez. El padre de ella era un oficial de la marina (como si no fuera una combinación lo suficientemente explosiva que ella se casara con un hijo de chilenos, siendo él veterano de las Malvinas), un hombre de creencias derechistas, conservador, a quien no le hizo nada de gracia saber que no iba a tener nietos, pero que luego en secreto se alegró de que no los pudiera tener porque estos, probablemente, iban a salir color café.

Aquello había sido una pelea tremenda. Lucille, la madre, pensaba que Charlotte no entendía, pero a decir verdad, Charlotte a su vez estaba convencida de que los que no entendían eran ellos, y tal vez tenía la razón, porque ella entendía bien ese «no entendés» de su madre, y Ezequiel era mejor hombre que todos los hombres que había conocido, incluyendo muy, pero muy especialmente a los asnos que le había presentado su padre. Y continuaba siendo un marido excelente aun después de quince años de matrimonio. De hecho, por quince años consecutivos, Charlotte pensaba que cada año había sido mejor que el anterior.

Ahora sus padres, quienes eran personas mayores, se habían tenido que resignar a la idea, porque era más fuerte el sentimiento de no querer perder una hija que el de las cuestiones estúpidas que para ellos significaba un mundo y una luna. Y entre el marido y los padres, Charlotte había dejado claro quiénes iban a salir perdiendo.

Además, Ezequiel entendía bastante bien ese problema, lo suficiente como para meditar que a él tampoco le haría mucha gracia suponer que tiene una hija y que esta decide casarse con un coreano. ¿Estaba siendo excesivamente comprensivo con el marino facho? Quizá sí, quizá no, pero así eran las cosas, él entendía, sí, y además, le llenaba bastante el hecho de que ya no tenía nada que probar; él era el orgulloso sargento, en una de las poquísimas, extraordinarias ciudades —qué del país, de toda Sudamérica— que parecía primermundista, y uno de los lugares turísticos más finos de todo occidente. Además, Ezequiel tenía la fortuna de no estar peleando una guerra profesional, porque las cartas estaban echadas: quien ascendería a capitán en cinco años sería él, cuando el viejo Rizzi se retirara.

No, no le importaba no tener hijos, pero en el fondo, se preguntaba cómo hubiese sido. Charlotte era alta, tenía el pelo rubio y los ojos más azules del mundo... dolió en su momento saber que ella no podía concebir, porque seguro que hubieran salido bellísimos.

Pero ya no importaba, ya no.

Su mujer también leía un libro, uno de Agatha Christie. Nunca le había gustado Agatha Christie, pero Charlotte tenía mejores argumentos contra Tom Clancy. Habían estado hablando de Fioritto, el gordo y amargado Fioritto, quien con su suspicacia (y sus increíblemente chistosas y groseras peleas con Karla, su mujer) los hacía reír hasta el punto en que, ante un descuido, cualquiera de los dos podría vivir un momento bochornoso y circular formándose en sus pantalones, durante ese asado obligatorio que hacían ambas parejas al menos una vez al mes.

El problema es que Charlotte tenía la certeza de que Fioritto iba a morir relativamente joven... porque ningún corazón humano podía aguantar tanta grasa y embates iracundos. Ambos se lo advertían de la mejor manera posible, Karla insinuaba que lo mejor era que se muriera, de ese modo se daría el gusto de grabar en su lápida: «Te lo advertí, estúpido».

Ya había leído cinco páginas haciendo algo propio de los malos lectores: no prestar atención a la lectura. Sus ojos paseaban por el texto y la parte más superficial de su cerebro procesaba un montón de palabras que caían en un abismo. Su mente estaba concentrada en otra cosa. Algo que no lo dejaba en paz desde la tarde.

El hospital San Niño.

A Ezequiel jamás le había gustado el San Niño, nunca le había dado buena espina, nunca jamás. A Dios gracias que Bariloche tenía un hospital modestamente grande y lo suficientemente bueno.

Pero él nunca se había acercado lo suficiente a las instalaciones del San Niño, y la verdad, jamás había deseado hacer tal cosa…

… hasta hoy.

Merodear tantas veces la idea: «quiero ir hasta ese lugar» lo llevó, de forma inconsciente, a pensar con claridad: «no me tomaría más de veinte minutos».

Tenía que decidirse pronto, en el momento que Charlotte saliera del baño, sus ansias se aplacarían, y podría estar perdiendo la oportunidad «¿de qué?».

¿De salvar a alguien?

Él mismo se avergonzaba de esa idea, se avergonzaba tanto que daba miedo. Alguien así no sería capitán de ningún departamento de policía.

Y sin embargo, la idea persistía, como un martillazo tras otro. Aquello ya no era su sexto sentido manifestándose, sino toda una orquesta premonitoria.

¿Pero acaso no había sucedido antes? ¿Acaso esas premoniciones eran nuevas? ¿Acaso no había ocurrido exactamente la misma cosa cuando él era un cadete? Sí, claro que sí, con igual, si no mayor intensidad, en aquel tiempo en que las puertas del San Niño estaban abiertas, había sucedido antes de que salieran por televisión nacional todas esas horribles cosas sobre el hospital. Había sucedido antes de los suicidios en masa, sucedido antes de que decidieran clausurarlo para siempre.

Ezequiel nunca se lo había contado a nadie, ni siquiera a su propia esposa, pero él sabía que cosas malas ocurrían en el San Niño antes de que el escándalo estallase. ¿Cómo lo sabía? No tenía idea, pero cuando vio aquel lugar por primera vez, desde la misma colina desde la que lo había visto hoy, sabía que algo no andaba bien ahí. Instinto de sabueso.

Y en aquel entonces no había forma de explicarlo. Un hijo de chilenos como él, novato, en un departamento de policía donde trabajaban puros blancos que parecían más de Suiza que de la Argentina… no iba a arriesgarse a pedir una orden de revisión contra un hospital solo por un «presentimiento». Menos aun si lo del apoyo de Chile a la Thatcher estaba, entonces, *demasiado* fresco.

Por eso fue que el día que en la comisaría recibieron la llamada desde la policía de Valle de la Calma para que los ayudaran a controlar la situación que se había desatado en las instalaciones del hospital, a Ezequiel por poco le da un soponcio. Fue la experiencia más alucinante y religiosa de su vida.

«Sí, algo estaba pasando ahí, en efecto».

A leer uno de los tantos reportajes que se imprimieron durante las semanas siguientes (e incluso meses, porque la cosa fue grave, aun con el formidable intento de contener a la prensa, exitoso hasta cierto punto, por la ubicación y por el invierno) sintió repulsión. Repulsión, rabia, impotencia, incredulidad, vacío en el estómago, enardecimiento, ganas de llorar. El artículo se titulaba «La puerta al infierno», y por una buena razón.

Aquello era algo sobre lo que había pensado durante incontables horas, por muchos días, y seguiría haciéndolo en un futuro. Aquello lo había condenado para siempre: no pasaría una sola semana del resto de su vida sin que en algún momento y por alguna razón o asociación, pensara en el San Niño, así fuera por un par de segundos. Quizá eso era lo único que agradecía de no tener hijos; si los tuviera, pensaría en ese lugar todos los días. Sin embargo, el mundo se había detenido, había dado vuelta en dirección contraria, y comenzaba otra vez: sentía la imperiosa necesidad de acercarse al San Niño, porque algo malo estaba «volviendo» a suceder ahí.

«¿Quién en su sano juicio entraría a las instalaciones? ¿Y por qué estaría en peligro?».

¿Un estúpido *youtuber* haciendo exploración urbana en un lugar destartalado, quizá?

Pero ¿qué tanto peligro podía correr un chico en un lugar abandonado? Caerse de algún lugar alto… tropezarse en algún pasillo lleno de objetos oxidados…

«Ese no es mi problema, las causas nunca fueron mi problema, la solución ES mi problema».

En efecto, en la mente de Ezequiel ya no había excusas, ahora era un sargento, ahora era respetado, ahora estaba resuelto en la vida, y…

Se levantó de la cama y tomó las llaves de su auto.

—Peque, voy a salir.

La voz de Charlotte salió difuminada de la ducha, pero Ezequiel no contestó. Aprovechó el momento. No quería dar explicaciones… no podía. Ya estaba bajando las escaleras. Contestarle era perder tiempo, contestarle era detenerse, era luchar contra una fuerza que lo iba a empujar de vuelta a la casa.

Un sargento de la policía puede darse el lujo de llevarse el patrullero a casa y dejarlo estacionado para utilizarlo al día siguiente. Sin embargo, no lo llevaría para su pequeña inspección extracurricular, era una ofensa grave entrometerse en el territorio que es jurisdicción de otro departamento.

Por si las dudas, «solo por si las dudas», llevaría su chapa en el bolsillo y su 38 con el tambor cargado. Solo se iba a dar una vuelta cerca del San Niño, no tenía planeado entrar.

Una vez que se subió al auto, cerró la puerta y puso el motor en marcha, Ezequiel entornó los ojos, con desesperación, y se frotó la frente.

No tenía sentido, por el amor de Dios, no tenía sentido. Pero eso no evitaba que él mismo girara la palanca de cambios y pusiera marcha atrás.

«¿Cómo carajo puedo pensar que alguien está atrapado dentro de un lugar que clausuraron hace más de treinta años?».

XV

1

Abraham sintió una lengua helada bajando por su columna. Por fin había encontrado algo de utilidad entre toda la parrafada ineficaz de Olifante, el celador del manicomio.

Ahora sabía que el dueño de aquella letra angulosa, ubicada detrás del naipe que se hallaba sujeto bajo la pata de una mesa vieja en las mazmorras pertenecía a un tal Goitier. No especificaba su nombre (en caso que Goitier fuera su apellido).

Abraham había sentido una especial afinidad con él, un vínculo. Tal vez porque con su prosa podía reconocerlo como una persona sensible, como un tipo que «piensa», así llamaba él a la gente cuando eran mejores que los demás, cuando deslumbraban más que el resto, como un farol en la oscuridad... «Los que piensan».

Jueves 16
EL PRISIONERO DE LAS BARAJAS

Hoy nos hemos dado cuenta de que Goitier ha estado escribiendo un diario personal en un mazo de barajas que tenía. Yo pensaba que eran inofensivas, ahora me ha metido en un problema.

Es una buena persona, me cae bien, y no me da miedo. Puede ser porque de todos es el único que no es peligroso. Es solo un vagabundo. Pero su actividad secreta me ha costado cara.

Borguild hace siempre hincapié en que este tipo de cosas no pueden suceder. Yo mismo tuve que quemar los naipes frente a sus ojos, pero eso no lo apaciguó... porque está convencido de que podría haber más.

Abraham pasó la página, rápidamente:

Viernes 17
Borguild sigue enojado por el asunto de las barajas. Me ha repetido muchas

veces que eso no puede suceder. Estoy nervioso. Quiere deshacerse de Goitier, será porque piensa que volverá a buscar la manera de escribir en cuanto yo baje la guardia. Le advertí lo que estaba pasando, pero creo que no debí haberlo hecho: ahora Goitier está sufriendo porque está seguro de que Borguild dará la orden de matarlo.

Y está en lo cierto: Borguild mandó a traer un montón de cavas del hospital, lo van a eviscerar esta noche.

Sábado 18
Hubo un barullo en la madrugada. Me volvió a meter en problemas. Goitier se suicidó, llevaba varias horas muerto cuando «el tuerto» fue a buscarlo con Pablova y Rojas. No sé cómo lo hizo, Murillo no se digna a hablar conmigo. El doctor Borguild no para de repetirme que soy un gordo estúpido. Me amenazó con encerrarme en un cuarto del piso de arriba y dejarme ahí. Tengo miedo, pero no creo que llegue a tanto, yo sé muchas cosas de este hospital como para que me hagan algo, y por eso sigo los pasos de Goitier y escribo esto yo mismo, como mi salvavidas, en caso de que decidan hacer una idiotez.

Goitier se murió sentado en el inodoro, como una rata. Creo que se envenenó. Lo único que queda de él es la foto en el clip.

Y hasta ahí llegaba el diario de Olifante.

Abraham comenzaba a sentirse mareado, pero tenía los ojos bien abiertos, llenos de espanto. Con el tacto podía sentir que en la página siguiente había algo en relieve, un clip, con la foto de Goitier.

Sin pensarlo dos veces, giró la página y observó la cara del hombre.

Tenía facciones largas y el cabello cortado al ras. No parecía un vagabundo, pero estaba claro que lo afeitaban en el manicomio.

¿Cuál había sido su pasado? ¿Por qué sabía escribir tan bien? Era mucho más depresiva la idea de que hubiese sido un maestro, un escritor o un poeta. La última persona que hubiese debido caer después de los niños.

Pero había algo más... Abraham reconocía ese rostro.

Reconocía los ojos, la boca, reconocía las líneas.

Sí, él lo había visto antes... lo había visto una noche.

—Dios mío —musitó.

Claro que sí, pero le había llevado tiempo asimilarlo, porque la última vez no tenía piel, o al menos, esa es la impresión que a él le había dado... pero sí, era él: era el «Señor tras la Puerta del Baño».

—Dios mío, amigo…

Levantó la mirada hacia su baño, pero no había nadie.

Ahora ese fantasma tenía un nombre y un rostro humano.

—Lo siento, amigo… lo siento mucho, lo siento mucho.

Su mente volvió a encenderse.

«Ecos que se manifiestan», pensó, «de la mejor forma que pueden».

Giró la cabeza: tampoco estaba la mancha en la pared.

Abraham sabía en el fondo que ninguna de las dos manifestaciones volvería más. Y era paradójico, porque eso lo hizo sentirse extrañamente abandonado.

—Dios mío, lo siento —insistió, llorando—. Lo siento por ustedes.

En ese preciso instante, como por arte de magia, la puerta del baño se cerró de golpe, removiendo los cabellos de su frente. Soltó la libreta de cuero y agarrotó los dedos en torno al cobertor de la cama.

El estruendo de la puerta fue solo comparable a la visión espantosa en sí. Aquello no había sido una manifestación paranormal cualquiera, no había sido un fantasma o un ente, sino que había venido de más arriba: era el San Niño, que deseaba que Abraham dejara de pensar y le prestara atención a ÉL.

La radio posada sobre la mesa de luz se encendió.

Abraham se levantó de golpe, observando el aparato. La señal se estaba acercando poco a poco, venía hasta a él, y tenía como pasadizo los parlantes del aparato.

—Abraham… Abraham, ¡ayudame! ¡POR FAVOR!

La voz femenina fue ahogada nuevamente por interferencia estrangulada.

—¿Susana?

La voz de ella le estaba respondiendo, pero reducida a lo inaudible por lapsos de silencio espantoso.

—¿Susana? —repitió, alterado—. ¿Susana?

—¡Abraham!

Se llevó las manos a la cara, desesperado. Arremetió con una patada contra la pared.

—¡Qué te pasa, hijo de puta! —gritó, al aire—. ¿Por qué te metés con ella?

La voz de la chica volvió a hacerse nítida.

—¡Abraham! ¡Auxilio! Me tienen…

Su voz fue interrumpida abruptamente y reemplazada por la antigua voz de un hombre, como un locutor de radio de los años 30:

—… en el tercer piso.

La radio se apagó de golpe.

Giró la cabeza, para ver hacia la puerta.

La palabra «trampa» surcaba su mente una y otra vez, como hormigas.

Sin embargo, no tenía caso ir más allá, ni amanecer otro día en el San Niño.

«¿No es así, Abraham? Porque vos sabés que no podés escapar de acá, nadie puede hacerlo».

Se dirigió a la puerta de la habitación y la abrió.

El pasillo estaba completamente a oscuras. Todo el hospital lo estaba.

«El San Niño me ha hablado, por primera vez, con su propia voz».

Salió al pasillo y caminó lentamente a través de él; pasó por la puerta de emergencia, rumbo a las escaleras.

Abraham no pensaba en nada, salvo que se estaba aproximando a la «etapa final», eso era todo lo que tenía en mente.

«Etapa final».

Ascendió sin prisa, con la palma de la mano acariciando el barandal pintado que, a partir del segundo piso, se hallaba oxidado.

Al asomarse por el tramo final, contempló a su alrededor. Debajo de la enorme puerta de hierro que tenía un número 3 marcado en la cabeza se veía una brillante luz roja.

Las paredes estaban surcadas de inmundicia y grasa, con raíces gruesas y extrañas saliendo de entre los bordes, formando telarañas latientes e inmensas, que sonaban a plástico quemándose. El barandal era solo un doloroso muñón perdido en la herrumbre y cada escalón estaba redondeado entre lo que se podía describir como fibras rojas y húmedas, que parecían un organismo entrelazado.

«El San Niño me ha llamado».

Empujó la puerta, que se abrió como si fuese tan liviana como el viento.

Las paredes, el techo y el suelo estaban llenos de ese mimbre orgánico, rojo, movedizo, ruidoso y vibrante, como millares de gusanos, como una migraña con cuerpo, y las puertas no eran más que relieves de pulpa en las paredes.

Nítidamente podía escuchar una música de tocadiscos, antigua, muy antigua, una tonada de instrumentos clásicos. Era una melodía suave y triste, parecía un himno.

Y había voces, muchas voces, pero Abraham solo podía escuchar una a la vez, se mezclaban en gemidos vivos, querían que lo escuchara.

«Esa DESGRACIADA noquieroquesevuelva a escapar esaDESGRA-CIADA NIÑA noquieroquesevuelva a escapar esa DESGRACIADA».

Abraham vio a los lados, hacia arriba.

«¡CORTALE LAS PIERNAS! ¡CORTALE LAS PIERNAS! ¡LAS DOS! ¡ESO LE VA A ENSEÑAR, QUITALE EL OSO A LA PUTA CER-DITA-DEDITOS-GORDOS, CASI NOS JODE, QUE SE LAS ARRE-GLE CON DOS MULETASSISEPORTA BIEN». «VICTORIA, ¡NO!», chilló la voz de una madre «¡YO LA CASTIGO, NO LO VOLVERÁ A NOOooooo esaMALDITA NIÑA DESGRACIADA noquieroquesevuelva a escapar esaMALDITA NIÑA DESGRACIADA noquieroquesevuelva a escapar esa MALDITA».

Volvió el silencio.

Siguió caminando, no sabía en qué dirección, no tenía noción de aquello, porque ahí, ni el norte ni el sur existían…

«MAMÁ, MAMÁ, MAMÁ, MAMÁ, MAMÁ, MAMÁ».

Podía sentir las fibras orgánicas palpitando debajo de sus pies descalzos.

Cruzó por una habitación que estaba abierta… Abraham vio hacia adentro.

No había nada extraño, las paredes no estaban grasosas. El suelo era mármol pulido, una mesita de luz, un televisor, una lámpara de mesa, cortinas, una ventana bonita, una heladera y una cama, no una camilla, sino una cama grande…

No parecía el cuarto de un hospital. Parecía un cuarto de hotel. Pero Abraham sabía que no era una dimensión paralela o alterna: estaba en el San Niño, claro que sí. Esa era simplemente una de sus tantas habitaciones. Solo que parecía un cuarto de ¿hotel?

«MAMÁ, AUXILIO, MAMÁ. ¿QUIÉN ES USTED? ¿QUIÉN ES? AU-XILIO, AUXILIO, DESGRACIADO».

Lo que siguió fue un chillido desgarrador, la voz de un hombre.

«NO TE MUEVASSS, quieta, así».

«Acá pasan muchas cosas, caballeros».

«Sabe a jamón, amor».

«USTED ES RESPONSABLE DE TODOS Y CADA UNO DE».

Había un hombre colgando con una soga al cuello, con un saco de tela mohosa sobre su cabeza. Se revolvía como si se estuviera quemando, mientras la soga lo paseaba en zigzag.

«RESPONSABLE».

Escuchaba gemidos de niños, gemidos roncos, como el que haría un animal al que le están arrancando la garganta a pedazos.

«MUCHO DINERO, BORGUILD».

«MUCHO DINERO, SÍ».

«MUCHO DINERO... MUCHO».

Abraham caminó hasta la siguiente puerta abierta, en su mente solo había un vacío blanco. Lo había decidido él mismo, mantener la mente en blanco, porque si no... era demasiado, demasiado para él. Era un hartazgo, era una exageración. Estaba lleno y no podía más. Era una maldad que él no era capaz de entender. No sabía que existía hasta ese momento. Y era abrumador, y lo hacía sentir como un niño.

«Dios».

Observó adentro.

Susana. Sentada en el suelo, veía hacia afuera.

Era un lugar blanco, sin paredes ni techo. La luz no lo cegaba, pero sin embargo, lo cubría todo, había paz. Ese era el territorio de Susana, y el San Niño intentaba entrar en ella. Las raíces negras que venían desde afuera comenzaban a crear esas telarañas, esos dedos tiesos y quebrados, intentaban alcanzarla.

—Abraham... pasá.

2

El viejo Chevy rodeó la pequeña glorieta del San Niño, y se estacionó frente a la puerta.

El sargento Ezequiel Martínez sintió escalofríos, y no era fácil hacer sentir escalofríos a un latino que había pasado parte de la infancia en un barrio peligroso de su país. Pero esto sencillamente lo superaba.

Bajo la luna, el San Niño era exactamente como lo recordaba, pero en peor estado.

Y lo recordaba bien: su departamento era eficiente, pero nadie, ni los oficiales más osados y de mayor carácter, tuvieron la fuerza ni tampoco las ganas de detener a varias docenas de hombres y mujeres furiosos, que vinieron con sendas latas de líquido inflamable y antorchas.

La policía de Valle de la Calma era escasa, ese día estaban verdes del pánico, y sin duda ninguno tenía el olfato suficiente para detectar la clase de porquería que se tapaba en el hospital de su pequeño, ignorante y reducido pueblo. Ninguno excepto Pulasky, el oficial Pulasky. Pero él estaba metido en todo esto, ¿no? Se supo varios días después.

La entrada al hospital parecía una boca de lobo, seca, con la pintura descorchada, completamente marginal. Ninguna de las largas hileras de ventanas de los tres pisos tenía un solo vidrio entero. Todo permanecía sumido en la más profunda oscuridad.

Martínez pensaba que algún niño podía haberse metido adentro y perderse. No era raro que unos mocosos, cámara en mano, sacaran de la nada ese tipo de inventos, sin saber que no encontrarían nada más que un montón de cuartos vacíos y sin puertas, mampostería vieja y seca, paredes tiradas, y muchos grafitis dibujados aquí y allá. El San Niño era como un árbol quemado, como un titán completamente destruido y abandonado. Así había estado los últimos veinte años, y así seguiría por otros veinte más, hasta que, a buena hora, decidieran demolerlo. ¿Llegaría ese día? No, nunca. Para eso alguien tenía que comprar el terreno, y estaba claro que nadie lo haría...

Metió el brazo por la ventana, encendiendo los faros altos del coche, tocando luego la bocina.

Pero pasaron minutos y nadie contestó.

En lo único que Martínez quería pensar era en su casa, su mujer y su libro.

Y sobre todo, borrar al San Niño de su mente.

3

—¿Qué hacés acá, Susana?

Abraham se sentó frente a ella, acercando su cabeza. No temía que ella fuera un espectro más, no: era Susana, era *su* Susana.

Ella le señaló hacia un costado de la sala.

Abraham podía verlos, abajo, como en el fondo de un pozo: el doctor Pérez presionaba el pecho de una Susana deshecha, mientras gritaba... la enfermera sostenía con manos temblorosas las manillas del aparato de electroshock...

...Y el electrocardiograma marcaba una línea recta y fría.

—Oh, no, no... por favor, no —gimió, con las lágrimas acumulándose.

—Abraham...

Pero todo lo que pudo hacer él fue cubrirse, hasta que sintió las manos de ella acomodándose alrededor de sus hombros.

—Abraham, por favor, mirame.

Él obedeció, lentamente. Susana estaba como nunca, parecía...

... parecía un ángel.

«Un ángel», pensó.

—Susana, parecés un ángel.

—Abraham, hay algo más importante que yo, de lo que hay que hablar. Sos vos. El hospital no te va a dejar salir de acá...

—Lo sé.

—Pero tenés que saber por qué. Abraham: tu padre hizo algo abominable cuando tenía tu edad. Él trabajó acá, y vos fuiste concebido acá mismo, y por eso el hospital te reclama, te reclama que vuelvas. Sos uno de los niños de Borguild.

Él la miraba, perplejo.

—No entiendo.

—Tu padre te sacó de acá, y logró irse antes de que todo cayera por su propio peso. Luego su esposa se dio cuenta, ella...

—Ella es mi madre.

—Por justicia, lo es. Pero fuiste concebido acá —repitió, con paciencia—. Tu verdadera madre, Abraham, es una enfermera del San Niño. Borguild se enteró y tu padre hizo un pacto con él. Vos serías la ganancia de su descuido.

Él se limpió los ojos con el brazo.

—¿Lo entendés?

—Lo entiendo.

—¿Lo aceptás?

Él asintió. Su luz entonces se había hecho más nítida, más blanca. Había abierto una puerta. Diciendo «sí» había descerrajado un candado.

—Hizo algo muy malo después, también... y no quiero escucharlo, Susana, no quiero hablar de él. Quiero hablar con vos.

La vio a los ojos.

«Oh, Dios, qué hermosa te ves; ojalá puedas leerme el pensamiento para que sepas lo hermosa que sos».

Las lágrimas le corrían por las mejillas y la boca le temblaba. Por fin Abraham había descubierto que estaba muy lejos de volverse loco.

Por ello, no solo lo embargaba el amor por Susana, sino la alegría de saberlo. Era un alivio indescriptible.

—No hallo palabras para expresar qué tan lejos pudiste llegar en la vida, qué tantos hombres mejores que yo te mereciste, qué tanto amor pudiste encontrar en el camino y qué tan brillante sos como mujer. Gracias por quererme, Susana.

—Abraham...

Ella empezó a llorar.

—Venir hasta el umbral de tu muerte solo me hace arrepentirme de algo más que nada: haberte dado la espalda. No puedo creer que hayas dado tu vida por mí. Y daría el alma, y la ofrezco aquí y ahora, por vivir otra vida, solo para darte tanto como vos me diste. Pero ahora, solo puedo decir algo.

Se mantuvieron la mirada, en silencio.

—Te amo.

—Muchas gracias, Abraham.

—No. Gracias a vos. Te amo, muñeca, te amo más que a nada en el mundo.

Las raíces negras ya habían invadido el cuarto, y se acercaban lentamente, como una mano enorme cerrándose sobre ellos.

—Solo quiero pedirte un favor más, en esta vida.

—¿Cuál es, Abraham?

—Abrazame, abrazame mientras todo termina.

—No quiero que mueras.

—No importa, Susana. Abrazame.

Y ambos se envolvieron en los brazos del otro.

Separadas en lejanos puntos dentro del mismo país, las vidas de Susana Marceni y Abraham Salgado se apagaron al mismo tiempo.

SEGUNDA PARTE

La lucha justa te vuelve valioso,
la muerte en la lucha te vuelve eterno.
Anónimo

La muerte es una vida vívida.
La vida es una muerte que viene.
Jorge Luis Borges

Así como una jornada bien empleada produce un dulce sueño,
así una vida bien usada causa una dulce muerte.
Leonardo da Vinci

I

1

El viaje había sido horrible y cansino. Pero cuando se bajó en Valle de la Calma, Antonella se tomó su tiempo viendo de aquí para allá.

Había pensado que, si bien no dejaba que aquello hiciera mella en los nervios, tal vez al retirarse, vivir en un lugar apartado, lejos de los bocinazos, el tráfico, la vida agitada, los ruidos por la noche y el alboroto general, sería idílico. Pero ahora lo estaba pensando mejor. De hecho, lo que pensaba ahora era si todos los pueblos pequeños eran como Valle de la Calma.

El lugar era tan silencioso que parecía abandonado, pero por lo menos las fachadas de los locales estaban limpias. Cualquier equipo de producción podría entrar ahí y filmar a su antojo sin tener que preocuparse por un transeúnte entrometido. Posiblemente sin tener que preocuparse siquiera por sacar un permiso en la municipalidad. Lo más que llegó a ver fueron dos ancianos, hablando solapadamente frente a una barbería.

Se hallaba en el umbral del pueblo, el ómnibus no iba dentro; era demasiado pequeño siquiera para molestarse. El chofer se lo había dicho, y al parecer tenía razón. Lo que más le llamaba la atención a Antonella era sin embargo el calificativo de señora. «Señora, mire», «señora, esto». «¿Acaso parezco, ya, una señora?». Sí. Cuando se sobrepasan los treinta y se trata de una mujer la gente tiende a guiarse por el parámetro social más sencillo. Eso claro, de no ser porque a muchas de sus compañeras de treinta, treinta y tres (su edad) y treinta y cinco, las seguían llamando «señoritas».

Superficialidades aparte, ahora había que arreglárselas. Como buena jefa de enfermeras, tenía una larga experiencia en eso, el arte de arreglárselas. Ahí, le tocaba averiguar dónde estaba la casa Messina sin tener siquiera una pequeña noción de la calle exacta. «Es tan pequeño», pensó, «que irónicamente no será tan fácil».

Era irónico, pero sencillo; si su madre en verdad había acabado en malos términos con el resto del pueblo, no sería fácil presentarse como su hija. Especialmente porque no había mejor (y peor) idea que preguntarle al primer anciano que encontrase. Es un mito inmaculado esperar que el anciano de pueblo lo sepa todo, desde los chismes de sus habitantes hasta el de los muertos, pasando por la disposición geográfica del lugar.

Enfiló directamente hacia el enorme bastón de barbería. Mientras caminaba, su corazón se aceleró un poco al pensar que probablemente los hombres se quedarían en silencio al escuchar el nombre de su madre.

«¿Qué pudiste haber hecho aquí, mamá?».

Cuando ella diera las gracias y se fuera empezarían a hablar, casi de inmediato, ni siquiera esperarían a que las campanillas de la puerta dejaran de sonar. «Esa Muriel Messina... hacía tiempo que...», y ahí empezaría la larga charla, que seguramente acabaría en una anécdota espantosa.

Antonella había amado a su madre, especialmente después de muerta. Las separaba la distancia eterna y había suficiente tiempo como para olvidar sus defectos. Y sin embargo eran demasiadas las cosas que nunca supo de ella. Eso la asustaba.

Le causaba ansiedad.

Empujó la pesada puerta de vidrio.

El lugar era bastante desolador y estaba mal cuidado. El anciano barbero daba un espectáculo lamentable ahí de pie, viéndose al espejo, con una bata azul de cuyos bolsillos colgaban varias tijeras.

Miró hacia afuera. Los otros dos hombres seguían conversando, ajenos a ella. Eso era bueno, era mejor hablar a solas.

Se presentó con un «buenas tardes» y un «disculpe la molestia». Era propio de la ciudad esperar que alguien entrase a preguntar algo en vez de sentarse y pedir un servicio, pero en el pueblo las cosas eran distintas, siempre. Ese no es un mito inmaculado, ese era un hecho, la gente solía ser más agradable.

El hombre la observó de arriba abajo, con las manos tras la espalda.

—Vaya adelante por donde vino —le indicó—. Ahí se halla la única área residencial del pueblo. No se preocupe, señora, no se va a perder.

«No, después de todo, lo que sea que hizo mi madre no fue la gran cosa... », pensó, después de agradecer al anciano y caminar por la calle, con el esponjoso bolso rosado entre los brazos.

El pueblo se extendía al este y al oeste, tenía inclusive un antiguo cine que todavía funcionaba, aunque la fachada tenía toda la pinta de decirle al turista «si esperás películas en 3D, te podés ir derecho y haciendo pasitos de ballet a cagar».

Había una hamburguesería, tiendas de ropa y un par de abastos. Abrir cualquier otra cosa habría sido un suicidio comercial.

Una vez había oído a una amiga decir que era normal que, después de salir del trabajo, en los pueblos la gente se marchara directamente a casa. Tenían características tan singulares como considerar que pasar más de un minuto en una misma calle era tráfico y que deambular después de las nueve de la noche era un acto de rebelión nacional.

Así que se le ocurrió que para ella todo eso sería casi tan extraño como para los habitantes verla caminar a esa hora con un bolso, vestida de una forma que a cualquiera habría hecho recordar a la de una azafata.

Tomando a la barbería como un punto de partida, podía ver al final de la calle ese límite imaginario que separaba al pueblo: se acababan los negocios apretujados para dar paso a las casas. Estaba sobre la pista correcta. De hecho, sería difícil no estarlo.

Se preguntó si en verdad todo el pueblo cerraría a las seis de la tarde. En ese caso, estaría en problemas, porque se agotaba su tiempo para conseguir algo de comer. Como enfermera profesional, pero sobre todo como ser humano en su sano juicio, no tomaría absolutamente nada que hubiese quedado en la alacena de la casa Messina. Y por como su tía le había contado que fueron las cosas, el desalojo fue tan repentino que no sería raro que hubiera quedado algo ahí…

Cada vez que pensaba en esa historia, y en muchos fragmentos de otras relacionadas con Muriel Messina, había cantidad de cosas que no encajaban. Lo que sí encajaría, sin embargo, era la vieja llave de la casa, la cual Antonella conservaba muy cuidadosamente dentro de un estuche, que anteriormente había sido de maquillaje. No le enorgullecía la forma en que la había obtenido, pero después de muchos años de depurarlo, lo único que quedaba era el aprendizaje de que la gente que tenía grandes cosas que ocultar se parecía a los homicidas en algo: no pueden evitar hacerse de un recuerdo, de la prueba de un delito. La llave de la casa era un recuerdo. Era, de hecho, un símbolo.

Trataba de emocionarse a sí misma predisponiéndose mentalmente al gran acontecimiento que tendría lugar en pocos minutos: «Estaré en mi casa, después de treinta y tres años». En realidad, treinta y dos y diez meses: «Voy a poner un pie en el lugar donde nací, donde vivió mamá».

Pero por más que lo intentaba, no empezaba a sentir estrellas en el estómago. Todo lo contrario, de hecho, se sentía ansiosa.

Otra de sus expectativas era ver pasar a algún patrullero de la policía. Quería hablar con ellos, para evitar cualquier problema, porque después de todo, ella desconocía a qué derroteros había ido a parar el estatus legal de la residencia. Sin embargo, esa idea se fue aplacando lentamente al pasar las horas en el ómnibus. Si había recorrido tanto camino para llegar hasta Valle de la Calma, la decepcionaría inmensamente no poder acceder a la residencia.

«Te sorprendés a vos misma a veces, mujer, qué increíble sos», y no era para menos... el dedicar toda su vida a ser una buena ciudadana en una ciudad con fama de malos ciudadanos le hacía pensar (perfectamente consciente de que era un error) que tenía el derecho a darse el lujo de entrar aunque no pudiera («no debiera») hacerlo. Iba a hablar con la policía de Valle de la Calma, tarde o temprano, porque con ellos es que empezaría a poner en orden las cosas, pero quería meter el dedo en el pastel primero. ¿Y qué pasaba si se daban cuenta? No lo sabía, pero esperaba que, en vistas de que la casa bien podía pertenecer a ella, porque fue propiedad segura de su difunta madre, y que esta había estado abandonada (por treinta y dos años y diez meses), tomado de la mano con «hacerse la boluda», el potencial delito sería algo más leve.

Si no podía quedarse con la casa, entonces por lo menos sacaría todo lo que hubiere pertenecido a su madre... pero aquello solo era una esperanza, aquello sería una idea acertada solo si, a través del tiempo, no habían saqueado ya la propiedad, o incluso derribado, si se había tramitado algún papel del Estado sin que llegara a conocimientos de ella. En Google la información no existía. Por teléfono, había sido imposible comunicarse. Era estrambótico.

A su madre, por cierto, ninguna de las dos cosas le habrían importado en lo absoluto, porque todo lo que había querido en la vida había sido desentenderse por siempre del pueblo. De hecho, cabía incluso la posibilidad de que, desde la distancia, Muriel Messina hubiese despachado algún tipo de asunto legal que incluyera la venta o la demolición de la propiedad.

Y eso era testimonio de lo poco que ella hablaba del tema con su hija. Con nadie.

Así que a cada paso sentía el corazón acelerarse cada vez más. Se estaba emocionando tanto como en el fondo imaginó que sucedería cuando finalmente llegara el momento.

Pero había un problema: mientras más pensaba, peor era. Y ahora caminaba en la delgada línea de una recompensa a la altura de su viaje o una pérdida total. La apuesta… «su apuesta», había sido demasiado grande.

Las casas eran lindas, se les podía llamar así, «lindas». Así que agregado a todas sus preocupaciones, Antonella no tardó en sumar una más: tenía la esperanza de que la propiedad fuese una de las buenas del vecindario. Recuperarla luego de tantos años de abandono costaría una fortuna, pero sería lindo si tan solo fuese de las «buenas».

Su conexión con aquel antaño hogar, o quizá su sentido común, le hizo saber, sin problemas, cuál era su casa.

Era esa, sí, que aparecía por allá, sí. Que emergía conforme iba calle abajo…

Debía serlo.

El jardín estaba completamente deshecho, y no era más que una alfombra negra y pedregosa. Había una hamaca anudada a un viejo árbol, que no lucía muy bien. La cerca estaba casi destartalada. No fue un problema quitar el gancho desde adentro y pasar. Las suelas de sus zapatos se hundieron en el barro.

La puerta estaba todavía en pie, a Dios gracias, así por lo menos no daría una pinta tan marginal como el resto de la estructura, envejecida por la suciedad. Algunas partes se habían desmoronado, dejando ver el relleno entablillado tras las paredes.

El picaporte de la puerta se sentía frío, intentó girarlo, pero no cedió.

Las ventanas no se habían roto y, a menos que la entrada trasera estuviese forzada, eso quería decir que nadie había entrado en treinta y dos años. Se puso en cuclillas para apoyar el bolso de mano en el suelo, abrió el cierre y comenzó a registrar dentro. No le tomó mucho tiempo hallar la llave.

Se hundió sin ningún inconveniente, los soportes se sentían flojos. El segundo miedo más inmediato con respecto a la casa había desaparecido: la llave calzaba, el picaporte de la puerta no se desplomaría a la menor manipulación. Pero obviamente el cerrojo estaba demasiado oxidado para ceder.

Tuvo que usar su hombro para empujar la puerta y arrastrarla hasta abrir espacio suficiente como para meterse en el resquicio.

El vaho que la recibió fue de moho. Mala suerte, la casa era de madera. Arrugó la cara inmediatamente y se llevó la mano a la boca. Antonella Messina tenía un estómago de acero (porque todas las buenas enfermeras necesitan uno). Conoció a desafortunadas colegas que tenían un punto débil: los olores. Ella no se hizo demasiados problemas.

Dejando el bolso apoyado en la puerta, intentó abrir las ventanas de la sala, que estaban ahumadas en polvo grasoso, pero fue inútil. Estaban atoradas, todas.

No era un lugar muy grande, tampoco. Se le ocurrió que a los vecinos no les haría nada de gracia tener semejante edificación en el vecindario, que sin dudas afeaba el panorama, era como una muela podrida y marrón en una dentadura blanca.

Suspiró, viendo de acá para allá. Era más fácil demolerla y empezar de nuevo que arreglar ese lugar. La madera del suelo estaba podrida, y eso solo indicaba que mucha agua había estado cayendo sobre ella, producto, por supuesto, de docenas de goteras y lluvias.

—Bueno… —suspiró otra vez resignada.

Adiós al plan de comprarse una maleta barata en algún almacén de Valle de la Calma para rescatar las cosas de valor. En esa casa no había nada que llevarse, ni vajillas, ni cubiertos, ni siquiera los cuadros de su madre, que no eran más que manchones abominables e inmundos, colgando sobre la pared, algunos con el marco roto.

Antonella desistió en segundos de una idea que había venido haciéndose bola por la pendiente.

«Gusanos, pensé en gusanos».

Subió las escaleras, sintiendo cómo los tablones eructaban y perdían soporte debajo de sus pies. A la mitad se arrepintió de no haberse cambiado el calzado por los zapatos deportivos que llevaba en el bolso, tenía que hacerlo, si no quería dormir con ampollas hasta diciembre. Al fin y al cabo ir elegante para dar una buena impresión como la hija de Muriel Messina no había sido una buena idea, por un motivo que no previó, pero que resultó casi tan doloroso como los rumores que hubieran podido quedar tras ella: nadie la recordaba, y a nadie le importaba.

Su propia figura era una silueta negra al final del pasillo, y desde su punto de vista, lo que había allá parecía un hueco negro, en una pared sin puerta.

Desde ahí, el piso de abajo, a través de las escaleras, se veía lejano. Vio de derecha a izquierda, preguntándose cuál sería el cuarto que ocupaba su madre. La casa solo tenía tres habitaciones en la planta alta, y una de ellas era un baño. No sería difícil descifrarlo. Cada vez que sus zapatos se apoyaban en el suelo, la madera chasqueaba, como un perro muriéndose.

Se desplazó hasta la puerta más cercana y, al abrirla, descubrió que era el cuarto que hubiese ocupado ella de haber crecido en el pueblo. Sus ojos le permitían ver lo poco que la luz, que se colaba a través de las envejecidas cortinas, le mostraban. Por lo menos era un alivio que no entablillaran las ventanas de la casa.

La cuna todavía reposaba en el medio, debió ser una pieza muy cálida en su tiempo, aunque ahora no era más que la visión en blanco y negro de una pesadilla. Adentro, seguían las sábanas revueltas, con arrugas de hace treinta y dos años. Cada barrote de madera estaba lleno de telarañas.

Levantó la cabeza y se quedó viendo fijamente al frente, ya que alguien, a su vez, le estaba devolviendo la mirada, desde bastante cerca.

Era un espejo, enorme, que cubría casi toda la pared, y estaba apoyado en el suelo.

En algunos extremos se hallaba quebrado, pero se mantenía entero, aunque inservible, porque las figuras que reflejaban eran en su mayoría solo bultos pedregosos. La cara de Antonella parecía una bola de tela sucia, con grietas oscuras por ojos y boca. El vidrio estaba inmundo.

Una oleada de pensamientos le sobrevino y todos estaban dirigidos a su madre. Recuerdos que solo se pueden tener con un incentivo físico, un olor, una imagen.

Apretó el borde de la cuna con su mano, antes de marcharse.

La puerta del baño estaba próxima al hueco que había en el fondo de la sala, hueco que parecía observarla a ella. La búsqueda (si es que había alguna que hacer, porque no era seguro que hubiese nada importante que encontrar) se estaba aproximando a su fin.

Apoyó una mano en el picaporte de la última puerta y colocó un pie adentro. El ruido plañidero que hizo al ceder fue lo último que escuchó antes de precipitarse hacia adelante al pisar algo resbaloso, a punto estuvo de darse de boca contra el piso.

—¡Caray! —exclamó.

Se sujetó a tiempo, pero había quedado en una cómica posición. El picaporte, completamente desenroscado, habiendo dejado un hueco en la puerta, estaba ahora en su mano.

Al incorporarse y ver hacia adentro, Antonella se dio cuenta de que había pisado accidentalmente el chupón de un biberón.

Se acordó de inmediato de un paciente de cuarenta y cinco años a quien le fascinaba la idea de que Antonella dijera «caray» en vez de decir «mierda».

Al echar un vistazo adentro, ella tuvo una idea bastante acertada de por qué el cuarto estaba tan oscuro: la puerta del placar, arrancada de sus bisagras, estaba apoyada sobre la ventana.

Se acercó y, con ambas manos, la apartó del camino. El vidrio había permanecido lo suficientemente transparente como para que, incluso desde afuera, en la calle, una persona hubiese podido ver hacia adentro.

«Mamá, ¿qué te hicieron? ¿De quién tratabas de esconderte?».

Apartó con el pie un viejo martillo oxidado, que seguramente había usado para arrancar las bisagras del placar.

Entonces pudo ver, finalmente, una antigua cama con una colchoneta rajada y un mueble al lado, con los cajones cerrados.

Antonella colocó la mano sobre el colchón, cuidando de no rasparse con los bordes de los resortes sueltos. Esa era la cama donde había dormido su madre por años.

Se sentó al borde y empezó a revisar los cajones sin éxito, hasta que intentó abrir el quinto.

Tuvo que forzarlo, cada vez con más fuerza, hasta que el cajón salió bruscamente y cayó al suelo.

Estaba lleno de gusanos.

Los observó con los labios apretados. Los parásitos se revolvían unos con otros, formando un «algo» espantoso que parecía vivo.

Estaban, en su mayoría, cubriendo una bolsa plástica, polvorienta, llena de papeles.

La tomó por un costado, levantándola, sacudiéndola con fuerza. La desdobló, la abrió y dejó caer todo el contenido sobre la colcha.

Había recibos, un currículum de una página, doblado en incontables partes, que pertenecía a su madre, la copia de una partida de nacimiento de sí misma, y una fotografía vieja, color crema.

—Mamá —musitó.

Pasó el dedo por el rostro pálido de la foto.

Muriel Messina había trabajado de lavandera por muchos años posteriores, había incluso trabajado como mucama en hoteles, pero todo eso se desprendía de su verdadero oficio: el de enfermera, la profesión en la que había alentado a Antonella. Los mejores consejos, sin duda, se los había dado ella. No se trataba de cómo manejar un catéter, preparar una inyección o una medicina compuesta, sino el de cómo afrontar cualquier situación, cómo no tenerle miedo a nadie ni a nada.

Muriel jamás había dicho que había sido enfermera, Antonella no había preguntado nunca, tampoco. Sencillamente era algo que se sabe y no se discutía. ¿Por qué? Era inexplicable, pero fue por la falta de tiempo, principalmente. Antonella era demasiado joven, estaba en una edad en la que todavía no se tienen agallas para preguntar ciertas cosas, y la muerte de su madre fue el golpe de gracia que endureció su carácter. Antonella no demostraba que tenía, de hecho, carácter fuerte. La gente de carácter débil es la gente que se enoja con facilidad, que no oxigena soluciones. Antonella tenía una disciplina de acero.

Saber que su madre era enfermera fue una certeza que se desarrolló a medida que creció y la conoció más. Era obvio. Era como saber que se iba a encontrar con gusanos aun antes de subir las escaleras de la casa. Antonella tenía aptitudes para saber «cosas», pero no sentía nada especial en ello porque, sencillamente, era así. Era como preguntarle a una persona que nació sin ojos qué se siente ser ciego. En su caso, era lo diametralmente opuesto: no le faltaba algo... tenía algo extra.

Y ella no necesitaba el sucio currículum que sostenía con sus dedos porque no le hacía falta ver qué cosas estaban acreditabas ahí. Cosas que tal vez habrían podido ayudar a su madre a ser enfermera en Buenos Aires. ¿Por qué hizo esto? ¿Por qué hizo aquello? Las preguntas seguían sin respuesta, lo único que había cambiado era que se habían vuelto más poderosas que nunca. Y ya no tenía la oportunidad de hablarlo con ella. Ya no.

¿Se había dejado olvidado el currículum, entonces? Tal vez, pero eso no sonaba a su madre, eso no sonaba a una mujer que se levantaba a las cinco de la mañana y tenía el desayuno listo a las seis por dieciséis años seguidos. Eso no sonaba a una mujer que no olvidaba nunca nada. Que tenía más precisión que un reloj suizo. Muriel había abandonado el currículum ahí, a la intemperie del tiempo, por la misma razón que había abandonado aquella residencia.

¿Pero por qué? No importaba cuántas veces le diera vueltas al asunto, no había respuesta.

Así que ahí estaba, sosteniendo un papel sencillo, amarillento. Un currículum, con el nombre de una institución educativa, el certificado de graduación de un instituto, y…

TRABAJÓ EN EL HOSPITAL SAN NIÑO — VALLE DE LA CALMA (dos años).

Antonella leyó la línea varias veces.

«Hospital S-A-N N-I-Ñ-O», se le hacía conocido…

Sí, había escuchado del San Niño antes, ¿dónde? En *Clarín*, ¿seguro? En reportajes posteriores, descubrieron que habían puesto de director de las instalaciones a alguien que la MOSSAD había identificado como un doctor croata, miembro del partido Ustacha, de la Segunda Guerra Mundial. Uno de los tantos que se habían escurrido de la justicia.

Pero se trataba de… de un reportaje, de un reportaje conmemorativo. Como esos que siguen haciendo de los desaparecidos de la dictadura.

Pero la memoria le fallaba.

Los dedos se le manchaban con la suciedad acumulada por un papel que había sido dejado en el olvido.

«Si fue así, sería más fácil haberlo quemado, mamá».

Pero su mamá no lo había quemado por una razón y su hija estaba a punto de descubrirla. La estaba sintiendo, en los dedos.

La sensación lustrosa de la tinta.

Giró el currículum, y había algo escrito, en grande, nada menos que por el puño y letra de Muriel Messina: CASILLERO 305.

Y más abajo, la dirección exacta del hospital San Niño, en letra pequeña.

—¿Qué es esto?

En el piso de abajo, Antonella, con esa excepcional habilidad —que no podía interpretar porque no sabía cómo se sentía sin ella— le hizo ver gusanos minutos antes de verlos en la realidad. Ahora, esa misma cabeza, con ese mismo poder, le disparaba luces, luces fugaces.

Luces, luces de fuegos artificiales, luces grandes, poderosas, luces con el olor de su madre, luces con el tacto de Muriel Messina, luces con «Oh, Dios mío» la voz de ella.

Su visita a la vieja casa se había terminado, pero no así su misión, porque aquellas cosas que Antonella anhelaba encontrar se habían transportado de lugar: era hora de hacerle una visita al hospital San Niño, donde había trabajado su madre, antes de marcharse intempestivamente del pueblo.

2

No le había tomado mucho tiempo hallar un hotel (o un motel, pero la sola palabra le causaba vergüenza ajena, en ciertas partes de su conciencia que todavía permanecían inmaduras), a pesar de que nadie estuvo ahí para darle direcciones. La sensación absoluta de destierro que se respiraba en todo Valle de la Calma empezaba a hacerse odiosa, pero por lo menos había recursos: alguien tuvo la brillante idea de colocar un expendio de mapas al lado del de diarios. Mapas que no se sorprendió de ver databan del año 1950, dirimiendo que era una época en la que en el pueblo volaron ideas más innovadoras que ahora.

Había dejado su bolso sobre el estante donde estaba colocado el televisor, cuya sola presencia era un gran sarcasmo de 30 pulgadas, porque el aparato solo podía tomar tres canales, con suerte.

La tina no estaba tan mal, tampoco. Se relajaría y, a la mañana siguiente, haría una visita al San Niño. Caminar hasta allá le tomaría bastante más tiempo que atravesar el pueblo, pero la dirección era sencilla y, definitivamente, se pondría los zapatos deportivos.

No había un solo lugar abierto donde pudiera comprar una botella de agua, salvo la máquina que estaba al lado del mostrador, pero solo vendía gaseosas.

Así que decidió llenar la cubeta con el hielo de la máquina al fondo del pasillo. Los cubitos estaban derritiéndose, lentamente, dentro de un vaso de plástico.

Estaba acostada en la cama, con las manos reposando sobre su estómago, observando fijamente el vaso. Había cometido el error de no llevar suficientes libros, los que había en su bolso habían sido devorados en el ómnibus. Antonella era una máquina cuando se trataba de leer.

Pero eso no tenía especial trascendencia si se ponía a pensar un poco en su situación, pues tenía algo más importante entre manos: ¿cómo explicar su situación cuando llegase al San Niño? Sobre todo cuando tuviera que decir la cantidad de años que la apartaban aquello que buscaba: el casillero 305.

De seguro habría sido usado por generaciones de enfermeras después de su madre. El asunto estaba en que alguien hubiese archivado su contenido, guardándolo para la posteridad. Era sensato, después de todo, porque en el lugar donde ella misma trabajaba había un departamento para casos parecidos. En infinidad de situaciones un paciente se dejaba algo importante, que iba desde un diario personal hasta partidas de nacimiento. No era del todo extraño ver a un hombre intentando recuperar algo que había perdido cuando estuvo internado hace un par de años por una operación de apendicitis, y el hecho de que Valle de la Calma estuviera tan retirado del mundo la hacía tener esperanzas de que dos años en una ciudad pudieran alargarse a treinta y dos.

Escuchó cómo los hielos se deslizaban unos sobre otros, derritiéndose. Tomaría un último vaso de agua antes de acostarse a dormir. Mientras tanto, seguiría meditando, mientras frotaba con la suave yema del dedo pulgar la fotografía de Muriel Messina.

3

Si algo tenían de hermoso los pueblos, comparados con la ciudad, eran los amaneceres. Antonella estaba de pie frente a la ventana para verlo cuando el sol comenzó a salir.

No había tal cosa como gallos cacareando en Valle de la Calma, pero el amanecer era ciertamente distinto al de Buenos Aires.

Tomó el desayuno en el restaurante rústico del hotel. Tenía hambre, no había cenado nada la noche anterior. No habló con nadie... al parecer ella y otro sujeto que se la pasaba leyendo el periódico eran los únicos huéspedes.

Con un chaleco de tela parecido al del día anterior y, sobre todo, «a Dios gracias» calzando sus zapatos deportivos, salió del hotel sin tener que consultar una segunda vez el papel doblado que llevaba en el bolsillo (había trascrito la dirección y el mensaje del currículum, pues temía que si llegaba a doblarlo una vez más el papel se deshiciera).

Caminó a un lado de la carretera, que se perdía de vista en el horizonte. Para cuando divisó la enorme arboleda que sellaba el bosque, tuvo el presentimiento —acertado— de que se estaba acercando.

Finalmente, la fila de pinos tenía una apertura, dejando un camino libre, una entrada larguísima, con árboles delgados, secos y enormes. El camino estaba lleno de hojas muertas, que el viento revolvía, creando un siseo inquietante. Allá al fondo, estaba el hospital.

Lo anacrónico del San Niño se hizo más latente que nunca. «Aquí, en este edificio, trabajó mi madre»; había una diferencia enorme con el Buena Ventura, su lugar de trabajo, y esto.

Se quedó de pie por varios minutos, en la glorieta, con el largo camino de entrada perdiéndose tras ella. Las chimeneas del San Niño echaban humo… podía notar que había personal adentro, moviéndose, tras la fachada de vidrio de la entrada.

Una sensación de cosquilleo le recorrió la columna vertebral.

Contempló las estatuas en miniatura de los leones sobre los pilares, a cada lado de las escaleras.

Otra vez, su columna vertebral fue presa de un cosquilleo frío, doloroso.

Y otra vez, como en la casa, como cuando estaba sentada en la cama destartalada de su madre, estaba teniendo una suerte de… de «¿ataque?». Había pensado mucho en eso, por la noche, y estaba ocurriéndole otra vez. «No, no se le puede llamar ataque», simplemente le bajaba la presión. Sí, eso era, era el mejor término para describirlo, no había otro. Se sentía como una violenta bajada de presión, una en la que volvía a oler, sentir y oír a su madre, con una fuerza abrumadora. «Muriel Messina, enfermera Muriel Messina».

Antonella se frotó los ojos, antes de volver a levantar la cabeza, para contemplar el hospital y luego al manicomio, que sobresalía casi exactamente detrás.

Ascendió por las escaleras, sintiendo poca fuerza en las piernas, y empujó la puerta de entrada.

La enfermera que estaba detrás del mostrador tenía de todo menos buen aspecto. Sus cabellos grises estaban sostenidos por una cinta y su cara tenía más arrugas que las que uno habría podido contar sin que ella se fijara. Tenía toda la pinta de ser una arpía. Antonella conocía a las arpías, al fin y al cabo, no era muy extraño encontrárselas en los hospitales. Ella era jefa de un par.

—Buen día, señora. Mi nombre es Antonella Messina, soy la jefa de enfermeras del hospital Buena Ventura —anunció, sin estar muy segura de que la mujer se sintiera especialmente conmovida por el truco—. ¿Me puede decir su nombre, por favor?

La anciana la miró largamente con sus ojos amarillentos.

—Enfermera Margoth.

—Margoth, un placer. ¿Se halla algún miembro del personal directivo con quien pueda yo hablar?

—No. Somos pocos hoy.

—Entiendo, en ese caso, pediré hablar con el encargado más próximo que esté disponible —pidió, sin ralentizar su tono de voz—. Es necesario que me comunique con tal persona.

La arrugada mujer le echó una mirada furibunda, llena de excremento.

Antonella le sonrió.

Ella sabía bastante bien cómo vérselas con su tipo. Antes y después de que la mujer intentara usar su arma letal («meter miedo») ella ya la habría desarmado haciéndole saber que sus amargos modos no le afectaban ni siquiera lo suficiente como para hacerle perder su inmensa sonrisa blanca. Margoth tenía el *round* perdido desde antes de empezar, contando, además, con que hablaba con otra enfermera, que tenía una idea aproximada de cómo se movía el asunto en el hospital. Podía venir de un lugar muy diferente, pero había un camino de cosas básicas a considerar. No era fácil engañarla.

—Espere aquí.

Se levantó, encargándose de que las patas de la silla hicieran el mayor ruido posible.

Antes de desaparecer, Margoth se dio media vuelta.

—¿Cómo dijo usted que se llamaba?

—Antonella Messina.

—Messina…

A continuación, hizo algo que no agradó en lo más mínimo a Antonella, algo que tenía una carga siniestra, casi insoportable: Margoth sonrió.

Antonella no se dio cuenta de que tras ella comenzó a llover, y el viento empezó a hacerse cada vez más fuerte, hasta volverse violenta. La neblina empezó a tapar la salida, allá al fondo, como un eclipse.

Para cuando se dio media vuelta, para hacer tiempo leyendo la cartelera con papeletas, informes y planillas que estaba colocada en la pared contigua, sintió que alguien la tomaba por el hombro.

Se lo quedó viendo al hombre, impresionada.

El tipo parecía haber salido de debajo del escritorio, como si hubiese estado ocultándose allí. No ayudaba mucho el hecho de que tuviera un parche en el ojo.

Reaccionó tan rápido como pudo, temiendo ser grosera con su silencio.

—Perdone usted, hoy no me siento bien —mintió—. Encantada de conocerlo, doctor...

—Murillo.

Extendió un brazo hacia la impecable vitrina de vidrio de la cafetería.

—¿Desearía tomarse un café conmigo mientras conversamos? Yo invito.

Murillo era un genio de la diplomacia. Arqueaba sus cejas de forma cordial y abría bien su único ojo, su mejor truco en un juego inmundo entre la lástima y la seriedad, a medida que extendía la mano, dejándola ver su anillo de matrimonio:

«No, gordita, no te preocupes, no estoy tratando de flirtear contigo, estoy diciéndote que me interesa tu caso, aun cuando vaya a hacerte perder el tiempo, de un modo o de otro...».

El problema es que el hombre no tenía forma de saber que Antonella Messina lo sabía, lo sabía perfectamente, lo sabía tan bien, de hecho.

Ella sonrió, sin decir palabra.

Murillo le abrió la puerta y después le apartó la silla. Había jugado su papel bastante bien, pero no podía disimular sentirse interesado.

—Es bueno verla por aquí, ¿Messina? ¿Seguro?

Ella volvió a sonreír, sin decir palabra.

—¿Pero por qué vino?

—Por algo que dejó mi madre, cuando trabajó aquí. Albergo la esperanza de que continúe archivado, en alguna parte. Es una historia un tanto larga.

—Sí —la interrumpió, rápidamente—, conocemos a Muriel.

La expresión de Antonella lo dijo todo.

—¿El director la recuerda?

—Bastante bien, de hecho.

Sonrió, recuperando el color en las mejillas.

—Qué hermoso. Debe ser un hombre bastante mayor.

—La gente mayor que vive lejos de las ciudades se mantiene muy bien. Una vez, en el *Reader's Digest*, hicieron todo un reportaje acerca de ello.

—Debe usted apreciarlo mucho.

—No sé qué haríamos sin él.

La conversación se hacía cada vez más fluida, pero había un dejo de incomodidad casi insoportable que ambos notaban sin ningún problema. Ninguno se animaba a hablar claro, no aun.

—¿Y cómo se llama este director?

Murillo levantó los ojos para observarla, fijamente, con los labios apretados.

Pasó un dedo suavemente por su parche negro, acariciando su ceja.

—El doctor Ivo Borguild.

—No, no he oído hablar de él.

—Ya…

Cruzó los dedos de ambas manos y sonrió.

—¿Hay manera de encontrar lo que mi madre dejó aquí en el hospital?

—Sí. Usted sabe lo que dejó, ¿no es así?

Aquella pregunta la tomó fuera de guardia y lo dejó entrever con su rostro.

—Me temo que no. Asumo que fueron papeles de algún tipo.

—No. Lo que su madre dejó fue una agenda, que posiblemente haya sido utilizada como diario personal.

Musitó algo inaudible como respuesta.

—No hemos estado husmeando. Es solo una asociación de ideas.

—No, no se preocupe —sonrió—. Mi silencio no se debe a eso.

—En ese caso, quiero advertirle que tomará un tiempo encontrarlo. El almacén de archivos del San Niño es inmenso. Debe imaginarlo.

«No lo parece, querido, en este hospital no veo el más mínimo movimiento».

—De acuerdo.

—Perfecto. Aclarado eso, entonces…

Murillo hizo una seña con la mano a la mujer detrás de la máquina.

—¿Cómo le gusta su café, señorita Messina?

II

1

El resto de la «cita» había sido incómoda, con bastantes pausas entre un comentario y otro. Murillo no volvió a hacerle ninguna pregunta, sin embargo, a él no parecía incomodarle en lo absoluto la situación. Se mantenía con los labios ligeramente levantados, como si estuviera satisfecho o seguro de sí mismo.

Estaba haciendo un chequeo mental de su capital, y si los cálculos eran correctos, no le sería difícil quedarse en el hotel cuatro o cinco días. De hecho, no le molestaba la idea de volver a Buenos Aires a fin de mes, y muy en contra de su carácter, tampoco verse ante la hipotética situación de pedir un par de días extra libres. La razón era sencilla, pero inédita de cara a su carácter sedentario: estaba sobre la pista de algo, y era importante. No sabía qué energía la impulsaba, pero era suya, muy suya. Eran quizá los únicos rasgos de Sagitario en su vida como mujer de Cáncer.

Y si quería racionalizarlo, la situación se prestaba a ello: era una oportunidad única para cerrar una puerta que había estado abierta desde siempre. Una puerta que llevaba a los misterios de su madre.

Si eso es lo que tomaba encontrar la libreta que había dejado en el casillero hacía tanto tiempo («¿acaso he mencionado la palabra casillero desde que llegué aquí?»), pues sea. Era como si cada vez que intentara armar una explicación, alguien, en el hospital, completara el resto, pero a su forma... a la forma del San Niño. Y eso colisionaba en gran medida con su inteligencia. Era como verse ante una llamada a la medianoche de algún extraño: «Hola, ¿con quién estoy hablando? No, no, dígame con quién desea hablar usted». Esa era la suspicacia que ella sentía, pero multiplicada hasta un punto en que, sin quererlo, la hizo temblar.

Iba a hacer la pregunta de oro. Y para ello tenía que reunir valor.

—Doctor Murillo, muchas gracias por el café, es usted una buena persona. Creo que debo retirarme, tengo que hacer algunas cosas, como llamar a Buenos Aires para decirles que estoy bien y que voy a llegar pronto («¿Mordería el anzuelo? ¿De verdad se creería que habría alguien preocupado por ella?»). Me apena mucho hacer esta pregunta: ¿en cuánto tiempo piensa usted que recuperarán el diario?

—Mañana mismo. ¿En verdad necesita usted irse?

—Sí.

Antonella se sintió tentada a dar una explicación. Lo hacía cada vez que mentía, pero se contuvo. Ella sabía que era una mala mentirosa, pero a la vez sabía los detalles que hacían mala a una mentira.

Murillo sonrió e hizo un gesto con la cara.

—Mire hacia afuera.

El agua caía de tal forma que el exterior parecía poco más que un cuadro psicodélico.

—¿Hay algún teléfono cerca?

—¿Qué piensa hacer usted?

Revisó su bolso esponjoso y extrajo su viejo celular.

No tenía señal.

Aquello era una especie de batalla campal, una delgada línea en la que Antonella intentaba calcular lo aceptable del descaro y su miedo por hacer el ridículo, su miedo por apartarse, su miedo por hacer el equivalente a cerrar el seguro del automóvil, pero no hacerlo porque uno teme ofender a esa persona que creemos puede ser un criminal.

—Llamar a un taxi, desde luego.

—No sabe cuánto me avergüenza, va a pensar que somos campesinos —repuso Murillo, rascándose tras la cabeza— pero no, no hay servicios de taxi en el pueblo. Remise menos. Entenderá que es demasiado. Podría ofrecerle un paraguas, pero no me parece lo adecuado.

—Entiendo —repuso, decidida a no bajar los brazos—, si es tan amable de indicarme algún teléfono público, me pondré en contacto con mi familia en Buenos Aires.

Como por acto de magia, la enfermera Margoth se puso en marcha. Salió detrás de Murillo, como la parodia de un conejo dentro de un sombrero. La mujer abrió la puerta doble del pasillo dentro del cual, muchos pasos más allá, se hallaban los teléfonos públicos, uno al lado del otro.

Antonella agradeció con una sonrisa y pasó adelante. Pensó en la palabra «dionea», «planta dionea».

Mientras los dejaba atrás, se dio cuenta de que la mujer no había soltado la puerta. Sabía, además, que la estaban observando.

Tomó el teléfono y lo apoyó entre el oído y el hombro. El calor que hacía ahí era espeluznante. Las paredes estaban tapizadas por una especie de alfombra roja de bastante mal gusto, detalle que la impresionaba tanto como el hecho de que había una sola bombita, la cual, para colmo de males, titilaba. Todas esas características hablaban bastante mal a su criterio. Su criterio de enfermera. Era exactamente lo mismo que la modelo que aparece con varios kilos de más y un grano en la cara una semana después de ganar el Miss Universo. Pero ella no lo iba a demostrar, Antonella distaba de ser así. Aun asustada, no tenía motivos para exteriorizar su desagrado por el San Niño.

Y no solo eso sino que, por naturaleza, lo justificaba: el hospital era enorme y, por lo tanto, debía ser un lugar muy difícil. El Buena Ventura era grande también, sí, pero no tenía pasillos con cuartos para conserjes. Aquello era a su lugar de trabajo lo que un puesto de choripanes era a un McDonald's de dos pisos.

Se giró lentamente, solo para descubrir nuevas razones para sentir aversión a Margoth, en cuerpo y alma: su mirada viperina bajo esas cejas casi inexistentes estaba clavada en su nuca.

Extrajo la papeleta doblada de su bolsillo, el viejo currículum de su madre, simulando que leía un número anotado detrás. Marcó al azar, contando el 011 del área de Buenos Aires. Era una mala mentirosa en la práctica, pero era prolija por naturaleza. Eso nadie se lo quitaba. Lo haría lo mejor posible.

Margoth había dejado de mirarla; ahora podía verla de espaldas, hablando con alguien. Ya no importaba, no podía escucharla desde ahí. La atendiese quien le atendiese, y era una pena haber tenido que gastar unas cuantas monedas para una charada como aquella, algo sobre lo que ni siquiera estaba segura que hiciera falta... le diría amablemente a quien fuera que atendiera que se equivocó de número, esperando que no fuera algún histérico hipertenso.

Quizá se viera obligada a esperar que ese tal «sea quien fuere» colgara el teléfono para seguir hablando un rato más y cristalizar así el teatro. Pensó otra vez en dionea. «La planta dionea, dionea».

Repicaba sin que nadie contestara. En ese caso, tendría que simular que hablaba con una persona. Sería más difícil...

Sin embargo, para cuando estuvo a punto de creer que la llamada se perdería, alguien le atendió el teléfono, escuchó que levantaban un auricular.

El problema es que la persona del otro lado de la línea no decía nada, solo escuchaba.

La escuchaba a ella.

—¿Sí? —susurró— ¿Por favor con Mónica?

Giró los ojos. Volvió a ver al fondo del pasillo: no la observaba nadie. La enfermera se había ido.

—¿Hola? ¿Puede usted escucharme?

Necesitaba zanjar la situación, cabía la posibilidad de que el sujeto tuviera un identificador de llamadas y estuviera intentando descifrar en silencio el código numérico que aparecía en su pantalla. Hoy en día todos tenían uno.

—¿Hola?

Empezó a sonar un gemido de tuercas, seguido por un aspador, y…
Silencio.

Antonella decidió quedarse callada, escuchando, con la boca entreabierta.

Nuevamente, el mismo sonido, pero repetido dos veces.

Su mente trabajaba lentamente. Poco a poco una imagen se fue formando en su imaginación.

«TIJERAS».

Las tuercas se movían de forma lenta, el sonido oxidado se despedazaba para dar paso a la ágil melodía de las aspas separándose, cerrándose luego violentamente.

—Disculpe, yo…

Como si su propia voz hubiese sido el detonante, la combinación se repitió ahora tres veces.

Quería volver a decir algo, abrió la boca, pero las palabras acabaron por ahogarse.

Se repetía a una velocidad cada vez mayor. Una y otra, y otra, y otra vez, hasta cobrar un ritmo enloquecedor, acercándose por la línea, resonando en su tímpano cada vez con mayor fuerza, y luego más cerca todavía, muy cerca…

Antonella colgó el auricular de golpe.

Nuevamente, su garganta ahogó instintivamente una frase, una expresión, sus ojos se hicieron grandes. Las palabras se deslizaron hacia abajo.

No había nada que hacerle, había pensado en «¡mierda!» pero dionea fue todo lo que surgió de adentro.

«¡Dionea, DIONEA!».

Giró la cabeza rápidamente, para ver hacia la salida. Margoth no la estaba mirando, Murillo no parecía estar cerca tampoco.

Su mente daba vueltas, como lo hace una cuchara girando dentro de un vaso con agua.

«La enfermera no me vio, el doctor tampoco me vio. ¿Es prudente que haga como si hubiera podido comunicarme, pretender que hablé con alguien? ¿Y si lo hago, sabrán, habrán oído que no dije nada?».

Por un momento se sintió irritada y estúpida de no haber hablado, de no haber seguido con su teatro, pero «¿Qué, qué fue eso? ¿Qué número marqué?».

Observó el teléfono de vuelta, sintiéndose tentada de tomar el auricular otra vez.

Su mente de adulta, inflexible, larga y oscura, se interponía con la mejor defensa posible. «Eso no fue nada, eso no fue nada; andá a hacer otra cosa, no seas ridícula».

Se sentía como la resaca después de una borrachera.

A la final, la inflexibilidad ganó el asalto: problemas en la línea. «No, afuera no hay nada, afuera solo hay un gato». Esto era igual, y más fácil aun.

La comida era algo importante en la vida de Antonella, ocupaba un buen departamento en su muy limitada pizarra de placeres. Volvería al restaurante.

Al cruzar la recepción, la lluvia era torrencial, y peor aun; parecía que el viento arrancaría los árboles. Todo indicaba que era imposible salir y por dentro lo sentía: «Todo está cerrando, dionea, dionea».

—¿Es esto normal? —preguntó.

Pero la enfermera Margoth no estaba en la recepción para contestar su pregunta. Y era mejor que no estuviese.

Le recordaba que ella misma había tenido logros asombrosos. Lo que faltaba en la vida de Antonella, ella lo compensaba con otra cosa. Y uno de los más extraños había sido el de haber entablado amistad con una inspectora de hospitales. Una doctora de piel oscura, enorme, con una cara que podría dejar a un auto por debajo como un paisaje floral.

Fue una de las pocas frases obscenas que le habían provocado una risa a mandíbula batiente. El doctor Benítez tenía muchas, pero finalmente lo logró, logró sacarle una risa a la señorita Messina con su humor escatológico. Ese día había dicho: «Si hay algo jodido, es hacerse amiga de una mina así».

Y Messina lo había conseguido.

En una charla, la mujer le había revelado que una de las mejores formas de entender lo que se cuece debajo de cualquier lugar es hablando con el personal menor. No quería realizar una investigación a fondo del San Niño, claro, pero podría hacerse una idea de la calidad general del hospital si se dirigía al pie de la pirámide. Así, varias preguntas arremolinadas se irían aclarando lentamente, preguntas que habían comenzado a girar ni bien puso el primer pie en el San Niño.

Por ejemplo, si la inspectora Mabel hubiese estado ahí, lo primero que diría, sin pensarlo dos veces, era que el personal del San Niño era ridículamente insignificante —porque tratándose de esa señora, hay que adherirle picante a cualquier frase— para lo que una instalación tan grande requería. La infraestructura era la apropiada, pero era obvio que el lugar estaba vacío. Cualquier otra persona pensaría «están en temporada baja», «hoy no hay mucho trabajo». Pero a Antonella no la podían engañar. Eso es como un piloto viendo una de esas tontas películas de secuestros aéreos. Estaba vez el juego era distinto, dionea…

Por no decir que tal hospital era una extravagancia estando cerca de un pueblo al que cada uno de sus habitantes hubiese podido mudarse sin ocupar mucho espacio. Eso la llevaba a pensar que en realidad podía tratarse de un centro de tratamientos especiales para gente muy pudiente (Bariloche no estaba demasiado lejos, después de todo). Era lógico, dionea…

Y finalmente lo recordó, recordó qué era esa palabra en la que había estado pensando tanto, recordó la dionea. Fue incómodo, como tener un bocado atrapado en la garganta. Dionea, sí, dionea. Ella era muy mala para recordar las cosas que se tienen en la punta de la lengua. Son peores que el hipo. Pero lo recordó.

La dionea, la planta carnívora. Esa que atrapa moscas. Que te atrae y que cuando aterrizás, no te deja salir más…

Cerró los labios y cruzó la puerta. Desgraciadamente su experiencia como enfermera tenía un límite, y en lo que seguía sí se parecería a cualquier otra víctima: era hora de comer, y dejar pasar todo.

El almuerzo había terminado siendo un simple sándwich de pollo con una tortilla de papas (le encantaban las papas: horneadas, fritas, al vapor, de cualquier forma). Benítez una vez le había dicho que parecía un leprechaun por ello. Afortunadamente Benítez no era un estúpido, y por eso lo único que lo había ofendido de que Antonella lo llamara «Dr. Chapatín» fue que para él hubiera sido un honor que en cambio lo llamaran «Dr. Kevorkian».

Cada vez que Antonella comía, borraba momentáneamente incontables datos. Pero la palabra «dionea» no abandonaba su cabeza.

Pagó la cuenta, no sin antes meditar que otra de las atractivas características de la gente del pueblo es que no era tan suspicaz a la hora de cobrar como los de la ciudad. Ella hubiese podido marcharse y dudaba que la cajera hubiese tan siquiera levantado la cabeza de la revista que andaba leyendo. El costo de su comida fue ínfimo. Ridículo. Casi algo simbólico, de hecho.

Margoth no estaba en la recepción para cuando Antonella regresó. (Hospital sin recepcionista, otra de las excentricidades del San Niño), sin embargo, lo que no se terminaba era la lluvia; podía escuchar los truenos resonantes en la lejanía. El camino de salida entre los árboles (o lo poquísimo que podía ver de él) estaba envuelto entre ramas y hojas.

Se resignó. En Buenos Aires las tormentas fuertes duraban generalmente poco; veinte o treinta minutos. Tal vez otra característica típica del lugar eran los torrenciales largos. Eran ya las doce del mediodía y, considerando la hora tan temprana en que había llegado, la situación se estaba volviendo molesta.

—Están interesados en usted.

Antonella dio un respingo. Aquello parecía haberle dado un placer inmenso a Margoth.

—¿Sí? —contestó, con compostura— ¿Quién?

—El doctor Borguild, por ejemplo. Dice que si tiene tiempo, querrá conocerla personalmente, al final de la jornada.

Aquello parecía considerado.

—¿Quién es Borguild?

Como si aquello hubiera sido una venganza, Margoth dejó de sonreír. Un velo de compostura forzada cayó sobre su rostro con una rapidez tal que resultaba incluso humillante.

—Se lo dije antes… él es el director de las instalaciones.

La mujer giró los ojos a un costado, con los labios apretados, pero podía notarse que revolvía el interior de su boca con la lengua.

—En cierto modo, puede decirse que él es el San Niño, ¿entiende?

Observó a Antonella, como si esperara que ella compartiera la analogía.

—Puede darle a Borguild el nombre de mi hotel, si quiere. Lo he olvidado pero tengo un folleto en el bolso. No dudo que pueda conseguir el número de teléfono.

Margoth sonrió, replegando su dentadura color café.

—Corazón, acá las lluvias duran más de lo que se imagina.

—Caray. Eso me temía.

Y le sonrió con dulzura.

La anciana dejó de mirarla y regresó a su escritorio.

—Recorra usted el hospital, para que no se aburra. Compruebe que aquí somos tan sofisticados como en la ciudad.

—Me temo que eso ya lo comprobé hace poco, señora —disparó.

3

Desde que era una adolescente, y sabía que su vocación definitiva sería la de ser enfermera, Antonella Messina, siempre tan sencilla, pero no por ello menos aguda que una hojilla, sabía bien que eso le traería complicaciones con los del sexo opuesto. La razón era sencilla: cuando uno demuestra vocación por algo, es natural que haya un interés sincero de por medio, y cuando se tiene interés, no se puede evitar sino estudiar del tema hasta saberlo todo. Ella había sido así, y tenía una idea bastante acertada de lo «bien» que iría cualquier cita si se ponía a hablar de sus temas favoritos.

Así que había decidido cavar su propia tumba antes de pasar un mal rato. Entre su apetito sexual y su vocación, había ganado lo último.

Así que ahora estaba ante algo que la apasionaba: un hospital.

Tenía la esperanza de recorrer Valle de la Calma, llegar a conocerlo mejor, porque era el pueblo donde había vivido su madre por mucho tiempo y una especie de lugar turístico al cual, ciertamente, habría que exprimir demasiado para sacarle algo de turístico. Pero serían sus primeras (y seguro también sus últimas) vacaciones en mucho tiempo.

La preocupación por la lluvia apenas era un punto negro (uno que más adelante se convertiría en un tumor) pero ahora mismo cometía el mismo error que muchas víctimas del San Niño: estaba despreocupada, mientras dejaba que el tiempo pasara.

Al final del corredor, observó que las enormes puertas dobles estaban abiertas, mostrando el interior de la cocina. Había bandejas metálicas sobre los largos mesones rectangulares, donde los cocineros dejaban los proyectos que más tarde meterían al horno. A su lado derecho, se hallaban los largos cubículos vacíos con escritorios, muebles, archivadores y esqueletos de pie. Si aquello hubiese sido una tienda mayorista, sería lógico pensar que era un desolado domingo de vacaciones, donde funcionaba solo la mitad del personal, pero aquello era un hospital, y por ello, no dejaba de ser extraño, extraño más allá de todo aquello que pudiera cambiar de un hospital citadino a uno del interior, extraño como si se dijera que en Francia dos más dos son seis. Ya había pensado en esto antes, sí, pero la idea solo rotaba, daba giros sobre un circuito. Conocer a fondo el hospital no hacía sino insistir sobre un mismo punto, hasta que, finalmente, se hiciese insoportable y fuera inescapable.

Ella sabía todo lo que había que saber, sabía de hospitales para quemados, hospitales dedicados a atender partos, los de cirugía estética, cuidados intensivos, enfermedades cardiovasculares, hospitales psiquiátricos, etc. El San Niño tenía la capacidad de encargarse de todo eso en un solo lugar.

Antes de atribuírselo a cualquier otra razón que pudiera parecer obvia, como que el San Niño pudiera estar yendo derecho a la quiebra, recordó que su madre había trabajado ahí mucho tiempo; las instalaciones debían guardar un secreto, y como ya se hacía una idea preclara de qué secreto era, supo que sería todo un espectáculo ver a Moria Casán o Mirtha Legrand saliendo de un ascensor en bata.

«Estoy en el mismo lugar donde trabajó mi madre, tal vez viendo exactamente lo mismo que vio ella, preñada de mí».

Le hizo recordar lo mucho que quería leer el diario, y de dónde sacaba las energías para quedarse. De dónde combatía el sentimiento de querer irse a casa. De dónde paliaría la posibilidad de que ella hubiese escrito algo triste, o que no le gustase. Antonella era previsora, pensaba ese tipo de cosas con anticipación, eso la preparaba mejor. Eso y pensar siempre en el peor escenario posible. Se lo había recomendado su tía, y lo había oído decir de los labios de Carla en *Cheers*. Dos personajes tan sabios no podían equivocarse.

Lo había hecho ya durante tanto tiempo que era un movimiento reflejo. Antonella se había vuelto una estratega excelente de su propio corazón, y no había que prestarle tanta atención cuando había un punto mucho más delicado, mucho más importante: «Mamá».

Su madre.

Fue por eso que la idea fue creciendo lentamente en su cabeza, después del aguijonazo inicial, al leer la plancha de madera que estaba colocada sobre la puerta: «Oficina de Historia de Personal».

Aquello era igual que la sala de Archivo de Empleados (misma oficina, diferente nombre) que se situaba en el Buena Ventura. Quería ver el nombre de su madre en algún documento de la época. La idea era tontamente nostálgica, boba incluso, pero era como poder palpar la espiral del tiempo con sus ojos, leer el nombre «Messina» en un documento redactado hacía más de treinta años. Eso y que, además, podría satisfacer un poco su curiosidad con respecto al número de empleados en el San Niño. Eso último se estaba convirtiendo en una de esas tareas incómodas pero inaplazables. Era curiosidad.

De resto, aquello era como una enorme y aburrida biblioteca pública. En el Buena Ventura era completamente accesible a la gente, porque además del historial de empleados se hallaba también la historia del lugar. Uno podía sacar fotocopias de los documentos que deseara llevarse, cosa frecuente, porque muchos estudiantes de comunicación social, derecho o teología hacían trabajos o tesis, incluso, relacionados con un hospital.

No estaba muy segura de cómo funcionaba aquello en el San Niño (no había una fotocopiadora, ni mucho menos), y estaba segura de que si entraba, Margoth no perdería la oportunidad de hacer una acusación venenosa; entre paréntesis, le parecía increíble hasta qué punto era capaz de convertir un par de horas de relación en una enemistad de años, pero no le importaba intentarlo. Antonella no se asustaba por la gente de mal carácter… las enfermeras competentes tienen el mismo don maravilloso que las azafatas: la gente de mal carácter son su especialidad. Ni siquiera Muhammad Alí había podido contra una.

Se quedó viendo el vidrio cromado de la puerta antes de animarse a girar el picaporte.

La polvorienta atmósfera del reducido espacio que ocupaba esa oficina se desquitó con sus ojos, y estaba segura de que más tarde llegaría hasta los pulmones. Por suerte, llevaba el inhalador en su bolso, sabía de sobra que sacudir el aire con la mano solo haría que se arremolinara más en torno a su cara.

Observó el enorme estante con culatas de carpetas rebosando a cada espacio en lo alto de sus filas, las calcomanías viejas, amarillentas y casi despegadas de la madera indicaban el año de cada archivo situado sobre ellas.

Con mucho esfuerzo retiró la primera de las tres que estaban situadas bajo 1975.

A.
Aaron, Franklin
Aides, Carol
Annah, José
Abboth, María

B.
Barro, Tatiana
Bonochi, Juan
Báez, Miguel

C.
Carrillo, Juan
Carrera, Roberto

La lista continuaba en orden alfabético hasta el final, seguida por una hoja de vida de cada uno de los integrantes listados en la carpeta. Ningún indicio del apellido Messina.

Con esfuerzo, encajó la carpeta dentro del archivador y se ayudó con la palma de la mano para hundirlo de vuelta en su lugar.

Haciendo un rápido cálculo mental entre su edad y los años que su madre había trabajado en el hospital, debía escoger la de 1970.

Estiró la mano nuevamente cuando fue interrumpida por un grito y un estruendo que la hizo dar un respingo.

Alguien maldijo en voz alta, desde la recepción del hospital, seguido por pisadas.

—¡Dejate de joder! ¡Agarralo!

Un grito desgarrador llenó los pasillos.

—¡Agarralo, pelotudo!

Instintivamente, Antonella dejó lo que estaba haciendo y trotó, siguiendo el ruido. Se oían manotazos contra alguna superficie.

Dos enfermeros estaban intentando sujetar a un joven sin demasiado éxito.

Los cabellos negros y grasosos, cubriendo como lenguas su frente abultada, apenas si dejaban ver los ojos desorbitados, ventanas transparentes a una nada mística. Había caminos de saliva debajo de su barbilla enrojecida, enrojecida igual al resto de su cara, demostración de que estaba resuelto a no dejarse doblegar.

Apoyó un pie en la pared y empujó, tirando al suelo a un enfermero pelirrojo y enorme, quien dio manotazos, aterrizando finalmente sobre su trasero. El otro enfermero (el más listo) estaba aferrado a su cintura, apretando los dientes, con un hilo de sangre bajándole de la nariz hinchada.

Le estaba sacando el oxígeno a fuerza de abrazo, lamentablemente eso era lo menos que le importaba al paciente quien, viéndose libre del pelirrojo, aprovechó para empezar a dar codazos hacia atrás. Podía sufrir retraso mental, pero en ese momento no lo hacía nada mal: jugaba muy bien sus cartas.

Se arrastró sobre el suelo, el enfermero tenía los brazos ardidos por el contacto de la ropa del paciente, que se deslizó con fricción bajo su piel; ya no lo tenía agarrado por la cadera, pero sí por las piernas, usando su propio trasero como eje de peso para que no pudiera arrastrarlo.

—¡Hacé algo, carajo! ¡HACÉ ALGO!

El pelirrojo lo observó estúpidamente y gateó hasta sentarse sobre la espalda del joven.

—Ya lo tenemos —gritó, triunfal—. ¡Ya lo tenemos!

Antonella veía la escena con pena.

—Corazón —intervino—, lo tenés aferrado, pero cuando lo intenten mover a la camilla, va a empezar el problema otra vez.

Los dos se la quedaron viendo a Antonella, el paciente casi logró escupirle en los zapatos, como protesta por darles ideas.

—¿No tienen un sedante a mano?

El pelirrojo, respondiendo a su pregunta con toda la capacidad mental de la que era capaz (no sufría de retraso mental, quizá su inteligencia fuera normal, pero era discutible si era más listo que el paciente), observó con despecho la bandeja con drogas que estaba colocada sobre la mesa de recepción.

—¿Lo podés sujetar mientras voy a prepararlo? —preguntó el otro.

Pero el pelirrojo le echó una mirada de desgano que lo dijo todo.

Antonella tomó la delantera y se puso a leer los frascos con detenimiento. No conocía ninguno de los medicamentos salvo uno, el cual creyó que había sido descontinuado hacía por lo menos diez años. La terminología en latín fue lo único que la ayudó a deducir algo. Empezó a preparar la inyección con destreza, bajo la mirada impresionada de los dos enfermeros. Ninguno se atrevió a decirle nada.

Pronto, ella se puso en cuclillas.

—Sujétenlo bien —dijo— y no te preocupes, corazón, soy enfermera.

La sola idea de imaginar que alguno de los dos pudo haber creído que podría haber sido cualquier otra cosa le causó gracia.

—Sujétenlo bien —insistió.

Clavó la aguja y la fórmula achampañada fue desapareciendo poco a poco.

Al verse vencido, recurrió a una última arma: empezó a dar cabezazos contra el suelo. Su hueso resonaba como el de una pelota.

—¡Sujetalo, corazón!

El pelirrojo arqueó su cuerpo y lo tomó por debajo del cuello con ambos brazos, levantándole la cabeza a la fuerza, apartando la suya lo más posible porque, si bien era un tipo estúpido, podía al menos prever un golpe.

—Ahora deben sujetarlo unos minutos más, hasta que haga efecto.

—Gracias, señora —dijo con énfasis el de cabello oscuro.

—¿Es un interno del hospital?

—No. Es de al lado.

—¿De al lado?

El joven suspiró, intentando aguantar las ganas de levantar su brazo de la cintura del paciente para limpiarse el sudor de la frente.

—De la casa de los locos —dijo.

—¿Casa de los locos? ¿Literalmente?

—Literalmente —contestó, sonriendo.

El paciente los veía, atento.

—Es un psiquiátrico, entonces…

—¿No lo sabía? ¿Quién es usted?

—Un manicomio —interrumpió el pelirrojo, sin ser oído.

—Antonella Messina, corazón.

El chico le sonrió.

—Gracias. Bienvenida.

Antonella se puso de pie, devolviéndole la sonrisa. No tenían idea de que ella no estaba ahí como empleada en el San Niño, pero tampoco ella tenía los ánimos de explicárselo.

—¿Por qué tiene sangre en el pantalón?

—Se clavó un crayón en un ataque de histeria. Su carrera artística se acaba el día de hoy.

El paciente jadeaba, sonriendo.

La camilla con patas flexibles estaba dada vuelta en el suelo, con el colchón salido. Se encargó de levantarla y prepararla. El enfermero entendió rápidamente.

—Vamos, levantémoslo —exclamó—. Vos por los brazos, yo por las piernas.

Así lo hicieron.

Todos fueron distraídos sorpresivamente por algo que cayó al suelo, produciendo el ruido molesto.

La jovencita se apresuró a recoger el diario, con una cara de estupidez inaudita impresa en la cara y unos labios pintados vulgarmente de rojo, abiertos en una pequeña «o».

—Es Lily —murmuró el pelirrojo, con fastidio—, hasta luego.

—Gracias otra vez, señora.

La papada de Lily tembló. Se incorporó, apuntando con sus voluminosos senos a los enfermeros, observándolos marcharse con expresión estoica.

Suspiró con el cuaderno bien apretado en el pecho. Sus labios seguían imitando esa pequeña dona de carne roja, con la mirada ojerosa completamente perdida. El anacrónico sombrerito de enfermera estaba apoyado en un costado de su cabeza, dándole, además, la apariencia de una marinera.

—Corazón, creo que sería mejor que te hagas cargo del paciente.

Sin decir nada, colocó el cuaderno que llevaba entre las piernas del paciente, ahora cubiertas por una delgada sábana blanca de algodón, y se lo llevó pasillo abajo.

Antonella no la perdió de vista hasta que desapareció.

Mientras que los engranajes de su mente giraban, y daban luz verde a ideas e imágenes, se fue dando media vuelta, poco a poco, observando el vidrio: el vendaval continuaba.

Se acercó como si estuviese en sueños y colocó la mano sobre el vidrio… del otro lado, las gotas de lluvia convertían la superficie del cristal en una perpetua mancha húmeda.

Frunció el ceño, apretando sus dientes, recordando el aspecto de ambos muchachos.

No estaban mojados, ninguno de ellos lo estaba, y…

«Dios mío… ¿por dónde salieron ellos? ¿Por dónde llegaron?».

4

Había esperado en la recepción: sentada, de pie o apoyada frente a la vidriera, luego viendo a la nada con las manos sujetas a la espalda, más tarde contra la pared con una mano sobre la frente, mientras las horas pasaban y se hacía de noche. El ocaso dominaba el cielo, pero no había forma de saberlo sino de calcularlo, pues había oscurecido desde mucho antes por la lluvia.

Margoth no se hallaba detrás de la recepción, y apenas acababa de darse cuenta de que, desde hacía por lo menos tres horas, no veía absolutamente a nadie.

Ella misma tuvo que encender el *switch* que se hallaba a un costado de la pared, la amplia lámpara la bañó con luz amarilla.

La lluvia había sido un problema en la mañana, pero ahora empezaba a volverse algo aberrante, desesperante. Cada minuto se hacía lento. Diez y veinte minutos eran eternidades.

Como una respuesta cruel a sus súplicas, un relámpago atronador se abrió paso entre la espesa tormenta.

Tomó aire, juntando paciencia y viendo al suelo. Desde hacía una hora aproximadamente había empezado a cuestionarse las capacidades de la naturaleza y lo absurdo. Pero todavía brillaba esa luz interior en la que una persona se regocija estando consciente de un modo u otro de que no hay mal que dure cien años.

«Se tiene que acabar».

Por supuesto que desde hacía tiempo se le había ocurrido la idea de salir en el auto de algún doctor, o alguien del personal de enfermeros, tal vez podría pedirle el favor al que había conocido al mediodía si no fuera porque «¿de dónde salieron, si estaba lloviendo?»; no tenía idea de donde estaba y, al parecer, no había una conexión superior ni subterránea entre el hospital y el centro psiquiátrico.

Cada vez sentía a su madre más lejana, si bien aquella mañana la tenía en el corazón, palpitando, con el olor de su perfume, su tacto, su voz flotando como un aura alrededor de ella, ahora se hallaba lejana, como interferida al fondo de un pozo. Apenas un eco. Antonella no tenía tiempo de pensar en esas cosas, todavía no estaba en capacidad de cuestionar su propia lógica de adulta racional.

Una persona normal hubiese podido captar varios detalles, pero el radar de Antonella, en su experiencia de enfermera, apuntaba hacia fallas descomunales... su duda se iba difuminando cada vez un poco más: el San Niño estaba casi completamente abandonado, por una razón o por otra.

«Por una razón o por otra».

Su distracción fue rota instantáneamente. Sus pupilas se levantaron del suelo para después ver al frente, como si fuese una máquina recién activada, sus oídos se movieron.

Un teléfono repicaba.

Parecía casi un sedante entre pensamientos: un teléfono sonaba.

Una y otra, y otra, y otra vez.

Giró la cabeza hacia la izquierda, viendo el pasillo a oscuras.

Y seguía repicando...

Le pareció sentir una brisa fría, muy tenue.

Otra vez, y otra vez. Insistía.

Fue entonces cuando el inmenso telón del abandono volvió a cernerse: nadie atendía. Nadie acudiría. ¿Qué diferencia tenía con el del teléfono tras la recepción, por ejemplo? ¿Y si sonaba? ¿Y si era una emergencia y nadie atendía la llamada? ¿Y si...?

Las dudas de esta tarde ya no eran odiosas, ahora eran monstruosas, y se habían derramado, derramado de su cabeza para alcanzar el corazón, que latía con mayor prisa. Ya no eran dudas, ya no eran curiosidades del «interior del país», ahora era miedo.

Se frotó los ojos y se puso de pie, dejando el bolso sobre la silla. Se acomodó bien la camisa que llevaba debajo del chaleco, tirándola (parecía como si se estuviese preparando para afrontar una batalla) y traspasó la recepción.

—¿Hay alguien aquí? —dijo, en la voz más alta que pudo.

Antonella tenía un tono muy agudo, parecía la voz que en una serie animada le colocarían a una flor, o tal vez a Betty Boop. Ella misma había aprendido a reírse de eso.

—¿Hola?

Pero nadie la escuchaba, y...

«El teléfono sigue sonando», vez tras vez, tras vez, tras vez.

Se colocó las manos en la cintura, suspirando y viendo hacia abajo.

La llamada se cayó, lógicamente, y el silencio volvió a cundir.

Aquello no respondía la pregunta que se acababa de hacer, pero por lo menos el fuego que estaba calentando sus nervios se había apagado.

Eso, desde luego, hasta que, a punto de volver a sentarse en la silla, el teléfono volviera a repicar.

Se apoyó a la pared, encorvándose y viendo sobre su hombro, como el remedo de una *cowboy*.

—¿Hola? —repitió.

En ese momento, y sin saber exactamente por qué, Antonella Messina se puso realmente nerviosa.

¿Por qué no antes? ¿Por qué no cuando llamó al fondo del pasillo y no recibió respuesta, por primera y segunda vez? Lo ignoraba. Pero ahora se puso realmente nerviosa.

—¿Enfermera Margoth?

El teléfono repicaba con su largo, agudo timbre.

Empezó a caminar hacia delante, dispuesta a rastrear el origen.

Los repiques venían detrás de la inmensa puerta doble de madera que se hallaba justo después de otra idéntica, la que conducía al primer piso del hospital.

Como para debatir las posibilidades y cerciorarse de que en verdad sucedía lo que estaba sucediendo, levantó la cabeza y leyó la placa de madera que coronaba la puerta: «CONSERJERÍA».

La empujó y, descubriendo el fondo, observó la hilera de teléfonos públicos.

Pasaba que el que ella había usado en la tarde («tijeras») era el que estaba sonando.

Una sensación eléctrica sacudió su cuerpo.

La visión del teléfono bajo la luz parpadeante que resaltaba de manera especial el tapizado rojo de las paredes era tan poco tranquilizador como el desvío justo después del área con los teléfonos, donde el corredor se desarticulaba y tenía otro brazo con habitaciones. Le parecía que ahí atrás había algo…

Los repiques continuaban.

Se adelantó un paso, en silencio.

Recapitulaba momento por momento la escena de «dionea», desde que había llamado hasta que había colgado: «¿Por qué? La persona que estaba del otro lado de la línea me asustó».

Sí, había dado con el número telefónico de un idiota, eso sucedía muchas veces, ¿cuáles eran las posibilidades? Pero es que se trata de Buenos Aires, ¿no? En la vida siempre hay momentos así. Y ahora alguien llamaba por el teléfono… ¿por qué no atenderlo? Esa era la idea que tenía desde hacía rato, y no hacerlo porque estaba asustada era, sin dudas, un duro golpe para ella, no contra su orgullo, sino contra aquel mandamiento muy específico en la vida de Antonella Messina que estipulaba que una mujer no debía ser estúpida.

Pero aun así, por alguna razón…

Y volvía a repicar.

La sombra en la pared no se movía. Era extraña, y lo que le preocupaba, era que no sabía qué podía estar haciéndola. Cuando uno observa una sombra, sabe inmediatamente qué la está haciendo, pero ella no sabía, y se trataba de algo que tenía que estar por ahí. Y otro «algo» que provenía desde su estómago le impedía ir a averiguar de qué se trataba, lo mismo que le impedía ir a atender el teléfono.

Sin embargo, el mismo destino decidiría que no haría una cosa ni la otra, porque escuchó el apestoso ruido de unas ruedas mal aceitadas detrás de ella.

Giró la cabeza, identificando la fuente del sonido. La espalda de un hombre inmenso con una bata azul se alejaba poco a poco.

Transportaba una camilla con alguien tapado desde la coronilla hasta los pies.

—¡Disculpe! ¡Disculpe usted, señor!

Empezó a trotar.

Pero el señor no se detenía… por lo menos hasta que consiguió colocarse a su lado.

El tipo, que tenía una apariencia tosca y bruta, la miró.

Antonella apoyó las manos en los muslos, había dejado la puerta del pasillo de conserjería abierto, razón de más para seguir escuchando el repique del teléfono que «ya no está sonando».

—Ya no está sonando.

El hombre se la quedó viendo con la misma expresión de piedra.

—El teléfono —explicó— estuvo sonando, pero... ¿por qué no hay nadie aquí?

—Es tarde.

Antonella se lo quedó viendo como si aquellas dos palabras hubiesen sido un insulto.

—Esto es un hospital, señor.

La mirada muda del tipo continuaba... esa es la respuesta más inteligente que obtendría.

—¿Sabe dónde se halla el doctor Murillo?

Meneó la cabeza, suavemente.

—Corazón, antes que nada, decime por favor cómo te llamás.

—Paul.

—Paul, mi nombre es Antonella Messina, soy la jefa de enfermeras del Buena Ventura, y una buena amiga del doctor —hizo una breve pausa— Borguild, y en este momento, necesito tu colaboración, ¿me entendés, corazón?

Para su sorpresa, el truco no funcionó.

—Sí.

—Bien. Corazón, necesito hablar con alguien, cualquier persona que se vaya ahora o en un par de horas, no me importa. Necesito llegar al pueblo.

—Yo no me iré del hospital.

Desde lejos, parecía un hombre hablándole a una niña.

—¿Dónde está el personal restante de enfermería?

—No. De aquí no se va nadie.

Antonella lo observó de forma convulsa.

—Tengo que llevar el cadáver a la morgue.

El hombre no parecía tan maleducado como bruto, parco. La clase de persona desinteresada, opaca, de la que no se obtendrían frases de más de diez palabras aun metiéndole los pies en aceite.

Antonella bajó la mirada hacia el cuerpo que estaba sobre la camilla, desde la cabeza tapada se podían ver sus cabellos negros y su frente abultada.

«Su frente abultada... El paciente de esta tarde».

El hombre dobló la columna vertebral y colocó sus manos sobre la camilla, dispuesto a proseguir su camino.

—Un momento —lo interrumpió Antonella, bajando la sábana de la cabeza.

Era, en efecto, quien pensaba. La mujer se echó atrás de un respingo, los ojos del enfermero se abrieron como los de un pez, mientras el exceso de carne en sus cejas se arremolinaba, frunciendo el ceño grotescamente.

Tenía el párpado del ojo izquierdo abierto a la mitad, la parte blanca estaba lechosa, sucia.

Antonella no le dio tiempo a sentir que ganaba terreno atemorizándola.

—¿Por qué ha muerto?

El hombre lo tapó de vuelta y la observó por última vez, con hastío.

—Paul, por qué ha muerto este joven, quiero conocer la causa.

—No debió hacer eso.

La mente de Antonella era ahora un revoltijo, el *shock* estático del cadáver sumió su conciencia en un espacio blanco prolongado, pero ahora daba vueltas, daba vueltas como una brújula loca.

«Cadáver, dionea, cadáver, cadáver, lluvia, personal, tijeras, cadáver, cadáver, cadáver».

Un porrazo seco le cayó en la nuca. El cadáver y el enorme enfermero se derritieron lentamente alrededor de sus ojos, mientras el techo y las patas de la camilla se arremolinaban con rapidez en espiral, al caer sin resistencia al suelo.

Todo se volvió negro...

III

1

«Mamá».

Sintió el perfume de su madre, otra vez. Iba y venía, como la luz de un faro en el mar. Estaba soñando, aun cuando el sueño era un negro absoluto; su conciencia vagaba por un vacío oscuro, pero consciente de saberse dormida.

«Dionea, San Niño, cadáver, San Niño».

Entonces sintió un vaho de aire helado enredándose en ella.

«Joseph, ¿Joseph? No, Paul, Paul... el nombre es Paul, dijo que era Paul, aunque él no fue el que me pegó, pero sabía, sabía... ».

A Antonella le gustaba referirse a su propia cabeza como «el disco duro», y estaba pensando en ese término ahora mismo.

«El disco duro se está cargando... otra vez. Pantallazo azul. Disco duro... elefantes... San Niño».

Su mente todavía estaba demasiado extraviada, sus pensamientos enrarecidos, pero poco a poco estaba regresando.

Tenía la lengua seca, lo que quería decir que había estado respirando por la boca durante mucho tiempo. Ella lo supo. Sabía esas cosas.

Pero el pensamiento predominante, que cada vez se alzaba con mayor tamaño, como un eco viniendo desde lo profundo del embudo de una trompeta, es el «qué pasó». El «qué pasó» no se alzó con palabras, sino con jugos químicos, desde la base misma del cerebro, desde donde se originaba aquella criatura que era Antonella Messina. «¿Qué pasó? ¿Qué pasó? Dionea, trompeta, cadáver, cadáver, teléfono, mamá», era como un tornado de piezas de lego que nunca encajarían en La Obra (su cabeza, su sistema nervioso), y el que no encajaran en La Obra podía descalabrarlo todo. Esas interrogantes se habían alzado, Antonella las había asimilado, y ahora necesitaba encontrarles un justo lugar, no podía deshacerse de ellas, evacuarlas, La Obra no la dejaría, aun cuando no tuvieran lugar en la mente racional e inflexible de un adulto. Es por ello que la sensación era enloquecedora: como una adicción absorbente que no podía ser satisfecha.

Entonces las paredes de La Obra empezaban a fracturarse, a echar polvo.

Se sentía bien por un lado, pero el golpe que había recibido ocupaba un lugar importante en su banco de datos. «¿Me habrá hecho DAÑO de verdad?». Eran como docenas de voces, las voces pequeñas que controlan el organismo entero de Antonella Messina. «No, no ha hecho daño, todas las funciones vuelven a la normalidad, todas menos las de tijeras, cadáver, lluvia, San Niño».

No le tomó mucho tiempo darse cuenta de que estaba de pie, encerrada en algo que parecía un ataúd. Las ganas de despertar y moverse empezaban a refulgir.

Era como intentar abrirse paso entre un mar pegajoso, nadando hacia la superficie. Había escuchado casos así, de pacientes que sufrían parálisis de sueño, y prueba de ello es que podía recordarlo perfectamente: la mente de uno se despierta, piensa como si estuviese despierto, pero sencillamente, el resto del cuerpo no lo ha hecho. Es lo más cercano a saber lo que significa ser inválido.

Respiró pesadamente, tenía la nariz tapada, se sentía fría... había estado expuesta al frío, mientras que sus rodillas volvían a doler, soportando el peso de su cuerpo, de pie demasiado tiempo. Habría querido dejarse caer, pero no podía, estaba detenida por los cuatros costados, y...

Empezó a abrir los ojos, lentamente. La luz de una bombita alargada, cercana a sus ojos, la encandiló. Su mente comenzaba a generar ideas paralelas, cosas triviales para el momento, que se fabrican sin ninguna explicación: «Alguien debería poner una demanda en el hospital por abuso a... a los ojos de los pacientes a quienes encierran —¿encierran?— encierran en cubículos para... enfermos mentales, enfermos peligrosos, enfermos».

«Grandes hijos de puta, que se han portado mal», pensó, sorprendiéndose a sí misma de esas palabras tan ajenas a su boca.

Empezó a girar los ojos de un lado para otro, la adrenalina estaba burbujeando en sus antebrazos, latiendo en sus hombros, asomando peligrosamente a la cabeza; la sensación animal de querer gritar, de estar encerrada, de...

Cuando se supo consciente de ello, intentó calmarse. Era difícil. Como lidiar con náuseas originadas en el cerebro.

Todas y cada una de las organizaciones de derechos humanos del mundo habrían explotado de sorpresa, enajenación, indignación y horror si vieran cómo trataban a los pacientes «prisioneros, tijeras, enfermos» en el San Niño.

Su vista estaba centrada hacia el frente, porque desde el otro lado de la celda sellada, como un enorme, horroroso envase de plástico, en la que ella estaba encerrada, solo se veían (visto por otra persona, desde afuera) sus cejas, el nacimiento de la nariz y los ojos.

Cuando el resto de sus sentidos se despertaron, supo, de inmediato, que tal vez la peor tortura no sería la luz de candil, sino el ruido cíclico que producía un sistema de aire acondicionado.

«Grandes hijos de puta, que se han portado mal», «¿qué pasa?», pensó ella, sabiendo que esas palabras se proyectaban dentro de su mente.

«¿Quién dice eso?».

Todo lo que podía ver era la pared del otro lado de la sala, compuesta por ladrillos color crema.

Sabía que si intentaba gritar su voz se escucharía afuera como debajo del agua, y lo que era peor, solo conseguiría dañarse sus propios tímpanos porque, dentro del cubículo, sonaría amplificada por lo menos diez veces.

El primer pensamiento lógico, racional, sobrevino su mente, tardío, pero seguro, como una cortada: «¡Dios mío, me han encerrado!».

Las ganas de gritar se le enredaron en la cabeza como un par de anguilas furiosas. Intentó levantar los brazos, pero no podía estirar un dedo sin que este fuera detenido por la pared de ladrillos, tampoco podía arquear una rodilla sin lastimarse contra la plancha de hierro que era la puerta. El cubículo estaba diseñado especialmente para que una persona estuviese de pie, pero sin la posibilidad de moverse.

«Ilegal», pensó otra vez, con su mente ocupándose de demasiadas como para hacerse cargo de sí misma.

«Un cubículo así es ilegal, las leyes de la Argentina —del mundo civilizado— sobre centros clínicos de diagnóstico mental dictan que la celda para los pacientes con peligro de violencia deben ser de… de… », ahí se acababa el dato, no era ella quien lo pensaba, era la máquina de escribir inédita que se halla guardada en la cabeza, esa que nunca se calla cuando no queremos seguir recordando algo desagradable, o que repite la tonada de una canción. Estaba fuera de control.

Cerró los ojos, tomando aire.

«Aire… ¿aquí tengo oxígeno? Sí», se contestó a sí misma, «si no, te hubieras muerto dormida. Muerto… ».

Toda una cultura de películas de gángsteres y criminales empezó a enriquecer su constitución racional: «Sé demasiado, vi demasiado, me van a matar, si no, no me hubieran encerrado aquí, no van a sacarme, no pueden sacarme, ellos no pueden hacerlo, no habrá manera de hacerles pensar que pueden razonar conmigo después de haberme golpeado y encerrado en… grandes hijos de puta, que se han portado mal».

La voz ajena era tan incontrolable como el hipo.

El ruido del aire acondicionado empezaba a hacer surcos en su paciencia. Si aquello no había sido instalado ahí de manera intencional, entonces sin dudas era una casualidad y un infortunio muy grande.

Pensó en su madre, en Muriel Messina, y en un montón de elementos que la orbitaban. El currículum, la casa, el diario, el diario desconocido. «Mamá». No podía sentir su perfume, su tacto, ni su voz, no, estaba lejos de ahí, quería provocar la misma sensación que la había embargado ya varias veces en Valle de la Calma, y en el San Niño, producirlo esta vez de forma intencional, pero no podía. No podía abrir la mente, no podía sentir el flechazo psíquico, y lo peor era que, de algún modo, «de algún modo acertado», estaba consciente de que el fracaso no era por no saber cómo hacerlo, sino porque se hallaba demasiado lejos del, «¿del?», del «eso», del lazo.

En cambio, en vez de ello, Antonella estaba recibiendo otro tipo de señales…

Ella identificaba el concepto de «abrir su mente» como una especie de domo, cuya superficie se va abriendo lentamente, y recibe siempre esas tres cosas de su madre: ese aroma de flor, la mano suave y cremosa y la voz, la voz que sonaba más allá del tímpano.

Ahora no recibía señales de ella, no, porque estaba lejos, pero su mente estaba abierta, y desconocía que estaba por recibir señales de una cosa muy, muy diferente a Muriel…

—Calmate, Antonella —se dijo, con voz susurrante—. Calmate, por favor.

Y poco a poco, los termostatos de su alma fueron volviendo a los niveles normales.

Abrió los ojos. No había absolutamente nadie afuera.

No podía ver hacia abajo, no moviendo sus propios ojos, todo lo que alcanzaba era una visión en primera persona de sus propias mejillas, los dedos de sus pies hacían puñitos, era lo más cercano a estirarse.

«GRANDES HIJOS DE PUTA… ».

Esta vez, la voz extranjera vino amplificada, como un grito, como un corrientazo.

Antonella cerró los ojos hasta que sus párpados se arrugaron. Al principio pensó que el dolor se concentraba en sus oídos, pero no era así. Le costaba pensar que venía de su mente, porque su inflexibilidad de adulta todavía no podía permitirse doblarse hasta tal punto, se rompería, sin dudas se rompería, necesitaba más lubricación, Antonella lo aceptaba. Era demasiado descabellado pensar que…

«TIENE MIRADA DE LOCO, NO VOY A ABRIRLE LA PUERTA. POR DIOS ESOS OJOS».

«Dios, ¿quién sos?».

«MIRADA DE LOCO».

Movió los ojos pensando, mientras su mente se sostenía en el silencio más tenso de la vida. Tenso porque esperaba respuesta, y si la obtenía, su corazón se crisparía, sin dudas, recibiría un electroshock.

Su mente se mantenía abierta.

«UN-CRIMINALPE-RO NOUNANIMAL».

Volvió a cerrar los ojos.

«Un criminal, pero no un animal», pensó ella, lentamente.

«NO DEBEN DESCUBRIR QUE ESTOY ESCRIBIENDOMAL-DITASEA VAGABUNDODEMIERDA ME METIÓENPROBLEMAS. PROBLEMASVAGABUNDO Padre Nuestro que estás en los cielos, santificado sea tu Nombre, ¿qué es esto?».

Con su madre ese tipo de «flechazos-nexos-vínculos» eran transparentes porque habían sido de toda la vida, y porque era su madre, porque no le era desconocido, y porque ese era un tema que siempre tuvo el síndrome de «lo sé, pero no lo pienso y así es más fácil», pero ahora, lo que estaba ocurriendo era toda una revelación, una terrorífica estupidez digna de un programa amarillista, «el chupasangre ha atacado otra vez», «El Área 57». Y no era solo una voz, eran varias, eran quizá veintenas.

«Antonella, dejate de pelotudeces y date cuenta de que estás atrapada», le dijo la voz de maestra argentina que representaba su propia disciplina. «Dejate de pelotude… DIOS MÍO ME VAN A DESCUBRIR SUFRIMIENTO ESCÁNDALOESCÁNDALO PERDÓN DIOSYO-SUI-CIDIO».

Se acababa de dar cuenta de que nadie le estaba hablando: no estaba escuchando voces, estaba escuchando ecos. Los estaba recogiendo como si tuviera una antena parabólica.

No estaba recibiendo la «señal de mamá», estaba recibiendo la señal de otra cosa distinta… de muchas cosas distintas.

«¿Acaso esto es nuevo para vos, Antonella?», dijo ahora la voz de un hippie izquierdista que no sonaba como un completo imbécil cuando reflexionaba sobre política internacional. «Ya te pasó antes, lo sabés, acordate».

Pero a Antonella le daba miedo acordarse de aquella vez, hacía siete años, en el Buena Ventura, cuando se había puesto a llorar a lágrima suelta y tuvo que correr al baño. Sensación que no se terminó ni siquiera en la noche, ya en casa. Era un torrente doloroso. Antes había sucedido mucho… pero aquella vez fue la peor.

¿La razón del llanto? No la sabía.

Y lo que era peor, no podía contárselo a nadie. ¿Qué le habría dicho un zoquete como Benítez? «Querida, ¿estás en esos días?».

Esto había venido de forma tan repentina como una mota que se clava en el ojo. Antonella estaba subiendo por las escaleras, el ascensor estaba de mantenimiento, se sentía cansada, pensaba en que era joven y que necesitaba hacer ejercicio, que no quería estropearse tanto. Tenía la imagen de una caminadora en su mente, de un instructor, del trasero del instructor, no podía negarse ese tipo de cosas, era normal —culpabilidad—, etc., pensamientos al azar, y entonces…

Llanto.

Su cara se puso roja, su barbilla se transformó en muchas hendiduras… y se echó a llorar. Era un flujo increíblemente oscuro, horrible, impensable.

«¡No, por qué a mí, por qué a mí! Oh, Dios mío, te prometo que… !».

Y entonces, una voz fría, etérea: «Hasta luego, mamá».

Tres horas después, cuando supo que la niña de la habitación contigua a la sala donde ella estaba caminando con su libreta médica y sus pensamientos al azar murió, y que su madre estaba ahí con ella, no contribuyó en nada a que Antonella dejara de llorar: pero no por lo desgarrador, no porque la hubiera conmovido, Dios sabía que ella no era fría, pero se había acostumbrado, era obligatorio para una enfermera acostumbrarse. Ella lloraba por el miedo que le había producido, no había sido coincidencia, ella lo escuchó, lo escuchó: «Hasta luego, mamá».

En los días posteriores, Antonella Messina tuvo que recurrir a aquello a lo que siempre recurría cada vez que sucedía algo que estaba fuera de su alcance: hacer como si nada hubiera pasado.

O no aceptarlo, o no pensar en ello, o dejarlo ir.

Se sentía como la mejor opción después de haberse tenido que encargar de las explicaciones que tendría que dar por ese ataque... el ser querida no la ayudó a camuflarse demasiado tiempo en el baño, la gente estaba pendiente de ella, la gente se interesaba, y a menudo quedaban insatisfechos porque Antonella Messina no tenía vida social, pero ellos se lo tomaban como que más bien no les quería contar.

¿Cómo resolvió la maravillosa Antonella esta situación? De la forma más inteligente que se le ocurrió (y tratándose de ella, la palabra «inteligente» valía mucho), haciéndoles «creer en esto o aquello» con su blando silencio. Nunca nadie supo si fue por un despecho amoroso o porque se le rompió el dedo gordo del pie. La gente especuló mucho al respecto.

La cuenta del impuesto de luz subió sustancialmente en su departamento, porque la bombita de su cuarto no descansaba ni un solo minuto en muchas de las noches en que no pudo dormir con las luces apagadas. Sí, estaba teniendo éxito en «no aceptarlo o no pensar en ello o dejarlo ir», pero la reminiscencia del miedo era una resaca que para mal duraría un tiempo, hasta que lograra no recordar lo que había pasado.

Durante todo lo que duró la resaca le habría gustado vivir en la casa de su tía, pero no podía hacerlo... ella era muy absorbente, y le había costado más trabajo darle la noticia de que, finalmente, se iba a emancipar. Antonella no quería convertirse en una de esas mujeres que viven en casas matriarcales, engordan en casas matriarcales, se añejan al mundo en casas matriarcales, y finalmente envejecen en casas matriarcales. Las tías de Bart Simpson palidecían ante algunos ejemplos que había visto por ahí... y ahora que vivía sola, pasaba exactamente por las mismas etapas anteriormente mencionadas, excepto por lo de añejarse, y solo eso hacía que valiera la pena. La suya no sería una casa matriarcal, sería la casa de Antonella Messina, la Antonella de helado de barquillo rosado, la Antonella dulce y linda, la Antonella maternal, la Antonella —a veces demasiado— competente.

Eso la ayudaba a camuflar aun mejor «su secreto».

Antonella era una virgen de treinta y tres años de edad.

Decirlo así, en esa línea de nueve palabras, sonaba como una vergüenza fría, pero así era. ¿Cómo había llegado hasta esa altura siendo virgen? Era sencillo, tanto, que en el fondo ella nunca se lo había preguntado, porque lo sabía de sobra: sus estudios, su ensimismamiento en la enfermería. Un ensimismamiento que la podría haber convertido sobradamente en una doctora, de hecho… pero la cosa era con la enfermería.

Y aun cuando el susodicho ensimismamiento fuese voluntario, completamente, Antonella no dejaba de entristecerse por alejarse demasiado de una vida normal.

Pero ni siquiera aquello era lo que más la alejaba de la normalidad…

«Hasta luego, MAMÁ».

Y después… la presencia alargada de una niña ascendiendo… se sintió como un hielo subiendo por dentro de su pecho, ¿y salió de dónde? Dios, eso fue lo que más la había asustado… ¿salió del cuarto del hospital? ¿De la ventana? ¿De este plano terrenal, mientras las demás personas iban y venían por el pasillo como si nada?

Sí, sin dudas, le había costado demasiado volver a dormir con las luces apagadas.

Y ahora tenía el «cráneo abierto», como un domo expuesto a un universo rojo y brillante, con millones de cosas aquí y allá desconocidas para ella. Pensó inconscientemente en Lovecraft. También pensó en «HASTA LUEGO, MAMÁ» y, por supuesto, también en brujas de oficio que, aunque charlatanas, tenían talento para publicar artículos del «más allá» y del «más acá» con frases tan poco tranquilizadoras como «mientras más pienses en ese tipo de cosas, más las atraés».

Antonella tenía un don muy especial en efecto, y su antena receptora estaba surcando ese universo rojo, desconocido, extraño, metafísico. No llamaba a nadie, no sabía cómo hacerlo, porque cada vez que se abría, su madre siempre venía a ella, indefectiblemente… o podía pasar también que ella la llamara, porque Antonella sabía cómo hacerlo, a su modo, que era tan sutil que ni se daba cuenta. Ahora estaba sola en un parque inmenso, con espectros pasando lejos de ella.

Hasta que sintió un frío en la columna vertebral.

Pensó en una sala de charla por internet, a veces se reunía para hablar con una persona específica… pero ahora estaba a punto de experimentar cómo un completo extraño le abría una «ventana».

Cerró los puños, tentada de cerrar también su mente, de bloquearla, pegó la cabeza al soporte de vidrio, apretó los dientes… era como una prueba a su resistencia, a su miedo, como sentir que algo totalmente extraño, horripilante, venía a toda velocidad en su dirección, como un camión inmenso. Tensó sus esfínteres hasta donde le fue posible, y contuvo la respiración, como última medida para «prepararse».

«Necesito ayuda, por favor, te tengo miedo, no me hagas daño», pensó, sumisa, implorante. «Necesito ayuda, estoy encerrada. Por favor, tengo miedo».

La enorme bola de materia que se aproximaba hacia ella ya no estaba corriendo, y no sabía dónde estaba. Antonella no tenía el valor de comprobarlo. Su mente estaba oculta, como debajo de un sofá, pero su cabeza seguía «abierta». ¿Acaso era esa presencia la que, hasta hace poco, estuvo gritando, en su mente?

Escuchó un crujido grave y prolongado, y luego la queja de una bisagra oxidada.

Un acceso de aire fresco le acarició el rostro… por fin, el aire acondicionado estaba cumpliendo otra función diferente a la de enloquecerla. Abrió los ojos lentamente.

La puerta se había abierto.

Se quedó estática, aguantando aun la respiración, observando la pared del frente. Su mente giraba, barajando ideas, ideas que no se piensan con palabras, sino con imágenes, con presentimientos, «el espectro puede estar ahí afuera», «la puerta se va a volver a cerrar, salí rápido, vamos, salí rápido».

Decidió obedecer al segundo impulso.

«Gracias, muchas gracias», pensó, casi con desespero. «Muchas gracias».

Su personalidad hippie tenía ganas de ponerse a hablar, pero la comadrona también quería decir algo, y… y… un tercero diciéndole que estaba en un grave peligro, y esta última era la voz más importante de todas, esa era la voz de la lógica. La voz con los pies más puestos sobre la tierra, la voz que temía que un enfermero enorme se le volviera a acercar por detrás, la voz que le decía que ellos sabían que ella había visto demasiado, la voz que decía que habían resuelto deshacerse de ella. Sin embargo, esa voz colisionaba y dañaba visiblemente la frecuencia (como un tocador rayando un disco) de la otra, difusa, agria, caliente, corrosiva, que le decía… que le decía…

«¿Decís que te acaba de salvar un qué? ¿El hombre invisible? ¿Un fantasma, estúpida?».

Su cara estaba roja, y por una buena razón… razón que se aplacó (un poco) cuando escuchó un golpeteo en la ventana de la puerta que estaba a su mano izquierda.

Varios niños pequeños, todos con retraso mental, estaban asomados, viéndola con interés. Se peleaban por subirse a la silla que les permitía llegar hasta la ventanilla de la puerta.

Antonella los miró con expresión turbada.

Los niños no tardaron en batir sus manos, saludándola.

Se acercó despacio, observando a través del cristal, el espacio en blanco que las cabezas de los niños pegadas unas a otra dejaban le hizo saber que la sala que se abría detrás de ellos era grande y sucia, con ventanales del otro extremo. Sus alientos combinados manchaban el vidrio y colocaban las yemas de sus dedos en el cristal, como si pudieran tocarla.

Antonella extendió su brazo y giró el picaporte. De golpe, los chicos empujaron la puerta, como unos salvajes, forzándola a retroceder. No tardaron en tirar la silla que estaban utilizando, y la usaron como soporte para que la puerta no volviera a cerrarse.

Corrieron y se desperdigaron por el pasillo, algunos la tomaron por la cintura y empezaron a empujarla.

—¡Gracias, gracias! —le gritó uno, con dientes que lo hacían parecer un conejo.

Otros pasaron de largo, asumiendo sus papeles de «comando», vigilando la puerta del otro extremo, arrojándose y arrastrándose al suelo y viendo desde los costados. Eran especiales, pero no estúpidos… tal vez un niño normal hubiese tardado mucho más tiempo pensando cómo hacer para que la puerta que los bloqueaba del mundo exterior no volviera a cerrárseles.

Tomaron a Antonella por los hombros y las manos, sus manos, parecían garras, tenían una fuerza increíble.

—¡Escóndete, escóndete! —siseó uno—. No dejes que te vean, mierda.

La arrojaron al otro extremo de la sala. Desde la ventana podía apreciarse una vista del parque trasero de las instalaciones, rodeada por un arco de pinos.

Habían roto la vitrina de un extintor de incendios, sacando el extintor de adentro, dispuestos a utilizarlo como un arma. La rebelión no iba a llegar muy lejos, pero no cabían dudas de que sorprenderían al primer loquero que se acercara lo suficiente.

Un chico con síndrome de Down veía las escaleras de caracol del extremo de la sala con los ojos bien abiertos, de pie, esperando que algo pasara con la certeza de que podía suceder al segundo siguiente. Llevaba horas ahí, pero era el centinela perfecto. Los demás niños lo observaban de vez en cuando para saber que todo seguía bien... confiaban en él, sabían que empezaría a gritar si veía a alguien bajando las escaleras.

Nuevamente: chicos con capacidades normales no habrían podido hacerlo tan bien como lo hacían ellos.

Con el revuelo, Antonella no sabía con quién hablar, los observaba, con la mente entumecida, teniendo la certeza de saber, por lo menos, qué estaba pasando. «Los tienen encerrados aquí», pero no sabía cómo controlar la situación. Ella era maravillosa para convencer a cualquier niño, incluyendo uno especial, de que aceptase recibir una inyección, calmarlo antes de una operación... pero nunca había estado en medio de un motín. Y lo peor es que eran lo único que ella tenía, porque no había otra persona en todo el San Niño que estuviese de su lado, por lo menos, que ella pudiera palpar y ver a simple vista.

—María, vení, vení acá.

Un chico le agarró una mano y se la llevó con él, observando celosamente la puerta. Ese se había tomado la libertad de ser su guardaespaldas personal.

—María, agachate.

No le quedó más remedio que obedecer.

Antonella observó las escaleras de caracol de la sala, que serpenteaban hacia arriba, y le desilusionaba enormemente que, por el contrario, no fueran hacia abajo. Necesitaba escapar del San Niño, ir a la policía, y avisarles lo que había pasado, hablarles también de los chicos encerrados, quienes tenían que irse también. Ella los liberaría.

El problema es que ellos mismos acabaron por convencerla de que abajo era peligroso, tenía que evitar bajar esas escaleras, porque «había gente».

«Dios mío, en qué lata de gusanos nos hemos metido».

Colocó la mano sobre el hombro del niño.

—Cariño, ¿a dónde llevan esas escaleras?

El chico se la quedó viendo largo rato, con la mandíbula descolocada. Su cabello olía a jabón barato. Tuvo que señalarle con el dedo para que observara las escaleras.

—No sé, María.

Se quedó varios segundos en silencio y repuso:

—El niño sabe.

Antonella se puso de pie, sin tardar en sentir una pequeña mano alrededor de la muñeca.

—Cuidado, María.

Ambos caminaron de prisa hasta el otro extremo de la sala. El niño con síndrome de Down no se preocupó en observarlos, su mirada estaba fija hacia arriba. Las escaleras desaparecían en un hueco en el techo.

—Cariño… ¿me escuchás?

El niño asintió, sin mirarla.

—¿Sabés a dónde llevan estas escaleras?

—A un pasillo lujoso. Felipe lo vio una vez…

—¿Sabés qué hay después de ese pasillo lujoso?

Meneó la cabeza.

—Solo una puerta grande —reveló.

Se puso de pie y caminó de vuelta al pasillo donde había estado encerrada hacía menos de diez minutos. Todo alrededor de ella parecía bajar por una espiral surrealista.

Esquivó a varios niños antes de alcanzar la puerta del otro extremo, que estaba abierta a un costado, sostenida por un niño en cuclillas, que parecía un francotirador.

—Permiso, cariño.

El niño se quitó, observándola fijamente.

Antonella tomó el extintor de fuego de las manos del más robusto de todos, y echó la bombona al suelo, colocándole un pie encima y usando la fuerza de ambos brazos para arrancarle el largo tubo que terminaba en la boquilla de trompeta.

Con esfuerzo, aplastó el tubo de goma con los dedos y lo anudó varias veces alrededor de ambas manillas de la puerta doble, dejándola temporalmente sellada para quien intentase entrar desde afuera.

Los chicos, observándola como si fuera una santa, entendieron la maniobra, y la celebraron con gritos y palmas batientes.

Apenas se dio media vuelta para volver a la sala (no es que el pasillo les diera mucho espacio extra a los niños, pero para ellos era todo un hallazgo), se las vio ante algo que le alumbró la cara de asco y angustia.

Hasta ahora, no se había dado cuenta de que en el cubículo contiguo en el que ella había estado, se hallaba un cadáver.

El centro de la frente estaba aplanado por la presión contra el vidrio, la línea que rodeaba la cuenca de los ojos se hallaba acolchada por un hilo de legañas grises, las pupilas de los ojos apuntaban directamente hacia arriba.

Era un hombre obeso, grisáceo, que parecía una enorme charco de carne gris aplastada contra un cristal.

—Por el amor de Cristo.

Estaba a punto de helarse, de sentir otra vez el terror, de atar cabos, de recordar la voz, la voz furiosa de antes, ¿acaso...? Y entonces varios niños se arremolinaron en torno a ella. Antonella se llevó las manos a la cara. Su guardaespaldas personal gritaba «María, María» detrás de ella, otro balbuceaba cosas sin coherencia.

—¿Ustedes lo han encerrado ahí?

Gritaron en coros de «no» al unísono, preocupados de lo que ella pudiera pensar de ellos.

—Nosotros no fuimos —exclamó uno, que alzaba la mano amenazadoramente por cada vez que alguien intentaba interrumpirlo—. Ellos fueron.

El griterío comenzó otra vez.

—Nosotros los vimos haciéndolo. De hecho, me hicieron esto por asomarme a la puerta.

Se subió la manga del pantalón, revelando un tobillo morado.

—Y era malo, María, ¡era malo! —exclamó el guardaespaldas, como si con ello pudiera aliviar la turbación de Antonella—. Él cuidaba las celdas de abajo, abajo hay celdas, María. Hay ocho.

Su miedo general hacia el San Niño crecía poco a poco.

Se colocó de rodillas, poniéndole las manos sobre el hombro.

—¿Cómo te llamás, cariño?

—Kevin.

—Kevin, voy a subir, voy a intentar salir de acá. No vas a acompañarme, porque quiero que te quedes cuidando la sala. Es importante que cumplas con eso.

—Sí, María.

—No abran la puerta por nada del mundo, aun si les ofrecen cosas buenas, o digan que no los van a lastimar, jamás lo hagan.

Nadie tuvo problemas en estar de acuerdo.

—Voy a intentar conseguir ayuda, voy a tratar de salir.

—Vos sos la ayuda, María.

—Soy parte de la ayuda, pero vendré con la policía. ¿Saben si desde arriba pueden acceder a esta sala?

Todos se quedaron viendo mutuamente. Antonella decidió replantear la pregunta.

—¿Alguna vez ha bajado alguien desde allá arriba, que no hayan visto subir antes por esa puerta? —explicó, señalando los tubos de goma enrollados.

Los niños abrieron bien los ojos, pensando.

—Sí —dijo uno.

—Voy a intentar bloquear el acceso de arriba. Tengan cuidado, por el amor de Dios. No abran ninguna de las puertas que están en esta sala, no hablen con ellos si ellos les hablan desde detrás de la puerta, no les digan nada de mí. ¿Me lo prometen?

Todos asintieron.

Antonella se puso de pie, caminando hasta la sala. Todos los niños la seguían, como si fuese un hada madrina.

El niño con Down seguía de pie ahí, solo, con la mirada fija hacia arriba y los labios temblorosos.

Las escaleras traspasaban el techo a través de un agujero, adentro, se veía todo negro.

Acarició su cabeza y luego empezó a subir las escaleras, al cabo de poco rato los niños se veían como un mar de pequeñas cabezas, mirándola desde abajo.

Antes de desaparecer por el hoyo, el niño con Down dijo una última cosa:

—Ten cuidado con el perseguidor.

2

Frente a ella, se hallaba una portezuela de hierro, sólida.

Giró el picaporte, y se vio frente un pasillo que la sorprendió, a juzgar por el ambiente previo que a su vista había ofrecido no solo el manicomio, sino también el hospital: las paredes eran de madera fina, en el suelo reposaba una alfombra roja.

A los lados había cuadros de hombres elegantes. Magnates del viejo estilo.

Podían ser los fundadores del San Niño (pensó ella), sin dudas parecían bastante más antiguos que los del *hall* del Buena Ventura. Aquel era el tipo de cosas que solo podían ser interesantes para ella.

La tranquilizó el hecho de que todo era tal como lo había dicho el niño: al fondo había una puerta inmensa, de madera, con una descripción compleja que podía resumirse simplemente en «majestuosa».

Colocó la mano sobre el picaporte y cerró los ojos.

«Aquí vas otra vez, aquí vas otra vez, mujer, Dios mío». «Vamos, no hagas caso, por favor, no seas obtusa: vos sabés lo que pasó, estás en peligro, y…» y la tercera voz, la de la razón, esa que solo intervenía rara vez, le dio la razón a la hippie: «Sí, Antonella, vamos, hacelo».

Abrió la mente, poco a poco. Quería tener una charla con aquella persona que había regado esa tonta creencia de que cuando algo se hace una vez, como saltar de un trampolín alto, entonces luego ya no se tiene miedo de volver a hacerlo. Era falso, por lo menos en su caso. El miedo siempre estaría ahí.

Y de todas formas, el tronco alto e inflexible de la adultez rechinaba peligrosamente, rechinaba y la comadrona lo interpretaba como que Antonella estaba empezando a creer cosas que no eran ciertas, que estaba arrojando su cordura por un derrotero creyendo en algo que había sido una simple coincidencia. Cuando pensaba en la simple coincidencia, entonces se daba cuenta de que no era tan simple y, si las cosas en la mente de un adulto fueran fáciles, una idea descartaría a la otra, pero no era así, nunca era así: ambas partes, ambos hemisferios de su cerebro estaban en guerra, haciéndose daño, y el resultado tan temido era el de terror. «Hasta luego, mamá», volverse loca… y lo peor era que ciertos tijeras no ayudaban en nada a la situación.

No, su «antena parabólica» le dijo que del otro lado de la puerta no había nadie, no se hallaba ninguna presencia. No por ello no tuvo miedo cuando la abrió lentamente. Las bisagras rechinaron.

La alfombra que empezaba como una columna en el pasillo continuaba ahí dentro. El lugar resultó ser una biblioteca.

En el hospital, su hospital, había internet y computadoras. Era un lugar público creado hacía diez años gracias a una asociación con la Facultad de Medicina de la UBA. Ahí podían acudir los estudiantes a desarrollar sus estudios o recabar información de cualquier tipo. La biblioteca había sido remodelada no menos de tres veces para adaptarse a los tiempos modernos. Antonella se sabía todas las fechas, aunque había estado solo desde la penúltima etapa, la última fue la de «internet banda ancha».

La biblioteca del San Niño era completamente anacrónica. Donde no había computadoras se hallaban sillones cómodos. Donde no había carteles que anunciaban señal gratuita de Wifi se hallaban muebles con botellas de ginebra, whisky y otras más que ella misma no conocía... su cultura alcohólica era ínfima. Quizá no era del todo una biblioteca, quizá era el lugar de reunión de los doctores del manicomio, o tal vez del hospital. No le importaba ya en lo más mínimo; dudaba que la imagen del San Niño, manicomio y hospital, pudiera caer más bajo, por eso ponía (muy erróneamente) en cuestión el hecho de que algo más de ahí pudiera sorprenderla: después de todo la habían golpeado, intentado encerrar, y había visto dos cadáveres, dos asesinatos distintos, encierro de niños y...

«Oh, Dios mío, este lugar tiene que tener una segunda salida».

El pensamiento implorante era un arma de doble filo: una segunda salida por donde ella pudiera continuar su recorrido, que la llevara eventualmente hasta el derrotero final del manicomio, pero también un camino por donde el enfurecido personal pudiera entrar para acceder hasta los chicos a los que había ayudado a sellar el acceso de la puerta de abajo.

La idea de encontrarse con un elemento de dicho personal estaba madurando en su cabeza.

Antonella se habría puesto manos a la obra, buscando esa salida. Ella más que nadie en el mundo sabía lo importante que era esa situación. Sin embargo detectó algo flotando en el aire, que la sacó completamente de balance.

Un tufo pestilente.

Y después del tufo pestilente un enjambre de zancudos, y después del enjambre de zancudos el ruidito mugroso de charco, de barro, de animales rastreros, de gusanos.

Reaccionó de inmediato.

«Te vas a encontrar con algo malo. Tranquila, por favor, tranquila», se dijo a sí misma, en pensamientos. Y repitió, como si fuese un amuleto simbólico: «Mamá».

Caminó hasta un pasillo conformado por dos estantes de libros que llegaban hasta el techo. Era oscuro, pero se veía claramente lo que había en el fondo.

Antonella tuvo que observarla por espacio de varios segundos para que la figura cobrara una forma coherente en su mente: un cuerpo acurrucado en posición fetal, apuñalado docenas de veces.

Un gusano estaba deslizándose fuera de la cuenca, donde, una pastosa mayonesa supuraba de un huevo hervido, redondo y seco, que anteriormente había sido su ojo izquierdo. Sus labios parecían carne magra y el resto del cuerpo estaba lleno de salpicaduras de sangre, hasta los zapatos. Una de las uñas podridas de su dedo pulgar subía y bajaba al son de un insecto que acababa de darse un festín con la carne de adentro, y ahora intentaba salir de ahí, en busca de otro dedo.

La mano tenía una herida, en forma de raja, que llegaba hasta el antebrazo, los bordes de la piel cortada parecían tela arrancada a tiras.

Alguien lo había matado.

Antonella se acercó, colocándose los dedos sobre la nariz.

Se detuvo hasta donde el charco de sangre se lo permitió y se puso de rodillas.

«¿Por qué no lo han sacado de aquí?».

Esa era otra de las muchas preguntas sin respuesta que le quedaba por dilucidar, pero que sentía colgarse en su cuello, como arañas de patas inquietas.

«¿Por qué? ¿Por qué dejan un cadáver aquí?».

Entre el charco de sangre coagulada, podía notar que su vestimenta era una bata de enfermero. También supo, gracias a su experiencia, que aquellas puñaladas no habían sido infligidas con un cuchillo, sino con otro instrumento de punta mucho más pequeña y roma.

El olor hediondo le provocó la primera arcada. Ella estaba preparada, sí... pero nunca se había enfrentado a un cadáver en descomposición avanzada. Aquello estaba más allá de su área.

Se apoyó sobre el sillón, pegando la cara al cuero, y respirando profundo. Era el único escape de la nauseabunda atmósfera.

A su derecha, tal como lo había previsto, se hallaba una puerta de madera. Podría salir de ahí.

Lo único malo es que estaba entreabierta y eso le daba mala pinta a la situación.

Empujó el picaporte, observando al interior: un pasillo primeramente iluminado, que luego se convertía en oscuridad absoluta.

No se escuchaba ningún ruido proviniendo del fondo, ni aires acondicionados ni filtraciones. No había forma de saber cuán profundo era.

«Mamá...».

Todavía escuchaba el remolino de insectos del otro lado de la biblioteca, reuniéndose para comer.

—Padre nuestro, que estás en los cielos, santificado sea tu Nombre...

La oscuridad no se hizo más agradable. Rezar no alteraría en lo más mínimo las cosas, por más que ella pensara que le serviría de amuleto. Empezaba a sospecharlo.

Caminó hasta que la oscuridad la bañó.

Antonella era demasiado mayor para pensar en cosas que ella felizmente catalogaba de bobadas. Una bobada, por ejemplo, sería hacerse la idea de que la puerta detrás de ella se cerraría de golpe, dejándola atrapada ahí. Otra todavía peor era sentir de pronto una mano sobre el hombro, y que al girarse estuviera cara a cara con el cadáver que acababa de ver en el suelo. Sin embargo, las «bobadas» estaban convirtiéndose en posibilidades dentro del San Niño, y eso afectaba sobremanera su sistema nervioso, tanto como la había afectado las noches después del «Hasta luego, mamá». Un chico se asusta porque piensa que el fantasma de la niña va a ir a verlo, pero un adulto lo hace solo porque no puede concebir que sea posible que algo como eso esté pasando, porque eso solo se ve en las películas, en la televisión o en las personas que están locas. Ella no quería estar loca, le tenía miedo a eso más que a nada.

Pero tenía una base lo suficientemente sólida para sostener la certeza de que no estaba volviéndose loca. Había visto lo que había visto, y estaba segura de haberlo hecho. Y era peor, más tenebroso, más triste, más eléctrico, más horrible que cualquier película. Esta era la realidad. Si lo que hubiera visto no valía nada, entonces su posición como jefa de enfermeras tampoco lo valía. Fue en base a sus propias seguridades que estaba donde estaba hoy día. Si Juan el de la esquina decía haber visto fantasmas, es porque estaba loco, sin dudas, pero si Antonella Messina afirmaba haber visto lo que vio, entonces había que tomarla en serio, porque era la última persona que jugaría con algo así, ¿verdad? Era tan impensable que ni siquiera la catalogaba como ese tipo de «cosas tomadas por los cabellos que pasan de vez en cuando», no... Antonella había traspasado incluso esa frontera, y saberlo era un arma.

Y seguía caminando, extendiendo los brazos al frente, para evitar darse un encontronazo con una pared. Hacía frío.

Se preguntaba qué vería si de pronto se encendiese una luz. Qué habría en las paredes, en el techo, sobre su cabeza, o incluso alrededor de sus pies...

La falta de barreras al frente le hizo confiar un poco más, por lo que estiró sus piernas andando adelante.

Su mente de mujer adulta, sobria, preparada, reconocida, le repetía una y otra vez que su objetivo era la salida, no imaginar cosas.

Aceleró el paso todavía más.

—Hola.

No esperó respuesta alguna, salvo la de sí misma: pero no, ni así se haría una idea imaginaria del lugar, porque tampoco había ecos.

Siguió alejándose más y más. Se preguntaba qué tanto de la línea horizontal del edificio habría recorrido. El camino no acababa.

Empezó a contar sus propios pasos.

... 15, 20, 35, 50, 60, 70, 90, 100, 120...

Lo único que escuchaba eran sus propias pisadas, una tras otra, acompasando la negrura.

«Leyes físicas extrañas», pensó de pronto.

Pensó también en el Obelisco de la 9 de julio, que mide sesenta y siete metros de alto. Ella había cuadruplicado esa cifra caminando.

Se detuvo y se dio media vuelta: la puerta por donde había entrado no era más que una estrella lejana y torcida en aquel extraño horizonte.

Empezó a inquietarse.

Era demasiado fácil perder noción en la oscuridad. Tuvo la idea de que lo mejor sería no distraerse del rumbo. En la negrura las cosas cambian, sin dudas, la mente del ser humano cambia, ciertas cosas en el cerebro se apagan, y otras cuantas, inhóspitas, se activan. La imaginación se dilata, y aunque no se le deje tomar control sobre los pensamientos, se halla ahí, grande, como una pared, esperando que la toquemos para moverse. La mente adulta, inflexible de Antonella no pensaba en espectros, no veía cosas jorobadas y blandas acercándose por el suelo, ni tampoco criaturas raras esperando para saltar, el miedo de ella, el miedo adulto, se concentraba alrededor de otro tipo de monstruos: el de la incertidumbre, el del qué va a pasar, el del perderse y no saber qué hacer, porque en la negrura, entre dos paredes, las posibilidades son dos y solo dos: adelante o atrás, nada más.

Caminaba más apresuradamente, sin éxito.

Y así seguiría, por varios minutos más, hasta finalmente ver un punto de luz difuso, a la altura de sus ojos, sabía que era el efecto de lejanía lo que hacía que se viera tan alto. Empezó a correr.

Ya estaba jadeando para cuando la luz titilante se vio proporcionalmente en camino recto, buscó con la palma de su mano la pared de la derecha, para apoyarse y descansar, la respiración bajaba y subía por su pecho como una sinfonía vieja y desentonada.

«Dios mío, gracias».

Fue disminuyendo el paso, a la vez que la imagen de donde provenía el pequeño resplandor tomaba forma: era una vela blanca, colocada en el suelo, frente a una puerta.

Se acercó lentamente, sus pasos sonaban arenosos.

La puerta de madera estaba desvencijada, tenía un aspecto sucio, roído, con líneas de rotura a los lados. Enganchado por varias vueltas al picaporte se veía un alambre.

Surcó la vela, con la suficiente delicadeza como para no apagarla, y abrió la puerta.

Delante de ella se hallaba un corredor corto, con dos caminos: uno a la derecha y el otro a la izquierda.

Se asomó en la intersección de las dos vías y vio a ambos lados. En el de la izquierda había una puerta, en el de la derecha una reja abierta, con un fondo negro, perteneciente a un camino límbico, como el que ella acababa de traspasar...

Escuchó un murmullo en el fondo de ese camino, un siseo ronco, casi monstruoso.

Antonella se acercó a la reja, asomando la cabeza al fondo.

El carraspeo volvió a escucharse, haciéndole enderezar la columna. Había algo allá, en el fondo, que murmullaba con susurros cortantes.

Y se estaba acercando...

Estaba convencida de que aquello había sentido su presencia, e iba a acudir a ella.

Los sentidos se le crisparon inmediatamente, sintió la columna fría, como solía suceder cuando pasaban cosas extrañas, pero esta vez venía acompañado con algo: su cráneo vibraba, vibraba como algo… rojo, pensaba en el color rojo. El color rojo no era bueno.

El susurro estaba bastante cerca ya, y podía verla…

Sin pensarlo, tomó la reja por un barrote y la cerró de golpe.

Retrocedió cinco pasos.

«El perseguidor», pensó. «Es el perseguidor».

Y el perseguidor se asomó por la reja y ella lo vio a los ojos.

3

El oficial Cayo, de Valle de la Calma, se ajustaba su pesado cinturón negro al bajar del patrullero, el cual había estacionado en el pedregoso estacionamiento del hotel.

Era un hombre gordo, pero le gustaba considerar que «todavía tenía lo suyo».

Sobre todo cuando llevaba los lentes de sol puestos, acentuaba ese aspecto de policía televisivo. Le habían costado doscientos pesos en una tienda de óptica de Bariloche. En Valle de la Calma, un sujeto que se saca del bolsillo doscientos pesos para comprar unos lentes de sol es considerado un rebelde estrafalario. Por eso, en vez de presumir del precio, Cayo (le gustaba su apellido, dicho sea de paso) nunca hablaba del tema, y tampoco se lo habían preguntado.

Se ajustó el cinturón por segunda vez, ahora como acto reflejo. Eso lo hacía sentir que se estaba preparando para la acción… una acción bastante humilde, si se tenía en cuenta que todo lo que quería era impresionar a Paula, la dueña de la posada.

Por meses, ellos habían estado flirteando (flirteando en los estándares de un pueblo sureño y apartado del mundo); ambos se consideraban mejores amigos y, desde hacía aproximadamente sesenta y ocho días, Cayo estaba planeando cuidadosamente cómo pedirle que fuera su novia.

Ahora estaba cumpliendo su rutina de siempre: visitarla al ocaso del día y charlar con ella en la recepción.

Paula por su parte siempre lo esperaba, se ponía coqueta para la ocasión, pero aquel día, la conversación tomaría un giro diferente, porque ella le hablaría de una tal Antonella Messina, porteña extraña, que esa mañana había salido a pasear y todavía no había vuelto.

Las observaciones de Paula no eran conservadoras, sino acertadas: nadie en su sano juicio puede invertir más de dos horas haciendo turismo por Valle de la Calma.

Y peor todavía, ella era dueña de una información mucho más escalofriante, que la aterraba.

—Esta mañana, la vi salir rumbo al sur del pueblo.

¿Qué es lo único que había al sur del pueblo?

Las ruinas del San Niño.

4

Antonella hacía todo lo posible por contener el pánico. Unas rejas gruesas se estaban interponiendo entre ambos, pero no era suficiente.

Retrocedió otros tres pasos, contemplándolo.

No había gritado ni echado a correr. Sencillamente, era presa de la insoportable probabilidad de haber sido víctima de «cuidado con el perseguidor», él, «eso».

Era un hombre que sobrepasaba fácilmente los dos metros de estatura y cargaba una mandarria con sangre seca alrededor del palo y el mazo. Tenía la cara cubierta por una bolsa de tela, con dos rascaduras como óvalos hechos en el lugar de los ojos, anómalamente separadas entre sí, y una línea para permitirle respirar por la boca. Parecía un flan con cara, un blando barquillo de helado puesto al revés.

Exhalaba aire con dificultad, como si tuviera los pulmones llenos de polvo, mientras los largos harapos grises con los que vestía se movían lentamente, todos llenos de rasgaduras hechas por uñas, lo que explicaba las costras que tenía a lo largo de los brazos. La visión general era tan mórbida como la de una enana enfrentando a un gigante.

Sus hombros redondos y gordos permanecían tensos, la espalda ancha tenía una joroba carnosa y dura. Sus piernas, anchas, de gordo, terminaban en dos zapatos negros, con los cordones pulcramente amarrados.

Antonella se veía incapaz de articular una sola palabra, sobre su cabeza estallaba un hongo nuclear que la abrumaba y asqueaba al mismo tiempo, presa de una bomba de tiempo preñada de horror, que se dispararía apenas el hombre, ayudado con su arma, intentara echar abajo la reja.

Por el contrario, todo lo que hacía era estar de pie, respirando y observándola, con unos ojos, sin dudas horribles, que debían hallarse detrás de las rasgaduras. La mandarria siseaba suavemente, su mano estaba cubierta de trapos, hechos del mismo material que la máscara, cubriendo una mano que debía tener el tamaño de un guante de boxeo.

«El perseguidor, el perseguidor, el perseguidor, el perseguidor», la voz de su mente se intercalaba entre la del niño con síndrome de Down y la de ella. «El perseguidor, Antonella, cuidado con el perseguidor».

Su respiración pesada, animal, invocaba una sensación de sed.

Ella alzó sus manos abiertas, temblorosas, y las puso al frente, haciéndole una señal sutil. Antonella temía correr, porque algo le decía que eso despertaría su instinto asesino, como un animal. Esos miedos, esas posibilidades surcaban su cabeza. Pensó, inclusive, que tal vez él no la había visto todavía y que por eso estaba quieto.

«Dios mío».

Se dio media vuelta y se retiró en dirección a la puerta que se hallaba en sentido contrario, temiendo más que nunca lo que estaba pasando a sus espaldas. No verlo y saber que estaba ahí era peor. Temía que su respiración asquerosa y acompasada se hiciera enojosa, temía el frío impacto de la mandarria contra el soporte de las rejas, o la reja misma abriéndose, o el grito asqueroso, deshilachado de él.

Y temía, además, lo que hubiera pasado de no haber cerrado la reja, de quedarse como una estúpida de pie, de no haber obrado a tiempo. Era peor, miles de veces peor que pensar sobre la almohada en las repercusiones de ese accidente que pudimos haber tenido.

Sin quererlo se apresuró hasta la puerta, de la que solo se veía una franja blanca en el medio, gracias a la pobre luminiscencia del pasillo oscuro, casi cavernoso en el que se hallaba.

Al cruzarla, Antonella correría con todas sus fuerzas, queriendo atravesar otras cuarenta salas más.

Sin embargo, eso no ocurriría; la sorpresa de ver a la enfermera Margoth del otro lado, sentada sobre una silla, sería aun mayor…

5

La luz era lúcida, la lámpara despedía un brillo amarillo y opaco sobre toda la habitación, enmarcada con un tapiz color crema.

No había ventanas, tampoco muebles, solo una silla, donde la anciana se hallaba sentada a sus anchas, observando a Antonella con un rostro que no demostraba sensación alguna. Al lado se hallaba una mesita de café, con un teléfono sin cordón.

Antonella, por su lado, no se había dado cuenta de un detalle más, hasta que lo sintió, a la altura de los tobillos, como serpientes suaves enredándose alrededor de sus pies: el suelo estaba completamente cubierto de sábanas.

De algún lado salía una musiquita simple, de caja, una tonada instrumental antiquísima, que aunque suave, se escuchaba perfectamente sobre el silencio tenso que mantenían ambas mujeres.

Antonella la observó con firmeza, su frente seria y sus ojos negros eran como sacos de piedra sobre la arrugada señora, que la miraba de vuelta con agrio dejo de dignidad.

Cerró la puerta detrás de ella, con lentitud.

—¿Qué está pasando aquí, Margoth?

Pero Margoth no le contestó.

—¿Se da cuenta de lo que ha hecho? ¿En lo que está usted involucrada? ¿Lo de los niños y todo eso?

No hubo respuesta.

—¿Cómo puede vivir con su conciencia, mujer? ¿No le repugna, no le asquea cuando se ve al espejo por la mañana o cuando se acuesta a dormir? ¿No siente asco por usted misma?

Margoth no se inmutó.

Antonella sintió un leve tirón debajo de los zapatos… la sábana se había estirado.

—¿Qué va a hacer cuando todo esto se termine? —repuso—. Ningún criadero de gusanos tan grande como el San Niño se sostiene por mucho tiempo, aun en este país.

—Eso es verdad.

Otro tirón más. Antonella lamentó profundamente no haberlo imaginado hace un rato, se vio obligada («¿Y ahora qué, maldita sea? ¿Ahora qué?») a bajar la cabeza, revisando las abombadas arrugas que se formaban entre la tela.

—Margoth… —dijo, con toda la calma que pudo aunar—. ¿Qué pasa aquí?

—Vení acá, Donna…

Un gemido largo, plañidero, con voz de bisagra oxidada bañó sus oídos.

La sarnosa cabeza de la niña se asomó entre las sábanas, viendo con miedo a Antonella. Su ojo izquierdo, muerto, seco, contemplaba la pared, pero el otro, el bueno, la miraba como a una enemiga. Giró la cabeza para dirigir un gesto de amor a Margoth, quien la rodeó con sus manos y la levantó a su regazo.

Arrojó un cacareo alegre por esa herida gigantesca que era su boca. Sus piernas eran ridículamente pequeñas, delgadas, incapaz de sostenerla, sus rodillas, esferas sobresalientes; «bolitas de carne», pensó Antonella, presa de otro de esos ecos mentales, involuntarios, que aterrizaban en su cabeza como cometas pequeños en un pantano.

«No, por favor, no, no», oyó gritar en su cabeza una voz de horror. La voz de horror de un muchacho que, alguna vez, había tenido el infortunio de ver a esta niña, en una situación parecida.

Los ojos de Antonella se humedecieron.

—¿Es suya?

La anciana desabotonó la bata y descubrió un corsé antiguo y rojo, de aspecto inmoral, burdo.

Descorrió una liga y mostró su teta blanda, caída, coronada por un pezón maltratado.

La niña colocó su boca ahí y se quedó quieta.

—Yo no estoy en condiciones de amamantarla —dijo, sin molestarse en levantar la cabeza— y ella ya no está en edad de mamar. Pero le gusta, la tranquiliza.

Antonella se frotó los ojos con las manos, limpiando sus lágrimas.

—Y es lo único que tiene —repuso Margoth.

Sollozó sin voz, viendo hacia el techo, y luego de vuelta hacia ella.

—Eso no le da derecho a nada, señora.

—Lo sé.

Empezó a susurrar una canción de cuna, meciéndose suavemente, con su niña en brazos, viéndola como una madre enamorada.

—¿Por qué nació así?

—Yo cometí errores.

Antonella quiso responder afirmativamente a eso, pero prefirió ahogarlo.

—Muchos errores —repuso.

Acarició a la niña, arrugando la boca.

—El primero fue pensar que yo no la iba a querer.

—Me alegra saber que es usted capaz de querer.

La anciana le echó una mirada venenosa.

—Vos no entendés, porque cuando yo pagué el precio, el daño ya estaba hecho. Para ella y para mí.

—¿Qué precio?

—Varios precios. Sos una mujer, sabés los precios que pagamos las mujeres, ¿o no? ¿Sos una mujer, Messina? Yo sentía que estábamos hablando dos mujeres, esto era una conversación entre hembras.

—¿Qué precio?

—El precio de ser mujer, y el precio de mi vida. ¿Te enamoraste alguna vez?

—Nunca.

—No sabés lo que es eso y yo tampoco, pero al menos yo creí que estaba enamorada... enamorada de mi espléndido tío.

—Incesto, Dios mío.

—... el brillante doctor Borguild. El sostén de la familia.

Levantó la cabeza para dejar salir una carcajada prolongada y ajada, de bruja.

—Maldita familia de mierda, ignorantes. Putos.

Arrimó más a la niña hacia sí, observando sus piernas.

—Igual hubieran dicho que es un monstruo. Que les den. Pero así es como les gustaba a ellos. Todo queda en familia, ¿ves? —preguntó sardónicamente, levantando a la niña delicadamente—. Todo queda en familia.

—No entiendo, Margoth —tomó aire, para ahogar el temblor en su voz—. El incesto, la edad avanzada de usted cuando se embarazó, contribuyeron, pero hay detalles...

—Cosas, sí. Después de todo vos también sos una enfermera, ¿no? La hija de Muriel Messina. Vos entendés...

—¿Qué más hubo?

Margoth liberó una mano y la levantó, mostrándole el demacrado antebrazo, como una respuesta.

—Drogas.

—¿Se drogó usted, además?

—No. Mi tío. Empezó a suministrármelas para que no abortara. ¿Vos creés en el aborto? Yo puedo hacérselo creer a cualquiera. Me golpearon, me ataron; me daba repulsión saber que iba a parir una hija del modo en que la iba a parir, porque yo sabía lo que iba a salir de mi vientre, y las drogas contribuyeron a degenerarla aun más. Y aun cuando pensás que vas a tener la seguridad de creer una cosa, la vida siempre acaba sorprendiéndote con que en realidad se oculta algo peor detrás.

—¿Peor? —exclamó—. ¿Qué puede ser peor, mujer? ¿De qué está hablando?

—Borguild es un hombre de negocios, nena. ¿Vos creés que él me detenía porque quería salvar a su hija? No... él veía otra posibilidad de agrandar su colección de niños lerdos para el negocio que tenía en el hospital, aparte del de los órganos. El problema es que Donna salió demasiado fea, aun para el gusto de un viejo cagalistroso con ganas de coger. Por cierto, ¿sabés cuál es ese negocio del que te hablo, no? Esa es la mejor parte.

Antonella tuvo que aguantar las náuseas.

—¿Y cuándo intentó usted dar parte de ello a la policía? ¿Cuándo trató de hacer algo?

La anciana se puso de pie, acurrucando a la niña entre sus brazos. La conversación se había acabado y ahora, sin más, se disponía a marcharse.

—¡Es usted una puta degenerada, señora! ¡Es usted tan responsable como el que más!

Margoth caminó hasta la puerta contigua, la niña cacareaba, paseando el mentón en el hombro de ella.

—¡Va a ir al infierno, Margoth! —exclamó Antonella—. ¿Lo oye? ¡Va a ir al infierno!

Al girar el picaporte, reveló un pasillo abominable, infinito, y rodeado de candelas vivas y rojas, lamiendo las paredes y el techo, llameando cerca del piso.

—¿Es que no lo ves, cariño? —dijo con una dulzura que jamás le había escuchado, antes de cerrar la puerta tras de sí.

6

El teléfono que estaba en la mesita contigua a la silla empezó a sonar.

Antonella no tenía ganas de detener a Margoth. Su mente estaba hecha un caos, y ahora era en serio.

Se habían acabado las dudas, los cuestionamientos, los dobles sentidos y las respuestas que debían quedar por resolver más tarde. Se había doblegado ante la idea de escapar del San Niño, de dar parte a la policía. Había llegado a un punto azul, lejano, frío, devastador, en que todo estaba perdiendo sentido.

La lógica inflexible, madura de adulta se estaba resquebrajando, bamboleaba sobre el tronco peligrosamente, y si se caía, sería para siempre y no pararía nunca.

Pozo de locura.

Ahora su mente no era una ruleta de temas («tijeras, niños, Margoth, perseguidor, muertos, teléfono») sino una fístula enorme, sangrante.

«Teléfono»; el teléfono sonaba.

Y sonó otra vez.

No tenía cordón, no estaba conectado a la pared, no lo alimentaba fuente de energía alguna, pero ahí y ahora no importaba... el «¿cómo sigue sonando?» era lo de menos. Se llevó ambas manos a la cabeza.

Observó por largo rato, lo oyó repicar varias veces más.

Acercarse, levantar el tubo y ponérselo al oído fue una eternidad...

La voz detrás no esperó que ella hablase, sino que recurrió a una vieja táctica: un hórrido y atronador grito de rata llenó todos los agujeros del auricular, haciéndose cada vez más fuerte, acercándose cada vez más a ella, hasta metérsele por el oído. La hizo temblar como si le hubiesen descargado electricidad.

Antonella cayó desplomada al suelo, inconsciente.

7

Estaba soñando. No sabía qué pasaba con su cuerpo, no sabía qué sucedía a su alrededor, pero por lo menos, estaba soñando, y dentro del sueño tenía al menos cierta lucidez, que era como la llama de una vela, porque iba y venía, amenazada ante la más mínima brisa.

Tuvo mucho miedo… miedo de ser arrastrada al pasillo infinito lleno de fuego, miedo de ser alcanzada por el perseguidor, y sobre todo, miedo de estar rodeada por algo que ella no conocía.

Pero había un elemento más, uno que cada vez se hacía más latente, algo que poco a poco dejaba de ser un ardid para convertirse en una piedra sólida, metida dentro de su cabeza.

Un tumor.

Ella no lo sabía con exactitud, no había pensado en la palabra «tumor», no tenía forma de saber qué era lo que había ahí dentro, pero sí estaba enterada de la existencia de «algo».

Y ese «algo», definitivamente, no era bueno… eso también lo sabía.

Ahora era más difícil «abrir» su mente, y de nada hubiera servido, de todas formas: esta vez el problema no estaba dentro de la cerradura de una puerta, sino dentro de ella.

Volvió a caer en un profundo sueño negro, uno en el que se no ve nada ni se siente nada, uno en el que hasta el mismo subconsciente es inválido. No era que no lo recordaba por ser demasiado profundo: era que Antonella Messina sobrevolaba con una sola ala el peligroso hueco del coma total.

Y cuando su conciencia regresaba era solo para estar enterada de su aprieto, porque el abismo negro seguía debajo de ella, lo sentía.

No pensaba en palabras, tampoco en imágenes… era como ver por un pequeñísimo hueco de alfiler; su mente solo estaba «activa», funcionando al mínimo, lo suficiente para saber, en uno de sus regresos, que el tumor estaba moviéndose. Lo sentía sobredimensionado en su cabeza, como una pelota apretada contra el cerebro, teniendo que compartir ambos el mismo cráneo. Era desagradable, porque aquello crecía y quería moverse.

Era como una guerra dentro de un tablero de ajedrez, una batalla entre dos partes… el problema es que el lado de Antonella no había podido mover la primera ficha todavía, y la batalla estaba ya avanzada.

«Cosa negra», pensó desde lo más ínfimo de su mente. «Cosa negra». Y luego, otra voz, más fuerte, clara: «Ya es la segunda vez que tratan de matarte, Anto…».

«Segunda vez».

Incluso desde su miserable acceso a sí misma, Antonella sabía que quería corresponder a esa voz, quería hablarle, preguntarle cosas, y el sentimiento se basaba en que, cuando toda la esperanza se pierde estando solo, uno ve en los demás un poderoso sentido de la esperanza, «a ver si puede ayudarme», «a ver si puede resolverme el problema», «a ver si no está todo perdido». Pero todo lo que pudo responder fue «segunda vez», las dos palabras peor desperdiciadas en toda su vida... era tan desesperante como estar ahogándose en el fondo de una piscina y no ser vista por la persona que está de pie en el borde, distraída, y como ella no tenía control de su cuerpo, ni de su mente, sino que resbalaba por el camino, solo sufriría un poco, sufriría sabiendo que no podía gritar, ni siquiera desde su propia cabeza.

Y el tumor se movía.

Parecía un germen gigantesco, un insecto repulsivo, de patas abundantes, cuerpo enjuto de zancudo, el parásito transparente que es por lo último que querríamos ser tocados, pero metido dentro del cerebro, acariciando con sus fibrosas extremidades los sesos, quién sabe si borrando cosas, oxidándolo o pudriéndolo todo con su lengua, larga como un nervio, tanteando el terreno.

Nuevamente, la voz que venía desde el borde de la piscina le volvió a hablar, su sonido era tan lejano que parecía el murmullo de un eco: «Es la segunda vez que tratan de matarte, Anto...».

Esta vez no contestó el llamado.

Intentaba contemplar «la voz», dentro de su mente había «ciertos elementos» que le permitían saber quién estaba adentro.

«No estás devastada, te vas a recuperar».

No hubo ninguna reacción emotiva ante esas palabras. Antonella sencillamente las recibió. Era como hablarle a un caracol marino.

«Todo va a estar bien, pero no podés dejarte caer».

«No puedo dejarme caer».

Retuvo esas palabras con una fuerza increíble. Como si hubiese alzado sus brazos y utilizado sus uñas para llevarlas consigo.

«No puedo dejarme caer».

No la iba a repetir desde los ecos de su memoria para retenerla. No hacía falta. Saboreó cada palabra, hasta entender el significado de la frase. La eficiente Antonella Messina no necesitaba más.

Comenzó a pensar en un pequeño grupo de duendes, apilados entre sí, sosteniendo picos y rastrillos alzados en el aire, y también dos banderas largas y ondeantes, de azul y rojo, a los costados de la fila.

Una vez que tuvo la imagen fija en la cabeza, y consiguió adornar la secuencia mental con un poco de brisa y pasto, entonces se esforzó por aumentar la cuenta de los enanos, los imaginaba con ojos redondos y amarillos, parados todos en posición militar, con cascos germanos que ensombrecían sus rostros.

Entonces, cuando ya había hecho un escuadrón lo suficientemente cuadrado y grande para su gusto, comenzó a materializar otro igual al lado, pero ahora atreviéndose a darles lanzas y espadas, que parecían de juguete pero estaban tan afiladas como bisturíes.

Fue tiempo de crear el tercer batallón, y luego el cuarto, después el quinto… cada uno más osado que el anterior. Ya había catapultas, tanques y máquinas de guerra.

Y era difícil mantenerlos en la mente, porque había que cincelarlos en la memoria, no dejarlos ir, Antonella no podía permitir la eliminación de una fila entera mientras estaba creando otra. Era igual a mantener el equilibrio haciendo malabarismos.

El campo virtual se agrandaba más, lo necesitaba. En consecuencia, sin quererlo, «perdía» zonas repletas de enanos. Pero eso no importaba, porque la obligaba a agilizar la mente: ella los volvía a materializar, y donde antes estuvo un batallón ahora aparecían dos, cubriendo cada punto del panorama, lentamente, trabajando tan rápido como su propia imaginación la dejaba. Cuando un sector se hallaba repleto, entonces lo hacía más grande: ahora había legiones de duendes montados en caballos, en elefantes, sobre plataformas. Intentaba no olvidar la posición de cada grupo, mantenerlo cohesionado en la cabeza «ahora o nunca», para que no se desvanecieran, pues su ejército se haría más pequeño, y eso no podía pasar. Necesitaba ayuda de todos.

Para aumentar el terreno, Antonella descubrió que tenía que «elevarse», eso era más fácil que fantasear que su visión era más potente (y de ese modo, crear más campo visible a lo lejos), si se elevaba, entonces aparecería más fácilmente: engañaba a su mente tomando un atajo para lograr exactamente la misma cosa.

Supo reconocer sus límites, su mente los dibujó antes que tuviera que echar marcha atrás su propia obra: la línea de un horizonte estaba perfectamente delineada en el campo de su cabeza, y todo lo que había para contemplar no dejaba un solo hueco en el que pudiese verse otra cosa que su ejército de enanos.

Hacía varios años, cuando trabajaba bajo la supervisión de la delicada Carol Garou, en el Buena Ventura, había tendido regularmente la cama de un niño con pegajosas risas y maravilloso optimismo que, desgraciadamente, estaban acompañados de una cabeza completamente calva.

«No se preocupen» —contaba— «tengo un ejército que pelea todos los días contra mi cáncer».

Días más tarde, Antonella supo a lo que se refería: el niño imaginaba a un ejército de caballeros que todos los días se batían a muerte contra un monstruo gigantesco, representado por su mal.

Al chico le gustaba dar avances diarios del estado del combate, explicando que ese día podía ir a jugar béisbol porque habían conseguido hacerle mucho daño la noche anterior. Cada vez que Antonella lo veía entrar al Buena Ventura, después de la semana en que le tocaba hacerse quimio, el chico alegaba que tomaba sus otras medicinas pensando que en realidad eran misiles, que caerían desde bombarderos sobre el monstruo. Su calvicie, según él, era solo un efecto secundario «porque los campos quedan algo devastados después de los bombazos, pero la hierba vuelve a crecer». Antonella se sentía sobrecogida cada vez que lo escuchaba.

Y ahora estaba haciendo exactamente lo mismo: y ya estaba preparada para enviar a su ejército contra el intruso que estaba en la cabeza, y si en verdad no estaba loca, y si en verdad había visto las cosas que había visto, y si tenía poderes y su mente era tan poderosa y especial como lo imaginaba, entonces iba a resultar. Sabía que sí.

El tumor en su cabeza se movía, lentamente.

Su banco de memoria fue capaz de recrear el sonido de millones de voces, y su ímpetu fue extraordinario para imprimir furia en su ejército: todos rodeaban al monstruo.

«Anto…».

«Anto, cariño, es un tumor, no te detengas».

Y Antonella hizo lo que se le ordenó: no se detuvo. Si no podía ayudarse apretando las manos o pegándole a algo, su sola imaginación y su solo poder, «porque lo tenés, nena, sos poderosa, nadie te vencerá», serían suficientes para imprimir todo el carácter brutal a las lanzas, a las espadas, a los cañones, todas desangrando al dragón, que gritaba como una bestia herida.

«Cariño, lo estás desintegrando, lo estás desintegrando».

«Sí, mamá, es mi ejército».

Pero Antonella no tenía forma de saber que solo se ayudaba de su imaginación para pelear, y eso era lo mejor: que ella no lo supiera.

La sensación del tumor desintegrándose fue similar al de ganar una competencia tirando del otro lado de la cuerda, arrastrando al otro grupo al charco, haciéndoles ceder como si fueran una enorme pared de arcilla.

«Cariño, lo hacés bien, lo hacés bien, vamos».

«Es un tumor», repitió Antonella, «es un tumor», guardaría esas tres palabras en un cajón para saborearlas después, para entenderlas. Todo lo que ella sabía es que ahora estaba combatiendo contra un monstruo, y había que matarlo.

El ejército se amontonaba alrededor de la bestia, los enanos se subían unos sobre otros, clavando sus instrumentos maliciosamente. Eran los duendes de ella, ella era su diosa, estaban dispuestos a morir por la causa.

En otro plano de realidad sintió dolor, dolor real, no imaginario, dolor en su cabeza. El tumor palpitaba, chocaba contra los sesos y los apretaba, deslizándose por el horizonte craneal. No era un contraataque, estaba sufriendo, e intentaba escaparse, desenquistándose.

«El monstruo se escapa, no dejen que escape, persíganlo».

Nuevamente lo sintió moverse. Antonella era una mente atrapada dentro de la fortaleza que era su cuerpo, y «el monstruo, ¡cuidado!» era enorme. Ella defendía su propia fortaleza.

Y finalmente dejó de moverse, porque estaba débil y herido.

«Sos poderosa, Anto, estoy orgullosa de vos, corazón».

Y se estaba haciendo más pequeño. Ya el ejército no hacía falta, porque podía completar el trabajo ella misma: sujetaba un hacha inmensa entre sus manos.

«Lo estás desintegrando, concentrate más».

El monstruo era un árbol seco, negro, con cientos de raíces, inmóvil, acorralado en la pared de un hospital imaginario. Antonella cortaba sus ramas, alzaba el hacha en el aire, una y otra vez, destrozándolo.

«Amor, estoy orgullosa».

Las ramas amputadas volaban alrededor de ella, mientras el árbol se hacía más, más pequeño.

«Lo estoy haciendo yo sola», pensó, «lo estoy haciendo yo sola».

Su campo de visión se hizo mucho más claro, el sueño se estaba acabando. Casi lamentó tener que soltar el instrumento de guerra.

Los horizontes se agrandaban, su cerebro se despertaba, suavemente, y con él, todos los sentidos.

«¿Mamá?».

«Anto, vos tenés que acabarlo… ».

«Mamá, ¿qué pasa? No oigo la mitad de lo que decís, no te escucho, no… ».

El pulso empezó a acelerársele. Su cuerpo hizo ignición, recuperó sus funciones: sintió dolor en la cabeza y en las piernas. Nuevamente era humana. La voz se perdía, y ella lo lamentaba, porque sabía que la voz era más importante.

«Mamá, ¿qué me decís?».

Irremisiblemente, Antonella fue eyectada al exterior.

Abrió los ojos, sintiendo un sacudón en el cuerpo.

Cobró conciencia de su respiración, sus nervios y su migraña: estaba viva, despierta.

No podía dejar de pensar en las voces. Sobre todo porque ahora no había nada, en su consabida adultez, que pudiera resquebrajarse ante lo extraño. Ante la idea de lo sobrenatural.

Antonella ya lo había dejado atrás. Era muy tarde para la comadrona inglesa de su mente. Estaba convencida. No hacía falta esperar a un después para pensar más detenidamente en ello. Solo tenía la sensación de haber perdido a su madre una vez más, de abandonar su alma en el pozo de su subconsciente, donde hubiera podido hablar con ella.

Sin embargo, entre la confusión, fue capaz de rescatar una frase, que se trajo consigo, desde el mundo de los sueños:

«Terminalo por mí, mi niña».

8

Le tomó tiempo enfocar los ojos. Estaba desorientada.

«Los campos quedan algo devastados después de las grandes batallas, pero la hierba vuelve a crecer».

Se frotó los ojos varias veces antes de bajar las manos a su regazo y ver el lugar donde se encontraba.

No le tomó mucho tiempo darse cuenta: era la morgue del San Niño. Estaba en una de las tantas camillas que surcaban en dos filas la larga sala. Las luces estaban a medio encender.

Sintió escalofríos al saber que estaba arropada hasta la cabeza, como el resto de los cadáveres.

Las sábanas estaban inmundas, con manchas de grasa. El olor a podredumbre fue lo que más la ayudó a despabilar; había surcos de sangre por todo el suelo, y algunas camillas estaban volcadas, amontonadas sobre otras.

Del lado contrario se hallaban cuerpos desnudos, caminando en círculos, arrastrándose por las paredes. Una niña, con la enorme cicatriz en forma de Y adornando malamente su torso, la cabeza dislocada sobre el cuello, y la piel gris, caminaba como una muñeca manejada por un titiritero. Otros pocos cadáveres se arrastraban cerca de ella, con movimientos que asemejaban al de máquinas.

Todo eso era acompañado por el suave rechinar del cordón que sujetaba una de las lámparas redondas, sobre la cual estaba puesto un cobertor también manchado, cuyos bordes caían a los lados, fantasmalmente.

Se sentó sobre la camilla y deslizó sus piernas por el borde de esta, colocándose de pie. Afortunadamente no la habían desvestido. Supo agradecerlo aun intentando despabilar.

Caminó entre las camillas, acercándose a los cuerpos.

La sensación explosiva, casi orgásmica que recorría su cuerpo era interminable. Se sentía poderosa.

Ya no había miedo.

Abrió su mente, fijando su mirada al frente.

«No podemos descansar en paz».

El hombre teme a lo que no entiende, a lo desconocido. Antonella Messina en cambio entendía muy bien.

Los observó con compasión. Ahora era una diosa.

«Terminalo por mí, Anto, vamos…».

«Acabá con este maldito lugar, y todo lo que contiene».

Se dio media vuelta, en dirección a las puertas del fondo.

9

La enfermera Lily se hallaba en la cocina, llenando su boca con la carne de una pata de cerdo que había agarrado de una bandeja.

Cuando comía, lo hacía con desesperación... no podía evitarlo, tenía que llenar su boca hasta que fuese un mazacote redondo de proteínas y carbohidratos, y masticarlo todo, engullendo porciones considerables de comida. Le gustaba, le daba seguridad, tenía comida, y la comida era importante.

Apretaba contra su teta un cuaderno. Cuando se hartó de cerdo la otra mano se ocupó entonces con un cucharón que recogía ingentes cantidades de ensalada rusa. La mayonesa se le deslizaba por la comisura de la boca, goteaba por su barbilla. Con todo y eso había que decir que estaba teniendo especial cuidado; no quería manchar el diario, porque todavía conservaba algo del olor de él, de aquel chico que le había gustado tanto. Ella se lo había robado.

A Lily le gustaba oler las páginas por la noche, y uno de sus secretos mejor guardados es que también olía las almohadas de los chicos que le gustaban, así como las sábanas. La vez que llegó más lejos fue cuando hurgó en la basura para meterse en el bolsillo un puño de papel higiénico con semen. Se sintió tan emocionada como un niño viendo pornografía en Internet por primera vez.

Extendió un dedo para recoger restos de mayonesa pegados al bol de la ensalada, chupándolo con avidez... la sangre del cerdo y la mayonesa hacían una salsa que le gustaba. Lamentó no tener pan.

Lily disfrutaba la comida. Era una vieja costumbre, o tal vez una vieja enfermedad (eso la hubiera consolado especialmente), pero mientras más años de vida pasaban (y descontaba muchos que vivir) más gorda se ponía, y el barril que era su torso se transformaba, lentamente, en un pozo. En un pozo que demandaba satisfacción con tanta premura, que no le permitió escuchar el ascensor de la cocina, subiendo lentamente, detrás de ella, con alguien a bordo.

Volvió a tomar el cucharón, lo agarraba con el puño cerrado, con fuerza, como si lo empuñara, para recoger la grasa de la bandeja donde reposaba el cerdo carcomido y llevársela a la boca, como un avioncito.

Ya tenía la mitad de la lengua afuera, esperando dejar caer el jugoso manjar adentro, cuando el portillazo de la reja abriéndose le hizo dar un salto, tirando la cuchara y el diario al suelo.

Se giró, pegando el culo a la mesa

Antonella se puso frente a ella, viéndola.

—¿Qué llevabas ahí?

La joven respondió con un aullido.

Antonella recogió el diario y abrió la tapa.

Sus ojos circularon por varias líneas, antes de levantarse, taladrando a Lily, quien la observaba con la boca abierta, la lengua todavía tenía trozos de comida.

—Esto no te pertenece.

Se limpió los dedos sucios con su bata blanca, no tanto por higiene como porque no sabía qué hacer con ellos: estaba nerviosa.

—¿Además son rateros, aquí?

Un gemido angustioso fue todo lo que tuvo Antonella por contestación. Logró discernir un «no» seguido por un «sí» y luego un «no fue mi intención».

—Decime, ¿hiciste cosas malas en el hospital?

Esa pregunta fue la peor de todas. Ahora sí estaba por echarse a llorar.

—¿Lo hiciste, cariño? Hablá conmigo.

—Me hicieron hacerlo —sollozó, con pavor.

Antonella dejó el diario sobre el costado de la mesa. Se sentía eléctrica, como una tormenta, pero una tormenta buena. Sabía que no estaba encarando a un criminal, sino a algo peor: un fantasma en pena. Y no tener miedo era espectacular, era poder.

—Sé quién sos. Sé que formás parte de este lugar. Vos también estás atrapada, como todos, pero no sos como los niños, no sos como los demás; vos sos igual a Margoth, ¿verdad?, salvando las diferencias. Quizá no tan mala, pero sos como ella.

Lily apretó los dientes, gruñendo. Empuñó el cucharón y lo blandió frente a sí, amenazadoramente.

Antonella le cruzó el rostro con una cachetada, antes de tomarla por las solapas de la bata.

Lily pegó un grito atronador, su inmensa campanilla se movía de un lado a otro, como el remedo ridículo de un personaje animado.

—Callate.

Antonella sentía su blanda carne temblar debajo de sus puños.

—¿Dónde están los demás?

Lily meneó la cabeza varias veces.

—No puedo responderte eso.

Antonella la observó a los ojos y ahora no le hacía falta abrir la mente para verlo todo claro, para percibir esos detalles que todo este tiempo habían estado escapándosele, escurriéndose entre sus dedos. Ahora veía, la nueva Antonella veía con mucha claridad, sí, veía el abandono humano en los ojos de Lily, la gelidez de sus pupilas negras, su piel blanca, la inexistencia de su aura. Ella era distinta, distinta a los vivos.

«Terminalo por mí, Anto, vamos… ».

«Terminalo por mí».

En aquel lugar, cuando esos ojos muertos estaban posados sobre los suyos, Antonella Messina supo exactamente cómo terminarlo.

—Mostrate como sos.

Y abrió su mente.

La piel empezó a pudrírsele a Lily, a la vez que pedazos de cara se le deslizaban por las mejillas, como masa derretida, cayendo al suelo, mostrando el hueso detrás de las mejillas, y la nariz triangular debajo de los cartílagos y la piel… una ceja se le despegó como un gusano cayéndose de la pared, y los labios se desintegraron como la ceniza.

Las paredes temblaron, la pintura cremosa se cayó, el cerdo sobre la bandeja se pudrió al instante, y las cerámicas del suelo comenzaron a romperse, como huevos estallando. Las puertas de madera de la cocina crujieron antes de caerse, una tras otra.

El largo corredor principal de la primera planta del hospital San Niño quedó visible para ella.

Y los vio a todos.

Ahí estaba el enfermero Paul, y también Franklin, Roberto, Juan, Páez, Torres y muchos más, todos lánguidos, podridos, con la piel carcomida sobre sus huesos, mirándola con angustia.

Antonella los observó de vuelta, con dignidad.

—Me han intentado matar dos veces y han fracasado. ¿Quieren probar suerte, otra vez?

Ninguno le contestó.

Lily contrajo su rostro deforme, pútrido entre hilachas de carne descompuesta en una corroída, purulenta expresión que seguramente era de terror.

De pronto, todos se movieron cansadamente, con lentitud, abriéndole paso a alguien más importante, que caminaba al frente.

El doctor Murillo se acercó al pie de la cocina, la cuenca del ojo sano estaba vacía, se podía ver el fondo marrón de su cabeza. Su cabello, al igual que su piel descompuesta, era gris.

—El doctor Borguild quiere hablar con vos.

10

Debía ir hasta el tercer piso del hospital. No hizo falta que se lo dijera nadie, a estas alturas, las palabras sobraban, ella sencillamente lo sabía, la concentración de energía más grande de todo el San Niño venía de ahí arriba.

Antonella ascendió a través de las escaleras, escuchando infinidad de voces entrelazadas entre sí, algunas eran solo ecos, otras estaban dirigidas a ella. Podía sentir una enorme cantidad de miedo manando de las paredes, del techo, había muchas miradas invisibles siguiéndola, paso a paso.

Un acceso de dolor cruzó su cabeza, producto de la presión: estaba ya en el segundo piso, faltaban un par de peldaños para llegar, el ambiente se estaba volviendo cada vez más turbio, era como descender a las profundidades del océano sin una escafandra.

El domo de su mente se abrió un poco, exponiendo solo una delgada línea al exterior. Lo que percibió en ese momento podía describirse como estar dentro de una bola inmensa de gusanos vivos.

Escuchaba también el eco del torrencial de agua cayendo afuera, golpeando las ventanas del hospital, la tormenta eléctrica arremolinándose alrededor, descargando su furia sobre el tejado.

El inmenso número 3 sobre la puerta apareció entonces. Detrás de Antonella, las paredes se hallaban corroídas, víctimas de cantidad de años en abandono, y la oscuridad se perfilaba perpetua, fría, tal cual era realmente, mientras adelante aun había pintura, todavía se conservaba el antiguo San Niño tal como había sido alguna vez...

Colocó la mano sobre la superficie de la puerta; al paso de sus dedos la pintura se descascaraba, el hierro se abombaba para explotar en pequeñas tiras de metal... el 3 se desintegró hasta ser una mancha irreconocible.

Hubo crepitar, como si el piso entero detrás estuviese lleno de aceite hirviendo. El hospital se estaba defendiendo del germen que lo estaba infectando por dentro.

Antonella levantó el mentón y cruzó la puerta.

—¡María! —chilló una voz aguda.

Los niños giraron sus cabezas sorprendidos. Había al menos treinta chicos husmeando por el pasillo, las puertas de las habitaciones estaban abiertas, habían percibido su llegada.

El pequeño guardaespaldas fue el primero en correr hacia ella, lanzándosele al vientre, con los brazos alrededor.

—Yo les dije que iba a venir —exclamó, con los ojos húmedos—. Les dije que iba a venir.

Todos se arremolinaron en torno a ella, levantando sus manos para tocar sus piernas y brazos, viéndola a la cara con los ojos iluminados. Habían escuchado de ella por otros chicos, pero ahora era la primera vez que algunos la veían. Antonella se inclinó y extendió los brazos, abarcando los más que pudo.

Había rostros nuevos que ella no conocía. Muchos, inclusive, no sufrían ningún retraso mental, y tenían cuerpos sanos. Había ojos profundos, llenos de miedo. Ninguno estaba exento de alguna marca o cicatriz que recordase su dolorosa vida en el San Niño: el rostro cruzado por una vieja herida, una cortada, una marca, una amputación.

Victoria se acercó, viendo, incrédula, la escena. Había salido de una habitación apoyada en sus muletas, con el faldón danzando suavemente sobre el lugar donde deberían estar sujetándola sus piernas. La niña se apresuró a dejar sus muletas a un lado, para acercarse al grupo, usando sus brazos como apoyo. Antonella la recogió en su regazo y la colmó de besos en la frente.

«¿Qué hacen?».

«Sáquenos de acá, por favor».

«Ayúdenos».

«Estamos atrapados».

«Tenemos que salir».

«Se lo suplico».

«Mi hermano también está adentro».

«Nadie puede salir de acá».

«No somos unos monstruos, por favor no se asuste».

«Nos han encerrado».

«Se lo ruego».

«Hágalo por mí».

«Señora, por favor…».

«Yo también quiero irme».

«Señorita, ayúdeme».

«Tenemos problemas».

«Demasiados años, ¿sabía que soy técnicamente mayor que usted?».

«Me han hecho daño».

«Todos tenemos miedo».

Sentía el tacto de sus pequeños dedos gélidos, el frío que manaba de ellos se colaba a través de su ropa, transportándose hasta su piel. Todos apretados alrededor de ella, Antonella no tardó en empezar a tiritar.

Se escuchó el lento, pero altísimo rechinar, que provino del otro extremo del pasillo, como un enorme garfio, arrastrándose por una pizarra.

Los chiquillos giraron sus cabezas, con los ojos tan abiertos que formaban arrugas sobre su frente, gimiendo al unísono.

Todos huyeron a sus habitaciones, uno por uno, detrás de sus traseros las puertas se cerraban automáticamente, de golpe.

Antonella se puso de pie y se dio la vuelta.

Un hombre petiso, vestido con una bata médica, estaba observándola, desde allá. Los brazos, firmes, caían a los lados de sus caderas como un robot.

La luz hacía brillar su amplia frente, evidenciando también su cabeza, quizá un poco grande para su cuerpo; sus cabellos negros y brillantes se hallaban peinados todos en una sola dirección.

Removió sus bigotes, con una mirada inescrutable, tapada por unas gafas de espejuelos redondos y diminutos que reflejaban la luz.

—Doctor Borguild.

Borguild deslizó una mano en uno de los bolsillos de la bata y extrajo un libro, arrojándolo al aire. Cayó cerca de Antonella.

—Confío en que se va a ir ahora de mi hospital —sugirió el hombre, que tenía una voz inusitadamente antigua, como la de un locutor radial de los años 50—. Tal como lo hizo su madre.

Le desagradaba tener que mirar al piso, no quería tener que levantar la mirada y darse cuenta de que el tipo se había acercado unos treinta pasos; además, algo en el fondo de su mente le decía que no lo hiciera.

Pero de todas formas, lo hizo, y echó una rápida mirada al libro…

conocía bastante bien la letra redonda y elegante que cruzaba la portada: MURIEL MESSINA, DIARIO PERSONAL

—Ya no hace falta, doctor.

Borguild la examinaba, sin decir una palabra.

—No hace falta, porque ya sé lo que pasó.

El hombre inclinó un poco su espalda para echar la cabeza hacia delante, como para verla más de cerca.

—Sé lo que pasó —dijo, sin poder evitar que le temblara la voz.

Borguild empezó a jugar con su estetoscopio, apretando el cable por donde colgaba una de las trompetillas.

—Escuché que su madre nunca más volvió a ejercer de enfermera. ¿Fue cierto, Messina?

—Sí. Ella siempre le tuvo miedo. Consiguió salvarme de usted, pero no por eso dejó de considerar que su silencio fuera un pecado.

El hombre movió ligeramente la cabeza.

—Es que estaba muy alterada.

La mente de Antonella se convirtió en un témpano frío. No había remordimiento en aquel espectro; estaba hablando de su madre como si todo lo que ella hubiese visto fuera una travesura. No podía increparlo, porque no hallaría ni por dónde empezar. Se salía del nivel del vocabulario que ella controlaba, de su capacidad para explicarse, era imposible esperar dolor, comprensión, remordimiento alguno. Era un granjero observando cómo mataban a los pollos. Lo que pasó tenía que pasar y ya, y no había cacareo lo suficientemente alto o doloroso para hacerla cambiar de opinión.

«Es un maldito hijo de puta, con el perdón de Dios. No me importa si puede escuchar mis pensamientos o no».

Borguild chasqueó la lengua, con cara de querer comerse un caramelo. No dejaba de verla.

—¿Y qué hicieron con usted, Borguild? ¿Se supo alguna vez la noticia?

La presencia no le contestó, pero no dejaba de mirarla.

—¿Va a seguir el ejemplo de su madre, señorita Messina? ¿Se va a ir?

—¿Me va a dejar ir, doctor?

El hombre sonrió y asintió con la cabeza, sin mucho entusiasmo.

—Bien, lo tomo. Pero me voy a llevar a todos los que se quieren ir conmigo.

La reacción fue inmediata y Antonella la sintió en el ambiente. El hospital entero latió. Las comisuras de los labios de Borguild se fueron hacia abajo.

—No.

—No los puede seguir reteniendo, doctor. El San Niño es una aberración atrapada en un limbo y debe acabarse. Todos deben ir a su lugar y eso lo incluye a usted.

—No.

Cada no, cada uno más seco, se sentía como un martillazo en el aire.

—Yo no le tengo miedo, Borguild.

El hospital entero latió otra vez, el pasillo empezó a hacerse más corto entre ella y él.

—Nadie abandona este lugar.

—Y los demás tampoco deberían tenerle miedo.

Las presencias se arremolinaban detrás de ella, las sintió como un calor en la espalda, llegando una tras otra.

Un hombre alto, calvo, con un mazo de naipes sobresaliendo del bolsillo de su camisa se hallaba a su lado, y detrás la presencia de una monja sin labios, observando implacable al doctor, tal como un niño hidrocefálico tras sus faldas, ocultando sus dedos aplastados.

Y después un enfermero, con los brazos cruzados, y más allá otro, y luego una chica, y también los niños, no treinta, sino alrededor de trescientos.

—No pueden abandonar este lugar —insistió Borguild, sin inmutarse—. Nadie lo hará.

—En eso está equivocado —le rebatió, con voz temblorosa—. Sí pueden salir, y desde hace rato lo están haciendo, porque ya supe cómo.

El rostro de Borguild se contrajo en una mueca horripilante. Giró su cabeza a la derecha, observando una puerta que explotó en pedazos, seguido de una pared y una ventana que corrieron la misma suerte. Entonces vio el exterior, y en el exterior se divisaba la larga salida del San Niño: ya no había tormenta, ni nieve, ni brisa. La salida estaba libre.

Las almas, como pequeños cometas, salían contentas afuera, indetenibles, cruzando el camino de los árboles, perdiéndose en el cielo.

Borguild arrugó el rostro hasta lo indecible, y lo convirtió en una masa convulsa de furia. Arrojó una mirada enorme a Antonella, sus ojos eran de un color azul lechoso, como el de los cadáveres, acompañada de un gruñido grotesco, inmenso, que se resumió en seis altisonantes palabras:

—Maldita puta, te voy a matar.

Todo el gentío detrás de Antonella se puso a correr; salieron disparados por las escaleras, por las paredes, todos precipitándose hacia el exterior del hospital, para unirse, con las almas que salían del manicomio, a la salida. Las puertas de entrada del hospital se abrieron de par en par, las otras, de las habitaciones, los quirófanos, los pasillos, las oficinas, el restaurante, todas se abrían y se cerraban violentamente, las ventanas también hacían lo mismo, una y otra vez, las alacenas en la cocina se desprendieron de sus soportes, los cajones salieron disparados, los cubiertos se desparramaron por el suelo, la portezuela del ascensor de la cocina se abría y se cerraba. En el manicomio las rejas de los calabozos se cayeron, las paredes de ladrillos explotaron, las ventanas de la sala donde retenía a los niños especiales se vinieron abajo. Las chimeneas despegaron como cohetes, los bloques se desperdigaron por el aire y ahuecaron el tejado, por el hueco que quedó salía un chorro de fuego y cenizas, disparado al aire como un volcán.

La enfermera Lily se prendió del brazo de Paul, con miedo. Ambos estaban en la cocina, la cual se estaba deshaciendo lentamente, en un temblor quejumbroso. Observaban el torrente de personas que se marchaban del hospital, extasiados de ver que nada los detenía, armando alboroto.

Ambos espectros, corroídos y podridos, se vieron mutuamente a la cara, con una expresión que delineaba la frase «¿y ahora qué?».

Antonella sentía que el suelo temblaba, el piso entero estaba lleno de ese sonido seco, crujiente, propio de una estructura que estaba a punto de caerse. Una viga gigantesca se desplomó del techo y se precipitó pesadamente al suelo.

—¡Te voy a matar, maldita puta! —le gritó una voz bestial, que sonaba como proveniente desde el fondo de un abismo—. ¡Te voy a hacer pedazos!

Las piernas de Borguild desaparecieron, su cuerpo perforaba el suelo. Sus caderas y costillas se ensanchaban, como un tronco. La tela de su bata le cubría, dilatándose todo lo necesario, mientras que por ella resaltaban cantidad de líneas con forma de venas, arterias, que se hacían inmensas, surcando su cuerpo como serpientes.

Se dobló sobre sí mismo como una mantis religiosa. Su cráneo rozaba el techo, sus brazos, pequeños en comparación al resto de su cuerpo, parecían los de un tiranosaurio. El hoyo que estaba cavando en el suelo con su cuerpo menguante no fue suficiente para dejar paso a las inmensas esferas de carne que antes eran sus piernas, y por las cuales salían millones de ramas secas, largas, que colgaban como tentáculos por el área desplomada que antes había sido el segundo piso.

—¡Perra, no tenés derecho! —chilló con voz monstruosa.

La cabeza de Borguild la veía desde escasos metros, sobre ella, su cuello alargado se había transformado en una extensión palpitante.

—¿Qué esperás? ¡Fuera de aquí! Sos fuerte, pero no podés con él.

Antonella observó detrás de sí, confundida.

—Me vas a romper el corazón si dejás que te mate, vamos, yo te voy a guiar hasta la salida.

—¿Quién sos, cariño?

El joven moreno y bien parecido, con cabellos negros que se derramaban a los lados de su cabeza, y unos anteojos, la observaba ansiosamente.

—Eso no importa, ¡rápido, nena, movete!

«¡No te vayas, puta!».

—Por las escaleras —le sugirió—. Corré... tenés poco tiempo, se va a derrumbar.

Antonella se apresuró por la puerta, corriendo escaleras abajo, tan rápido como su humanidad se lo permitía. Saltaba los escalones de a dos.

La pared en frente de ella se vino abajo, las raíces de Borguild paladeaban el cráter, buscándola.

«¡Vamos!».

La frente de Antonella estaba llena de sudor. En su vida había corrido muy pocas veces, y ahora lo hacía por su vida.

Cuando llegó al primer piso, se detuvo.

El camino a la recepción estaba completamente derrumbado, sus pies colgaban al borde de un hueco enorme. Abajo, una luz blanca e inmensa titilaba en la oscuridad. El San Niño se estaba consumiendo a sí mismo.

—Me temo que hasta aquí he llegado, gracias, cariño. Ahora tenés que irte.

—Nada de eso —la interrumpió otra voz, igual de joven, pero femenina.

La cabeza de Borguild se asomó desde arriba.

«¡PUTA MALDITA! ¡ME LAS VAS A PAGAR! ¡PUTA PERRA!».

—¡Saltá por el hueco, Antonella!

—Es lo único que te queda por hacer —imploró el chico.

Antonella estaba aterrada. Se asomó, viendo hacia abajo: había por lo menos diez metros entre ella y un costal de rocas apiladas.

—¡De prisa! —gritó la chica.

Antonella cerró los ojos y saltó.

11

El sargento Ezequiel Martínez se despertó, al escuchar la voz lejana de su esposa hablando, aterrada.

—¿Qué pasa? —preguntó, atontado.

Pero la señora Martínez no lo escuchó, porque hablaba con el inalámbrico desde fuera de la casa.

Ezequiel pateó las sábanas y se asomó por la ventana. Todos los vecinos del vecindario estaban en la calle, con sus pijamas, viendo, aterrados, al norte.

Una columna espectral de luz azul cubría el horizonte, titilando.

Lo primero que se le vino a la mente fue la palabra «incendio», pero los incendios no eran azules, ni tampoco brillaban así.

Lo segundo que se le vino a la mente, sin embargo, le heló el corazón.

«Valle de la Calma… San Niño».

Ezequiel se precipitó sobre la mesita, tomando la pistola y las llaves del auto.

12

Su compañero, Freddy Fioritto, tenía el trasero puesto sobre la cama, calzándose sus pantalones de policía.

Estaba gruñendo, como siempre, porque mientras más se apresuraba, más se retrasaba. Lo primero que había dicho al ver la cúpula de luz en el norte fue algo así como «esos lerdos de Valle de la Calma van a necesitar a la policía de Bariloche otra vez».

Para cuando salió de la casa, con la camisa sin abotonar, su esposa, no dispuesta a perderse ese espectáculo por nada del mundo, lo estaba esperando ya en el patrullero, con la placa de policía colgada en su dormilona blanca.

13

El oficial Cayo salió disparado a la calle pensando que su futura esposa podía correr peligro. De hecho, por un momento llegó a pensar que el hotel se estaba incendiando... con fuego azul.

Tenía sus lentes de sol de doscientos pesos colocados. Y sí, claro que eran las doce de la noche, pero eso no importaba: era necesario tenerlos, porque la luz que provenía del otro lado de la barricada de pinos que cubría el pueblo era tan, pero tan poderosa, que los vecinos habían tenido que ocultarse dentro de sus armarios para evitar quedar ciegos.

Era como si una cámara fotográfica del tamaño de la luna estuviese sacando fotos sobre ellos.

14

Antonella tenía los codos y los brazos raspados, y sentía las rodillas hechas trizas. En la frente le goteaba sangre.

Podía ver la imagen temblorosa de la salida del hospital, al final del corredor.

—¡Parate! —le gritó la voz del joven, ayudada por la presencia femenina que estaba con él—. ¡Vamos, Antonella!

Antonella se arrastró fuera del montículo de rocas, el dolor horroroso, agudo que venía desde las rodillas la reclamó de inmediato, como mordiscos furiosos.

Respiró profundo, parpadeó y volvió a ver al frente: sus ojos estaban nublándose.

Borguild se acercaba desde arriba, viendo con un placer desmedido el camino de sangre que estaba dejando.

El suelo temblaba violentamente, gracias a que enormes pedazos del techo del primer piso se venían hacia abajo, aplastando las oficinas contiguas.

—¡Vamos, Antonella! ¡Hacelo por tu madre! ¡Te está esperando afuera!

Mordió su labio inferior y gruñó, usando todas sus fuerzas.

«*Summa cum laude* en enfermería, la jefa de enfermeras del Buena Ventura más joven en la historia de Buenos Aires...».

Sus rodillas se apoyaron pesadamente sobre las rocas, una de ellas era puntiaguda. Gritó de dolor y apoyó la frente en el suelo.

«Una joven y talentosa enfermera, futuro brillante, trayectoria impecable, querida, con grandes posibilidades de ser amada, linda».

Apoyó el pie en el suelo y se levantó, llorando. Las lágrimas se deslizaron por su cara, junto con la suciedad del polvo.

Su visión seguía temblando, necesitó ayuda de una pared cuando tropezó con una roca, se enderezó, siguió andando.

«¡Esperá! ¡Esperá, maldita!».

Extendió los brazos al frente, sin respirar.

«El abrazo de un paciente, el perfume de su madre, salvada del San Niño».

El inmenso cuerpo de Borguild cayó en el mismo espacio que ella había estado ocupando segundos antes. El montículo de roca se desintegró, las paredes se cayeron encima de él, y se rompieron al instante.

La sangre le tapó un ojo, tragó saliva, y al hacerlo, las rodillas volvieron a reclamarla. Se detuvo.

Antonella se inclinó, colocando las manos sobre sus muslos, y, al mismo tiempo que gritaba, dio un brinco adelante, saltando a través de la puerta, volando sobre las escaleras, y cayendo en la suave almohada de nieve.

Escupió nieve con sangre y aleteó hasta la glorieta del hospital, cerrando los ojos con fuerza, para protegerse de las luces.

El San Niño flotaba en el aire, como una maqueta gigante. Debajo había un hoyo inmenso, azul, un sinsentido que se tragaba lentamente al hospital, el cual se desintegraba a sí mismo de una forma digna de él: como un ano, un hueco justo debajo de la plataforma de asfalto, despedazándose en chorros de concreto y materia. Detrás de él, el manicomio corría exactamente el mismo destino.

Las paredes se agrietaron engullidas, como un auto en una aplanadora. El último chillido de Borguild se confundió con el crujir de la estructura.

El sonido de un sinfín de patrullas de policía se acercaba por el horizonte.

Antonella se giró, quedando de espaldas a la nieve. El esfuerzo le saldó una factura de dolor, sus rodillas se quejaron una vez más, pero necesitaba verlo.

El San Niño era apenas una roca con varias ventanas adheridas, resquebrajadas, girando convulsa, imposible de moverse o encogerse más ante la presión del hoyo debajo de ella, por lo que empezó a desintegrarse...

Ella lloró.

El último ciclón de polvo cayó, suavemente, por el insondable abismo.

—Gracias. Muchas gracias —gimió—. Gracias, gracias, gracias...

El atractivo joven la observaba con los ojos grandes, enmarcados por sus anteojos. Su cabello negros se movían suavemente por la brisa, al lado, la chica le tomaba la mano. Antonella pensó que ambos eran una hermosa pareja. Una luz blanca los rodeaba por igual.

—Gracias, gracias —repitió, viendo al cielo, luego de que ambos desaparecieron.

15

Los patrulleros rodearon por completo el área.

La gente estaba consternada, los habitantes de Valle de la Calma llegaron después, acobardados.

Las cámaras de televisión llegarían pronto; algunos periodistas entrometidos habrían visto las luces azules que destellaron en el horizonte por cerca de treinta minutos seguidos. Otros solo llegarían atraídos por el barullo de las sirenas y el helicóptero, que alumbraba desde arriba con un enorme faro.

Todos estaban aterrorizados.

Las luces los habían asustado, pero eso no era nada en comparación con lo que había ahora (o mejor dicho, lo que no había).

El oficial Ezequiel Ramírez estaba de rodillas, consternado. Negaba con la cabeza varias veces, y repetía como loco «yo estuve acá hace poco, yo estoy seguro, yo sé lo que vi». Sus compañeros decidieron llevárselo de inmediato, ellos también estaban consternados, pero por lo menos no estaban en shock, lo último que querían era que lo escuchara alguien de la prensa.

Y es que lo que no les agradaba en lo más mínimo (cuestión de karma, ellos se habían burlado mucho en su tiempo, cuando el departamento de Valle de la Calma llamó para pedir ayuda) era que ellos ahora tenían que llamar a todos los departamentos de la provincia. La presencia de sus efectivos era, en sus propias palabras, «urgentemente requerida».

La razón de tanto alboroto estaba muy bien justificada…

El San Niño había desaparecido. Así de simple.

El lugar donde debían estar los dos inmensos edificios coloniales abandonados, ahora estaba convertido en un campo baldío, como si se los hubiese tragado la tierra: daba igual.

El caso se convertiría en una historia de peso pesado, casi de la misma envergadura que Roswell. Muchas personas teorizarían lo que había sucedido en Valle de la Calma. Solo una persona en el mundo sabía lo que en verdad había pasado, y a esa persona no le interesaba en lo más mínimo hablar con nadie.

Quién sabe, quizá el mundo esté lleno de historias así, guardadas celosamente. Ahora, en ese lado del mundo, tenían la suya propia.

La policía no la detuvo, sencillamente la confundieron con alguien que se había traspapelado con el gentío.

Antonella caminaba por la calle, alejándose del barullo.

Veía al cielo, buscando por última vez aquellos pequeños cometas azules, de tantos hombres y mujeres, de niños, de aquella pareja, a quienes ya no podía ver, en el firmamento.

No verlos la alegró. Todos ellos habían encontrado la paz, libres en el universo, volando hasta el infinito.

ÍNDICE

PRÓLOGO 9
INTRODUCCIÓN 13

PRIMERA PARTE 17
I 19
II 28
III 33
IV 46
V 55
VI 64
VII 75
VIII 94
IX 107
X 126
XI 142
XII 151
XIII 165
XIV 181
XV 198

SEGUNDA PARTE 207
I 209
II 225
III 245